삶과 삶 사이 영혼들의 계획과 약속

영혼들의 기억

삶과 삶 사이 영혼들의 계획과 약속

영혼들의 기억

마이클 뉴턴 엮음 | 박윤정 옮김

나무생각

차 례

헌정의 글

〈마이클 뉴턴 연구소〉에서 열심히 작업하고 있는 32명의 시술자들에게 이 책을 바친다. 그들은 이 책의 저자로서 그들이 경험한 사례들을 통찰력 있고 실감나게, 그리고 진심어린 태도로 소개해 주었다. 더불어 많은 사람들에게 도움이 되도록 사적인 이야기를 싣게 허락해 준 관대한 피술자들에게도 특별히 감사의 말을 전한다.

감사의 글

열정과 끈기를 갖고 이 가치 있는 작업에 헌신해 준 공동편집자 안젤라 눈과 트리샤 카시미라에게 진심으로 감사의 말을 전한다. 이들이 없었다면, 이 책은 출간되지 못했을 것이다.

마지막으로, 여러 해 동안 나의 작업에 무한한 지지를 보내준 르웰린 출판사 직원들에게도 고마움을 전한다. 르웰린은 세계 최대 규모의 뉴에이지 및 형이상학 전문 출판사로서, 최면치료를 통한 영혼의 발견과 내세에 대한 대중들의 이해를 고취시키는 데 중요한 역할을 해오고 있다.

르웰린 출판사의 발행인 칼과 산드라는 처음부터 나의 변함없는 파트너였다. 이들의 통찰과 노력이 없었다면, 전 세계 독자들은 내가 책을 통해 전하고 싶었던 메시지들을 접하지 못했을 것이다. 이들에게 한없는 감사의 마음을 전한다.

그리고 언제나처럼 아내 페기에게도 고마움을 전한다. 페기의 지원과 사랑, 이해 덕분에 이 모든 일이 가능했다.

사람이 죽으면

그 영혼은 다시 이 땅으로 돌아오나니,

새로운 몸으로 변장한 그를

또 다른 어머니가 세상에 내놓는다.

더 튼튼한 사지와 더 총명한 두뇌를 갖고

그 오래된 영혼은 다시 길을 나선다.

— 존 메이스필드

들어가는 글

　기원 후 4세기에 그리스의 철학자 이암블리쿠스는 "영혼의 비밀을 알면 자유로워진다"고 말했다. 우리의 현 존재는 죽은 후 영혼의 상태에서 겪은 경험들과 지구상에서 보낸 전생들이 만들어낸 결과물이다. 지구상에 존재하는 모든 이들의 영혼 속에는 전생의 수많은 근원들에서 비롯된 원인과 결과의 카르마적 영향력이 있으며, 이런 힘은 현재의 감정과 행동에 영향을 미친다. 겉으로는 정상적으로 살아가는 것처럼 보여도, 현대 의학이나 치유가들도 발견하지 못하는 뿌리 깊은 형이상학적 고통들로 시달리는 사람들이 많다. 우리를 이렇게 비이성적으로 몰아가는 것의 정체를 파악하지 못하면, 삶에서 해결하기 힘든 증상들은 반복적으로 나타나게 된다.

　증상의 근본 원인은 대부분 모호하며, 의식 저 깊은 곳에 숨어 있다. 사람들은 어떻게 해서든 이 내면의 악마들을 끄집어내려 애쓴다. 하지만 도대체 무슨 수로 이 악마들을 찾아낸단 말인가?

　이 책은 우리 무의식 속에서 정보들을 찾아내는 자기발견에 대한 이야기이다. 또 이 신성한 정보들을 찾아내는 최면치료가 사람들에게 어떤 효과를 주는지도 다루고 있다. 피술자들의 상세한 사례들을 통해, 전생들과 삶과 삶 사이 영적인 차원에 대한 자각이 피술자들의 의식에 어떤 식으로 긍정적인 영향을 미치며, 다양한 심리 문제들을 해결하는 열쇠가 되어주는지 알게 될 것이다. 최면으로 되살려낸 영혼의 기억들은 피술자의 삶을 훨씬 의미 있고 활기차게 만들어준다. 이 책은 삶의 질서와 목적을 찾고 싶어하는 이들에게 새로운 희망을 불어넣어 줄 것이다.

이 책에 실린 사례들은 전문적인 LBL(Life Between Lives, 죽은 후 새로운 몸을 가지고 다시 태어나기 전 영혼으로만 존재함을 가리키는 말로 이 영적인 차원으로 유도하는 것은 〈마이클 뉴턴 연구소〉의 대표적인 최면 요법이다.-옮긴이) 시술자들에게 LBL 요법을 시술받은 사람들의 이야기이다. 이들은 현생의 영적인 목적과 관련된 문제들을 풀기 위해 최면요법가들을 찾았고 보통 사람들보다 문제가 훨씬 복잡하고 심각해서 구체적 해결책이 필요했다. 최면요법가들은 피술자를 서너 시간 깊은 트랜스 상태에 머물게 하는 독자적인 최면요법을 사용했다. 그 후 추적 연구를 통해 삶을 변화시키는 LBL 요법의 효능을 확인했다. 이 책에 그 절절한 이야기들을 담았고 〈마이클 뉴턴 연구소〉의 일반 회원들이 해마다 온라인으로 보고하고 검토한 사례들 중 일부도 실었다.

피술자들의 실제 사례들이기 때문에 익명성을 지켜주기 위해 그들의 동의 하에 가명을 사용했다. 각각의 이야기들은 피술자의 문제를 설명한 뒤 LBL 요법을 통해 문제의 원인을 밝히고 해결하는 과정을 보여준다. 그리고 치료가 끝난 뒤 영혼의 기억이 가져다준 영향에 대해 피술자와 나눈 대화로 끝을 맺고 있다.

각각의 사례들에서 LBL 시술자는 광범위한 세계로 피술자를 인도했다. 하지만 책의 특성상 분량을 제한할 수밖에 없어서 압축해서 실어야 했다. 최면요법 시술자들은 피술자의 특정 문제와 관련된 환생의 경험, 특히 피술자가 육체를 벗어나 영계에 머물 때 경험한 것들을 알아보기 위해 질문을 던진다. 이런 과정에서 최면요법가는 이번 생을 위해 피술자가 알아야 할 교훈들을 찾아낸다. 피술자가 현재 겪고 있는 문제들을 물리적이고 영적인 관점에서 분석해 내는 것이다.

최면을 통해 영계에 효과적으로 진입하려면, 피술자는 무엇보다도 고도로 숙련된 LBL 시술자를 찾아야 한다. 최면을 통한 영계의 경험이 피술자에게 매우 중요한 영향을 미치기 때문이다. 드물기는 하지만 피술자가 처음에는 영계의 모습을 상당히 두려운 곳으로 보고할 수도 있다. 훈련을 제대로 받은 노련한 시술자라면, 이런 혼란스러운 보고를 일반적으로 '지옥'이나 '사악한 영혼'에 대한 피술자의 종교적인 믿음 같은 의식이 개입한 현상으로 이해한다. 영계에는 이런 것들이 존재하지 않는다. 우리는 수천 건의 사례를 연구하며 영계가 사랑과 연민, 용서, 정의의 세계라는 점을 분명히 확인했다.

또 흔히 일어나는 미묘한 문제는 피술자의 마음에 나타난 이미지이다. 이 이미지는 인과적인 우주적 법칙을 상징하는 것으로 피술자의 영혼에 중요한 의미를 지닌다. 노련한 최면요법 시술자는 이 이미지를 통해, 영혼의 안내자나 마스터가 피술자에게 가르침을 주기 위해 만들어낸 은유적 시나리오를 알아챌 수 있다. 하지만 피술자들은 혼란을 느끼고, 이 이미지들을 통한 가르침을 제대로 이해하지 못한다. 그래서 의식의 개입을 통해 이 새로운 사실들에 대처하려 든다. 그런 경우 LBL 시술자들은 나름의 진단법을 갖고 있어도 피술자의 자기발견을 방해해서는 안 된다.

피술자가 혼란스러운 보고를 할 때마다, 시술자는 적절한 위안을 주어야 한다. 그리고 피술자가 깊은 트랜스 상태에서 받은 영혼의 메시지에 근거해 자신의 문제에 스스로 답하도록 힘을 북돋위주어야 한다. 피술자 대부분은 현재의 삶이 하나의 통과의례와 같다는 사실을 깨닫는다. 자신이 영적인 존재로서 궁극의 깨달음을 향해 나아가는 중임을 자각하는 것이다. 이 과정은 시술자와 피술자 모두의 감성을 자극하는 힘든 작업이다. 하지만 자기 자신을 인식하고 신성한 계획을 발견하게 된다는 면에서, 단 한 번의 LBL 요법도 어마어마한 효과를 가져다준다.

이 책의 저자들은 모두 〈마이클 뉴턴 연구소〉의 공인받은 LBL 시술자들이다. 이들은 미국, 유럽, 아시아, 남아프리카, 오스트레일리아 등지에서 최면요법을 시술하고 있다. 〈마이클 뉴턴 연구소〉에서는 내가 오랫동안 최면요법을 시술하면서 수많은 사례들을 토대로 만들어낸 체계적인 방법들을 훈련모델로 사용하고 있다. 나의 전작들에는 이때 경험한 100건 이상의 사례들이 소개되어 있다.

전통적인 최면요법을 가르치는 교육 센터는 많다. 또 전생퇴행요법을 가르치는 곳도 있다. 하지만 일주일 간의 집중적인 LBL 요법 훈련 프로그램을 제공하는 곳은 우리 연구소가 처음이며, 전문가들을 위한 프로그램도 유일하다.

LBL 요법가에게 직접 기술을 배우기 위해 전 세계에서 몰려들고 있다. 프로그램의 실습과목 중에는 삶과 삶 사이의 영계와 수많은 전생들로 서로를 인도하는 프로그램도 있다. 학생들은 수업 중에 커다란 기쁨을 얻기도 한다. 훈련 중에 스스로 영적인 통찰을 경험하기 때문이다.

이 책의 저자들은 충분히 훈련받고 경험을 쌓은 최면요법가들이다. 이들은 우리 연구소를 졸업하고 자격증을 취득한 후에도, 나름의 재능과 기술을 살려 계속 LBL을 시술하고 있다. 이들이 사용하는 LBL 방법은 모두 우리가 계발해낸 것이지만, 죽은 뒤 영계에 머물 때의 기억들을 되살리는 방식은 각각 다르다.

우리 연구소의 졸업생들은 선배들의 발견을 지속적으로 재확인하고 영적인 패러다임에 새로운 진실들을 보탬으로써, 우리의 작업이 지닌 효력을 입증해 보이고 있다. 이 책에 나오는 사례들은 모두 죽은 후 영혼의 기억들을 되살려내고 있다. 또 각 사례와 관련된 전생의 정보들도 배경지식으로 제시하고 있다. 국제적인 조직망을 갖추고 있는 우리 단체의 LBL 시술자들이나 이 책의 저자들과 연락을 취하고 싶다면 웹사이트 www.newtoninstitute.org를 참조하기 바란다.

우리를 찾아오는 사람들 중에는 영적인 삶에 대한 궁금증 때문에 오는 사람도 있지만, 대부분은 전통적인 치유법들로는 해결할 수 없는 개인적인 문제들—자식과의 사별이나 정서적인 문제, 행동상의 문제, 관계, 죽음에 대한 두려움 등—때문에 우리에게 온다. 이들은 신분과 직업은 물론이고, 무신론자에서부터 종교적 근본주의자에 이르기까지 신앙체계도 다양하다. 하지만 이들이 깊은 최면상태에서 묘사하는 영계는 이상하게도 똑같은 모습을 하고 있다. 우리의 작업을 의미 있게 만드는 것은 바로 이런 초월적 디자인이다. 이 위대한 초월적 디자인이 우주적인 질서와 목적을 입증해 주기 때문이다.

나는 여러 해 동안 많은 사람들을 접하면서, 더 직접적으로 다가갈 수 있는 새로운 종류의 영성을 구하는 사람들이 갈수록 늘고 있다는 느낌을 받았다. 내면 깊은 곳에서 영적인 깨달음을 얻으면, 외부의 어떤 종교 매체나 단체에서도 얻을 수 없는 진리에 다가갈 수 있다.

이런 영적인 체험을 한 사람은 인간의 행위와 운명에 깊이 관여하는 우주의식을 느끼게 된다. 피술자들이 몸을 벗어난 영혼 세계에서 영혼의 친구나 동반자들과 상호작용을 하고, 영혼의 안내자들을 알아차리는 것을 보면서, 나는 이런 생각에 더욱 확신을 갖게 되었다. 이런 내적인 발견을 통한 자각은 삶에 큰 변화를 불러일으키고, 이 지구상에 존재하는 이유를 알고자 하는 사람들의 마음을 편안하게 만들어준다.

나는 지성적인 존재에 의한 창조의 힘은 사람들이 만들어낸 신이라는 종교적 개념을 훨씬 능가한다고 믿는다. 피술자들이 깊은 트랜스 상태에서 접하는 영적인 힘들은 지성적인 에너지의 창조 작업이 인간의 의식으로는 이해하지 못할 정도로 우주에서 광범위하게 이루어지고 있음을 말해 준다.

우리의 영원불멸한 영혼은 직감적으로 영계의 고차원적인 존재들과 자신이 연결되어 있음을 안다. 이 고차원적인 존재들은 신이라기보다는 한층 진화된 영혼들이다. 이들은 환생을 끝낸 영혼들로서 아직 카르마의 작업을 마치지 못한 다른 영혼들을 돕고 있다. 이 진화된 스승들은 고차원적인 의식의 한 부분으로서, 위대한 디자인의 요소들을 인간의 두뇌 속으로 불어넣어 준다. 나는 인간의 두뇌를 무의식의 영원한 영혼과 결합시키려는 이들을 '영혼의 통합자'라고 부른다.

우리의 내면은 이원화되어 있다. 어떤 이들에게는 이원적인 의식이 혼란스러울 수도 있다. LBL 시술자들이 해결해 주려는 것도 바로 이런 분리로 인한 문제들이다. 이들은 정신과 영혼의 통합을 통해 '나는 누구이고, 어디서 왔으며, 왜 여기에 존재하고, 어디로 갈 것인가' 하는 오래된 의문들에 대한 답을 스스로 깨닫도록 도와준다. 영적인 여정에 올라 있는 피술자들이 자기 존재의 참모습을 이해하고 개인적인 의문들을 풀어, 자신의 삶을 더욱 분명하게 인식하고 의미를 부여하게 되는 것이다.

영원불멸의 영혼이 어떻게 한시적인 인간의 두뇌와 결합해서 한 번의 생을 위해 하나의 인성을 만들어내는지 알아가는 과정 자체가 피술자들에게는 우주적인 체험과도 같다. 먼저 자기 존재의 무의식적인 이원성을 발견하고 영혼의 진정한 모습을 깨달아 더없이 큰 해방감을 맛보게 된다. 세션을 마친 후에는 새로운 평온과 영적인 초월을 경험한다.

나는 그간 강의와 글, 라디오 쇼 등을 통해 뉴에이지 운동(20세기 이후 나타난 새로운 가치를 추구하는 영적인 운동 및 사회활동-옮긴이)에 저항감을 품고 있었다는 사실을 여러 번 밝혔다. 그동안 나는 최면치유를 전문으로 하는 전통적인 치유가로 교육받았기 때문이다. 처음에는 행동 교정이 필요한 사람들의 문제에 접근할 때도 형이상학적인 태도를 취하지 않았었다. 그러나 나의 전생을 발견하고 난 얼마 후인 1968년에 처음으로 LBL 치유사례—다음에 소개되어 있다—까지 경험하고 나서, 이런 생각에 변화가 일기 시작했다. 하지만 충분한 자료들을 바탕으로 영계의 윤곽을 파악하고, 피술자에게 질문을 던지는 체계적인 방법론을 계발하기까지는 몇 년의 연구를 더 거쳐야만 했다. 그러다 1980년에 이르러 내가 발견한 것들을 책으로 쓰기 위해 더욱 상세하게 사례들을 기록했다. 그간 나의 책에 실린 사례들은 대부분 1980년대와 1990년대에 경험한 것들이다. 초기의 몇 년보다 이 20년 동안 나의 LBL 요법 기술과 영계에 대한 지식도 훨씬 발전했다.

많은 일들이 그렇듯, 영계의 삶에 대한 초기 발견들은 내게 우연히 주어졌다. 하지만 어떤 일에도 우연이 없다는 것을 이제는 안다. 주요한 사건일 경우에는 더욱 그렇다. 그것은 이 책에 소개된 사례의 주인공들이 깨달은 점이기도 하다. 내가 최초로 경험한 사례는 앞으로 읽을 대부분의 사례들만큼 복잡하지는 않다. 하지만 나의 첫 LBL 사례였기 때문에 이번 생의 내 목적을 실현할 출발점으로, 어떤 종교 단체나 매개체 없이 새롭고 매우 직접적인 영적 믿음체계를 제시하기 시작한 출발점으로서 내 기억 속에 아로새겨져 있다.

다음의 이 압축된 사례의 제목은 〈그리운 친구들〉이다.

중년 여인 우나가 고립감과 타인들과의 단절에 관한 문제로 나를 찾아왔다. 우나는 누구라고 분명하게 말할 수 없지만 자신의 "오래된 친구들"과 함께 있고 싶은 마음이 간절하다고 했다. 꿈속에서 이들의 흔적을 본 적도 있다고 했다. 하지만 당시 나는 그 말의 의미를 충분히 알아차리지 못했다.

첫 대면에서 피술자에 대한 정보들을 수집하는 동안, 나는 우나에게 에너지와 의욕이 부족하고 슬픔의 기운이 감돌고 있음을 느꼈다. 하지만 우나는 정신병에 시달리는 사람도 아니었고 항우울제를 복용하고 있지도 않았다. 만성적 외로움에 시달리고 있기는 하지만 반사회적인 인물도 아니었다. 오히려 동료들과 잘 어울리는 것처럼 보이기까지 했다.

그러나 질문들을 던져본 결과, 우나는 자신이 말한 대로 "한 인간으로서 존재의 진정한 모습을 알아봐주는 사람과 의미 있는 교감을 나누는 일이 전혀 없는" 현실의 상황에 우울해 하고 있었다. 우나는 마음속에 슬픔을 느끼면서도 일상에서 해야 할 일은 잘 해나가고 있었다. 임상학적인 면에서 우나의 슬픔에는 다소 모호한 측면이 있었다.

세션의 초기 단계에서 내가 "그 그리운 친구들은 성인이 되고 나서 알았던 사람들인가요?" 하고 묻자, 우나는 아니라고 대답했다. 나는 우나에게 최면을 유도했다. 얕은 알파 상태로 들어갔을 때 "당신 곁에 없는 어린 시절의 소꿉친구들을 그리워하고 있나요?" 하고 묻자, 역시 아니라고 대답했다.

나는 우나를 알파 상태의 중간에서 상위 단계로 더욱 깊이 유도하면서, 최근 전생과 이전의 몇몇 전생들을 탐구하기 시작했다. 그러자 가까웠던 몇몇 친구들이 나타나기 시작했다. 하지만 우나는 이들의 영혼이 자신과 연결되어 있는 모습을 떠올릴 수 없었다. 우나의 의식이 아직 영계에 도달하지 않았기 때문이었다. 세션이 계속되면서, 우나는 눈에 띄게 밝아져 있었다. 우나는 자신이 친구들과 함께 어울리는 모습을 보고 싶으며, 현재 삶에서 고립감과 외로움에 시달리는 것도 이 때문이라고 말했다. 그 말이 당시의 내게는 약간 이상하게 들렸다.

이 시점에서 나는 약간의 좌절을 느꼈다. 당시의 나에게는 영적인 문제들을 치료한 경험이 없었기 때문이다. 하지만 더욱 중요한 점은, 대단히 수용적인 이 여성이 자신과 나를 돕기 위해 스스로 더 깊은 세타 상태로 들어가고 있다는 것을 내가 미처 알아차리지 못했다는 사실이다. 내가 유도하기도 전에 그녀 스스로 초의식이라는 잠재의식 상태로 들어가고 있음을 나는 몰랐다. 이 초의식 상태에 이르면, 피술자는 삶과 삶 사이의 영계에 도달할 수 있다.

나는 당황해서 우나에게 물었다. "당신의 생에서 친구 그룹과 함께해서 외롭지 않았던 적이 있나요?" 그러자 우나가 갑자기 흥분해서 "있어요"라고 소리쳤다. "그럼 그때로 가보세요!" 당시 나는 내가 무심코 '그룹'이라는 유도어를 사용했다는 것도 깨닫지 못했다. 깊은 최면 상태에서 영계의 모습을 떠올리고 있는 피술자에게 '그룹'은 영적으로 서로 연결되어 있는 영혼 그룹을 의미한다. 그룹은 환생 사이 영혼으로서만 존재할 때 특히 활발하게 움직이며, 같은 그룹의 영혼이 종종 함께 환생하기도 한다.

우나는 눈을 감은 채 눈물을 흘리면서, 내 사무실 벽을 가리키고 말했다. "오, 이제 그들이 보여요." 그들이 어디 있느냐고 묻자, "제 집이요"라고 대답했다. 나는 혼란스러워 하며 다시 물었다. "전생에 당신이 살았던 집을 말하는 건가요?" 그러자 우나가 강력하게 부인했다. "아뇨, 아녜요. 저는 중간 상태에 있어요. 알잖아요, 영계요. 여기가제 집이고, 제 영혼 그룹도 전부 여기에 있어요!" 그러고는 슬픔에 잠긴 목소리로 덧붙였다. "오, 그들이 너무 그리워요."

　나는 순간 정신이 멍해졌다. 도저히 이해가 되지 않았다. 이후 질문을 계속한 결과, 우나의 현재 삶 속에는 일차적인 영혼의 친구나 우나를 지지해 주는 영혼의 동반자들이 전혀 없었다. 그것은 우나가 여러 전생에서 이들에게 너무 많이 의존했기 때문이다. 현재 삶은 우나에게 가르침을 주기 위한 것이었다. 우나는 현생을 위한 영혼의 계약을 맺었다. 이 계약에 따라, 우나의 영혼 그룹은 우나에게 외로움을 극복하고 더욱 강해질 수 있는 기회를 제공하기 위해 현생에서 함께하지 않기로 결정한 것이다. 우나는 지금처럼 외로운 상황에 놓인 이유가 자신의 영혼 그룹, 영혼의 조언자들과 맺은 협약 때문임을 알자 마음이 한결 편안해지고 상실감도 줄어들었다고 말했다.

　다음해 우나는 정기적으로 소식을 보내왔다. 삶에서 새로운 의미를 찾았으며 삶을 최대한 만끽하고 있다는 내용이었다. 드디어 삶의 목적을 이해하고, 그 목적을 이루려면 용기 있게 스스로 결정할 줄 알아야 한다는 점을 깨달았다고 했다. 또한 영원한 영혼의 친구들이 영계에서 자신을 기다리고 있다는 사실에 커다란 위안을 받는다고 했다. 우나는 처음 받은 LBL 요법 덕분에 새로운 충족감을 경험했다. 삶을 지배하는 것은 운명이나 결정론이 아니라 자신의 자유의지임을, 외로움은 천벌이 아니라 스스로 선택한 것임을 깨달았다.

　여기서 우나의 사례를 이야기하는 이유는 LBL 요법이 우울증의 만병통치약이라고 주장하기 위해서가 아니다. 그보다 LBL 요법이 불안정한 마음을 치유할 수 있는 또 다른 길을 보여준다는 점을 알리기 위해서이다. 다음은 최면요법을 받고 여러 해가 지난 후, 우나가 죽음을 앞두고 내게 마지막으로 보낸 편지의 일부분이다.

마이클, 저는 더 이상 외롭지 않아요. 예전처럼 저만의 내밀한 세계 속에 홀로 갇혀 있지 않거든요. 우리 모두 하나의 세계를 공유하고 있고, 이 세계에서는 누구도 경계를 짓고 구속받을 필요가 없지요. 그걸 알기 때문에, 이제 저도 다른 존재들과 편안하게 공존할 수 있어요. 요즘 전 고통에 빠져 있는 사람들에게 말해요. 자신의 본모습과 삶을 받아들이고 좋은 것들, 이미 계획된 것들을 즐기라고요. 저에게 이런 선물을 주신 당신에게 감사드립니다.

우나의 세션에서 나는 LBL 최면요법의 깊고도 광범위한 영향력에 등골이 오싹해졌다. 한 번의 세션이 끝나고 나면, 나는 그 최면기록을 다시 듣는 데 많은 시간을 투자했다. 이 세션을 계기로, 육신의 옷을 벗어버린 영혼의 세계, 즉 내면의 세계를 탐구하기 시작했다. 미지의 세계로 발을 들여놓은 것이다.

당시에는 LBL 요법을 알려주는 책도 없었다. 이후 몇 년이 지나도 대부분의 전생 연구자들은 영혼의 기억을 되살리는 일을 중요하지 않게 여겼다. 단지 우중충한 중간지대를 별 의미 없이 기억해 내는 것에 불과하다고 생각했다. 이런 태도는 개인의 영원한 동질성을 가능하게 만들어주는 영혼의 핵심이 없어지면 인간에게 한 생에서 다음 생으로 이어지는 영속적인 혼의 자기 같은 것도 없다는 동양철학적 개념을 믿는 사람들이 많기 때문일 것이다.

하지만 나는 영혼의 기억을 통해, 죽음 이후의 삶에 대해 가능한 모든 것을 알아내고 싶은 열망에 사로잡혔다. 그래서 죽음 이후의 삶으로 들어갔다 나오는 전략적인 방법을 확립하면서, 여러 해 동안 조용히 연구에 전념했다. 그리고 수많은 사례들을 토대로 영계의 지도를 그리면서 놀라운 진실을 깨달았다. 삶의 불가사의에 대한 답은 바로 우리 마음속에 있었던 것이다.

1994년 드디어 나의 첫 번째 저서 《영혼들의 여행^{Journey of Souls}》이, 2000년에는 두 번째 저서 《영혼들의 운명 1, 2^{Destiny of Souls}》이 출간됐다. 이 두 권의 저서는 영계의 삶과 환생을 이해하는 토대를 마련해 주었다. 2004년에는 세 번째 저서 《영혼들의 시간^{LBLH; Life Between Lives: Hypnotherapy for Spiritual Regressin}》을 통해 개인과 집단의 최면 전문가들을 위해 LBL의 단계적 방법론을 제시했다. 35년간의 연구를 대변하는 세번째 책에서는 독자들에게 영혼들의 기억에 대한 정보들을 얻는 방법을 설명해 주기 위해, 최면 과정을 상세하게 소개했다. 주석을 참조하기 바란다.

각 사례의 저자들은 그들이 사용한 LBL 방법을 간략하게만 소개하고 있다. LBL 방법을 완전하게 설명하다 보면, 책의 전개에 문제가 생기기 때문이다. 호기심 많은 독자들이 내세의 구체적인 모습을 더욱 잘 이해하도록, 상세한 정보가 필요하다고 여겨지는 부분에는 내가 따로 주석을 달고 특정한 주제들과 관련해서는 전작의 저서명과 페이지를 명시해 두었다.(2014년 국내 번역서로 출간된 《영혼들의 시간^{LBLH; Life Between Lives: Hypnotherapy for Spiritual Regressin}》은 본문에서 LBLH로 표기하고 원서 페이지를 명시하였다.—옮긴이)

치유가로서 우리는 피술자의 믿음과 생각을 존중한다. 주석에서는 최면요법가나 피술자들의 의문을 반박하기보다 영계의 삶을 기억해 냈던 많은 피술자들의 설명을 토대로, 독자들에게 보다 상세한 부가 설명을 제공하고자 했다. 사례들 중에는 주석의 내용과 전작 참고 페이지의 내용이 똑같은 경우들도 있다. 논의 중인 주제와 연관된 주석을 통해, 독자들이 각각의 사례들을 하나의 독립적인 이야기로 더욱 분명히 이해할 수 있도록 했다.

LBL 요법은 상당히 효과적인 치유법이다. 하지만 아직은 상대적으로 생소한 영역으로 남아 있다. 이 책의 저자들은 피술자들이 자신의 삶에 분명한 목적이 있고 육체적인 죽음으로 인해 자신의 존재가 완전히 사라지는 것은 아니라는 점을 이해하는 순간, 말할 수 없이 벅찬 기쁨을 얻게 됨을 보여주고 있다.

저자들은 여러 사례들 중 특별히 흥미를 느끼는 문제를 가장 잘 반영해 주는 사례를 선별했다. 우리는 편집을 하면서, 좀더 많은 독자들이 공감할 수 있도록 다양한 개인적 상황들을 보여주는 이야기들을 골라냈다.

우리의 바람은 언젠가는 전통적인 치유가들도 널리 사용하게 될 LBL이라는 치유법을 입증해 보여주는 것이다. 이 이야기들을 통해 독자들도 자신의 삶에서 가능한 것이 무엇인지 자각하게 되기 바란다.

마이클 뉴턴, 〈마이클 뉴턴 연구소〉 설립자

1
변화의 촉매제가 된 사랑

폴 오랑(뉴욕시)
: 〈마이클 뉴턴 연구소〉 소장 겸 트레이너,
국제적 교육가, 작가, 최면요법 시술사

많은 사람들이 '영혼의 동반자'에 대한 궁금증 때문에 LBL 요법을 받곤 한다.

다음은 최근에 영혼의 동반자를 만난 어느 여성의 이야기이다. 이 여성의 삶 속으로 영혼의 동반자가 들어온 이유는 함께하기 위해서가 아니라 변화의 촉매제가 되어주기 위해서였다. 세션이 진행되면서 우리는 영혼의 동반자가 이 여성의 영혼을 각성시키고 여러 생애에 걸쳐 씨름해 오던 영혼의 깨달음을 얻도록 도와준 것이 벌써 두 번째라는 점을 발견했다.

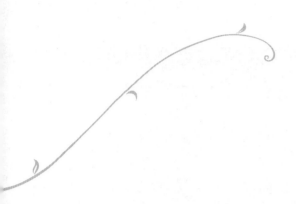

　북유럽에서 태어난 32세의 여성 사샤는 첫사랑인 마크를 만나 12년
간 사귀면서, 동화 같은 행복한 결혼 생활을 꿈꿨다. 그런데 결혼을 2
주 남겨놓고, 영혼의 동반자인 라울이 나타나 사샤의 마음을 뒤흔들어
놓았다. 사샤는 혼란스러웠지만, 계획대로 마크와 결혼했다. 사샤는
마크에게 충실했다. 하지만 그를 진심으로 친밀하게 대하기 힘들었고
몇 달 후에는 마크와 떨어져 포르투갈에서 홀로 일하며 지냈다. 그들
은 거의 6개월이나 떨어져 지냈고, 그 사이 사샤는 라울과 재회했다.
그런데 라울은 짧은 기간 동안 사샤와 연인처럼 지내고 난 후 떠나버
렸다. 사샤는 망연자실했다.

　사샤가 나를 찾아왔을 때, 극심한 죄의식과 혼란에 빠져 있었다. 영
혼의 친구인 라울과 다시 함께 살아야 할지, 아니면 남편에게 돌아가
결혼생활을 유지해야 할지 갈피를 잡지 못했다. 어느 쪽을 선택해야
할지 영혼의 안내자들에게 조언을 듣고 싶다고 했다.

　우리는 보통 피술자를 가장 최근의 전생으로 인도한다. 하지만 그
이전의 생들이 더 중요한 영향을 미치고 있을 경우에는, 곧장 그 전생
으로 유도하기도 한다. 사샤도 이런 경우에 속했다.

　사샤가 기억한 전생의 첫 장면은 이집트의 신전이었다. 샤룬이라는
이름의 여사제로 영적인 공부에 전념하고 있었다. 이 생에 대한 우리

의 대화는 다음과 같이 이어졌다.

사샤 : 저는 영성 공부를 하고 있어요. 신전에서 일하지 않는 사람들을 조종하는 훈련도 병행하고 있지요. 저는 영적으로 그들에게 강력한 영향을 미칠 수 있어요.

폴 : 어떻게 조종하는지 설명해 주세요.

사샤 : 고분고분하게 만들어요. 그들을 제 의도 대로 믿게 만들죠. 그 방법은 이미지들을 창조해서 보내는 겁니다. 그들이 해주었으면 하는 일의 이미지를 마음속으로 창조해서 그들에게 보내는 거예요. 그러면 그들이 보고 느낄 수 있어요. 효과가 아주 강력해요! 그들에게 영향력을 행사하는 건 아주 쉬워요.

폴 : 영적인 공부를 하고, 사람들을 조종하는 이 생에서 뒤로 이동해 보세요. 무슨 일이 일어나나요?

사샤 : 제가 살해당하고 있어요. 맞아요, 살해예요.

폴 : 어쩌다가요?

사샤 : 적들이 침입했어요. 사원으로 쳐들어와 사람들을 전부 죽여요! 저도 죽어요.

폴 : 당신은 어떻게 됐나요? 지금 당신의 영혼은 어디 있지요?

사샤 : 얼른 몸 밖으로 빠져나와, 지켜보고 있어요. 많은 사람들이 사원으로 들어오는 게 보여요. 하지만 슬프진 않아요. 오히려 평화로워요. 이 상황을 받아들이니까요.

폴 : 당신은 어디로 가고, 무엇을 하나요?

사샤 : 신전을 돌아보면서, 위로, 위로 올라가요. 위쪽 왼편에 빛이 보여요. 저는 그 빛을 향해 가요. 편안하게, 그 빛을 향해 움직여요. 정말 평화로워요.

폴 : 그 빛에 도달하면 무슨 일이 일어나나요?

사샤 : (놀라서) 사실, 전 그렇게 신앙심 깊은 사람이 아니에요. 그런데 어떤 성스러운 존재가 두 팔을 크게 벌리고 저를 맞이해 줘요. 사랑과 축복의 몸짓이죠. 이제 알겠어요. 저의 안내자예요. 마음이 놓이네요. 제 안내자의 이름은 아라톤이에요. 그가 말해요. 아무 문제없다고, 제가 아주 잘하고 있다고요. 저를 인정해 주고, 지지해 주고, 사랑해 줘요. 그가 제 안으로 녹아들어, 우리는 하나가 돼요. 아, 정말 믿기지 않아! 하지만 지금 저는 그의 진동을 느껴요. 아주 지혜롭고, 유쾌하고, 밝고, 순수한 그를 느끼고 있어요.

폴 : 당신의 안내자가 그런 식으로 당신과 결합하는 이유는 무엇이죠?

사샤 : 그래야 제가 나중에 그의 진동을 느낄 수 있으니까요. 도움을 구하려고 명상에 잠길 때, 그가 함께한다는 걸 알 테니까요. 그의 평화와 기쁨을 함께 느낄 수 있어요.

폴 : 그가 당신을 어디로 인도하나요?

사샤 : 아름다운 장미 정원의 벤치요. 둘이 앉아 있어요. 산책로도 보여요. 길 끝에 건물이 한 채 있는데, 흰색이에요. 건물을 보는 순간, 저기 가서 물으면 되겠다는 생각이 드는데 그러기가 겁나요.

폴 : 안내자 아라톤은 당신의 두려움에 어떻게 반응하나요?

사샤 : 불편하면, 굳이 그러지 않아도 되고 나중에 질문해도 된다고 해요. 이제 치유작업을 하려고 해요. 저는 그를 따라가요. 그런데…… 이상해요. 그가 발산하는 사랑을 느낄 수가 없어요. 하지만 그는 이 문제도 해결할 수 있다고 해요. 이제 저는 치유의 방에 있어요. 천장에 매달려 있는 기계에서 다채로운 광선이 쏟아져요. (의자에서 몸을 떨며) 제가 진동하는 게 느껴져요. 아무것도 안 하

는데, 그냥 진동이 일어나요. 아주 평화로운 느낌이 들어요. 부드러우면서도 예리한 분홍빛 광선이 제 몸을 안팎으로 정화시켜요.[1]

폴 : 무엇이 정화되고 있나요?

사샤 : 제 (영혼의) 배에 아직 두려움 같은 것이 남아 있어서, 이것을 정화시켜요. 이 두려움이 사랑과 연관되어 있거든요. 제가 아라톤의 사랑을 잘 느끼지 못하는 것도 이 때문이에요.

폴 : 이 두려움은 어디에서 생겨났나요?

사샤 : 저의 지나간 많은 생들에서요.

치유와 진동이 얼마간 계속되고 난 후, 사샤는 치유작업이 끝났음을 알렸다.

폴 : 지금, 전신거울에 당신을 비춰본다고 합시다. 당신은 어떻게 보이나요?

사샤 : 깨끗해 보여요. 분홍빛이 감도는 푸른색을 띠고요.

폴 : 당신의 안내자 이름은 아라톤이라고 했지요? 당신의 영혼 이름은 무엇인가요?

사샤 : (길게 사이를 두었다가) 키야라고 들은 것 같은데, 확실하지는 않아요.

폴 : 안내자에게 물어보세요.

사샤 : 키야는 제 전생의 이름이래요. 제 영혼 이름은 카시아페아고요.

폴 : 치유가 끝나고 안내자는 이제 당신을 어디로 데려가나요?

사샤 : 저는 한 무리의 영혼들 앞에 있어요. 모두 다섯인데, 둥근

방 안에 있어요. 이렇게 마음이 편할 수가! 아라톤도 함께 있어요. 제 옆에서 살짝 뒤쪽이에요. 처음에는 모두 갈색으로 보였는데, 가운데 한 영혼은 이제 흰빛이에요. 나머지는 불그스레한 빛을 띠고요.

폴 : 여기서 무엇을 하나요?

사샤 : 저는 그냥 기다려요. 그들은 저를 반겨주고 제가 삶을 충만하게 살도록 도와주고 싶어 해요.

사샤는 이제 이 그룹의 존재들로 마음이 분주해졌다. 이들은 흔히 원로elders나 현자wise ones, 마스터master라고 일컬어지는, 의회 의원들이었다. 긴 침묵이 이어지는 사이, 사샤는 생각을 가다듬었다. 그리고 자신과 함께 문제를 풀어나갈 준비를 하고 있는 이들의 모습을 마음속에 그렸다.

폴 : 그들은 당신에게 무슨 이야기를 하나요?

사샤 : 방 오른편에 벽이 있는데, 이 벽은 화면 역할을 해요. 화면은 세 개고요. 화면 하나에서는 제가 아이를 낳고 있어요. 제 옆에 남자가 한 명 있는데, 누군지 모르겠어요. 이 장면은 보고 싶지 않아요.

폴 : 왜죠?

사샤 : 이 장면 속의 남자는 제 남편도, 라울도 아니거든요. 그게 마음에 안 들어요. 이 남자가 라울이었으면 좋겠는데! 그들이 저에게 세 개의 장면을 보여줘요. 한 장면에서 저는 누군지 모르는 남자와 함께 있어요. 아기를 낳는 중이죠. 중앙 화면에서는 제가 라울과 함께 있어요. 가능성이 가장 큰 것도, 제일 마음에 드는 장

면도 아닌데 어쨌든 이 장면은 아주 밝아요. 이것이 진실인 건 알겠는데, 다른 두 가지 선택보다 밝은 이유는 모르겠어요. 두렵네요.[2] 맨 오른쪽 화면에서는 제가 마크와 함께 있어요……. 오, 알겠어요. 그들은 지금 제게 선택권이 있다는 걸 보여주고 있어요! 저는 남편과 함께 살 수도 있고, 다른 남자와 함께할 수도 있어요. 물론 라울을 선택할 수도 있고요. 하지만 이상해요. 제게 세 가지 선택이 있다는 것이.

폴 : 어떤 선택이 당신의 영혼에 가장 좋을지 그들에게 물어보시겠어요?

사샤 : (한참 말이 없다가) 물어봤어요. 하지만 답을 주지 않아요. 그들에게 영향받지 말고, 제 스스로 결정을 내려야 한답니다.

의회의 원로들은 샤룬이라는 이름의 전생을 통해 사람들을 조종하며 영향력을 행사했던 카시아페아에게 자유로운 선택이 얼마나 중요한지를 일깨워주고 있었다. 흔히 그렇듯, 그들은 이러한 교훈을 직접 말로 가르쳐주기도 하고, 스스로 선택할 수 있는 경험을 제공해 주기도 한다.

폴 : (세션 전 사샤가 물었던 질문들 중 하나를 꺼낸다.) 라울이 당신의 삶 속에 들어온 이유를 그들에게 묻고 싶지 않나요?

사샤 : 그건 심신을 이완하고 기쁨을 만끽하도록 도와주기 위해서예요. 타인들에게 제 마음의 문을 열 수 있도록 도와주기 위해서요. 마크는 언제나 가장 가까운 친구였어요. 우리는 언제나 함께했기 때문에, 다른 친구는 전혀 없었어요. 타인들을 단절시킨 채, 조개껍질이나 누에고치 같은 우리의 작은 세계 속에 갇혀 있었던

거죠. 라울이 제 삶에 등장한 이유는 저를 흔들어 깨워, 이 껍질을 부수고 나오게 하기 위해서예요. 변화의 촉매제 역할을 하러 온 거죠! 사랑하는 법을 가르쳐주려고 온 거예요. 덕분에 이제는 친구들도 많이 생기고, 전 세계를 여행하며 일하게 됐죠. 제가 여기에 온 것도 이 때문이고요.[3]

폴 : (사샤가 물었던 또 다른 질문을 던진다.) 그들에게 라울과의 관계로 죄책감을 많이 느낀다고 이야기하고 싶은가요?

사샤 : 그들은 저에게 괜찮다고 했어요. 죄책감은 씻겨나갈 거고, 이미 그러고 있다고요. 죄책감을 느낄 이유가 전혀 없다고 말해요. 여러 가지 결정을 내리고 삶의 방식을 변화시키기 위해서는 그처럼 강하게 저를 흔들 수밖에 없었으니까요.

폴 : (다시 사샤가 물었던 질문을 던진다.) 그들이 결혼생활로 돌아가라고 하나요?

사샤 : 아뇨. 돌아가라고 하지 않았어요. 제가 선택할 문제라고 말했지요. 저에게는 선택의 자유가 있다고 강조해요.

폴 : 영혼의 성장에 무엇이 가장 좋은 선택인지 묻고 싶나요?

사샤 : 그게 아주 이상해요. 지금은 슬프고 두려운 마음도 들어요. (사이를 두었다가 다시 이야기를 계속한다.) 하지만 받아들이고 내맡기는 것, 흘러가는 대로 두는 것, 통제하려 들지 않고, 일이든 사람이든 조종하려고 하지 않고, 일어나는 일들을 그냥 주시하는 것, 이것이 사제로서 타인들을 조종하며 살았던 제 전생의 가르침이에요. 하지만 두려워요. 라울과 함께할 수 없을지 모르니까요. 저는 확실히 그와 함께하고 싶은데…… 그에게도 자유의지가 있잖아요! 그도 저와 같은 마음인지 모르겠어요. 그들은 라울과의 삶도 화면으로 보여주었어요. 아주 행복할 것 같아요. 영적이고

평온한 삶이에요. 아이들도 둘이나 보이는군요. 어느 나라인지는 잘 모르겠지만, 아주 평화롭고 행복한 삶인 건 분명해요. 하지만 중요한 건 그도 이런 삶을 원해야 해요.

폴 : 현생에서 그럴 가능성이 있는지 물어보세요.

사샤 : 가능성이 20퍼센트 혹은 30퍼센트밖에 없다고 말합니다. 네, 20퍼센트. 저는 이 가능성이 실현되지 않을까봐 두려워요. 저는 원하는데, 그는 그렇지 않을까봐요. 그에게도 자유의지가 있고 제가 그의 의지를 조종할 수는 없으니까요. 결국 그도 원해야 해요. 오, 정말 힘들어!

영혼의 가르침을 얻는 데는 흔히 자신과의 싸움이 필요하다. 카시아페아도 실제로 자신과 싸우고 있었다. 그녀는 자기 마음대로 하는 것에 너무 길들여져 있어서 평의회원들의 심오한 영적 가르침을 흡수하는 것은 고사하고, 삶의 다른 가능성들을 살펴보는 것도 힘들어 했다. 영혼들 속의 어떤 성향들을 녹여버리는 데는 여러 번의 생이 필요하다. 카시아페아에게는 이번 생이 결정적인 기회였다.

사샤 : 그들이 다시 선택 이야기를 해요. 저에게는 선택의 자유가 있는데, 이 자유는 타인들의 선택과도 연관이 있대요. 이 말이 마음에 안 드는데, 왜 그런지는 모르겠어요.

폴 : 당신에게 무슨 이야기를 하려고 이 선택 사항들을 보여주는 걸까요?

(긴 침묵. 여전히 그들이 보여주는 것과 씨름하고 있었다.)

사샤 : (실시간 시뮬레이션 속의) 이 삶들은 결국 한 지점에서 만나요. 하지만 각기 다른 삶, 다른 길이죠.

폴 : (사샤가 세션 전에 던졌던 질문들 중 하나를 던진다.) 그들이 보여주는 세 명의 남자 중에 영혼의 동반자가 있는지 물어보고 싶나요?

사샤 : (길게 사이를 두었다가) 모르겠어요. 사실, 알기가 겁나요.

의회 원로들의 가르침을 카시아페아가 잘 받아들이지 못하자, 영혼의 안내자 아라톤이 개입하고 나섰다. 그는 카시아페아에게 잠시 원로들과 헤어졌다가 마음이 내킬 때 다시 오자고 했다. 그러고는 곧장 영혼의 그룹에게로 데려갔다.(4)

사샤 : 여기 다 있어요! 어머니하고 라울도 보여요. 여덟 명이 두 그룹으로 나누어져 있어요. 네 명은 왼쪽에, 네 명은 오른쪽에 있어요. 어머니는 왼쪽 그룹의 가운데 계시고, 오른쪽 그룹에는 라울하고 마크, 앤디(새로 사귄 친한 친구)가 있어요.

폴 : 누가 제일 먼저 앞으로 나오나요?

사샤 : 어머니가 제일 먼저 반겨주고, 다시 뒤로 물러서요. 다음에는 라울이 반겨주고, 제게 농담을 해요. 놀리는 거죠. 그가 무슨 말을 하는지는 모르겠지만, 그는 정말 재미있고 유쾌해요. 실제 삶에서는 그렇게 유쾌한 사람이 아닌데 말이죠. 쌀쌀맞고 차갑게 느껴질 때도 종종 있거든요. 그런데 여기서는 아주 따뜻하고 재미있어요.(5) 그가 이렇게 말하네요. "마음 편히 가져. 억지로 밀어붙이지 말고. 가슴이 시키는 대로 해. 자신을 내맡기고 인도하는 대로 따라." 제가 너무 두렵다고, 그와 함께 있고 싶다고, 고통스럽다고 했더니 그가 농담을 해요. "오, 우리 아기, 그렇겠지, 그럴 거야." 전 화가 나요.

폴 : 그에게 왜 지금 당신의 삶에 등장했는지 물어보세요.

사샤 : 이번이 제 삶을 변화시킬 마지막 기회이기 때문이래요. 제 마음을 열고, 다른 가능성들도 많다는 걸 보여줄 마지막 기회요. 제가 갇히고 닫혀 있어서, 저를 열어주려고요. 그는 다른 전생에서도 이걸 시도했어요. 하지만 저는 너무 수줍어서 그에게 마음을 열지 못했죠. 그래서 그와 함께하지도 못했어요. 이 일로 그는 많이 고통스러웠고요. 현생에서 그가 저와 사는 걸 꺼리는 이유도 그 때문이에요. 제가 그를 떠날까봐 두려운 거죠. 그러면 다시 혼자가 될 테니까요. 다시는 이런 일을 견뎌낼 수 없대요.

폴 : 현생에 앞서 둘은 무슨 약속을 했나요?

사샤 : 가끔 함께하기도 하고, 떨어져 있기도 하자고 했어요. 그래서 현생에서 함께 살 때도 있고, 그렇지 않은 때도 있어요. 얼마간 함께 지내다가, 얼마간은 떨어져 지내는 거죠. 하지만 그는 다른 가능성들도 검토하고 있어요. 전 그가 결정할 때까지 기다려야 해요. 그의 결정을 제가 통제할 수는 없거든요. 그가 선택을 해야죠. 그에게 사랑한다고 말했어요. (울고 나서, 길게 사이를 두었다가) 우리는 서로를 안아주었어요.

이제 마크가 나서네요. 마크와 라울 모두 제 영혼 그룹이에요. 그는 제가 여기 있어서 행복한가 봐요. 하지만 서로 떨어져 있었던 점은 슬퍼하고 있어요. 저도 슬퍼요. 그에게 마음을 아프게 해서 미안하다고 했어요. 사랑한다고 말했어요.

폴 : 마크와는 어떤 약속을 했나요?

사샤 : 함께 있기로요. 서로를 사랑하고 지지해 주기로요. 가능한 한 서로에게 많은 걸 배우기로요. 친구가 되기로 약속했어요. 그러고 나서 둘이 포옹했어요. 하지만 저는 혼란스러워요. 다시 슬

프고 두려워져요. 어머니와 제 친구 앤디가 멀뚱히 저를 지켜보고 있어요. 그들의 사랑과 지지가 느껴져요. 전 앞으로 나가고 싶은데, 평의회원들이 보여준 세 가지 가능성 속의 남자가 오른쪽 그룹에 서 있어요. 그에겐 말을 걸고 싶지 않은데, 그가 제게 다가와요. 하지만 저는 그를 쳐다보기 힘들어요. 제게 어울리는 사람이 아니라는 생각에 두려워서요. 아라톤은 그도 저를 지지해 줄 수 있다고 해요. 그는 저와 대화를 나누고 싶대요. 누구든 저와 함께 하는 사람은 행복할 거라고 말하는군요. 제 삶도 만족스러울 거라고 저를 설득해요. 하지만 이런 말이 제게는 잘 와닿지 않아요. 아라톤은 저에게 받아들이는 연습이 필요하다고 말해요. 저에게는 자유의지도 있고 서로 다른 가능성들도 있는데, 항상 어느 쪽을 선택할지 확신을 갖지 못한다고. 이 말에 동의할 수 없다고 했더니, 그가 의회의 원로들에게 가서 이 문제를 이야기해 보자고 합니다. (잠시 후) 이제 도착했어요. 그들이 저에게 문제가 뭐냐고 물어요.

의회의 원로들과 영혼 그룹을 만난 덕분인지, 카시아페아는 이제 원로들의 심오한 가르침을 받아들일 준비가 훨씬 잘 되어 있다.

사샤 : 모든 일이 받아들임의 문제예요. 제게 가장 좋은 일들이 일어나고 있는데, 전 아직 이해할 수 없어요. 일어나는 대로 무작정 따라야 하는 걸까요? 아니면 제 스스로 삶을 창조해 나가야 하는 걸까요? 정말 모르겠어요. 선택을 해야 하는 건지, 그냥 선택이 이루어지게 내맡겨둬야 하는 건지. 선택할 수 있을 때도 있지만, 선택이 이루어지게 내맡겨둬야 할 때도 있잖아요. 물론 이 상황에

서 선택할 수도 있어요. 마크를 떠나, 라울과 함께하는 거죠. 하지만 라울이 원하지 않을 때는 어떻게 하죠? 어쨌건 저는 타인들의 선택을 존중해야 해요. 원하는 것을 얻으려고 타인들을 조종하면 안 되지요.

폴 : (사샤가 세션 전에 던졌던 다른 질문을 꺼낸다.) 현생의 이 시점에서 당신이 해야 할 일은 무엇인가요?

사샤 : 명상으로 마음을 차분하게 가라앉혀야 해요. 사랑을 보내고, 라울의 자유의지를 인정해 줘야 해요. 저는 원로들에게 라울과 살아가는 미래의 모습을 보여달라고 했어요. 가능성들을 확인하고, 그것들에 마음을 열어보겠다고요. 하지만 감정적으로 거리를 둘 것이고, 가능성들을 타인들에게 투사시켜 선택에 영향을 미치게 하지는 않겠다고 했어요. 그랬더니 원로들은 제게 완고한 성향이 있기 때문에, 고착되지 않게 앞으로 나아가도록 노력해야 한다고 말해요. 삶을 앞으로 끌고 가면서 저의 직감에 따라야 한다고요. 또 어떻게 해야 할지는 제가 이미 알고 있다고 강조해요. 그래서 누구도 저에게 할 일을 가르쳐주지 않을 거라고……. 타인들에게 자유로운 선택권을 줘야 하고, 그들을 조종하면 안 된다고 하는군요.

또 무엇이든 원하는 것이 있으면 구하라고 해요. 제가 아주 창조적이어서, 무엇이든 원하는 걸 가질 수 있대요. 하지만 저는 타인들의 자유의지를 존중해야 합니다. 그래야 창조와 조종 사이에서 균형을 잡을 수 있거든요. 저는 사랑하고 받아들이면서 창조해야 하고 그러면 어디서 살고, 무엇을 해야 할지 곧 알게 될 거래요. 원한다면 유럽 어디든 더 추운 나라로 이사 갈 수도 있구요. 그곳에서 좋은 일자리를 갖고, 자식들도 기르며 행복하게 살 거래요.

정말 신기하게도, 세션이 끝나고 6개월이 지난 후, 이 글을 위해 최면기록을 정리하고 있는데, 사샤가 남편 마크와 재결합했다는 소식을 전해왔다. 사샤는 북유럽으로 돌아가기 위해 짐을 꾸리는 중에 내게 메일을 보낸 것이었다.

라울을 자유롭게 놓아주었어요. 가르침을 받아들여서 상황을 통제하려는 노력을 그만두었더니, 기적 같은 일이 일어났어요. 그들이 저에게 했던 말들이 드디어 이해가 돼요. 저는 이제 내려놓는 법을 배우고 있어요. 서로를 더 아끼고 지지하는 마음으로 마크와도 다시 합쳤고요. 이제 북유럽으로 돌아갈 거예요. 제가 시작한 사업이 아주 잘되고 있거든요. 훨씬 강해진 느낌이에요. 전에는 저에게 자유의지가 없다고 생각했었어요. 누군가 저에게 방향을 일러주고, 어떻게 해야 할지 가르쳐줘야 한다고 생각했죠. 하지만 지금은 선택할 용기가 생겼어요. 타인들에게도 선택의 자유를 주게 됐고요. 저는 내려놓는 쪽을 선택했습니다.

피술자들은 LBL 요법을 통해 자신들의 전생을 들여다보아야 할 때가 언제인지 잘 아는 것 같다. 사람들은 삶의 갈림길에 놓였을 때 최면요법을 받는다. 하지만 중요하게 새겨둘 점이 있다. 영혼의 깊은 문제들과 씨름할 때는, 세션이 끝나고 몇 주 혹은 몇 달이 지나야 세션 중에 들었던 가르침들을 모두 이해하고 소화할 수 있다는 점이다. 가르침을 받아들이고 이해해서 영혼 깊이 새긴 다음, 그것을 삶 속에 통합시키기까지는 변화의 시간이 필요하다.

사샤의 삶은 이제 긍정적인 방향으로 나아가고 있다. 삶의 목적에 초점을 맞추고, 그 삶에 자신을 내맡기며 매 순간을 만끽하게 되었다.

(1) 죽음 직후에 갖는 안내자와의 오리엔테이션 시간에는 고요하고 평화로운 곳을 떠올리는 경우가 많다. 이 재교육 작업은 영혼을 복구하기보다는 영혼의 오염을 해결하기 위한 것이다. 영혼을 철저하게 복구하는 데는 더욱 극단적인 조처가 필요하기 때문이다. 이 사례의 정원 장면에는, '영혼의 샤워'라고 칭하는 장면도 나온다. 에너지의 흐름을 통한 정화와 같은 이런 상징은 흔히 피술자의 상념이 불러일으킨 것이다. 《영혼들의 여행》 92-95쪽.

(2) 사샤는 "저는 두려워요"라는 말을 여러 번 한다. 이것은 영적인 비전이 불확실함을 보여준다. 사샤가 깊은 세타 상태에 빠져 있기는 했지만, 이 두려움은 사샤의 영혼, 카시아페아에게서 비롯된 것은 아니다. 몸을 벗어난 순수한 상태에 있을 때 혹은 원로들 앞에 나가기 직전에, 영혼들은 아직 지상에서 고통받고 있는 사랑하는 사람을 걱정할 수도 있다. 하지만 영계의 영혼들에게 육체의 중추신경계에서 생겨나는 것 같은 두려움은 존재하지 않는다. 영혼들의 감정에 대해 더 자세히 알고 싶다면 《영혼들의 운명 1》 81-83쪽, 《영혼들의 운명 2》 154-155쪽을 참고한다.

원로들이 보여준 세 가지 선택들에 대한 사샤의 반응을 통해 우리는 사샤가 자신이 본 것을 확신하지 못하고 있음을 알 수 있다. 영계의 현재 시간[now-time] 속에서 현생의 삶을 조명하고 있는데, 영계에서는 과거와 현재, 미래가 전부 하나의 시간선 속에서 진행된다. 이 장면은 가능성과 개연성들을 살펴보는 '혹시 그렇다면' 훈련을 보여준다. LBL 요법에서 피술자들은 그들의 의식을 무의식 속으로 흘려보낸다. 그러면 인간의 의식은 영혼의 에고에 대한 기억 속으로 통합된다. LBL 요법은 LBLH 190-194쪽을, 삶의 가능성들은 《영혼들의 운명 2》 261-270쪽과 LBLH 177쪽을, 의회의 구성과 치유법은 《영혼들의 운명 2》 33-36, 102-104쪽을 참고한다.

(3) 의회의 원로들이 보여주는 사샤의 현생 모습은 연인이 한 명 이상일 때 겪을 수 있는 갈등을 보여준다. 두 연인 사이의 역학관계에 주목해 보자. 사샤는 여러 생에 걸쳐서 자신에게 '으뜸가는 영혼의 짝[Primary Soul mate]'이 되어준 사람은 마크라는 점을 깨닫는다. ("우리는 언제나 함께 했어요.") 라울은 다른 생애들에서 이따금씩 그랬던 것처럼, '동료 영혼의 짝[Companion Soul mate]'으로서 현재 삶 속에

들어와 있으며, 같은 영혼 그룹에 속해 있다. 그가 등장한 이유는 사샤에게 변화의 촉매자가 되어주기 위해서이다. 사샤가 사랑의 조종자 같은 면모를 보며 사랑이 진정 무엇인지를 깨닫게 하려는 것이다. 영혼의 그룹에 대해서는《영혼들의 여행》144-147쪽을, 영혼의 짝에 대해서는《영혼들의 여행》418-421쪽,《영혼들의 운명2》105-116쪽을 참고한다.

(4) LBL 요법에서 피술자에게 견디기 힘든 장면들이 나타나면 시술자는 흔히 피술자의 영혼의 안내자를 불러내 도움을 요청하는 경우가 흔하다. 피술자가 장애에 부딪혔을 경우에는 특히 그렇다. 이 사례에서 피술자는 안내자를 따라 원로들로부터 영혼의 그룹이 있는 곳으로 옮겨갔는데, 이것은 치유 면에서 상당히 효과적인 것이다. 이완하기 시작했다는 의미이기 때문이다.

(5) 영혼의 영속적인 기질은 영혼이 깃들어 있는 인간의 두뇌와 마음의 기질과 정반대이다. 에고의 이원성에 대해서는 LBLH 80-82, 183-187쪽을 참고한다.

2
머리에서 가슴으로

자넬리 마리(플레전트힐, 캘리포니아 주)
: 연금술 연구소와 〈마이클 뉴턴 연구소〉 소속의 치유예술가,
전생퇴행요법가, 임사체험 상담가

음악치유가이자 한 회사의 임원으로 일하는 한 남성의 이야기이다. 그는 개인적인 문제들과 씨름하고 있었다. 이 문제들은 가족관계에 영향을 미치고, 직장에서도 다양한 형태로 표면화되었다. 그의 주요 문제는 뿌리 깊은 공격성과 고집, 평생 반복되어 온 거부감과 무시 받는 느낌이었다.

그는 LBL 요법을 받은 덕분에, 두뇌로 분석하는 것보다 영적인 가슴이 이끄는 대로 살아가는 것이 더 나은 삶의 방식임을 깨달았다. 또 옳고 그름을 분별하던 정신 패턴에서도 벗어났다. 그리고 모든 영혼의 우주적 연결이 중요하며, 이러한 연결은 음악적인 소리를 만들어낸다는 것을 기억했다. 영혼의 안내자에게서 자신의 공격성과 오만함을 치료할 도구들도 배웠다. 덕분에 그는 시간이 흐르면서 타인을 동등하게 대할 수 있게 되었다.

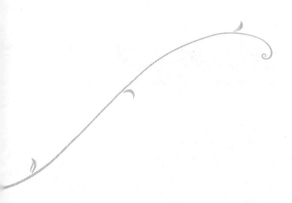

B씨는 LBL 세션을 갖기 전부터 내가 여러 해 동안 알고 지내던 인물이었다. 그는 개인적인 문제들과 씨름하고 있었는데, 이 문제들이 가족관계에까지 영향을 미치고 있었다. 또 직장에서도 다양한 형태로 표면화되었다.

그는 존경받는 회사 임원에 자폐아동을 전문적으로 치료하는 혁신적인 음악치유가였다. 하지만 그의 내면에는 뿌리 깊은 공격성이 숨어 있었고, 이로 인해 "아내와 아이들은 그에게 다가가지도, 편안함을 느끼지도 못했다"고 했다. 가족들은 그가 언제 폭발할지 몰라 언제나 전전긍긍했다.

B씨와의 첫 대화에서 나는 세션 중에 풀어야 할 문제들을 분명하게 파악하기 위해, 문제를 깊이 파고들었다. 그러자 그가 자신의 공격성에 대한 문제와 더불어 "모욕당하는 것은 참을 수 없고, 어떻게 해서든 완벽을 유지해야 하는 상태"에 대해 털어놓았다. 그러면서 다음과 같은 이야기를 들려주었다. "퇴근 후 집에 와서 싱크대에 접시들이 쌓여 있는 게 보이면, 모욕감이 치솟아요. 아내와 아들이 저를 접시닦이 취급하는 것 같아서요. 설거지를 하지 않아 집 안이 완벽하지 않은 것도 신경에 거슬려요."

B씨는 이 이야기를 다음과 같이 정리했다.

"외부 환경이 제 기대만큼 완벽하지 않으면, 기분이 나빠지면서 평생 반복되어 온 거부감 속으로 떨어져버려요. 그러다 차츰 무시당했다는 느낌에 젖어들어요."

세션 중에 B의 영혼은 세 곳을 방문했다. 그 안에서 매일의 삶 속에 통합시킬 수 있는 핵심 도구들을 얻었다. 그가 세션에서 풀고자 했던 문제들, 그리고 해결되지 않는 공격성과 관련한 도구들이었다. 처음으로 중요하게 들른 곳은 전생의 장소였다. 그는 동굴 입구에 서서, 20명 가량의 사람들을 진지하게 꾸짖고 있었다.

자넬리 : 당신은 마을에서 어떤 위치에 있나요?

B : 저는 스승이자 구루, 은자입니다. 조언이나 가르침이 필요한 남자들이 저를 찾아오지요.

자넬리 : 그들은 당신 말을 어떻게 받아들이나요?

B : 말없이 깊게 반성하죠. 전 영적인 마음으로 이 자리에 있어요. 제가 하는 말은 전부 마음에서 우러난 겁니다. 마음으로 가르치는 거죠.

자넬리 : 영적인 마음에 대해 더 설명해 주시겠어요?

B : 저는 힘 있는 존재예요. 힘이 있지만, 어떤 식으로든 저를 위해서는 사용하지 않는 균형감을 가지고 있습니다. 이 영적인 마음의 자리에서는 힘과 에고가 서로를 잘 견제해요.

B씨는 잊고 있던 자신의 한 부분과 연결되었다. 덕분에 영적인 가르침과 인도를 분명히 이해하고 새롭게 인식하기 시작했다. 그에게는 이런 마음으로 살아가는 것이 필요했다. 그의 말처럼, 지금까지는 분석적인 태도로 타인과 관계를 맺었기 때문이다. "저는 머리로만 관계를

맺었어요. 옳고 그름에 대해 분명하게 정해진 방식을 고수했지요."

세션이 계속되면서, 그는 이렇게 말했다. "제 영혼 그룹 덕분에 기분이 좋습니다." 영혼 그룹에 대한 B씨의 중요한 의문 중 하나는 신성한 계약과 관련된 것이었다. 다음의 대화에 잘 나타나 있다.

자넬리 : 영혼 그룹을 만나니 기분이 어떤가요?

B : 다시 만나 기분이 너무 좋아요. 아르라는 영혼과는 특별한 관계에 있어요. 현생에서도 잘 알고 지내는 사이거든요. 그래서 약간 놀랐어요.

자넬리 : 좀더 자세히 이야기해 주시겠어요?

B : 음, 아르는 지금의 삶에서 가깝고 중요한 친구예요. 그런데 알고 보니, 중요한 영혼의 친구이기도 하군요. 영혼으로서 그는 인내심 많고 일관성 있고, 꾸준하며 통찰력도 뛰어납니다.[1]

자넬리 : 당신의 질문 중 하나는 신성한 계약과 관련되어 있어요. 당신이 아르와 계약을 맺은 목적을 알아봅시다.

B : 현재 삶에서, 그의 임무는 저를 다시 정상궤도에 올려놓는 겁니다. 못된 장난을 일삼던 제가 영혼에 초점을 맞추는 사람으로 막 변화하려는 참이거든요.[2] 현생에서 만날 때든, 영혼 그룹 안에서 만날 때든, 아르와는 언제나 서로의 영혼 이야기만 해요. 다른 건 이야기 안 해요. 아르에게는 이메일 속의 오자든 뭐든 그것을 영적인 문제로 만들어버리는 재주가 있어요. 거기다 언제나 아주 정확하죠. 그에게는 확실히 이런 재주가 있어요. 또 영혼 이야기라고 해서 꼭 진지할 필요는 없다는 점도 가르쳐줍니다. 영혼에 관한 이야기도 많은 즐거움을 줄 수 있고, 재미도 있다고요.

자넬리 : 그럼 그는 당신의 발전을 돕기 위해 당신 앞에 나타난 것

이군요. 이것이 우리가 말했던 그 신성한 계약의 일부인가요? 당신의 직업과 인격 형성을 위한 계약이요.

B : 맞아요. 그것을 일깨워주고 있어요. 우린 스무 살 때부터 알고 지냈어요. 저는 그때도 몸부림치고 있었죠. 그는 제가 스무 살 때도 마음과 영혼의 관계, 이것과 관련된 모든 걸 공부하고 싶어 했다는 점을 일깨워주고 있어요. 또, 저에게 소리의 진동수와 관련한 특별한 재능이 있다는 점도 말해 줍니다. 소리의 의미를 이해하는 영적인 재능이 있으니, 이 재능을 치유와 접목시켜 보라고 합니다.[3] 그러면서 CD는 이제 그만 사들이고, 치유에 적합한 진동수를 찾는 일도 그만 두라고 합니다. 제 직감이 맞는다고. 이제는 스스로 소리를 만들어낼 때라고 합니다. 제가 연구 중인 진동수를 말하는 거예요. 이 진동수는 제일종 입자 진동수, 세포 진동수, 음악 소리 사이의 어디쯤엔가 있어요. 저는 이 트랙을 벌써 만들기 시작했어요. 계속 계발해서 발표할 겁니다. 이건 심리학과도 관련이 있어요. 방법은 아직 확실하지 않지만, 이 소리 진동수 연구를 제 분야에도 통합시킬 겁니다.

자넬리 : 당신이 받아들인 정보에 대해 어떤 기분이 드나요?

B : 영혼 그룹에서 아르를 만나니, 또 다른 기분이 들어요. 그가 가까운 영혼의 친구라는 점을 알고 나니, 아주 든든합니다.

영혼 그룹을 만난 장면에서, B씨는 고르라는 영혼에 대해서도 이야기했다.

"고르는 그룹의 지도자 같은 존재인데, 우리는 그를 존경해요. 그룹과 우리의 영적 진보를 위해 애쓰고 있으니까요."

B씨가 고르와 나눈 대화 속에 중요한 핵심이 있었다. 고르는 B씨에

게 현재에 존재하고 공격성을 제거할 열쇠들을 제시해 주었다. 다음은 대화의 일부이다.

B : 고르는 제가 거부감과 무시당한 기분을 느낄 때, 마치 유령의 집에 있는 거울미로를 들여다보는 것 같대요. 저도 사실 제가 저를 무시하는 타인들을 보는 건지, 저 자신을 보는 건지 잘 모르겠어요. 어쨌든 저는 이 함정에 쉽게 빠져버려요. 고르에게 이 함정에서 빠져나올 방법을 물었어요. 그랬더니 저를 무시하는 사람들에게 의식을 집중하지 말랍니다. 그보다 제 영혼이나 영혼의 안내자, 천상의 영역에 초점을 맞추라고 권해요. 또 제가 물질적인 것에 마음이 산만해진다고 했더니, 내면을 들여다보라고 합니다. 외적인 환경에서는 만족을 찾을 수 없을 거라고요. 내면과 연결되면, 현재에 존재할 수 있게 된답니다.

자넬리 : 그 도구도 제시해 주나요?

B : 먼저 이마에 손을 대고 의식을 집중하랍니다. 다시 칼싸움을 해보라고도 했어요. 제가 어렸을 때 칼싸움을 무척 잘했거든요.

자넬리 : 실제로 해보라는 건가요? 아니면 상징적인 의미인가요?

B : 둘 다입니다. 실제로 칼싸움은 몸과 영혼을 하나로 만들어줘요. 상징적으로는 의미 있고 핵심적인 것에 계속 초점을 맞추게 해주지요. 그러면 언제나 단순한 상태를 유지하고 온갖 산만한 것들로 자신을 가득 채우지 않게 됩니다.[4] 그는 특히 저를 어지럽히는 잡다한 사람들과 약속을 만들지 말라고 충고합니다.

자넬리 : 그 말에 대해 더 설명해 주시겠어요?

B : 네. 거부에 대한 두려움은 사실 정말 대단한 도구예요. 거울미로 속에 있을 때면, 저는 잘못된 사람들과 시간을 낭비하게 되니

다. 그도 이 점을 지적했어요. 그래서 거부감은 사실 하나의 신호, 깃발과 같죠. 거부당하는 것에 대한 두려움은 훌륭한 영혼의 도구예요.

B씨는 그의 공격성을 다스릴 수 있는 실제적이고 구체적인 도구도 배웠다. 영계에서 중요한 곳들을 들르던 중, 그는 의회 원로들도 만났다. 다음은 B씨가 원로들을 만나, 현생에서 오만함에 대해 나눈 대화의 일부이다.

B : 원로들이 저에게 그토록 오만하게 굴면 안 된다고 말해요. 하지만 전 이해가 안 돼요.
자넬리 : 오만함을 고칠 도구도 가르쳐주나요? 당신이 이해를 더 잘하게, 몸의 특정 부위나 태도를 설명해 주나요?
B : 저는 모든 걸 알아야 한다는 생각에 언제나 에너지를 머리에 집중해요. 그러면 제 환경을 통제할 수 있을 것 같거든요. 하지만 당연히 이건 불가능해요. 그들은 그것이야말로 오만이라고 말합니다. 통제하려는 태도야말로 오만의 가장 정확한 정의이고, 이런 생각 때문에 제가 항상 머릿속에만 머물게 된대요. 저는 이런 태도를 버려야 해요.
자넬리 : 그들이 오만함을 버리거나 벗어날 수 있는 길로 당신을 인도해 주나요?
B : 네. 아주 좋은 방법을 일러주었어요. 무릎을 꿇고 맨손으로 부엌 바닥을 청소하는 거예요. 그러면 에너지가 제 머릿속에 머무는 대신, 온 몸을 돌아다니게 돼요. (웃는다.) 맞아요. 그러면 확실히 머리를 숙이게 돼요!

자넬리 : 청소 횟수도 알려주었나요?

B : 일주일에 한두 번요. (웃는다.) 끝까지 지켜보고 확인할 거래요. 저는 앞으로 오만한 태도에서 벗어날 겁니다. 그들은 이 문제를 아주 진지하게 이야기했어요. 그러니 정말로 그들의 조언을 따라야 해요.

자넬리 : 더 할 말은 없나요?

B : 이 방법은 좀 우습지만 정말 재미있어요. 그들은 부엌일을 지시했어요. 오랫동안 저는 부엌 청소를 해야 해요. 부엌을 번쩍거릴 정도로 깨끗하게 만들어야 합니다. 그러면 제 작은 머릿속 따위는 걱정할 필요가 없으니까요. 그런데 그들은 이 일을 저만큼 재미있게 생각하지 않아요. 저는 이 일을 재미있게 받아들이는 것이 제 머릿속 문제에서 벗어나는 방법이라고 생각하는데 말입니다. 하지만 재미있게 하는 건 불가능해요. 그들이 이 일을 너무 진지하게 생각하거든요.

자넬리 : 이 도구와 관련해서 더 할 말이 있나요?

B : 네. 제 아들에게도 똑같이 가르쳐야 해요. 부엌과 욕실 청소법을 가르쳐야 합니다.

이 대화 후, 우리의 세션은 끝났다. B씨는 지혜롭게도 이후 몇 달간 영혼 그룹이 제시한 방법들을 실천에 옮겼다.

칼싸움이 아들과의 관계를 어떻게 변화시키고, 공격성에서 벗어나 현재에 존재하는 데 어떤 식으로 도움을 주었는지 설명했다.

열 살짜리 아들과 베란다에서 칼싸움을 했어요. 그러면서, 아들은 저에 대한 두려움 없이 공격성을 표출하는 법을 터득했습니다. 이제는 둘 다

관계를 해치지 않으면서 공격성을 표출할 줄 알게 되었어요. 저의 공격성을 직시하고 이 문제를 더 잘 해결하기 위해 칼싸움이라는 도구를 수용한 결과, 아들과의 관계도 좋아진 거죠. 저에겐 아주 소중한 일이에요. 회사 임원으로 일하는 과정에서도 효과가 나타났어요. 회의 때 임원들은 다소 강하게 공격성을 드러냅니다. 그 공격성이 저를 향하는 경우가 종종 있어요. 그런데 칼싸움 덕분에 저에게 다가오는 부정적인 에너지를 두 동강 내서 그냥 지나가게 만들 수 있게 됐지요. 회의 때마다 저는 머릿속으로 칼을 그리면서 이런 생각을 떠올려요. 훈련을 규칙적으로 했더니, 다른 임원들이 제가 회의 시간에 훨씬 침착해졌다고 하더군요. 저는 이마에 손을 대서 공격적인 에너지를 쪼개버리는 법도 배웠어요. 이 도구는 저를 내면으로 인도하고 저의 에너지를 다스려 현재에 존재한다는 느낌도 갖게 해주었습니다.

나중에 B씨는 원로들의 진지한 조언을 따른 덕에, 다음과 같은 변화도 경험했다.

저는 공격성과 거부감을 치료할 전문적인 치유법이 필요하다는 걸 깨달았어요. 그래서 매주 원로들이 조언해 준 대로 부엌 바닥을 청소했어요. 덕분에 겸허해졌습니다. 겸허는 사실 배우는 것이 아니라, 스스로 몸에 익히고 유지해야 하는 자질이지요. 매주 청소를 하다 보니, 그것이 저의 공격성을 다스리는 신성한 도구라는 생각이 들었어요. 1년 정도 부엌 바닥을 닦고 나자 어느 날 아내가 이렇게 말하더군요. "정말 대단해요. 계속 그렇게 공격성을 다스리다니 말이에요."

1년 뒤, B씨는 영혼 그룹을 통해 발견한 신성한 약속을 지키기 위해

매월 아르와의 만남을 지속한 덕에, 실제로 도움이 되었다고 했다.

한 달에 한 번씩 여러 차례 대화를 나누면서, 아르가 현생에서 저를 놀려주기로 약속했다는 사실을 알게 됐어요. 완벽주의적인 태도와 거부감, 무시당하고 있다는 피해의식에서 저를 끄집어내기 위해서지요. 제 태도를 조롱할 수 있는 유일한 사람이 바로 그이며, 이것이 우리가 맺은 신성한 약속의 중요한 일면임을 깨달았습니다. 또, 지금은 물질계에 존재하는 영혼이지만 우리 모두 우주적으로 연결되어 있다는 것도 인식하게 되었어요. 이런 연결에는 진동수가 있고, 이 진동수는 음악적인 소리를 갖고 있습니다. 아르는 저에게 이 진동수를 연구해서 가르치고 유럽에서 발표하라고 부추깁니다. 유럽은 오래 전부터 인지학을 받아들였으니까요.

B씨는 이 진동수를 연구해서, 자폐아동과 부모를 돕고 있다. 이 소리 진동수가 신경처리 언어를 활성화하고, 말을 전혀 못하던 아이들도 기본적인 문장을 말할 수 있게 해준다는 점을 발견했기 때문이다. 그는 이 소리들을 다발성경화증이나 섬유근육통, 수면무호흡증 같은 다양한 병의 치료에 이용하는 법도 가르치고 있다. B씨는 이런 특별한 화성학적 지식 덕분에 겸손함을 잃지 않을 수 있다고 말했다. 그는 이제 기존의 화성 패턴을 이용하고 있다. 덕분에 피술자들을 제대로 가르치고 삶의 목적을 이루도록 지지해 주게 되었다. 하지만 더 이상 그는 유능한 치유사인 것처럼 가장하지 않는다.

회사 임원이자 부서 책임자로서, B씨는 조직의 역학관계에도 변화를 주었다. 영혼 그룹이 제시해 준 대로, 원형탁자 형식을 그의 부서 조직도와 팀 회의에 성공적으로 도입한 것이다. 그 결과, 그와 부하직원들 간의 지위가 동등해지면서 부하직원들도 결과에 대한 두려움 없이 그들의 견해를 자유롭게 피력하게 되었다. 아주 만족스러운 근무환경이 조성된 것이다.

직원회의에서도 그는 이제 안건만 제시한 뒤, 자연스럽게 결과가 도출될 때까지 직원들의 말을 경청하게 되었다. 또 이 생산적이고 편안한 역학구조를 도입한 결과, 직원들도 더 이상 그를 두려운 복종의 대상으로 보지 않게 되었다. 뿐만 아니라 많은 프로젝트들이 기한과 예산에 맞춰 완성되면서, 사무실에도 아주 긍정적인 분위기가 감돌기 시작했다.

요컨대 그는 세션 중에 얻은 귀중한 정보들을 가슴 깊이 새기고 실천에 옮긴 결과, 매일의 삶에서 확실한 변화를 일으킬 수 있었다. 그러면서 개인적으로나 업무상으로 연관되어 있는 사람들의 삶에도 긍정적인 도미노 효과를 불러일으켰다. B씨의 다음 글은 영혼 여행의 최종 결과를 잘 요약해 준다.

머리가 아닌 가슴으로 사는 태도는 저의 삶을 풍요롭게 만들어주었습니다. 또 타인들과 동등한 위치에서 어울리게 되기도 했고요. 덕분에 이제는 자신을 타인보다 더 중요한 존재로 보지 않게 됐어요.

특정한 이들의 영혼 여행이 우리를 어디로 인도할지, 궁극적으로 삶의 어느 지점에 이르게 될지, 피술자가 고백한 문제와 질문들이 어떻게 해결될지 나는 알지 못한다. 하지만 각자의 영혼 여행에서 얻은 긍정적이고 예리하며 강력하고 놀라운 자료들을 반영해 주는 이 독특하고 주목할 만한 시나리오들에 대한 보고들이 되풀이되고 있다.

영혼의 삶과 연결되고 나면, 비슷한 도구들을 쉽고 효과적으로 이용하고 통합하는 능력이 생기는 것 같다. 내면으로의 깊고 심오한 영혼 여행을 기꺼이 받아들이는 이들에게 영혼의 영역은 매우 호의적이고 유쾌하며 충실하고 친절하다.

---

(1) 같은 그룹의 영혼은 모두 '가장 중요한 영혼의 짝'이라고 생각할 수 있다. 하지만 사실이 아니다. 일반적으로 현재 삶에서 깊은 유대를 형성하는 영혼은 영혼 그룹 중 하나에 불과하다. 이런 영혼은 매일 우리와 함께하지 않을 수도 있다. 영혼 그룹의 다른 일원들은 '동료 영혼'으로서 흔히 삶에서 우리를 지지해 주는 역할을 한다. 다른 그룹의 영혼이 특정한 생애 동안 우리와 함께 일할 경우, 이 들을 '제휴되는 영혼'이라 부른다. 《영혼들의 운명2》 114-115쪽, LBLH 100쪽, 120, 131-133쪽.

(2) 영혼 그룹 안에서도 성격이 다른 영혼이 있다는 말을 전에도 했다. 하지만 이 사례는 우리에게 다른 시각을 제공한다. 모든 영혼 그룹은 서로를 보완해 주는 다양한 불멸의 특징들을 갖고 있다는 점이다. 레벨I과 레벨II에 속한 영혼 그룹 이 특히 그렇다.

이 사례에서 B씨는 자신이 영혼 그룹에서 '못된 장난을 하는'이라고 표현했다. 아르는 '꾸준하고 통찰력 있는'으로 표현하지만, 다음에 언급하는 고르는 '용감 한 싸움꾼'이다. 짐작컨대, 그룹 내의 다른 영혼들은 더 조용하고 사려 깊거나, 대담하게 위험을 감수하는 유형일 것이다.

하지만 B씨가 현생에서는 공격적이고 편집증적인 성격을 갖고 있으며, 이런 점 은 느긋하게 장난을 즐기는 모습과는 상당히 다르다는 점에 주목할 필요가 있 다. 이것은 기질적으로 영혼의 성격과 합치되기보다 다소 상반되는 두뇌를 보 여주는 좋은 예이다. 영혼 그룹 내 영혼들의 성격 유형에 대해서는 《영혼들의 여행》 238-239쪽을, 몸과 영혼의 파트너십은 《영혼들의 운명2》 301-317쪽을, 몸과 영혼의 관계에 대해서는 LBLH 181-184쪽을 참고한다.

(3) 이 사례에서 음악은 큰 의미를 지닌다. 음악은 영혼이 영계에서 경험하는 것들 에 대해 중요한 역할을 한다. 표현과 소통, 치유 면에서 소리의 진동과 울림은 곧 영적인 에너지의 표현이기 때문이다. 《영혼들의 여행》 40-43, 73-76, 156-

157쪽, 《영혼들의 운명2》 177-185쪽 참조.

(4) B씨가 이후에 나오는 어린 아들과의 칼싸움 장면에서 공격적인 행동을 보여주는 것 같지만, 내가 펜싱 선수였기 때문에 사실은 그 이상의 것들이 이루어지고 있다는 걸 알 수 있다.

펜싱은 고도로 집중된 정신을 통해 몸의 급격한 움직임들을 통제한다. 이 이야기가 말해 주듯, 정신 에너지를 정화시키는 방법이기도 하다. 역사적으로 칼은 '영적인 자기 정화의 도구'로 여겨졌다. 한 예로, 일본에서 칼날은 퇴마의식과 완벽성에 대한 개념에서 중심적인 역할을 한다.

3
아이들이 무덤에서
가르침을 줄 때

브린 블랭킨십(윌밍턴, 북캘리포니아 주)
: 〈마이클 뉴턴 연구소〉의 수석 트레이너이며 맴버십 책임자,
자기초월 최면퇴행가, 공인받은 최면교육가

캔다스는 어린 두 손자들을 잃은 뒤 LBL 요법을 받으러 왔다. 이 비극적인 사건에 대해 마음의 평화를 얻고 싶었기 때문이다. 캔다스는 우리가 영원불멸의 존재라는 사실을 이미 알고 있었지만, LBL 최면이라는 심오한 방식을 통해 손자들과 재회함으로써 관계의 영원한 본질을 깨닫고 고통도 덜어냈다. 손자들과의 관계가 시공을 초월한다는 점을 깨달으면서 아픈 가슴이 치유되었다.

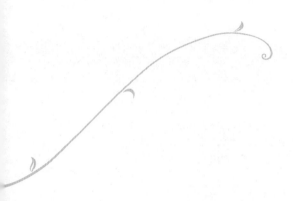

　사무실 건물 로비에서 캔다스를 맞이했다. 캔다스는 미소를 머금은 채 나와 악수했다. 순간 조용한 힘과 단호함이 느껴졌다. 하지만 나를 바라보는 캔다스의 아름다운 담갈색 눈은 미소로도 완벽하게 숨길 수 없는 슬픔이 배어 있었다.

　사무실로 올라가는 중에도 캔다스는 잡담으로 시간을 허비하지 않았다. 그녀는 몇 달 전, 자동차 사고로 두 손자를 잃었다. 아이들의 죽음을 납득하고 위안을 얻고 싶다고 했다. 셋째 손자는 다행히 살아남았지만, 사망한 손자 다니엘은 열 살, 엠마는 고작 일곱 살에 불과했다. 손자들에게 헌신적이었던 캔다스는 아이들의 죽음에 넋을 잃었다. 손자들을 안고, 놀아주고, 어루만지고 싶은 마음이 간절했다.

　다니엘은 짧은 금발에 따뜻한 미소가 매력적인 다정한 아이였다고 했다. 같은 또래 사내아이들이 그렇듯 운동을 좋아했고, 운동선수 같은 다부진 몸으로 운동에 뛰어난 자질이 있었다. 할머니 캔다스와 다니엘은 유난히 가까웠다. 다니엘은 상대가 슬프다는 것을 금세 알아차리고 상대를 웃게 만들 줄 아는 아이였다고 했다. 사랑스럽고 민감한 영혼이었으며, 지구상에서 보낸 10년의 짧은 세월을 뛰어넘을 만큼 지혜로웠다.

　엠마는 여러 모로 다니엘과는 딴판이었다. 길고 검은 머리칼에 창백하고 작은 얼굴, 작은 몸통은 다니엘보다 호리호리하고 왜소했다. 장난스럽게 두 눈을 반짝이는 모습은 때로 짓궂은 꼬마요정 같았다. 일부러 오빠를 때리다가 들키기라도 하면, 실수라고 우겨대곤 했다. 캔다스는 손자들을 회상하며 많이 웃었지만, 위로할 길 없는 진한 슬픔이 배어났다. 손자들이 죽음을 맞이한 순간을 이야기할 때쯤에는 이런 분위기가 더욱 짙어졌다.

손자들과 함께 자전거를 타고 수영하고 동물원에 놀러가고 영화를 보면서 얼마나 즐겁게 지냈는지 이야기하면서 캔다스의 표정은 고통을 숨기지 못했다. 손자들과 함께할 수 없는 한, 자신이 과거에 무슨 일을 했는지는 아무 의미가 없었기 때문이다.

말하는 내내 캔다스의 두 눈이 나를 빨아들이는 것 같았다. 깊이와 지혜가 묻어나는 오래된 영혼의 눈을 지니고 있었다. 슬픔을 대하는 태도에서는 그녀의 씩씩한 영혼이 우아하게 짊어지고 있는 무거움이 느껴졌다. 캔다스는 이 슬픔을 이해하고, 이를 통해 배우고 싶어 했다. 자신의 의지와 달리 자꾸만 포도주 잔을 집어들게 되는 깊은 슬픔에 먹혀버리고 싶지 않았기 때문이다. 이대로는 해결이 되지 않는디는 것을 잘 알고 있었다. 밤은 특히 가혹했다. 밤이 깊어갈수록, 고통도 깊어졌다.

나는 며칠 뒤에 있을 LBL 세션의 준비단계로 먼저 전생퇴행을 시작했다. 캔다스는 원주민 사냥꾼이었던 전생으로 쉽게 거슬러올라갔다. 이 사냥꾼은 아름다운 검은 머리칼에 동물 가죽을 걸치고, 화살통이 달린 가죽 끈을 매고 있었다. 이 전생에서 캔다스는 세콰나라는 이름의 남자였다. 새콰나는 '축복 받은'이라는 의미였다.

세콰나는 "기계와 보트, 백인들"이 출현하기 이전 시대에 숲에서 동물들과 함께 살았다. 그는 동물들에게 가까이 다가가는 능력을 지니고 있었다. 동물들은 그를 알아차리지도 못했다. "저는 동물들을 잡아먹지 않아요. 그저 동물들과 함께 걷지요. 토끼 새끼들한테 다가가 그들의 아름다움을 느끼기도 하고요. 먹을 건 쉽게 찾을 수 있어요. 숲 어디에나 있거든요. 나뭇잎이며 딸기, 물, 과일, 물고기…… 곰들은 꿀이 어디 있는지도 알려줘요."

그는 동굴 같은 곳에서 혼자 살았다. 부족들과 떨어져 동물들과 함께 살아가며 치유의 약을 얻었다. "숲의 정령들은 모두 제 스승이에요. 저는 걸으면서 나무들이며 식물들을 느껴요. 대화도 나누고요. 동물들하고도 대화를 해요. 제 존재를 변화시켜 그들과 하나가 되어서 그들의 비밀을 배우고, 그들의 약을 알아내기도 해요."

우리는 세콰나의 노년으로 이동했다. "이제 나이가 들었어요. 하지만 많이 늙지는 않았어요…… 머리도 이제 검지 않아요. 몸도 튼튼하지 않고…… 제게는 마법과 약이 있어요. 모닥불 훈기가 좋아, 그 옆에 앉아서 연기를 맡아요. 저는 아이를 잉태시키는 힘이 있어서 여자들이 저를 찾아오지만, 머물지는 않아요. 저도 자식을 소중히 여기고 바라기도 했어요. 하지만 혼자 살아요."

세콰나는 돌이켜보니, 이렇게 혼자 지낸 것이 자신의 실수였다고 말했다. 자신의 지식을 어디로도 전할 수 없고, 지식을 이어줄 사람도 없었기 때문이다. 부족의 여인들이 치유나 힘이 필요할 때 그를 찾아오긴 했지만, 그들과의 관계에서 별다른 일은 없었다.

세콰나가 알던 많은 사람들은 캔다스의 현생에서도 중요한 역할을 했다. 막대한 에너지를 지닌 아버지 제나콰는 부족의 지도자였다. 제나콰는 세콰나와 세콰나의 쌍둥이 형에게 에너지를 운용하고 부족을 위해 에너지를 쓰는 법에 대해 가르쳐주었다. 그는 현생에서도 캔다스의 아버지로 환생했다. 아버지의 영혼이 그녀에게 다가와, 손을 잡아주며 위로해 주었다.

몇 분 일찍 태어난 쌍둥이 형은 세콰나를 사람들과 연결시켜주는 역할을 했다. 그도 세콰나와 똑같은 능력들을 갖고 있었다. 어린 시절, 그들은 자연의 정령들과 태양, 달, 구름과 함께 놀았다. 그는 사람들과 어울리기 좋아했지만, 세콰나는 고독을 사랑했다. 쌍둥이 형은 현생에서도 캔다스의 오빠로 태어나 캔다스에게 사랑과 지지, 힘을 보내고 있다. 이 힘들고 고통스러운 시기에 캔다스가 힘을 잃지 않게 도와주는 사람도 그였다. '힘을 잃지 않는 것'은 캔다스가 지금 중요하게 의지해야 할 기술이었다. 그녀는 이미 이 기술을 터득하고 있었다.

죽음의 순간이 다가오자, 세콰나는 급격히 노쇠해졌다. "휴식이 필요해요. 숨 쉬기도 힘드네요. 사람들은 모두 떠나버렸고, 이제는 제 차례예요." 세콰나가 죽음 속으로 떨어지자, 영혼이 몸 밖으로 나왔다. "제 몸을 자유롭게 털고 나왔어요. 그랬더니 다시 힘이 생기네요. 이제 어디로 가야 하는지도 알아요."

영계로 가는 건널목에 이르자, 사랑하는 이들(인간과 동물들)이 세콰나를 반겨주었다. 푸른빛이 그를 감쌌다. "이 빛은 어둠의 중심부에서 나오는데…… 보석처럼 짙고 강렬한 색을 띠고 있어요. 빛이 점점 밝아져요. 움직이기도 하고, 소리와 질감, 무게도 있어요. 마치 고체 같아요." 이 빛이 모든 끈적끈적한 부위들을 씻어내, 지상에 머물던 그의 무거운 몸에서 영체를 되살려냈다.

원주민 사냥꾼으로 살았던 이 전생은 세콰나에게 재충전의 기회를 제공해 주었다. 기본적인 생존욕구만 충족시키면서 영혼을 성숙시킬 수 있는 삶이었던 것이다. 그에게 중요한 것은 대지와 대지의 영혼을 느끼며, 태양의 열기와 비의 차가움이 주는 기쁨을 만끽하는 균형 잡힌 상태였다.

대지와 하나가 되면서, 치유가가 됐을 때 사용할 식물과 마법 지식을 얻었다. "저는 경험해야 할 것들이 많아요. 이 전생은 다음 생들을 위한 수업과 같죠. 이 생에서는 혼자 살기를 선택했지만, 모든 선택이 올바른 것은 아니라는 사실을 배우고 있어요. 다음 생에서는 다른 선택을 할 겁니다."

이 전생으로의 여행에서 캔다스는 잠자고 있던 힘의 저장고에 다가가게 되었다. 지금처럼 중요한 시기를 통과하는 데 꼭 필요한 힘이 저장고 안에 들어 있었다. 손자들이 죽고 난 후, 영혼의 균형 회복이 어느 때보다도 절실했다. 한 가지 분명한 목적이 있으면, 에너지가 흩어지는 것을 막을 수 있다.

세션이 끝나기 전, 캔다스의 안내자들은 캔다스에게 에너지가 지나치게 많으며 이 에너지를 더 나은 방식으로 써야 한다고 조언했다. 잠을 잘 못 자는 것도 이 때문이었다. 그들은 또 포도주를 끊으라고 조언했다. 포도주에 의지하면, 이런 사건을 겪게 된 목적에서 멀어질 뿐이기 때문이었다. 캔다스는 몸과 마음, 에너지 속에 온전히 머무는 것이 중요하다는 점도 다시 배웠다. 언제나 삶 속으로 들어가, 삶을 충분히 경험해야 했다.

이날 캔다스는 인지하고 있어야 할 것들을 많이 배웠다. 사무실을 떠나는 그녀에게서 밝은 기운이 느껴졌다. 세션을 강도 높게 받고 난 이후였기에 편안하게 이완되어 있었다. 우리는 며칠 뒤 다시 LBL 요법을 시도하기로 했다.

캔다스가 다시 이곳에 찾아왔을 때, 우리는 시간 낭비 없이 곧장 최면에 들어갔다. 캔다스는 어린 시절을 지나 자궁 속에 있던 시절로 쉽게 퇴행했다. 캔다스는 자궁이 "대기실" 같다고 말했다. "제 몸이 가장자리로 미끄러져 들어가요. 몸이 거꾸로 뒤집혀 있는데, 어머니 심장박동 소리가 강한 진동처럼 느껴지더니 물살이 일고 흘러…… 제 영혼은 이제 일곱 달 된 태아의 몸에 익숙해졌어요. 저는 자궁 안에 머물지만, 가끔 밖으로 나가 주변을 둘러보기도 해요.[1] 제 감정이 태아의 두뇌를 통제해요. 이 몸은 여자예요. 사실은 남자로 태어나고 싶었지만, 더 부드럽고 강해지는 연습을 할 필요가 있었어요. 이번 생에서는 다른 종류의 여자가 될 거예요. 도전 가득한 삶…… 저는 강렬한 희로애락의 감정들을 느껴봐야 해요. 이 도전이 장애물처럼 절 힘들게 하겠지만…… 쉬운 건 아무것도 없어요."

캔다스는 이제 전생을 지나 영계로 들어가면서 이렇게 말했다. "거대한 빛 기둥들이 보여요. 이 기둥 중 하나가 저예요. 경계는 없는 것 같아요. 저는 독자적으로 인식하지만, 이 빛 기둥들과 결합해서 빛과 하나가 된 지금은 별개의 존재가 아니에요. 이 빛이 바로 저니까요."

캔다스를 가브리엘과 마이클이라는 영혼의 안내자들이 환영해 주었다. 그들은 그녀를 일라라고 불렀다. 일라는 캔다스의 영혼 이름이었다. 가브리엘은 짙은 자줏빛에 둘러싸인 순수한 금색을 띠고, 사랑으로 넘쳐 흘렀다. 시니어 안내자인 마이클은 짙은 보랏빛이 섞인 어둡고 강렬한 색채들을 띠고 있었다. 이 색채들은 빛과 견고함의 대비를 보여주었다. 일라는 자신이 마이클보다 옅은 푸른색을 띠고 있다고 했다.

일라는 바닥에 돌이 깔린 거대한 신전으로 들어가, 여러 층으로 된 커다란 영혼 도서관에 들어섰다. 전생의 의미 있는 경험들을 돌아보기 전에, 자신이 이곳에 있음을 등록해야 했기 때문이다. 그것에 대해 이렇게 말했다. "지상의 것들은 이곳의 것들을 기억해서 그대로 모방

한 것이에요…… 저는 모든 작품을 커다란 바인더에 정리해 두었어요."[2]

그리고 지난 삶을 되돌아보기 시작했다. 안내자들은 그녀에게 대지와 접촉하고 타인과 소통하는 시간들 모두 중요하다고 강조했다. 일라는 다른 전생들에서도 고립과 고독을 추구하는 성향이 있었다. "여러 삶을 거치며 식물과 나무, 동물, 새들에 대해 알게 되었어요. 하지만 사람들—그 이름들—에 대해서도 배우고, 이들과 관계도 맺어야 했어요."

일라는 대지에 헌신했던 전생들을 사랑했다. 하지만 다른 사람들의 상세한 정보에 주의를 기울일 만큼 마음이 느긋하지 않았다. 다른 사람들과 관계를 맺고 다른 사람들을 알아가는 데는 상세한 정보들이 필요하다. 이런 정보는 사람에게로 들어가는 문과 같다. 그리고 각자의 몸은 나름의 이야기와 에고를 갖고 있다. "저는 아직도 이 점을 배우고 있어요." 일라는 지나칠 만큼 자기 안에 머무는 성향이 있었다.

"여기서 공부를 하는 건 아니에요." 일라가 말했다. "제가 배운 점들을 (미래에 이곳에 올 때를 위해서) 저장할 뿐이죠. 다른 전생들을 상세하게 기록하면서 스스로 충전하는 거예요. 어떤 몸은 영혼의 정체성을 유지하기가 힘들어요. 하지만 좀더 이완할 경우 쉽게 정체성을 유지할 수 있는 몸도 있지요."

일라는 최근의 전생들에서 많은 에너지를 갖고 태어나지는 않았다고 했다. 하지만 캔다스로 사는 삶을 위해서는 허용된 거의 모든 에너지를 가지고 왔다. 어떤 일을 겪게 될지 알고 있었기 때문이다.

영혼의 도서관에서 작업을 마친 뒤 일라는 마당을 지나, 각각의 영혼 그룹이 모여 있는 거대한 에너지 덩어리에서 자신의 영혼 그룹이 모여 있는 에너지 다발로 다가갔다. "전부 모여 있어요. 영혼 가족에

서 제가 연장자이기 때문에, 제가 돌아오면 모두들 늘어서 있죠." 에
너지 다발 안으로 발을 들여놓는 순간, 다양한 가족 구성원들이 보였
다. "영혼 그룹과의 연결선이 있는데, 이 선들이 우리를 서로 휘감고
있어요…… 이 선은 밝을 때도 있지만 그렇지 않을 때도 있지요."[3]

나는 일라에게 손자 다니엘과 엠마에게 연결되어 있는 선을 찾아보
라고 했다. 그 선을 찾아내자, 그들이 앞으로 나왔다. 엠마가 먼저 나
오고 뒤이어 다니엘이 나왔다. 엠마는 할 말이 별로 없었다. 엠마는 캔
다스의 주요한 영혼 그룹의 일원이 아니었기 때문이다. 엠마는 다니엘
같은 동반자 영혼이 아니라 동료 영혼 그룹의 일원이었다. 엠마와 연
결된 선이 다니엘과의 연결선만큼 밝지 않은 것은 이 때문이었다.

그녀는 엠마도 사랑했지만, 다니엘과의 연결이 훨씬 강했다. 다니엘
의 에너지는 크고 따뜻했다. 그는 온 존재로 일라-캔다스를 안아주었
다. 그리고 나서 마음을 아프게 하려고 떠난 것은 아니며, 그녀의 가슴
에 중요한 존재였기에 행복했음을 알렸다. 영원한 안식처에서 행복하
게 지내는 다니엘을 보고, 캔다스는 큰 위안을 얻었다. 다니엘 역시 배
우는 과정에 있었으며, 다음 생을 위한 계획들을 짜고 있었다.

다니엘과 엠마는 어린 나이에 삶을 마감해서 가족들에게 가르침을
주기로, 태어나기 전 영혼의 상태에서 미리 약속을 했다. 둘 다 어린
나이에 끔찍하게 죽을 가능성이 높다는 것을 알면서도 인간의 몸속으
로 들어갔던 것이다.

캔다스도 이들의 죽음이 불러올 슬픔을 경험하기 위해 이들과 한 가
족이 됐다.[4] 고립과 고독을 추구했던 지난 전생들의 카르마를 극복하
려고 한 것이다. 현생에서 캔다스는 더욱 강해지고, 가족들이 힘을 합
쳐 아이들을 잃은 슬픔에서 벗어나도록 서로 도와야 했다.

(선택에 의해서든 환경 때문이든) 캔다스는 고립 속에서 여러 생을 살

았다. 그런데 이제 죽은 아이들이 캔다스에게 고독에서 벗어나 전생들으로부터 터득한 기술로 가족을 하나로 연결하도록 가르치고 있었다.

비극은 인간을 하나로 만들 수도, 분리할 수도 있다. 캔다스는 이미 터득한 것들을 가지고 가족들의 치유를 도와야 했다. 이야기나 사진을 통해 아이들을 기억하고, 언젠가는 다시 아이들을 만나리라는 점을 가족들에게 일깨워주어야 했다.

아이들은 미래의 희망이다. 그래서 아이들이 일찍 죽으면, 가족은 극심한 충격에 사로잡힌다. 그러나 이런 충격은 영적인 성장의 기회이기도 하다. 아이들은 작지만 강력한 치유가인 셈이다. 다니엘이 지구에서 가졌던 몸은 아이의 몸이었지만, 그의 영혼은 아주 크고 강했다.

캔다스는 인간을 영원한 존재로 믿었다. 하지만 손자들의 죽음으로 믿음이 흔들렸다. 그런데 다니엘의 커다란 에너지를 경험하고 나자, 인간의 영혼이 영원함을 다시 확신하게 되었다. 다니엘은 캔다스에게 계속 가슴을 열어야 한다고 가르쳤다. 지금 캔다스를 절실히 필요로 하는 다른 손자를 위해서라도 강해져야 한다고 말이다.[5]

손자들과 나눈 엄청난 치유에너지의 효과는 캔다스의 얼굴에 그대로 나타났다. 손에 잡힐 것 같은 변화의 에너지가 방 안을 가득 채웠다. 치유의 힘으로 아픈 가슴도 회복되었다. 두 눈에서 기쁨의 눈물이 흘러내리면서 캔다스의 얼굴이 환해졌다. 삶의 카르마를 이해하게 해주는 영적 회귀의 힘은 참으로 위대한 것이었다.

세션 중 두 손자들과 대화한 시간은 길지 않았다. 짧은 순간에 강력한 에너지의 교환이 이루어졌고 그 사랑 에너지의 진동은 캔다스의 어둠을 걷어냈다. 사랑의 에너지는 그 어떤 말보다 효과가 컸다.

캔다스의 안내자들은 "집에서 고요히 앉아 호흡하면서 고요의 공간으로 들어가…… 빛이 어둠을 지워버리고 고통을 거둬들이는 모습을 상상해 보라"고 조언했다.

이제 영혼 일라가 의회의 원로들 앞에 나아갈 시간이 다가왔다. 이 존재들은 눈부신 빛을 발산하고 있었다. "이들이 저를 다시 태어나게 만들어요. '빛의 전달자'로 깨달음을 전하러 이곳에 온 거지요." 그들은 모두 일곱이었다.

일라는 산을 올라가 에메랄드그린색의 깊은 호수에 둘러싸인 아름다운 크리스털 건물로 들어갔다. 그곳에서 원로들은 일라에게 삶의 고난들을 이겨내고 영혼의 진보를 이뤄냈다며 칭찬해 주었다. 그들은 일라가 슬픔으로 어떻게 주춤거리고 있는지에 대해 이야기하고, '슬픔'을 극복하고 아이들의 죽음이 전하는 가르침을 깨달아야 한다고, 그러는 편이 슬픔에 잠긴 가족과 자신에게 좋다고 말했다. 그들은 또 절망에 빠지는 것은 이해하지만 절망을 뛰어넘어야 한다고 다시 강조했다. 빛과 연결되면 자신뿐만 아니라 주변 사람들의 기분도 좋아지고 상황도 달라질 것이며, 명상을 통해 기쁨의 순간에 머물면 영혼이 풍요로워질 것이라고 했다. 또 계속 올바른 궤도에 머물러 있으려면, 일이나 감정에 치우치지 말고 일과 감정 사이에서 균형을 잡아야 한다고 했다.

의회의 일원으로서 많은 생을 함께했던 알라나는 죽음을 통해 식구들에게 각기 다른 가르침을 주는 것이 다니엘과 엠마의 목적이었다고 캔다스에게 가르쳐주었다. 캔다스의 역할은 위안자로서 빛을 전달해 주는 것이라고 했다. 그녀의 상실에 대한 경험은 사람과 관계에 대한 집중학습 과정과 같은 것이기 때문에, 이런 경험 덕분에 오히려 관계에 깊이를 더하게 될 것이라고도 했다. 또 자연에서 동물들과 더불어 살았던 전생들에서 갈고 닦은 부드러움과 친절함이 지금 중요한 의미를 갖는다고 했다.

캔다스는 이제 가족들에게 아이들을 떠올리게 만드는 물건들을 보여주면서, 비록 죽었지만 영원히 사라진 것은 아니라는 점을 일깨워줄 것이다. 아버지의 영혼이 살아 있는 자식을 만나러 오는 것처럼, 아이들의 영혼도 그럴 것이다. 다니엘의 영혼은 종종 그를 생각나게 하는 것들을 통해 다가와, 가족들이 성장할 수 있도록 도울 것이다. 세션이 끝나갈 즈음, 캔다스에게는 필요할 때마다 영계로 돌아가 원로들을 만날 수 있는 길이 열렸다. 그들은 잊지 말고 스스로 찾아와야 한다고 말했다.

세션은 여기서 끝났다. 캔다스가 시간이라는 개념이 성립되지 않는 세계에서 깨어난 시각은 늦은 오후였다. 캔다스는 고작 몇 분처럼 느꼈겠지만 세션을 아침 일찍 시작했으므로 사실 몇 시간이 흐른 후였다. 나는 이런 믿기지 않는 경험에 동참했다는 것이 영광스러웠다. 캔다스와 나는 변했다. 하지만 무엇이 변했는지는 시간만이 말해 줄 것이다.

세션이 끝나고 몇 달 후, 캔다스는 자신을 단단하게 옭아매던 고통에서 벗어나 안식을 되찾았다. 이 이야기를 쓰기 위해 다시 만나 보니, 처음 만났을 때와 달리 두 눈에 슬픈 기색이 없었고, 행복하게 미소를 머금고 있었다.

"아이들이 죽고 난 후, 전 길을 잃었어요. 우주에 대해 제가 이해하고 있던 것들, 저의 중심, 저의 영혼, 저의 가슴과 대화하는 능력도 잃어버렸죠. 하지만 LBL을 통해 다시 그 연결 관계를 회복했어요. 덕분에 평화로운 기쁨도 되찾았죠. 우리가 영원한 존재라는 것을 확인했기 때문만은 아니에요. 그보다 제 영혼에 다가가지 못하게 만들던 고통의 베일을 걷어내버렸기 때문이죠."

캔다스는 세션을 받기 전에도 손자들의 영혼과 접촉했다. 하지만 이제는 아이들과의 관계가 달라졌다고 했다. "이제는 더 나은 방식으로 관계를 지속하게 됐어요. 관계의 영원한 본질을 깨닫고 나니 아이들을 잃은 고통도 줄어들더군요." 고통에 얽매이지 않고 고통을 통해 치유를 경험한 것이다. 명상도 이제 더 깊어졌다고 했다. 훨씬 쉽게 명상 상태에 들어가, 오래도록 그 상태에 머물 수 있었다. 캔다스는 또 아이들이 죽기 몇 달 전에 찍은 사진들을 다시 보니, 그들의 눈빛이 초연해 보였다고 했다. 마치 곧 떠날 것을 아는 사람들처럼.

캔다스의 상처는 아직 다 아물지 않았다. 하지만 이제는 자신의 가슴과 영혼 속 그 자리, 고통을 이해하고 덜어주는 자리, 치유가 시작되는 그 자리에 다가갈 수 있었다.

"나는 알아요. 아이들과 다시 춤추게 되리라는 걸. 이런 인식이 비극적인 상황을 버텨내는 데 큰 힘이 돼요."

---

(1) 영혼은 잠자는 아기와 어른, 혹은 혼수상태의 환자들에게서 빠져나가 얼마간 돌아다닐 수 있다. 예전에 자주 가던 곳을 들렀다가 돌아오기도 한다. 하지만 영혼은 언제나 응급상황에 대비해 에너지의 일부를 몸에 남겨둔다. 《영혼들의 운명 1》 137쪽.

(2) 일반적으로 영혼들은 전생의 업적들과 단점들이 영혼의 도서관에 영구히 기록되어 있다는 것을 알게 된다. 인생 서적들이 소장되어 있는 영혼 도서관의 도해와 더 많은 정보는 《영혼들의 운명 1》 246–250쪽을 참고한다.

(3) 지상에 자성을 띤 그리드선이 있는 반면에, 하나의 영혼 그룹에게는 자동추적 장치가 있는 위치신호기 같은 특별한 에너지 진동 파악 장치가 있다. 《영혼들의 운명 1》 194쪽 참조. 영혼 그룹으로의 이동은 《영혼들의 여행》 122–142쪽 참조. 개인적인 영혼 그룹 구성원들과의 연결선은 《영혼들의 운명 2》 133쪽의 표 10을 보고 《영혼들의 운명 1》 284쪽의 표 7의 영혼 그룹 배치와 비교해 본다.

(4) 카르마의 영향 때문에 우리 삶에서 일어나는 사건들의 가능성과 개연성은 풀기

어려울 수도 있다. 지상의 삶에서 카르마의 법칙은 우리의 자유의지보다 결정론적인 요소들을 더 뒷받침해 주는 것처럼 보인다. 하지만 이런 결론은 LBL 연구에서 얻어진 것이 아니다.

영혼들은 환생하기 전, 삶을 선택하는 방에서 카르마에 의해 생의 과제를 자원하기도 한다. 하지만 자유의지에 따라 선택할 여지는 언제나 존재한다. 이런 자유의지는 삶에서 일어나는 사건들의 방향을 변화시키기도 한다.

이 사례의 경우, 두 아이는 정해진 순간에 자동차 사고로 죽을 가능성이 분명히 높았다. 하지만 이 시나리오에도 변수들이 있을 수 있다. 충돌이 그렇게 심하지 않았다면, 두 아이 가운데 한 명이나 둘 모두 살아남았을 것이다. 또 아이들의 부모가 충돌 직전이나 직후, 교차로에 도착했을 수도 있고 아이들이 마지막 순간 아예 차를 타지 않기로 마음먹을 수도 있다. 자유의지에 대해서는《영혼들의 여행》378-387쪽과《영혼들의 운명2》279-284쪽을 참고한다.

영혼이 고작 몇 년에 불과한 '필러 라이프filler life'를 선택하는 이유를 알려면, 지상에서의 카르마와 부모, 특히 어머니의 요구를 살펴야 한다. 어려서 죽을 가능성이 높은 영혼들은 태아와 어린아이로 존재하는 동안 지지와 위안을 준다. 이 이야기에서도 아이들은 짧은 세월이었지만 그들의 존재 자체로 캔다스를 '기쁘게' 만들어주었다. 아이들의 삶에서 주요한 사건들이 많지는 않지만, 이 사건들도 많은 대안들을 포함하고 있는 것 같다. 이 주제에 대해 더 자세히 알고 싶다면,《영혼들의 운명2》261-270, 299-301쪽과 LBLH 177-178쪽을 본다.

(5) 이 이야기의 저자가 후에 나에게 알려준 바에 의하면, 캔다스는 한 달간 이 작은 소녀를 간호했다. 그러자 상태가 위독하던 아이는 안정을 되찾았다. 언니와 오빠가 죽었다는 말을 들었을 때, 아이는 "아냐, 바로 저기 서 있는 걸" 하면서 병원 침대 발치를 가리켰다고 한다. 자동차 사고가 있은 후 한참이 지난 뒤에도 아이는 그들의 모습을 보고 소통을 한 것이다. 지금도 여전히 이들을 보고 이야기를 나누지만, 더 이상 어른들에게 이 이야기를 하지 않는다. 이런 이야기를 하면 어른들이 고통스러워할 것이기 때문이다. 영계의 영혼들을 보고 대화를 나누는 아이들의 능력은 실로 놀랍다.

4
그림 조각 맞추기

마틴 리처드슨(옥스포드셔 주, 잉글랜드)
: 최면퇴행 전문가, 최면연구가, 자기변혁 전문가

그림 조각 퍼즐을 맞추는 데는 두 가지 요소가 필요하다. 먼저 그림 조각들을 전부 찾아야 하고, 이 조각들을 결합해서 그림을 완성시키는 능력도 있어야 한다.

다니가 LBL 요법을 받으러 온 이유는, 자신을 더 깊이 이해하고 삶의 웅대한 계획 속에서 자신의 자리를 찾고 싶었기 때문이었다. 자신의 영혼 그룹에서 주요한 역할을 하는 존재들이 누구이며, 이들이 무슨 일을 하는지 알고 싶어했다. 또 영혼의 안내자와 영혼 그룹의 스승도 확인하고 싶어했다. 나아가 영혼이 얼마나 진화했는지도 점검하고 자신이 나아갈 방향을 찾으며, 배움을 위해 무엇을 해야 할지를 알고자 했다.

준비 단계인 전생퇴행 세션에서 "그림 조각"들을 찾아내고, 이어진 두 번의 LBL 세션에서는 이 그림 조각들을 맞춰, 다니의 의문점들을 풀었다.

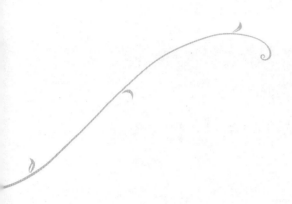

이 이야기에는 다니가 자신의 그림 조각들을 찾아 맞추는 과정이 담겨 있다. 괄호 안의 이름은 다니의 현생에 등장하는 영혼들의 이름이다. 다니의 전생에서의 경험을 통해, 우리는 다양한 역할을 맡은 핵심 영혼들이 실제로 상호작용을 하고 있으며, 이 핵심적인 배움의 요소가 다니의 영적 진화에서 중요한 부분을 차지함을 알 수 있다.

다니는 먼저 19세기 말 웨일즈 지방에서 사라로 살았던 전생으로 돌아갔다. 이 전생에서 사라의 아버지와 남편, 아이들이었던 영혼들은 다니가 속한 영혼 그룹의 일원이었다. 이 영혼들은 다니의 현생과도 연관이 있었다. 예를 들어, 사라의 딸 플로라는 오늘날 다니의 자매인 라라로 환생해 있다. 사라는 고된 삶에서도 돈독한 가족관계를 유지했는데, 다니가 찾아야 할 첫 번째 그림 조각은 바로 이것이었다. 다시 말해, 다니는 이 전생에서 사랑과 인내라는 중요한 가르침을 배워야 했다.

이후 다니는 잉글랜드에서 조이라는 소녀로 환생했다. 그 생에서도 다니의 영혼 그룹은 적극적인 역할을 했다. 다니의 주요한 영혼의 친구(케빈)가 현생은 물론이고 이전의 생에서도 다니의 남편 역할을 한 것이다. 조이는 다소 이른 나이인 50세에 심장마비로 생을 마감했다. 이 삶에서는 가족들을 통해 신뢰가 무엇인지를 배우고, 소박한 삶이 행복을 가져다준다는 점도 깨달았다. 다니가 찾은 두 번째 그림 조각은 바로 이것이었다.

다니는 이후 현생의 친구인 예레미야의 영혼과 함께했던 최초의 삶으로 돌아갔다. 예레미야는 현생에서 다니의 식구들도 다 아는 아주 가까운 친구이다. 로마제국 당시로 돌아가 보니, 다니는 토기항아리를 만들어 파는 마나스라는 남자로 살고 있었다. 마나스는 25세에 시 외곽에서 연인 레아(예레미야)와 함께 살았다.

이 생에서 중요한 사건이 일어난 시점으로 가보았다. 마나스는 자식을 잃고 괴로워하는 레아를 끌어안고 있었다. 여기서 더 뒤로 가자, 둘은 이제 두 아이의 부모가 되어 있었다. 이 가운데 한 명은 현생에서 다니의 동생인 라라로 환생했다. 다시 다음의 기억 속으로 가보았다. 노예들이 자유를 얻자, 대규모 군중들이 소리치며 야유를 퍼붓는 모습이 보였다. 그 중에는 약초로 사람들을 고치는 치유가 삼손(다니의 고모)도 있었다.

이제 다니는 마나스의 영혼이 몸에서 벗어나던 때를 기억했다. 마나스는 59세였고 혼자였다. 슬픔에 젖은 여원 몸으로 길거리에 쓰러져 있었다. 하지만 그를 도와줄 사람은 아무도 없었다. 마나스가 레아와 자식들을 가난 속에 내팽개치고 떠나온 지 오래되었기 때문이다. 그는 레아에게 이런 가혹한 행동을 속죄하지도 못하고 죽고 싶지는 않았다.

이로써 다니는 세 번째 조각 그림을 얻었다. 현생에서도 전생의 마나스처럼 너무 이기적이고 사람들에게 관심도 없으며, 오로지 자신의 쾌락을 위해서만 살아왔다는 점을 깨달은 것이다. 다니는 사람들을 진심으로 대하고, 자신의 생각과 느낌을 타인과 공유할 줄 알아야 했다.

나는 다니가 예레미야의 영혼과 함께했던 다른 전생으로 가보는 것이 좋겠다고 생각했다. 다니는 다른 전생으로 돌아가, 그리스에서 리타라는 여자로 사는 자신을 발견했다. 이 전생에서 예레미야는 리타의 오빠 알타로 환생했다. 첫 장면에서 리타는 22세의 임산부로 군인들을 숨겨주고 있었다. 주변에는 군인들의 번쩍이는 가슴받이와 깃털 장식이 달린 투구, 소음들로 넘쳐났다.

리타는 "여기서 기다려"라는 말을 들었다. 군인들은 떠나면서 그녀의 남편을 강제로 데려갔다. 리타는 오빠 알타(현생의 친구인 예레미야), 그리고 어머니(현생의 친한 친구인 리키)와 함께 로데스 섬으로 도망쳤다. 이제 시간이 꽤 흐른 후로 퇴행을 시도했다. 그러자, 그녀는 두 살밖에 안 된 딸(현생의 아들인 조지)과 소박한 집에서 살고 있었다. 마을 사람 누구도 알타가 친오빠라는 사실을 몰랐다. 알타와 레아는 부부로 오인 받으면서도, 그들의 시골집에서 행복하게 살았다.

이윽고 리타가 30대 후반인 시기로 다시 퇴행했다. 또 한 명의 아이가 보였다. 이 아이도 한 식구인 건 분명했지만, 리타가 낳은 아이는 아니었다. 이 아이(다니의 고모)는 화상을 입은 일그러진 얼굴로 절뚝거리며 걸었다. 아이의 부모가 죽었기 때문에, "우리 말고는 이 아이를 돌봐줄 사람이 아무도 없었다"고 했다. 다시 시간을 뒤로 돌리자, 알타가 숨을 제대로 못 쉬는 모습이 보였다. 무거운 것이 가슴을 짓누르는 것 같았다. 알타의 죽음에 리타는 뜨거운 눈물을 흘렸다. 오빠를 사랑했기 때문이다. 결국 의기소침해진 리타가 사랑하던 알타(예레미야)를 따라 죽을 준비를 하면서 이 전생은 끝이 났다.

이로써 그림 조각을 하나 더 찾아냈다. 바로 '사랑'이라는 조각이었다. 리타는 알타를 사랑했고, 딸들도 모두 똑같이 사랑했다. 리타는 또 군인들을 용서하면서 연민도 배웠다.

다니의 이 전생 경험을 통해, 우리는 영혼 그룹이 삶의 중요한 목적을 성취하고 서로를 돕기 위해, 반복적으로 함께 환생하면서 다양한 역할을 수행한다는 것을 알 수 있다. 다니도 예레미야와의 긴밀한 영적 관계 속에서 이 점을 분명하게 느끼고 있었다. 자주는 못 만나지만, 예레미야는 현생에서 다니에게 가장 가까운 친구이다. 지난 전생들에서는 파트너에 오빠, 연인으로서 다양한 역할을 했다.

다니는 이 전생의 경험들을 통해 전생과 현생의 관계들을 비교해 보고, 현생의 관계들을 더욱 잘 이해하게 되었다. 하지만 다니는 이 영혼들이 환생 사이에서 영혼의 상태로 존재할 때는 어떤 관계를 맺고 있었는지 궁금했다. 또 전생의 가르침들을 자신이 현재의 삶 속에 제대로 흡수하고 있는지도 알고 싶었다. 다니는 LBL 요법을 통해 이 의문들의 해답을 찾아보기로 했다. 이로써 첫 번째 세션이 시작되었다.[1]

다니는 속도는 느렸지만 깊은 최면 상태에 도달했다. 이미 여러 번 시술을 했던 터라, 나는 다니가 훌륭한 피술자라는 점을 알고 있었다. 영계로 들어가기 전의 전생에서, 다니는 잉글랜드 캔터베리 부근에 사는 19세 소녀를 보았다. 소녀는 테렌스(현생의 남편인 케빈)와 결혼을 앞두고 있었다.

이 전생이 끝나는 시점으로 가자, 그녀가 56세의 나이로 홀로 사는 모습이 나타났다. 남편이 그녀를 발견했을 당시, 숨 쉬기도 힘겨워 하며 죽어가고 있었다. 이번 생은 그리 힘들지 않았다. 하지만 그 삶에서 얻은 교훈은 아주 중요했다. 환생 사이에 있는 영혼의 세계로 들어가면, 다니도 곧 이 점을 깨달을 것이다.

다니는 영혼의 안내자 티안을 만났다. 티안은 남성적인 엄격함과 여성적인 자비로움을 갖추고 있었다. 그녀는 먼저 패널(흔히 원로라고도 함)을 만나야 했다. 그들을 만나러 가는 중에, 티안은 다니의 영혼에게 이번 생에서 충분히 노력했는지 물었다. 그녀는 더 많이 노력했어야 했는데, 사실은 그러지 못했다고 생각했다. 그래서 "별 노력 없이 그저 평탄하게 살았다"고 대답했다.

다니 앞에 커다란 나무 문이 나타났다. 지난 생을 더 잘 이해하기 위해 전생에서 자신이 했던 행동들을 찬찬히 되짚어보고 나자 문이 열렸다. 안으로 들어가자, 패널들의 모습이 이상하리만치 낯선 동물처럼 느껴졌다. 피술자들은 종종 새로운 장면의 이미지들을 처음에는 불확실한 모습으로 떠올릴 수 있다. 하지만 이미지들에 대한 두려움을 뛰어넘어야 한다. 용기를 갖고 분명하게 보기 위해 노력하면, 가면 같은 부자연스런 환영은 곧 사라진다.

다니는 패널들 앞 낮은 자리에 섰다. 고개를 들어서 보자, 그들의 모습이 처음과는 사뭇 다르게 보였다. 안내자에게 그 이유를 묻자, 대답해 주었다. "보려는 대로 보이는 법이에요. 두려운 것을 보리라 생각하면, 실제로 그렇게 된다는 말입니다." 안내자는 마음을 편히 가지라고 했다. 그러자 패널들은 곧 정상적인 모습으로 보였고 모두 일곱 명이었다.[2]

패널들과 텔레파시로 대화를 나누면서, 그 생에서 필요로 했던 것이 무엇이었는지 상기했다. "저는 시간을 낭비했고, 타인들을 너무 성급하게 판단했어요. 다르게 살 수도 있었는데, 그렇게 하지 않은 거죠. 잘 살 수도 있었는데, 그러지 못했어요. 달리 어떻게 살아야 할지 정말로 몰랐어요. 게으른 탓에 그냥 주어진 대로 산 거죠. 마을을 위해 좋은 일을 할 수도 있었는데, 사람들과 어울리지도 않았어요. 그냥 멀리 떨어져 지냈죠. 그로 인해 제 안에 잠재된 치유 능력을 발휘할 기회도 없었어요. 아이들한테도요…… 제 내면의 지식을 아이들과 나눌 수도 있었는데."

그리고 이렇게 말을 끝맺었다. "잘할 수도 있었는데, 삶을 제대로 살지 않았어요. 삶을 의미 있게 만들 수도 있었는데……. 얼마나 오래 사는지는 중요하지 않아요. 타인들과 의미 있는 관계를 만들면 그 관계는 저절로 커지는 겁니다."

이제 조각 그림의 전모가 서서히 눈에 들어오기 시작했다. 이 조각 그림은 다니의 현생과 관련이 있었다. 다니는 전생들에서 많은 자원을 갖고 있었지만 이것들을 제대로 활용하거나 계발하지 않았다. 이 자원들은 현재의 삶에서도 변함없이 중요한 의미를 지니고 있었다.

패널들이 다니에게 상징적으로 꽃을 한 송이 보여주었다. 아름다운 장미 꽃잎이 한 번에 하나씩 피어났다. 다니는 말했다. "저도 조금씩 피어나고 있어요. 깨달음이 시작되면서 꽃처럼 저의 아름다움을 보여주기 시작하고 있어요. 저는 이미 이 여정에 올라 있습니다. 꽃이, 그러니까 제가 될 수 있는 모습이 얼핏 보여요. 제가 진정 무엇이 될 수 있는지 느껴져요. 햇살과 물을 공급받으면, 꽃은 자연스럽게 피어나죠. 꽃에 적절한 영양분이 있어야 하는 것처럼, 저도 필요한 것에 초점을 맞춰야 이해가 가능해져요."

다니는 자신의 현생에 관한 이야기와 원로들의 반응도 전했다. "나는 이번 생에서 좀 더 집중력을 발휘해야 해요. 그들은 내가 그냥 '무엇이 되려고 노력하는' 것만으로는 충분치 않다고 말해요. 실제로 '이뤄내야지', 그냥 '되려고 노력하는' 정도로는 안 된다고 말이죠. 내 일하는 방식이 좀 엉성하거든요. 하지만 이젠 알아요. 모든 일에 100퍼센트 집중하고, 목적의식을 가져야 한다는 걸요. 목표를 확고하게 정해서 끝까지 밀고나가야 해요. 이건 치유와도 관련돼 있어요. 나에겐 치유력이 있지요. 하지만 이 재능에 의존하지 않고, 이 재능을 기초로 일을 추진해 나가야 해요. 직관은 첫 단계일 뿐이죠. 머리는 직관을 더욱 멀리 밀고 나가라고 있는 거니까요. 이건 내가 받은 가르침을 그대로 옮긴 말이 아니에요. 그들의 가르침을 내 나름대로 해석한 거죠."

다니는 용감하게 그의 영혼 그룹을 찾아가, 전생들과 현생에서 핵심적인 역할을 하는 영혼들을 만났다. 이 가운데 가장 먼저 다니를 반긴 영혼은 예레미야였다. 다니는 영혼 그룹의 전반적인 목적이 '주변 사람들을 일깨우고, 변화시키는 것'이며, 대부분의 사람들이 보는 것 너머의 것들을 볼 수 있는 능력에 그 성취 여부가 달려 있음을 깨달았다.

다니의 영혼은 자신의 치유에너지를 증가시키는 일도 했다. 같은 영혼 그룹에 속한 두 영혼—현생의 언니 라라와 좋은 친구 앙투아네트의 영혼—들과 함께 다음과 같은 일을 한 것이다.

"제 손에 에너지 공(플라즈마볼과 약간 비슷하다.)이 있는데, 제 손에 닿지는 않아요. 이 치유에너지를 눈뭉치처럼 아래로 던지면, 이 공이 지구상의 부정적인 에너지를 균형 있게 만들어 줍니다. 이 일은 재미있고 즐겁기도 해요. 강력한 긍정의 에너지에 전염성이 있어서, 많이 웃게 되기도 하고요. 이 일은 레이키(기치료-옮긴이)처럼 의식을 한 곳에 모아야 합니다. 레이키도 결국은 이런 거잖아요!"

이 첫 번째 세션이 끝난 후, 다니는 완전하게 깨어 있는 상태에서 엄청난 양의 정보를 다운로드받았다고 했다. 알아야 할 정보들이 전부 주입되는 것 같았다. 그리고 6개월 뒤 두 번째 시술을 받으러 왔다.

이번에는 다니가 메리라는 여자로 고달프게 살았던 전생으로 돌아갔다. 메리의 야만적인 남편은 학대가 심했다. 메리는 약초치유 능력을 타고난 소박한 여자였다. 하지만 더 이상 학대를 견뎌낼 수 없다는 생각에 삶을 포기했다. 이 생은 '당하는 것'이 무엇인지 분명하게 가르쳐주었다. 이 생의 전생에서 메리는 잔인한 남자 군인이었다.

이 세션을 통해, 다니는 첫 번째 세션에서 깨달은 것들을 분명하게 재확인했다. 다니는 도서관에서 자신의 아카식 기록을 보았다.[3] 이 기록은 처음에는 낡고 오래된 책처럼 보였다. 다니는 곧 다차원적인 의미들을 발견하면서, 중요한 사실을 깨달았다. "저는 다른 길들을 통해 제가 가기로 되어 있는 곳으로 갔어요……. 일곱 살 때 궤도를 크게 벗어나서……."

다니는 삶을 선택하는 장소에서 또 다른 점을 발견했다. 현재의 삶이 모두 치유와 관련되어 있다는 것이었다. "제가 있어야 할 자리에서 약간 멀어져 있어요. 이 지점에 더 일찍 도착할 수도 있었는데. 하지만 길을 올바로 가고 있는 건 분명해요. 제 열정은 사람들을 돕는 도구이자 재능이기도 해요."

두 번째 세션이 끝나자, 그녀는 가슴 한가운데서 자물쇠가 사라져버리고 "커다란 해방감"을 맛보았다.

드디어 그림 조각들을 모두 찾아냈다. 이것들을 연결하자, 중심이 분명한 하나의 그림이 완성되었다. 준비단계의 전생퇴행에서는 자신을 발전시킬 힘을 얻었다. 그리고 첫 번째 LBL 세션으로는 확신과 삶의 방향, 타고난 자원을 확인하고, 두 번째 세션에서는 모든 일이 다시 착착 진행되고 있음을 확인했다. 다니는 말했다. "드디어 벼랑에서 발을 뗐어요. 떨어질 수도, 비상할 수도 있는 상황이었죠. 하지만 제가 어디로 향하고 있는지 알 수 없었어요." 그러나 세션이 진행되면서, 그녀의 이해와 결심은 더욱 강해졌다.

이제 그림 조각들은 하나의 그림으로 완성되었다. 다니는 강도 높은 훈련을 거쳐, 정식 인지치료사가 되었다. 그리고 현재 제 몫을 다하기 위해 열심히 일하고 있다.

(1) 영혼 그룹의 역동적인 상호작용과, 물질적인 삶에서 그룹 일원들이 담당하는 다양한 역할은 LBL 요법의 중요한 일부분이다. 현생의 의미와 자신이 배워야 할 가르침을 알고 싶어 하는 피술자는 지구상에서 오랜 세월 여러 몸으로 함께 환생했던 친구나 친척의 영혼을 만나 많은 것을 깨닫게 된다. 《영혼들의 여행》 213-215쪽, 《영혼들의 운명1》 234-237쪽, LBLH 138-142쪽을 참고한다.

(2) 다니가 처음에 패널들의 모습을 동물로 떠올린 것은 그녀의 속마음 때문이었던 것 같다. 여기에는 부정적 환생의 의미가 함축되어 있다. 실제로 안내자는 "무언가 두려운 것을 보리라 생각하면, 실제로 그렇게 된다"고 했다. 다니는 모종의 징벌을 예상했던 것 같다. 지난 생에서 자신이 가진 잠재력을 최대한 발휘하지 않았기 때문에, 미래의 환생에서는 더욱 저급한 형태의 생명으로 태어나리라 생각한 것이다. 이런 생각은 인도인들의 신화적 교리 속에도 깔려 있다. 영혼이 영계로 다시 돌아오면, 영혼의 안내자는 오리엔테이션을 통해 방금 마감한 삶의 주요한 문제에 대해 처음부터 말해 준다. 오리엔테이션은 《영혼들의 여행》 115-118쪽을, 환생은 《영혼들의 운명2》 19-20쪽을 참고한다.

(3) 아카식은 산스크리트어로 '공간'을 의미한다. 인도철학에서 이 용어는 우리 삶의 모든 생각과 말, 행동을 기록해 두는 우주적인 정리 체계를 말한다. 대개 최면으로 트랜스 상태에 빠진 사람들은 이 유명한 카르마적 용어에 대한 기억에 영향을 받을 수도 있다. 하지만 LBL 피술자들 가운데 영혼의 도서관을 기억하는 이들은 이 아카식 기록을 삶의 책이나 일기와 같은 것으로 생각했다. 혹은 그들이 볼 수 있는 천상의 텔레비전 수상기와 같은 것으로도 여겼다. 영혼의 도서관을 떠올리는 것은 LBL 세션 중에 한층 차원 높은 의식 상태에서 하는 심오한 경험이다. 《영혼들의 운명1》 94-95, 246-250쪽을 참고한다.

5
삶의 선택과 변화

소피아 크래머(뉴욕시, 독일 키엘)
: 국제적인 교육가, 작가,
최면치유와 퇴행 · 가족 문제 · 트라우마 · 화해 전문가

LBL 요법을 시술하다 보면, 사랑하는 이의 죽음으로 슬픔에 빠진 이들을 종종 만난다. 이들은 고인이 된 애인의 영혼을 만나 잘 지내고 있는지 확인하고 싶어한다. 또 자기 삶의 발전을 위해 죽은 이들과 소통하고픈 욕구를 느끼기도 한다.

이것은 대단한 치유 경험으로, 정리와 수용을 가능하게 해준다. 또 극복해야 할 삶의 난제들과 씨름하고 있는 이들은 영혼의 축복을 받기도 한다.

한편 올바른 길을 가고 있는지 확인하고 싶어, 혹은 자기 삶의 목적을 알고 싶어서, 혹은 일이나 가족, 삶의 중요한 변화들과 관련된 문제들의 해결책을 얻고 싶어서 LBL 요법을 받으러 오는 사람들도 있다.

다음은 내가 남아프리카에서 시술했던 LBL에 대한 이야기로, 영혼의 목적에 따랐을 때 어떤 긍정적인 변화들이 일어나는지 잘 알게 해준다.

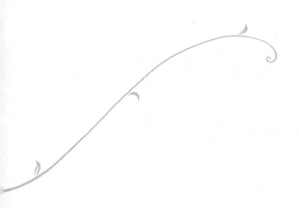

　나는 요하네스버그로 날아갔다. LBL 세션을 맡아달라는 부탁 때문이었다. 남아프리카공화국은 숨 막힐 정도로 아름답고, 풍부한 문화와 전통, 독창성으로 가득한 나라이지만 인종격리 정책으로 불의와 불균형이 만연하게 된 후, 지금도 그 문제를 개선하기 위해 애쓰고 있다. 나의 체계적인 치유법과 시술법, 특히 LBL에 대한 배경지식과 경험, 열정을 이곳에서 발휘하면 이 놀라운 나라의 핵심 문제와 개인들을 치유하는 데 도움을 줄 수 있을 것 같았다.

　앤드류는 30대 중반의 남아프리카인이었다. 그는 나와의 전화 상담을 통해서 몇 해 전 최면요법을 받은 적이 있다고 말했다. 내 동료의 사무실에서 그를 만나는 순간, 그가 단도직입적이고 외향적인 사람이라는 느낌이 들었다. 그는 자신을 성공한 수완가에다 성취와 물질적인 안락을 중시하는 사람이라고 소개했다. 그는 결혼해서 어린 아들을 두고 있었다. 수행 같은 것은 전혀 하고 있지 않았다. 특별히 영적이거나 종교적인 사람이 아니었기 때문이다. 그러나 그의 마음은 열려 있었고, 세션이 그의 의문점들을 분명하게 풀어주리라 믿고 있었다.

　앤드류와 그의 아내는 남아프리카의 미래, 특히 아들과 앞으로 태어날 둘째아이의 안전이 걱정되었다. 그래서 경제적인 안정과 대가족, 많은 친구들을 뒤로 하고 남아프리카공화국을 떠날 생각까지 하고 있었다. 앤드류에게는 남아프리카공화국의 미래가 가장 큰 관심사였고 실패와 거부에 대한 두려움과 삶의 목적은 둘째 문제였다.

앤드류는 이완과 유도에 잘 반응했다. 그의 몸은 안전함을 보여주는 이미지와 유도의 말에 섬세하게 반응했다. 너무 깊이 이완된 나머지 목소리까지 풀어져서, 나는 그의 말을 알아듣기 위해 특별히 주의를 집중해야만 했다. 행복하게 지내던 아기 때로 돌아가자, 진짜로 아기가 된 것처럼 아기 같은 목소리를 하고서는 아기처럼 꼴깍거리며 웃고, 하는 짓도 아기들과 똑같았다.

최면치유가로서 피술자의 경험을 지켜보며 매 순간 감응하다 보면, 언제나 새롭고 놀랍다. 하지만 우리는 침착하게 등을 기대고 앉아, 피술자가 매 순간을 마음 깊이 경험하도록 맡겨두어야 한다.

아기 때로 돌아간 앤드류는 주변 환경들을 세세하게 기억해냈다. 어른이었다면 결코 기억하지 못했을 일들이었다. 첫 만남에서 어머니와의 문제들을 이야기했었기 때문에 이 기억은 그에게 특히 필요했다. 그러나 아기로 돌아간 앤드류는 긍정적인 기억들을 떠올렸다. 그를 위한 미래의 자원으로 나는 앤드류에게서 이 기억들을 잘 붙잡아두었다.

어머니의 자궁 속에서 앤드류는 육체에 대한 선택, 자신의 몸과 영혼의 통합과 관련된 여러 가지 의문들에 대한 해답을 얻었다. 그는 또 자신의 영혼이 더 밝고 가벼우며 태평스러운 성격을 지니고 있다는 것도 깨달았다. 이런 낙천적인 에너지를 그의 몸속으로 끌어들이고 싶으냐고 묻자, 그는 그렇다고 대답했다.

그때, 놀라운 일이 벌어졌다. 그가 천천히 숨을 쉬면서 이 에너지를 몸속으로 흡수하기 시작하자, 점차 숨이 가빠지면서 얼굴도 붉은빛과 보랏빛으로 변한 것이다. 나는 그의 몸에 이 에너지를 받아들여, 세포

하나하나와 통합시키라고 했다. 그러자 그의 몸이 이완되면서 얼굴에서 빛이 났다. 그는 아주 행복해 보였다.

앤드류가 낙천적이고 유쾌한 영혼 에너지를 '다운로드' 받고 난 후, 나는 그에게 전생퇴행을 시도했다. 가능하면 가장 최근의 전생으로 인도하는 것이 좋을 것 같았다. 그런데 앤드류의 영혼은 곧장 영계로 들어가려고 했다. 그의 영혼은 저 아래 펼쳐진 땅을 바라보면서 위로 올라갔다. 그러자 어떤 힘이 그를 강하게 끌어당겼다. 빛의 터널이 보이고, 그는 더 위로 끌어올려졌다. 무거운 육신의 껍질을 버리고 이렇게 떠나는 동안, 그는 신성한 도움에 자신을 맡겼다. 주변이 밝아지면서, 빛도 더 편안하게 느껴졌다. 밝은 빛 속으로 이끌려 들어가는 사이, 그의 표정은 갈수록 행복하게 변하고, 마음도 단단해졌다. 그러다 어느 순간, 깊은 평화와 고요가 찾아오고 그의 두 뺨 위로 눈물이 흘러내렸다.[1]

앤드류는 빛의 존재가 그를 사랑의 에너지로 감싸 안으며 반겨준다고 했다. "절 맞이하러 온 거예요. 빅 브라더 같은데…… 맞아요, 제 안내자예요." 앤드류는 제코를 만나자, 환호성을 질러댔다. 앤드류는 제코라는 이름의 철자까지 알려줄 정도로 그의 이름을 분명하게 기억했다. 또 제코의 에너지를 느끼면서, 예전에도 이 에너지를 느껴본 적이 있음을 깨달았다. 제코는 앤드류를 에스트렐이라고 불렀다. 앤드류의 영혼 이름은 에스트렐이었던 것이다.

"제코는 언제나 저와 함께해요." 앤드류가 자신 있게 말했다. "우리는 텔레파시로 대화를 나눕니다." 그 후 다시 같은 일이 일어났다. 앤드류가 안내자의 에너지를 다운로드 받기 시작한 것이다. 이번은 첫 번째보다 훨씬 더 극적인 양상을 보였다.

나는 그가 천천히 숨을 쉬면서 강렬한 사랑의 에너지를 몸속에 받아들이는 모습을 지켜보았다. 그의 피부색이 다시 붉은빛과 보랏빛으로 변하고, 몸도 부풀어 올랐다. 그의 얼굴에 눈물이 흘러내렸다. 그러다 이내 평화롭고 고요한 상태로 돌아갔다.

제코가 앤드류-에스트렐에게 다시 이야기를 시작했다. 제코는 앤드류가 이번 생에서 행한 일들이 매우 환영할 만하지만, 가장 중요한 일은 "친절과 정직을 잃지 않고, 그 자신으로 온전히 존재하는 것"이라고 했다. 또 자기는 앤드류-에스트렐과 함께 오랜 세월 여러 번의 생을 힘들게 거쳐 왔는데, 앤드류가 다른 전생들에 비해 이번 생을 잘 살아내고 있어서 무척 흐뭇하다고도 했다.

나는 LBL 시술을 하면서, 영계에서는 결코 잘잘못을 판단하는 일이 없다는 점을 새삼 확인했다. 인간은 자신과 타인들을 끊임없이 분별하지만, 우리의 안내자와 원로들은 결코 우리를 '판단'하지 않았다.

앤드류는 종종 자신을 가혹하게 대했다. 엄격한 어머니의 영향을 받아 스스로 부족하다고 느낄 때가 많았기 때문이다. 어른이 된 지금도 자존감이라는 문제와 씨름하고 있다. 그런데 영계에서 만난 안내자는 그 자신의 존재만으로도 충분하다는 것을 일깨워주었다. 가장 엄격한 판단자는 바로 자기 자신이며, 영계에서는 무한한 연민과 이해를 받게 됨을 깨달았다.

앤드류-에스트렐은 더 높은 곳으로 올라갔다. "저는 반원형의 방 안에 서 있어요…… 많은 빛…… 다른 존재들이 있는데, 전부 제코처럼 길고 헐렁한 갈색 옷을 입고 있어요. 사랑과…… 유머가 넘쳐요." 원로들은 모두 다섯이었고, 제코도 그들 뒤에 서 있었다.[2] "이제 모두 바닥에 앉아요. 점점 어두워지네요. 둥근 지붕이 보이고…… 그들이 저도 앉으라고 해요. 저를 바라보고요. 그들과 함께 앉다니 참 영광이에요."

내가 그들을 향해 몇 가지 질문을 던지자, 에스트렐이 말했다. "그들은 등을 구부리고 앉아 있어요. 점점 심각해져요…… 오!" 앤드류는 갑자기 격하게 울기 시작했다. "그들이 아프리카의 현재 상태를 보여주고 있어요. 아프리카의 모습을 영상으로 보여줘요. 아, 너무 고통스러워요. 그들은 제게 원한다면 이 나라를 떠나도 좋다고 합니다. 문제 없이…… 아무 문제 없이 떠날 수 있을 거래요."

내가 다른 사람들을 남겨두고 남아프리카공화국을 떠나는 것에 죄책감이 드느냐고 묻자, 앤드류가 대답했다. "아뇨! 전혀 아니에요. 제가 제 운명을 따라야 하는 것처럼, 그들도 그들의 운명에 충실해야죠. 두려움은 없어요. 누구나 자신의 운명을 선택하는 거니까요."

앤드류는 여전히 힘겹게 숨 쉬고 있었다. 이 영상에 깊은 영향을 받은 것 같았다. 그러다 이 고차원적인 근원에서 받은 치유에너지를 남아프리카공화국을 향해 보내기 시작했다. 자신의 길을 받아들이고, 남아프리카공화국의 모든 인간과 동식물들에게 사랑과 치유의 에너지를 보냈다.

이제 제코도 앤드류에게 미소를 보내며 방 안에 서 있었다. 앤드류는 나를 향해 이렇게 말했다. "그도 제게 이걸 알려주고 싶어 해요." 원 가운데 있던 원로 한 명이 텔레파시로 앤드류-에스트렐에게 말했다. "마음 편히 떠나세요. 하지만 감사의 마음은 잊지 말아야 합니다. 남아프리카공화국에는 좋은 점들이 아주 많지요. 새로운 세상으로 나가, 이 나라를 위한 메신저가 되세요."

앤드류-에스트렐은 이제 지구를 내려다보았다. 새로 정착할 나라가 어디인지 알겠느냐고 묻자, 그가 말했다. "오스트레일리아밖에 안 보여요." 앤드류가 시선을 모아 오스트레일리아를 자세히 들여다보자, 원로들이 계속 그에게 이미지와 메시지들을 보냈다. 앤드류-에스트렐은 여전히 슬프고 고통스러웠지만, 원로들이 보낸 메시지와 이미지들에 집중했다.

그 사이, 원로들의 모습이 변하기 시작했다. "같은 존재들이고, 제코도 여기에 있어요. 하지만 더 이상 어두운 갈색 옷을 입고 있지 않아요. 밝은…… 긴 황금빛 옷을 입고 있어요. 방은 여전히 반원형이지만 아주 밝고, 단상도 보여요…… 단상 왼편에 더 중요한 존재들이 있고, 가운데에 가장 중요한 한 명이 있어요. 단상에서도 밝은 빛이 나는데, 유리…… 아니에요, 크리스털로 만들어져 있어요. 천장도 크리스털로 되어 있고요. 제코는 제 뒤에 있어요. 학교 같지만, 더 질서정연한 게 법정하고 비슷해요. 단상에 빛의 존재들이 있는데, 지혜로운 판사들처럼 보여요."[3]

앤드류는 그들과 감응했다.

"나쁘지 않아요. 오히려 재미있는데요. 그들은 나누고 싶어 해요. 그들이 이렇게 말해요. '미루지 말고 해, 어서! 기회의 문은 지금 열려 있어! 그러나 계속 열려 있지는 않을 거야.'"

앤드류가 그들의 얼굴을 바라보자, 그들이 따뜻하게 미소를 지어 보이며 다시 오스트레일리아의 영상을 보여주었다. 더 긍정적이고 밝은 모습이었다. 그리고 남아프리카공화국의 영상도 보여주었다. 회색 베일에 뒤덮여 있는 것 같은 모습이었다.

나는 앤드류에게 이 변화와 관련된 질문들을 몇 가지 던졌다. 앤드류는 시각적인 영상과 운동감각적인 느낌, 말의 형태로 받은 메시지를 내게 알려주었다. "사람들이 당신을 도우러 나타나 인도해 줄 것입니다. 그들을 믿고 따라야 합니다. 그러면 발전이 있을 것입니다."[4]

이후 원로들은 그에게 깊은 가르침을 주었다. 거절과 실패에 대한 두려움을 직시하게 만든 것이다. 그러자 앤드류는 갑자기 어머니의 자궁 속으로 돌아간 것 같은 느낌을 받았다. 원로들과의 연결은 지속되었다. 그들은 '거절과 두려움'의 문제를 극복하는 것이 이번 생의 목표임을 분명히 깨닫게 해주었다.

덕분에 앤드류는 어머니 또한 자라면서 그녀의 어머니에게 거부당하는 느낌을 받았으며, 어머니는 앤드류에게 실패와 거부감을 극복할 기회를 주었다는 면에서 완벽하게 역할을 수행했음을 깨달았다. 그러자 어머니를 향한 용서와 연민의 마음이 생겨났다. "어머니는 몰랐어요. 어머니도 실수들을 했어요. 어머니와 저는 같은 문제를 가지고 있었어요. 용서…… 이것만이 유일한 길이지요."

원로들은 그에게 삶의 환경들을 돌아보고 느껴보라고 했다. 앤드류는 태아 상태로 자궁 속에 있을 때부터 '용서'가 그의 영혼이 성취해야 할 목표들 가운데 하나로 분명하게 정해져 있음을 깨달았다. 거부감 같은 것은 없었다. 앤드류는 말했다.

"저하고는 상관없다고…… 언짢게 생각하지 말라고 말합니다. 다른 사람들이 저를 이해할 수 없다면, 그건 그들의 문제이지 제 문제는 아니니까요. 저는 좀더 저다워져야 해요. 그리고 더 가벼워져야 합니다. 너무 심각하거든요. 저는 진정한 내가 되어야 해요. 누구도 진정한 자기는 거부할 수 없어요! 진정한 자기는 저의 영원한 자기와 연결되어 있으니까요. 이건 이해하기 좀 어려운 문제이지요."

그는 가르침의 에너지를 이미 두 번이나 흡수했다. 나는 그에게 다시 그 에너지를 받아들이고 싶은지 물었다. 그러자 질문이 끝나기도 전에, 앤드류는 다시 새로운 정보들을 다운로드받기 시작했다. 다운로드가 끝나자, 세션도 끝낼 때가 됐다는 느낌이 분명하게 들었다. 시술을 하다 보면, 놀랍게도 마칠 때가 언제인지를 알게 된다. 에너지가 변화하면, 세션도 끝나기 때문이다. 앤드류는 제코와 함께 원로들을 한

번 더 바라보았다. 그러자 그의 몸에서 깊은 치유와 재생의 에너지가 느껴졌다. 어느 정도 에너지를 받아들였을 때 나는 다시 현재의 순간으로 그를 인도했다.

이 세션을 통해 나는 여러 가지를 분명하게 확인했다. 우선 종교적이거나 영적인 수행을 하지 않는 사람, 명상을 안 하는 사람도 내면 깊이 들어가, 시각적이거나 운동감각적이거나 청각적인 방식으로 많은 정보를 받아들일 수 있다.

때로는 이런 정보의 양이 지나치게 많아서, 다운로드 형식으로 전해지기도 한다. 인간의 몸과 정신으로 처리하기에는 정보의 양이 너무 많아 지속적인 효과를 위해 서서히 정보를 흡수하게 만든다. 어떤 이들에게는 이런 방식이 받아들이기에 더 쉽다.

원로들이 삶의 주요한 선택이나 가르침이 필요할 때 우리를 돕는 방식도 흥미로웠다. 이 사례에서 원로들은 영상 이미지들을 통해 남아프리카공화국에 대한 메시지들을 전해 주었다.

두 달 뒤, 앤드류의 소식을 들었다. 그는 아내와 아들을 데리고 오스트레일리아의 브리즈번에 가 있었다. 6주간 폭넓게 여행을 하면서 안내와 정보를 모으고 있었다. 그는 이사 갈 곳을 발견했다며 신이 나서 소리쳤다.

우리는 2주 후 시드니에서 만나 점심을 먹기로 약속했다. 마침 나도 일 때문에 그곳에 가야 했기 때문이다. 만나 보니, 그들은 모두 오스트레일리아 여행이 아주 행복한 경험이었다고 했다. 앤드류는 세션 이후 그에게 주어진 메시지들을 믿고, 안내자와 평의회원들의 도움으로 세운 계획들을 실천해 나갈 수 있었다고 했다.

그는 이렇게 말했다. "모든 일이 어찌나 척척 맞아들어가는지 놀라울 정도예요. 세션을 받은 이후로 모든 일이 완벽하게 돌아가요. 제가 인도를 받고 있는 것 같아요. 실제로 벌써 많은 문들이 열렸어요! 전문적으로 절 도와줄 친구들도 새로 사귀었고요. 이 친구들 덕분에 새로운 기회들도 얻고, 여기 오스트레일리아에서 할 수 있는 사업들도 구상했어요! 제 영혼의 목적에 충실했더니 삶이 이렇게 달라졌습니다. 참으로 놀라워요."

이런 변화는 삶에 대한 앤드류의 긍정적인 태도 덕분이기도 한 것 같았다. 그의 아내는 오스트레일리아의 환경이 아이들에게 아주 안전하며, 교육제도도 아이들에게 많은 기회를 안겨줄 것이라고 기대했다. "우리 가족의 삶은 물론이고 특히 아이들을 위해서도 훨씬 좋을 것 같아요."

또한 앤드류는 오스트레일리아에 살더라도 세션을 통해 확인한 그의 목적에 충실할 것이라고 했다. "남아프리카공화국이 얼마나 아름답고 좋은 것들이 많은지 사람들에게 전부 알려줄 겁니다. 나라의 메신저로서 새로운 나라에 남아프리카공화국의 좋은 점들을 소개할 거예요. 그러기로 제코와 약속을 했고, 또 이 약속을 지키는 것이 제 영혼의 목적을 이루는 길이기도 하니까요."

---

(1) 영혼이 관문을 통해 영계로 들어가는 것을 흔히 '터널 효과'라고 한다. 이때 밝은 빛은 흔히 나타나는 현상이다. 《영혼들의 여행》 35-48쪽, 《영혼들의 운명1》 93-95쪽을 본다.

(2) 이 모임에서의 위치는 영혼의 발달 단계를 알려준다. 원로들의 모임에서 영혼과 안내자, 원로들의 위치에 대해 더 자세히 알고 싶으면, 《영혼들의 운명2》 21-26쪽을 참고한다.

(3) 최면 중에도 인간의 정신은 이전의 지식이나 경험에서 얻은 정보들을 토대로

자신이 보고 기억해 내는 것들을 이해하고자 애쓴다. 피술자들도 흔히 과거의 지식이나 경험을 참고로, 그들이 처음에 본 이미지를 해석한다.

원로들의 의회가 시작되면, 몇몇 영혼들은 그 질서정연한 분위기로 인해 그들에게 주어지는 내용들을 잘못 해석하기도 한다. 예를 들어, (다른 전생들이 끝난 후) 이전 의회에서 들었던 내용들이 즉각적으로 기억난 것으로 생각하는 영혼들도 있다. 하지만 모든 영혼들이 이러는 것은 아니다. 어떤 영혼들은 지상에서 미리 조건 지워진 의식으로 인해, 안으로 들어가면 법정에서 판사들이 그들을 기다리고 있을 것이라고 생각하기도 한다. 수천 년 동안 전 세계의 종교 교리와 미신들이 죽음의 순간, 우리가 저지른 죄에 응징과 보복을 받을 것이라고 가르쳐왔기 때문이다. 하지만 이런 가르침들은 모두 거짓이다. 영혼의 세계는 사랑과 용서의 공간이기 때문이다.

영혼이 안으로 들어서는 순간, 가장 먼저 마주하는 것은 그들을 기다리는 원로들이다. 이들은 보통 연단 위에 반원형으로 앉아 있다. 이들의 위치가 달라도, 이런 광경은 권위적인 인물들이 앉아 있는 법정 같은 느낌을 줄 수 있다.

이 사례에서 앤드류는 비교적 빠르게 정신을 차리고, 원로들이 어두운 색의 옷을 입고 있지 않다는 것을 알아차렸다. 또 그를 향해 미소를 짓는다고도 말했다. 의회에서 원로들은 그들 앞에 나타나는 영혼에게 미소를 지어 보이기도 하고 더 진지한 표정을 짓기도 한다. 어쨌든 영혼들은 이 모임이 그들로 하여금 과거를 평가하고 미래를 계획하도록 돕기 위한 것임을 깨닫는다. 이 문제에 대한 더욱 상세한 분석이 필요하면, 심판과 징벌에 대한 인간의 두려움과 원로회의를 다룬 부분을 참고한다. 《영혼들의 운명2》17-21쪽.

(4) 남아프리카공화국과 오스트레일리아에 대한 감각적이고 시각적인 이미지들은 모두 앤드류의 원로들이 창조해서 앤드류의 머릿속으로 "다운로드"시켜준 것이다. 이 일은 트랜스 상태에서 이루어졌으며, 앤드류에게 알려진 정보들을 제공하고 지구의 단선적인 현재 시간 속에서 선택하도록 돕기 위한 것이다. 결정에 앞서 모든 피술자가 원로들에게 이런 식으로 코치를 받는 것은 아니지만, 여러 가지 생각해 볼 단서들은 얻을 수 있다. 이 사례는 우리의 영혼이 영계에서 과거를 돌아보고 심지어는 앞으로 일어날 사건들까지 살펴볼 수 있다는 면에서 중요한 영적 현상을 다루고 있다. 이런 재검토 과정은 우리의 성장을 위

한 것이다.

LBL 피술자들이 수년 전부터 보고해 온 내용들을 양자물리학이 이제 겨우 따라잡고 있는 것 같다. 과학자들은 아원자 입자들이 진동에너지파의 영향 하에 움직이면서, 지구상에 있는 모든 활성, 비활성 상태의 이미지들을 기록하고 저장한다는 것을 발견해 냈다. 사건들은 순수한 진동 에너지 패턴을 나타내기 때문에, 인간의 경험들 중 영원히 사라지는 것은 없으며, 어떤 것이든 시간을 초월한 사후의 세계에서 되살려 분석해 볼 수 있다. 우리는 모든 장소에 우리의 에너지를 지문처럼 남기기 때문에, 이곳에는 우리의 존재가 영원히 기록되어 있다. 이 에너지파들은 미래에 일어날 수 있는 사건들을 위한 여러 가지 대안적 패턴들을 만들어내기도 한다.

원로들이 앤드류에게 미래에 겪을 가능성이 있는 일들을 보여주지 않기로 선택한 데는 두 가지 이유가 있다. 미래는 영구적으로 정해져 있는 것이 아니기 때문이기도 하고, 또 앤드류의 현생에서 미래에 일어날 수 있는 일들을 알려주는 것이 그의 자유의지와 자기발견에 방해가 될 수도 있기 때문이다. 그래도 다른 사례들에서 확인할 수 있는 것처럼, 영계에서 과거와 현재와 미래는 현재라는 하나의 연속선상에 존재한다. 양자물리학의 적용은《영혼들의 여행》257-268, 325-326, 353-354, 369-370쪽을, 과거의 시간선은《영혼들의 운명1》274-277쪽을, 미래의 시간선과 삶의 선택은《영혼들의 운명2》263-270쪽과 LBLH 175-178쪽을 참조한다.

6
원로들의 회의를 들여다보다

데보라 브롬리(베드퍼드, 잉글랜드)
: 감정해방테크닉 코치, 여성문제 전문가,
전생퇴행과 LBL 요법가

LBL 세션을 받으러 오는 이들은 대부분 뉴턴 박사의 책들을 접한 사람들이다. 사후세계에 대한 이야기들을 읽고 나서, 직접 경험해 보고 싶다는 욕망을 강하게 느끼는 건 어쩌면 자연스러운 일인지도 모른다. 그런데 헬렌은 영계의 구조나 뉴턴 박사의 책들에 대해서 아는 것이 전혀 없었다. 덕분에 헬렌의 LBL은 내게 매우 흥미로운 작업이었다. 헬렌의 영혼 여행이 보여주는 신선함 때문이기도 했고, 그것들을 통해 책의 내용들을 직접 확인할 수 있었기 때문이기도 했다.

우리의 마음은 때로 의심과 기대를 만들어낸다. 그래서 우리를 찾아오는 사람들 가운데는 환생 사이 영혼의 삶에 대해 몇 가지 선입견을 갖고 있는 경우가 있다. 시술자들은 그런 피술자들이 세션을 통해 새로운 사실을 발견하고 목적을 달성할 수 있도록, 피술자의 행동과 에너지를 부드럽게 인도해 준다. 영혼 여행을 통해 피술자들의 욕구를 충족시킬 수 있는 것도 이 때문이다.

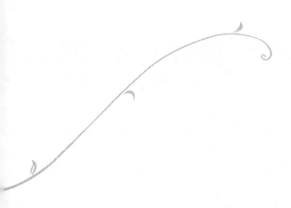

LBL의 경험은 말로 충분히 설명할 수 없는 것이다. 피술자들이 처음 LBL 시술을 받고자 할 때에는 '현생'의 심각한 문제들에 초점을 맞춘다. 그러나 영혼의 기억과 연결되는 순간, 그들은 자신들을 향한 무한한 사랑을 기억해 낸다. 환생을 거듭하는 내내 그들을 떠받쳐주고 지지해 주던 사랑, 안내자의 사랑, 원로들의 지혜, 영혼의 친구들과 나눴던 깊은 우정을 떠올린다. 이런 경험은 단연 압도적이다.

이런 사랑에 빠져들고 나면 혼자라는 느낌도, 의심도 들지 않는다. 마치 열려 있는 영혼의 인터넷에 다시 접속한 것처럼, 환생 사이에 영혼으로 존재하던 시간을 기억함으로써 영혼의 지성과 연결된다. 일상의 갈등들도 하찮게 여겨진다. 이 갈등들을 올바른 시각으로 바라보게 되었기 때문이다. 원로들과의 만남은 영혼이 경험하는 가장 중요한 사건들 가운데 하나이다. 최면상태에서 이 지혜로운 존재들 앞에 섰던 기억은 피술자들에게 매우 중요한 의미를 갖는다.

원로들이 영혼의 진화 상태를 묻고 평가하는 동안, 보통 스승 역할을 하는 안내자들이 영혼과 함께한다. 아직 윤회 중인 영혼은 이런 토론회를 통해 신성한 존재들을 접한다. 그런데 특이하게도 헬렌은 이번 생을 시작하기 전에 원로들의 초대를 받아, 영계에서 가장 고차원적인 형태의 평가회에 참여했다.

원로라 부르는 고차원적인 존재들은 오래 전에 윤회를 마쳤기 때문에, 최면을 통해 이들의 비밀을 알아낼 수는 없다. 그런데 이 특이한 이야기에서 흥미로운 점은 헬렌이 영계에서 가까운 미래에 주니어 안내자가 될 교육을 받고 있었으며, 그 준비의 일환으로 의회의 비밀들을 간단하게나마 엿본 것 같다는 것이다.

이 사례는 내가 LBL 요법 시술을 시작한 지 1년밖에 안 되었을 때였는데 운 좋게도 내게 주어졌다. 지금이라면 헬렌에게 질문들을 더 많이 던졌을 것이다. 하지만 당시에도 나는 헬렌이 묘사한 내용들이 헬렌에게 커다란 자랑거리라는 것을 잘 알고 있었다.

영계에서 원로는 시니어 안내자보다 높은 위치에 있다. 이 사례는 관리의 책임을 떠맡을 준비가 되어 있는 레벨IV와 레벨V의 영혼을 위한 고급 안내자 훈련과정에서 벌어지는 일들을 보여준다.

영혼의 본질은 이 세상에 환생해 있는 동안 보여준 문제해결 능력과 연관되어 있다. 자신이 관리하는 영혼들에게 상담자 역할을 하는 안내자와 연장자들은 영혼들이 새로운 삶에서 서서히 보다 나은 선택 능력을 키워나갈 수 있도록 영혼들에게 지극을 준다.

이 이야기 속에는 아직 윤회 중인 영혼이 경험할 수 없는 차원, 즉 원로들의 회의장 뒤편에 등장해 실제로 영혼들을 평가하는 작업에 참여하면서 느낀 점들이 담겨 있다. 영혼을 평가하는 작업에 작은 역할을 했던 헬렌의 설명을 통해, 우리는 여러 가지 사항을 분명하게 확인했다. 하지만 헬렌이 의회 참여자로서 아직 미숙한 상태였기 때문에, 원로들이 헬렌의 제의를 얼마나 관대하게 처리했는지는 알 수 없다.

지상에서 영계와 연결되는 것을 어떤 이들은 채널링이라 부른다. 채널링은 라디오 방송국에 주파수를 맞춰서 다양한 음악을 듣는 것과 같다. 이 채널링 기술은 열심히 훈련하면 습득할 수 있다. 헬렌이 LBL

을 하러 오게 된 것도 채널링 강좌 때문이었다. 헬렌은 영혼의 안내자와 확실하게 연결되어 채널링 능력을 향상시키겠다는 분명한 목표를 갖고 있었다. 하지만 LBL 세션은 헬렌에게 영혼의 삶에 대해 더 많은 것들을 가르쳐주었다.

헬렌은 인종이 다른 부모 사이에서 태어난 후, 곧 웨일스인 가정에 입양되었다. 그녀는 안정적인 환경에서 사랑받으며 자랐지만, 언제나 비만에 시달렸다. 이로 인해 양어머니와도 불화를 겪고, 타인들이 자신을 외모로 판단한다는 사실을 깨달았다. 하지만 정말로 중요한 것은 몸무게가 아니라는 점을 내면 깊은 곳에서 알고 있었다. 내면의 자기 존중감이 행복과 만족을 가져다준다는 걸 분명하게 믿는 사람이었다.

헬렌은 결혼에 한 번 실패했고, 아이가 하나 있었다. 그녀는 아이에게 많은 애정을 쏟았다. 그런데 관계—한 번의 실패로 이후에도 삶을 함께할 사람을 찾지 못했다—의 문제가 계속 헬렌의 발목을 잡았다. 그녀는 인력을 관리하고 훈련시키는 일을 한 경력도 있었으며, 여러 해 동안 불우아동들과 함께 성공적으로 일을 해내기도 했다.

헬렌은 이완을 아주 잘해서, 곧 전생의 기억들과 연결되었다. 전생의 기억은 환생 사이에 존재하는 영혼의 상태로 들어가는 데 발판이 되어주었다. 그녀는 햇볕 내리쬐는 풀밭에 있었다. 개울물에서 스무 살가량으로 보이는 여자 친구들과 살아가는 이야기를 하면서 빨래를 하고 있었다. 우정과 웃음이 넘쳐나는 행복한 분위기였다. 그녀는 조그만 나무오두막 2층에서 제이콥이라는 어린 아들을 데리고 남편과 함께 살았다. 헬렌이 기억을 떠올렸다.

"남편은 큰 키에 덥수룩한 머리, 턱수염이 있어요. 치아도 지저분해요. 좋은 사람이 아닙니다. 왜 이런 남자와 결혼했는지 모르겠어요. 맨날 윽박지르고, 술도 많이 마시거든요. 제이콥도 그를 무서워해요. 저도 정말이지 그에게서 벗어나고 싶어요.

파티에 갔어요. 모두들 춤을 춰요. 시끄러운 음악 소리가 들리는데, 우리는 악취로 넘쳐나는 거리에 있어요. 시장에 있는 광장 같아요. 남편은 어딘가에서 술을 마시고, 제이콥은 근처에서 친구들과 놀고 있어요. 저는 과일—석류 같아요—을 몇 개 들고 가면서, 남편한테서 멀리 도망치고 싶다고 친구에게 말해요. 제가 떠날지도 모른다는 생각에 남편도 잔뜩 화가 나 있어요.

남편이 보여요. 한판 하자는 기세로 저를 향해 오면서 고함치고 욕설을 퍼부어요. 과일을 사는 데 돈을 낭비했다고요. 저는 울부짖으며 도망치다가, 어느 건물 모퉁이에 숨어요. 울면서 제이콥을 꼭 부둥켜안고 있는데, 제이콥에게는 괜찮을 거라고 말하지만 사실은 그렇지가 않아요. 남편이 우리를 찾아내서는, 저를 제이콥에게서 떼어내서 마구 때려요. 제이콥이 다 지켜보고 있는데! 남편은 저를 때리고 제 목을 조르고 있어요. 저는 제이콥에게 도망치라고 소리쳐요!

이제 저는 죽었어요. 뒤로 둥둥 떠가는 것 같아요. 색깔들이, 둥둥 떠다니는 색깔들이 보여요. 이제 정말 마음이 놓여요.”

데비 : 이 삶과 죽음의 상황을 생각할 때 후회는 없나요?
헬렌 : 반복되는 일들을 더 이상 받아들이지 말았어야 했어요. 직감대로 도망을 쳤어야 했는데, 그냥 있었죠. 식구들이 걱정됐고, 그냥 내팽개쳐버리고 싶지도 않았거든요. 남편은 아무도 자신을 사랑하지 않는다는 생각에 저를 괴롭혔어요.
제 영혼이 이제 빠르게 움직여요. 몇몇이 저를 맞이하러 오네요.

멜라니(현생의 딸) 그리고 샘하고 엘리(현생의 친한 친구들)예요. 오! 어머니(현생의 어머니)도 오고 계세요. 여느 때처럼 숨을 헐떡거리면서 뒤처져 달려오고 있어요. 어머니다워요. 이들이 웃으면서 박수를 쳐주네요. 모두들 서서 이렇게 말합니다. "아주 잘했어." 정말 행복하고 즐거워요. 안심이 돼요. 이젠 회복실로 가야 해요. 이건 그냥 제가 붙인 이름이에요. 회복실로 가서 영계의 빛을 받으며 심신을 이완시켜요. 이 빛은 노란색과 오렌지색이에요. 이 빛이 제 몸을 가득 채우자, 제 얼굴이 환하게 빛납니다.[1]

데비 : 이 빛은 어떤 역할을 하나요?

헬렌 : 음, 손가락을 소켓에 집어넣은 것 같은 느낌이 들어요. 정말 놀라워. 우리가 죽으면, 이 빛이 우리를 재충전해 줘요. 저는 젊어서 죽었기 때문에 빛을 약간만 받아도 돼요. 하지만 전 지난 삶을 즐기지 못했어요. 힘든 삶이었거든요. 그래서 이 빛이 도움이 돼요.

데비 : 에너지를 재충전한 후에는 무엇을 하나요?

헬렌 : 떠다니는 경기장 같은 넓은 곳으로 들어가요. 여기에는 많은 영혼들이 있어요. 모두 무언가 시작되기를, 누군가가 오기를 기다리는 것 같아요. 세미나나 컨퍼런스 같아요. 주제는 삶의 목적을 이해하는 것이고요. 제 그룹이 저쪽 가장자리에 있네요. 저도 그들과 합류해요.[2]

헬렌은 친숙한 영혼들(사랑하는 딸 멜라니와 어머니, 많은 친구들)을 만나, 현생의 이름대로 그들을 불렀다. 그러다 천천히 그들의 에너지 특질을 자세하게 설명했고 그들의 영혼 이름도 알고 있었다. 내가 헬렌의 영혼 이름을 묻자, 시메네라고 했다.

헬렌 : 어머니와 제이슨, 멜라니가 보여요. 제가 가장 많이 어울리는 이들이죠. 어머니는 균형을, 멜라니는 연민을, 제이슨은 힘을 갖고 있어요. 저(시메네)는 무조건적인 사랑을 이해하고 있고요.[(3)] 우린 야외에서 이야기하는 걸 좋아해요. 우리가 들판에 있어요. 무척 상쾌한 곳이에요. 우리는 자유롭게 여기로 와서 웃으며 느낌을 공유해요. 전략을 세우고, 미래의 게임 계획도 짜요. 이 일은 함께해야 하거든요. 여기를 떠나 지구에서 살게 되면 헤어져야 하니까요. 그래서 영계에서 함께 살 때는 여러 번의 생을 미리 계획해 둡니다. 우린 이런 식으로 목적을 성취해요.

우리는 사각형의 돌 탁자를 둘러싸고 앉아 있어요. 탁자 중앙에는 작은 대접 안에 땅콩처럼 생긴 황금 덩어리가 있고요. 황금 덩어리는 땅콩처럼 생겼어요.

데비 : 그 황금 덩어리는 무엇에 쓰는 건가요?

헬렌 : 음, 제 말의 의미를 이해하실지 모르겠는데, 먹는 건 아니지만 우린 이걸 먹어요. 지구로 돌아갔을 때 우리에게 도움이 되거든요. 확인하게 해주는 거예요. 우리 계획에서 핵심적인 시점들에 이 작은 황금 덩어리를 먹으면, 지구에 있을 때 그 핵심적인 시기를 확인할 수 있어요. 우리가 올바른 길을 가고 있다거나 올바른 사람을 만났다는 걸 알게 해주죠. 만나야 할 사람을 만났다는 걸 확신하게 해주고, 계획도 다시금 확인시켜줍니다.[(4)]

데비 : 기시감[데자뷰] 같은 건가요?

헬렌 : 맞아요. 바로 그거예요. 잠시 멈춰서, 무언가 중요한 일이 일어나고 있다는 것을 깨닫게 해주죠.

데비 : 이제 무슨 일이 일어나고 있나요?

헬렌 : 지금은 다른 들판에 있어요. 역시 멋진 곳이죠. 안내자 두

명도 함께 있는데, 한 명은 시루스예요. 제 가까이 있는데, 까무잡잡한 피부에 젊고 잘생겼어요. (웃는다.) 시니어 안내자죠. 아름다운 미소에 반짝이는 짙푸른 눈을 갖고 있고요. 가끔씩 장난꾸러기처럼 굴어서, 덕분에 많이 웃게 돼요. 저기 멀리, 얇고 가벼운 드레스 차림의 나이 든 여자가 보이네요. 그녀도 시니어 안내자이고 이름은 오파스예요. 시루스의 어깨 너머로 보니, 오렌지빛처럼 보여요.

저는 마음이 아주 편해요. 그들은 저를 아주 잘 알아요. 저는 즐거움을 느낄 필요가 있지만, 평정을 잃지 말아야 해요. 오파스가 존재하는 이유도 그 때문이죠. 오파스는 제 약점들을 죄다 알고 있어요. 그래서 제가 너무 깊이 빠져버리지 않도록 일깨워주죠. 이것이 제 문제거든요. 저는 언제나 사랑을, 무조건적인 사랑을 갈구해요. 저의 중요한 특성이거든요. 그래서 전생의 남편처럼 안 좋은 사람이 다가와도 알아차리지 못해요. 그 탓에 늘 곤란에 빠지죠.

그들은 저에 대한 지식과 사랑으로 저를 감싸고 있어요. 이런 느낌, 정말 근사해요. 제가 너무 멀리 나가면 작은 경고 신호가 와요. 제 마음속에 오렌지빛이 나타나서 조심하라고 일깨워주죠. 시루스도 저에게 더 엄격해야 한다고 주의를 주고요. 그래도 그는 눈만 깜빡여요. 그는 지금 제게 무언가 중요한 것, 제게 일어날 일을 보여줘요.

데비 : 이번 생에서 일어날 일인가요?

헬렌 : 네, 헬렌에게 일어날 일이에요. 제가 어디서 살고, 제 일이 어떻게 진행될지 하는 것들이요. 확실히 전 올바른 길을 가고 있어요. 아이가 한 명 나타나서, 제가 사람들에게 어떤 영향을 주었다고 말할 거래요. 이 일로 저는 인정을 받아요. 대영제국 훈장[5]

같은 상을 받는 거죠. 저는 감사와 존경을 동시에 받아요. 물론 그렇게 되기까지는 오랜 시간이 걸리죠. 어쨌든 저는 지금 제대로 해나가고 있어요. 뒤쪽의 오렌지빛은 함께 일할 새로운 안내자가 나타났다는 신호예요. 이번 생에서 제가 더 빠르게 나가기 시작했거든요.[6]

데비 : 다음은 어디로 가나요?

헬렌 : 빛의 공간 속에 있어요. 대리석처럼 보이지만 대리석은 아니고, 투명해요. 아! 의회에 참석 중이에요. 제가 원로들 의회의 일원이거든요. 의회에서 다른 사람들에게 조언을 해줘요.[7]

데비 : 이 의회는 무슨 일을 하나요?

헬렌 : 이사회 같은 일을 해요. 저는 이사회에 참석 중인 회원의 한 명이고요. 저는 무조건적인 사랑을 보여줘요. 이것이 제 성격의 하나거든요. 의회 구성원들은 이런저런 말을 하는 다양한 영혼들에 대해 토론을 벌여요. 그에게 필요한 것이 무엇이며, 직접적인 조언 말고, 다른 방법은 없는지 등등 여러 사안을 놓고 다양한 의견을 나누죠. 저는 이렇게 말해요. "다른 방식으로 가르침을 줄 수는 없을까요?"

지금의 의회는 약간 강경하게 가르치는 편이에요. 하지만 진실을 밝히기 위한 질문을 던질 때도, 저는 영혼들에게 다른 식으로 가르침을 주었으면 좋겠어요. 더 따뜻하게요. 뭐랄까, 제가 생각하는 제 역할은 바로 이런 거예요.

데비 : 어떻게 그 일을 하는지 설명해 주세요.

헬렌 : 우리는 총 아홉 명이에요. 저는 오른편 맨 끝에 있고요, 전 황금빛이 가미된 밝은 노란색을 띠고 있어요.[8] 말할 때 말고는, 다른 존재들이 안 보여요. 말할 때만 그들의 에너지 색깔과 느낌

이 밝게 빛나거든요. 저는 토론이 약간 격해질 때, 제 의견을 피력합니다.

데비 : 영혼들이 격해지다니, 상상이 안 되는데요.

헬렌 : 격해진다는 건 지나치게 단순화한 말이에요. 단호한 태도를 취하는 게 좋겠다고 의회 구성원 전원이 동의하게 되는 영혼들이 있어요. 이런 에너지가 커지는 게 다 들리고 느껴져요. 제가 반대 의견(부드러운 태도와 용서의 마음을 촉구하는 거예요)을 피력하는 건 바로 이런 때죠. 그러면 이런 에너지가 약간 잦아들면서, 의원들도 의문(다시 검토하고 정리해 보는 거죠)을 갖게 됩니다. 그러면 전 변론을 시작해요. 도형이나 그림을 중앙에 있는 의장에게 전달해서, (그 영혼의) 다른 모습들을 보여주죠.[9] 비뚤비뚤 황금빛 글씨가 적힌 이 석판들을 건네면, 모두들 돌려가며 읽어요.[10]

우리는 영혼이 들어오기 전에, 언제나 그 영혼의 삶에서 일어났던 일들을 깊이 있게 논의해요. 우리가 예전에 했던 조언들에 이 영혼이 얼마나 주의를 기울였는지, 우리의 조언에 어떻게 반응했는지 등을 검토하죠. 영혼이 심각한 문제를 일으켰을 경우에는 검토 작업이 힘들기도 해요. 문제를 일으켰다는 건, 우리의 조언에 주의를 기울이지 않았다는 증거니까요.

처음에는 이런 영혼이 등장할 때 원로들이 약간 엄격한 표정을 짓는 것처럼 보였어요. 그럴 때면, 연민과 사랑을 베풀어야 한다고 촉구하고픈 마음이 일었죠. (토론장) 바깥에 있을 때도요. 결국 저는 (텔레파시로) 제 의견을 전달했어요. 제가 최선이라고 여기는 방식을 이렇게 전달하면, 제가 균형을 잡아주고, 무언가 영향을 미쳤다는 느낌이 들었죠. 결국 중요한 것은 개개의 영혼들을 대할 때 (단호함과 부드러움 사이에서) 적절하게 균형을 잡는 거예요. 우리가 충분한 시간을 갖고 모든 증거들을 검토하는 것도 이 때문이에요. 저는 의장과 먼 자리에 있을 때도 연민과 사랑을 베풀라고 당당하게 발언해요. 덕분에 이제는 충분히 인정도 받고, 제 의견도 설득력을 갖게 된 것 같아요. 의장은 위압적인 에너지를 지닌 아주 강한 영혼인데도 말이에요.[11]

이후 헬렌은 이곳을 떠났다고 말했다. 그녀는 안내자들과 함께 들판으로 돌아갔다.

헬렌 : 그들은 지금 이곳에 함께 있어요. 저에게 무엇에 초점을 맞춰야 하는지 말해 줘요. "이제 거의 다 이해했어. 하지만 좀더 배워야 해."

헬렌이 안내자들과 다시 연결되었다. 나는 그들에게 헬렌이 지금의 생과 관련해서 제기한 의문점들에 답해 줄 수 있는지 물었다. 그들은 쉽게 해답을 얻는 것이 영혼들에게 도움이 안 될 때도 있지만, 어쨌든 답을 주겠다고 했다. 나는 그녀의 삶과 일, 딸, 관계에 대한 사적인 질문들을 던졌고 헬렌은 다음과 같은 대답을 얻었다고 했다.

헬렌 : 직관에 더 충실할 필요가 있대요. 무언가 잘못되면, 직관을 받아들이고 직관에 따라 행동해야 한답니다. 저 자신은 물론이고, 제가 보거나 만질 수 없는 것들도 믿을 줄 알아야 하고요. 또 제가 혼자가 아니며, 그들이 저를 위해 그 자리에 있다는 점도 기억해야 한대요. 저는 사람들을 더 많이 신뢰해야 한다고 생각했어요. (그녀는 그녀의 삶에 등장하는 남자들을 상당히 불신하고 있었다.) 그런

데 그게 아니었어요. 믿음을 갖고, 불신하지 않는 법을 배워야 해요. 믿음을 잃지 않고, 끝까지 신뢰하는 거죠. 의심하지 않고요. 이젠 알겠어요. 이번 생에서 저는 다른 길을 너무 멀리까지 와버렸어요. 이로 인해 사람들과도 가까워질 수 없었죠. 모두들 저를 이해하려 애쓰고 있는데도 말이죠!

이제는 매일의 삶에서 제 안내자들과 더 많이 소통할 거예요. 궁금한 문제도 꺼내놓으면, 답을 줄 테니까요. 그래서 어떤 생각이나 느낌이 들면, 그대로 따르면 됩니다.

어떤 일을 어떻게 할지 생각할 때, 상황을 분석하느라 처음의 생각을 머릿속에서 몰아내버리지 말고, 처음의 생각대로 따라야 해요. 잘못하고 있으면, 시루스가 나타나서 더 심각하거나 안 좋을 일을 만들어 저를 일깨워주기 때문이에요. 가슴의 소리에 귀 기울이면, 모든 일이 잘 될 거예요.

헬렌은 이제 안내자들에게 작별을 고했다. 헨렌이 말을 안 하자 침묵이 감돌았다. 안내자들이 떠날 준비를 하는 동안, 그녀는 아주 심오한 경험을 했다.

나는 헬렌에게 그들의 이미지를 꼭 간직해 두고, 그들과 연결될 방법도 잘 기억해 두라고 했다. 안내자들을 만나보고, 마음속으로 그들의 모습을 떠올리며, 그들을 불러내 그 에너지를 느끼는 법을 배우는 것이 이 세션의 목적이었기 때문이다.

이 세션을 계기로, 헬렌은 안내자와의 관계를 마음 깊이 새기고, 지지와 확인이 필요할 때마다 이 관계를 기억할 것이다. 또 원로들과의 독특한 관계 덕분에, 가장 고차원적인 영역에서 이루어지는 영혼의 카운슬링에 대해서도 직접적인 지식을 갖게 되었다.

헬렌은 세션에 매우 만족해 했다. 덕분에 이제는 자신의 목적을 성취할 수 있게 되었다. 자신은 물론이고, 가족과 친구들에게 조언을 해주고 지혜를 얻을 소통의 채널을 갖게 된 것이다. 또 영혼의 안내자들과 그들의 독특한 성격, 그녀를 돕는 방식, 그 도움이 그녀 자신의 요구와 얼마나 잘 맞아떨어지는지를 파악한 결과, 이제는 자신의 진정한 목적과 부합되는 삶을 향해 나아갈 수 있게 되었다.

그녀는 아무 미련 없이 일과 사업적 관심사, 동료 등 삶의 몇몇 부분들을 급격하게 변화시켰고, 딸에게도 에너지를 집중적으로 쏟아 부었다. 시간이 흘러 딸이 대학에 진학하자 헬렌은 자신의 꿈을 깨닫고 고향인 웨일스로 이사했다. 이 과정에서도 그녀는 가슴의 소리에 귀 기울였으며, 뒤돌아보지 않고 용감하게 이 목소리에 따랐다.

---

(1) 돌아온 영혼을 치유해 주는 에너지에 대해서는 《영혼들의 여행》 91-95쪽을, 심각하게 손상된 영혼을 회복시켜주는 에너지에 대해서는 《영혼들의 운명1》 157-182쪽을 본다.

(2) 영혼의 공부 그룹은 《영혼들의 운명1》 307-321쪽을, 회합 장소는 《영혼들의 운명1》 233-238쪽을, 초청 연사에 대해서는 《영혼들의 운명2》 154-155쪽을 본다.

(3) 영혼 그룹 내의 상호작용에는 동료 영혼 간의 지지가 필요하다. 각 영혼들의 힘과 약점이 서로 均형을 이루고 있다. 그래서 환생 중에 서로 협력하면, 그룹 전체에서 보완 작용이 일어날 수 있다. 영혼 그룹과 그룹의 구성, 특질과 목적은 《영혼들의 여행》 143-147, 214-215, 238-239쪽을 본다.

(4) 다음 환생을 앞두고 영혼을 알아보는 수업에 대해 더 자세히 알고 싶으면, 《영혼들의 여행》 417-440쪽, 《영혼들의 운명2》 129-130쪽에 나오는 출행 준비 부분을 본다.

(5) OBE : 대영제국 4등 훈장 수훈자.

(6) 중간 레벨에서 레벨Ⅲ으로 올라가는 영혼들은 보통 서로 다른 특화된 영혼 그룹을 만나고 나름의 연구 분야에서 특별한 기술을 지닌 새로운 스승을 배정받는다. 하지만 창조된 이후로 죽 함께해온 시니어 안내자와 헤어지지는 않는다. 중간 레벨로의 이동은《영혼들의 운명2》200-204쪽을 본다.

(7) 의회실에서 영혼들의 위치는《영혼들의 운명2》17-26쪽을 본다.

(8) 생기 없고 탁한 노란색과 대조되는, 밝게 반짝이는 금색의 에너지에 대해서는 LBLH 126쪽 참조.

(9) 그들의 의장이 다른 의원들보다 크고 밝게 보이는 것은 특이한 일이 아니다. 이로 인해 영혼들은 의장에게 더욱 집중하게 된다. 의회 의장의 모습과 위치에 대해서는《영혼들의 운명2》35-36쪽과 LBLH 151쪽을 본다. 피술자들을 그들의 평의회 앞으로 인도하는 것에 대해서는 LBLH 145-155쪽을 본다.

(10) 피술자(헬렌)에게 석판을 통해 원로들에게 전달하고픈 정보를 묻는 질문은 하지 않았다. 아마도 사랑과 연민에 대한 그녀의 조언과 관련된 내용이었을 것이다. 우리는 의회에서 개념들을 설명하는 데 사용하는 상징과 기호들에 대한 정보를 갖고 있다.《영혼들의 운명2》53-81쪽를 본다.

(11) 이 특이한 사례에서 피술자는 자신보다 영적으로 훨씬 높은 레벨의 존재들과 함께하면서 자신이 분명한 역할을 했다고 자신 있게 주장하고 있다. 이 점은 의심의 여지가 없는 것 같다. 하지만 저자가 암시했듯이, 몇몇 주장에는 반론의 여지가 있었다.

헬렌-시메네가 원로들에게 앞에 서 있는 영혼에 대해 사랑과 연민이 부족하다고 설교한 것이 한 예이다. 원로들의 태도가 엄격하고 심각하다는 헬렌의 말은 보다 폭넓은 시각해서 해석해야 한다. 원로들의 통상적인 행위를 헬렌이 잘못 판단한 것으로 해석해야 한다는 말이다. 저자도 헬렌-시메네에 대한 원로들의 관용이 대단히 놀랍다는 점을 보여주었다.

확실히 헬렌은 안내자의 위치에 이르지 못한 일시적인 방문객으로서 편협한 시각을 제공하고 있다. 영계에서는 무슨 일이든 일어날 수 있으므로, 우리는 언제나 열린 마음을 잃지 말아야 한다.

7
야만인 로타

데이비드 피어스(파라다이스, 캘리포니아 주)
: 소방관과 진료보조원으로 일하다가,
현재는 은퇴 후 지역의 암센터에서 환자들을 돌보고 있다

힘들거나 고통스러운 상황에 직면했을 때, 그 속에서 의미와 목적을 발견하면 고통의 강도는 현저하게 줄어든다.

다음은 만성적인 에너지 결핍에 시달리던 남자의 이야기이다. 그는 의학으로도 원인을 규명할 수 없자, 이 병의 영적인 측면을 파고들기 시작했다. 그리고 단 한 번의 LBL 요법으로 그 근본 원인을 찾아냈다.

이제 그는 집요하게 따라다니던 고통에서 자유로워졌다. 에너지는 변함없이 낮지만, 그 근원을 파악했기 때문이다. 그는 낮은 에너지가 영혼의 성장에 있어 확실한 가성제임을 확신하게 되었다.

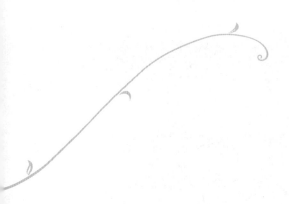

　마크를 처음 만났을 때 가장 먼저 든 느낌은 평범해 보인다는 것이었다. 평균보다 약간 작은 키에 평범한 직장에서 일하는 평범한 남자. 중년을 넘긴 다른 많은 사람들처럼, 마크는 영적인 문제들에 점점 관심을 갖게 되었다. 하지만 삶을 살아오는 동안 너무 쉽게 피곤을 느꼈기 때문에 언제나 자신의 에너지를 관리하는 방식에 특별히 신경을 써야 했다.

　이 문제에 대해 마크는 이렇게 말했다. "저는 언제나 눕고 싶을 때가 많았어요. 친구들과 다르게 에너지를 관리해야 했죠. 제 에너지 양이 너무 제한되어 있어서, 조심스럽게 다루어야 했습니다. 제 몸에 제가 희생되고 있는 것 같은, 배신을 당한 그런 느낌도 들었어요. 하지만 만성피로증후군 같은 건 아니에요. 일도 잘 해나가고, 사람들과도 잘 어울려요. 비정상적으로 에너지가 낮은 건 아니죠. 단지 제가 원하는 만큼의 에너지는 없는 것 같아요."

　그래서 그는 《영혼들의 여행》에서 뉴턴 박사의 작업 내용을 읽고, 그와 같은 최면요법가를 찾아 직접 경험해 보기로 했다. "지금까지 최면요법을 받아본 적은 없어요. 하지만 내가 최면요법을 받으면, 한층 깊은 차원으로 들어가, 고차원적인 근원들을 더 많이 접할 수 있을 거라고 생각했어요."

그는 〈마이클 뉴턴 연구소〉의 웹사이트에서 찾아낸 여러 명의 시술자들 가운데 가장 끌리는 사람을 한 명 골랐고, 여러 시간 직접 차를 몰아 내 사무실까지 오게 된 것이었다.

마크가 전생퇴행은 말할 것도 없고 정식으로 최면요법을 받아본 경험이 전혀 없었기 때문에, 나는 곧장 LBL 세션에 들어가기가 망설여졌다. 그래서 이메일과 전화로 여러 차례 대화를 나눈 끝에, 최면을 어느 수준까지 들어갈 수 있는지 먼저 확인해 보고, 필요하면 다시 세션을 갖기로 합의했다.

11월 초의 어느 화창한 아침, 마크는 티셔츠에 낡은 청바지, 낡은 스니커즈를 신고 북부 캘리포니아에 있는 내 사무실에 찾아왔다. 그가 책상 옆의 작은 소파에 앉아 있는 동안, 나는 새로운 질문이 없는지 묻고, 이전의 대화와 그가 제출한 등록서류에 기재되어 있는 내용을 간단하게 확인했다. 그러고는 오늘의 세션 과정을 개략적으로 설명한 다음, 마크를 내가 애칭으로 '최면 의자'라 부르는 작은 가죽 안락의자로 옮겨 앉게 했다.

이후 30분에서 45분 동안 예비단계를 가졌다. 그를 서서히 깊은 트랜스 상태로 인도하면서, 그에게 자신의 트랜스 깊이를 시험하고 측정할 기회를 주었다. 그리고 시각과 청각, 운동감각, 후각, 촉각 같은 다양한 감각들로 내면의 경험들을 더욱 생생하게 느낄 수 있도록 일련의 준비운동도 시켰다. 최면의 이 초기단계는 나이퇴행에서 그 정점에 달했다.

우리는 현재의 나이에서 뒤로 숫자를 세가면서 마크의 과거 속으로 더 깊이 들어갔다. 처음에는 피상적으로 퇴행을 하다가, 곧 열두 살과 일곱 살, 세 살 시점에 멈춰 현실적인 상황들을 자세히 관찰했다.

마크는 어린 시절의 경험들을 생생하게 떠올렸다. 그냥 기억하는 정도를 넘어, 어린 시절의 일들을 다시 경험하는 것 같았다. 대단히 고무적인 신호였다. 나는 녹음기를 켠 다음, 마크를 탄생 이전, 어머니 자궁 속에 있던 시절로 퇴행시켰다. 순간 우리는 곧바로 노다지를 발견했다.

데이비드 : 무엇을 경험하고 있는지 말해 주세요.

마크 : 그냥 둥둥 떠 있는 것 같아요. 저는 저인데, 아직 한참 미성숙한 상태예요.

데이비드 : 이 미성숙한 나, 미성숙한 자신을 통해 당신의 에너지를 느껴보세요. 당신이 본래의 당신 에너지와 잘 어울리는 것 같나요?

마크 : 아뇨, 특별히 잘 어울리는 것 같지는 않아요.

데이비드 : 더 자세히 이야기해 보세요. 무엇이 보이나요?

마크 : 과거의 제 모습이 아니에요.

데이비드 : 과거의 당신은 어땠는지 이야기해 보세요.

마크 : 저는 몸집이 크고 몸에 에너지도 많고 힘도 세고 사나운 사내였어요. 전사에 탕자 같은 분위기를 풍기는 정말로 강한 사내였죠. 지금 제 몸은 너무 약하고 작아요.

마크는 이 발견에 대해 나중에 이렇게 말했다. "제 삶이 바뀌는 순간이었어요. 제 몸을 그런 식으로 본 적이 없었기 때문에 충격이 정말 컸죠."

나는 이 사납고 활기찬 사내에 대해 더 알고 싶어 마크를 자궁에서 벗어나게 한 다음, 현생 이전의 생으로 인도했다.

데이비드 : 바로 거기 통로가 열려 있고, 시간은 여전히 뒤로 흐릅니다. 당신은 순식간에 이 통로를 통과해서, 또 다른 생으로 돌아갑니다. 이제, 거구에 강하고 거칠며 탕자 같은 사내, 육체에 충실한 삶을 살아가는 사내 중 한 명으로 돌아가 보세요. 지금과는 다른 삶이 기다리고 있을 거예요. 잘은 모르지만, 아주 흥미로운 삶이 펼쳐질 겁니다. 자, 준비됐나요?

마크 : 네.

데이비드 : 좋습니다. 그럼 그 삶으로 들어가보세요.

마크의 태도가 달라지면서 얼굴 표정도 변했다.

데이비드 : 지금 무엇을 경험하고 있나요?

마크 : 저는 바이킹 전사예요.

데이비드 : 낮인가요? 아니면 밤인가요?

마크 : 낮이요.

데이비드 : 무슨 일이 일어나고 있나요?

마크 : 많은 약탈과 도적질이요.

데이비드 : 당신이 좋아하는 일인가요?

마크 : 네. 아주 신이 났어요. 여자들을 겁탈하고, 물건들을 부숴요. 좋은 물건들은 훔쳐서 집으로 가져오고요. 승리, 언제나 승리를 거둬요. 우리가 언제나 이겨요.

데이비드 : 그 이유가 뭔가요?

마크 : 더 영특하고 강인하고 냉혹하기 때문이죠. 누구도 우리를 이기지 못해요. 우리는 바이킹이니까! 우리가 사는 곳에서 우린 왕 대접을 받아요. 그래서 누구도, 어떤 일도 참지 않아요. 우리는

최고로 강인하고 거침이 없으니까요. 사람들을 가끔씩 공포 속에 몰아넣으면서 그걸 즐겨요.

데이비드 : 사람들을 공포 속에 몰아넣을 때, 특히 어떤 점이 좋은 가요?

마크 : 저 자신이 강하게 느껴져요. 강력한 존재라는 느낌이 좋아요. 강한 존재라는 생각이 들면, 정말로 기분이 좋아지죠. 이런 느낌에 살아요. 이런 느낌을 더 많이 맛보기 위해서요. 그래서 사람을 죽이거나 여자를 겁탈하거나 보물을 훔칠수록, 기분이 더 좋아지는 거예요. 거의 황홀경에 취하죠.

데이비드 : 당신은 몇 살인가요?

마크 : 서른 살 정도.

데이비드 : 그렇다면 얼마간 이렇게 살았겠군요.

마크 : 네. 정말로 환상적인 삶이었어요. 한계도 몰랐지요. 이런 삶이 정말로 좋았어요. 아주 멋졌죠.

이 정보는 흥미롭고 재미있기까지 했다. 하지만 마크가 현생에서 낮은 에너지로 고통받게 된 원인은 찾지 못했다. 현생에서 이토록 다른 삶을 선택하게 된 이유는 무엇일까? 삶과 삶 사이의 차원에서만 얻을 수 있는 폭넓은 정보가 필요했다. 하지만 그 공간에 다가가려면, 바이킹 우두머리로서의 삶이 끝나는 시점으로 이동해야 했다.

나는 마크를 죽음의 시점으로 인도했다. 그러자 마크는 약 10년 뒤, 어느 동굴 안에 있는 자신을 발견했다. 그는 전투에서 부상을 입어, 전처럼 강하지 못했다. 그러자 통제권을 빼앗기 위해 같은 패거리들이 작당해서 그를 공격했다. 사내 셋이 칼을 들고 그에게 달려들었다. 그는 바이킹 전사답게 산화하리라 결심하고, 그들을 모두 죽이려고 했다. 하지만 지금의 그는 너무 느렸고 적의 칼이 그의 배를 가르는 순간, 칼날이 몸속을 파고 들어오는 게 느껴졌다.

마크 : 극심한 공포가 느껴져요. 칼날이 저를 갈라버려요. 이 모든 일이 슬로우 모션처럼 느릿하게 보여요. 믿기지가 않아요. 충격이 에요! 그 모든 전투에서 승리를 거두었는데, 단 한 번의 싸움에 지고 말다니…… 받아들이기가 힘들어요. 정말로 충격이에요. 나는 영광스럽게 죽으리라 생각했는데, 전혀 영광스러운 모습이 아니에요.

데이비드 : 이제 무슨 일이 벌어지나요?

마크 : 칼날이 몸에 반쯤 박힌 것 같아요. 순식간에 일어난 일인데, 아주 천천히 진행되는 것 같아요.

데이비드 : 당신 영혼은 아직 몸속에 있나요?

마크 : 네. 하지만 머리가 몸에서 떨어져나가면서, 영혼이 몸에서 뒤로 나오고 있어요. 몸이 더 이상 완전하지 않아 몸 안에 머물 수가 없거든요. 제 영혼은 다소 날카롭게, 뒤로 끌려나와요. 이제 몸에서 끌려나와, 몸 밖에 서 있어요. 하지만 저는 아직 이 몸을 많이 사랑해요. 그래서 하염없이 제 몸을 바라보고 있어요. 저를 살해한 전사들은 전부 승리를 자축하고 있고요.[1]

데이비드 : 이제는 무슨 일이 일어나나요?

마크 : 제 영혼은 그냥 그 자리에 있어요. 육체에서 분리된 상태로 그냥 그 자리에요. 외롭고 넋이 나가 있어요. 어떻게 해야 할지도 모르겠어요.

데이비드 : 얼마나 오래 그러고 있나요?

마크 : 몇 시간은 되는 것 같아요. 그냥 그 자리에 있어요. 어떻게

해야 할지도 모르고.

지난 삶을 돌아보던 그는 갑자기 충격을 받은 것 같았다. 놀랍고도 새로운 시각으로 모든 것을 다르게 보기 시작했다.

마크 : 제가 사랑했던 모든 것, 저의 승리, 보물들, 모든 것이 이제는 무의미하게 느껴져요.
데이비드 : 그럼 무엇이 중요하게 느껴지나요?
마크 : 음…… 저도 모르겠어요.

여전히 혼란스럽고 멍한 상태에 있던 마크는 두 명의 존재들이 그와 함께하고 있음을 알아차렸다. 그들은 대부분 빛으로 이루어져 있는 것 같았으며, 인간 같은 형체를 하고 있었다.

마크 : 이들이 저를 부드럽게 뒤쪽으로 인도해요. 어디로 가는 건지는 모르겠어요. 이들이 있다는 게 상당히 위안이 돼요. 하지만 위로받는 것에는 별로 흥미가 없어요. 아직 바이킹 전사의 마음을 많이 갖고 있거든요. 독불장군처럼 위안을 받아들이지 않아요. 하지만 달리 갈 곳도 없는 것 같아서 그냥 따라가요. 이들이 어디로 데려가는지 모르겠어요. 두려워하지 않으려고 애쓰지만, 솔직히 겁이 나요. 어디로 가는지 모르니까요. 그런데 아주 깜깜해졌어요. 죽거나 의식을 잃은 것 같아요. 어떤 변화를 경험하고 있어요.[2]
데이비드 : 좋아요. 아주 안전하게 당신 자신을 서서히 그 변화에 내맡기세요. 당신은 이미 아주 극적이고 놀라운 일들을 경험했어

110

요. 그러니까 이 경험이 어떤 것이든, 얼마나 다르게 전개되든, 이 경험으로 충격을 입지는 않을 겁니다. 자, 일이 일어나는 대로 맡겨 두세요. 지금은 무슨 일이 일어나나요?

마크 : 이제 바이킹의 몸을 완전히 벗어버린 것 같아요. 둥근 빛 덩어리가 되었어요.

데이비드 : 기분이 어떤가요?

마크 : 그냥 약간 이상해요. 아직 이곳에 완벽하게 적응하지 못했어요. 이곳이 너무 새롭게 느껴지거든요. 익숙하지도, 편안하지도 않아요.

데이비드 : 다른 두 빛의 존재들은 지금도 당신과 함께 있나요? 아니면 근처에 있나요?

마크 : 아주 가까이에 있어요. 저를 인도하고 있지요. 교실 같은 곳으로 데려가고 있어요. 그리고는…… 제 에너지에 뭔가를 해요. 저는 여전히 저를 바이킹으로 생각하고 있는데 말이죠. 그래서인지 제가 굉장히 공격적인 에너지를 갖고 있는 게 느껴져요. 약간 분노에 차 있기도 하고요. 진행 중인 일들이 마음에 안 들어요. 누구하고든 싸우고 싶을 뿐이에요. 그래서 그들이 저를 교화실로 데려온 거예요. 제 공격적인 에너지를 다스려줄 사람들이 이곳에 있거든요. 그들은 저를 아주 차분하게 해줘요. 또 제 감정이 이곳에 부적절하긴 해도, 아무 문제 없대요. 단지 제가 공격적인 에너지에 너무 푹 젖어 있어서 어느 정도 교화를 받아야 한대요. 안 그러면 정상적인 사회에서 살아갈 수 없으니까요. (웃는다.) 저는 일종의 보충수업 같은 걸 받으러 온 거죠.[3]

데이비드 : 당신 같은 사람들을 위한 곳인가요?

마크 : 맞아요. 다시 시작하게 해주는 곳이지요.

데이비드 : 그들이 당신의 에너지를 어떻게 교화시키나요?

마크 : 저에게 플라스틱 칼 같은 것을 주고는 휘둘러보라고, 무엇이든 두들겨보라고 해요. 분노에 찬 아이들을 다룰 때처럼. 저한테 넓은 공간과 시간을 주고는, 무엇이든 두들겨대고 죽이면서 공격성을 표출시키랍니다. 하지만 전 울고만 싶어요. 그들의 사랑이 그대로 느껴지기 때문이죠.[4]

제가 아무리 분노에 차서 위협을 하고 공격적으로 굴어도, 모두들 저를 변함없이 사랑해요. 그들에게는 문제가 안 되니까요. 정말 아무 문제 안 돼요. 저는…… 전, 정말로 그들에게 위협적인 존재가 될 수 없어요. 그들은 제 전생의 사람들과는 다르게 반응해요. 전생의 사람들은 두려워하며 저에게서 도망치곤 했지요. 하지만 그들은 저를 두려워하지 않아요. 그냥 무조건 저를 사랑해 주기만 하죠. 그렇게 서서히, 서서히, 제 가슴을 열어줘요. 그러면서 저와 함께 앉아서, 분노를 털어버리고 무엇이든 하게 해줘요. (훌쩍거린다.) 그들은 순전히 저를 위해 그곳에 있는 거예요.

데이비드 : 당신을 이곳으로 데려온 두 빛의 존재들도 여전히 당신과 함께 있나요?

마크 : 여전히 주변에 있어요. 하지만 저 같은 영혼을 전문적으로 치료하는 전문상담가에게 저를 맡겨두고 있죠. 저는 그들의 사랑에 감동해요.

데이비드 : 정말 감동적이네요, 그렇죠?

마크 : 네, 완전히 압도당했어요! 사랑에 완전히 압도당했습니다! 덕분에 저는 서서히 평정을 되찾아가고 있어요. 하지만 시간이 많이 걸려요. 이 에너지를 뚫고 지나가는 데는…… 시간이 많이 필요해요. 제 내면에 아직 공격적인 에너지를 원하는 부분이 있기

때문이에요.

데이비드 : 물론 그럴 거예요.

마크 : 이 에너지가 너무 자유롭고 강력하게 느껴져요. 그래서 저는 이 공격적인 에너지를 정말 사랑해요. 포기하고 싶지 않아요. 하지만 포기해야 합니다. 안 그러면 영원히 고립 속에 머물 테니까요. 그들은 폭력을 사랑하는 제 마음이 너무 강렬해서, 저를 완전히 개조하거나 근원으로 돌려보내야 한대요. 하지만 많은 토론 끝에, 결국은 끝까지 해보기로 결정했답니다. (운다.) 이런 상태로 돌아온 영혼들 중에서도 제가 가장 안 좋은 사례에 속하는 것 같아요.

데이비드 : 그들이 끝까지 버텨보기로 결정한 이유는 무엇이죠?

마크 : 음, 폭력에 대한 제 사랑이 한편으로는 제 내면에 무언가 좋은 것을 싹 틔웠기 때문인데, 그것은 다른 방향으로 전환시킬 수 있는 독특한 것이에요. 폭력에 대한 사랑으로 제가 엄청난 힘을 얻었는데, 이 힘을 궁극적으로는 좋은 목적에 쓸 수 있대요. 하지만 갈고 닦아서 다른 방향으로 전환시켜야만 하죠. 그래서 그들은 그것을 파괴하거나 허비하지 않으려고 해요. 모두에게 아주 가치 있는 것이 될 수 있거든요. 저에게 잘못된 것이 없고 단지 유별나게 독특할 뿐이라는 걸 알게 돼서, 정말로 기뻐요.

저에게는 경험에 대한 강렬한 욕구가 있어요. 그래서 저의 폭력적인 힘은 강렬한 사랑의 경험으로 전환시킬 수도 있죠. 격렬하게 사랑할 수도 있다는 말이에요. 이것이 제가 배워야 할 중요한 가르침이에요. 그들이 저를 개조하고 싶어하지 않는 이유도 여기에 있고요. 저에게는 무언가 독특한 면이 있으니까요.

저는 폭력에 너무 깊이 빠져들어서, 사실상 폭력을 사랑으로 전환시켰어요. 요컨대 저는 폭력을 사랑했어요. 폭력을 너무 사랑해서, 폭력이 사랑으로 변한 거죠. 제가 독특한 사례에 속하는 이유도 폭력을 사랑으로 전환시킬 수 있는 저의 능력 때문인 것 같아요. 저는 폭력을 독특한 방식으로 이해했고, 덕분에 유용하게 써먹을 무언가 귀중한 것을 얻은 겁니다.

마크는 이런 고립상태에서 보낸 시간이 지구 시간으로 30년은 되는 것 같다고 했다.

데이비드 : 그 30년 동안 일차적인 안내자들을 만난 적은 있나요? 그들이 당신을 점검해 주기는 했나요?

마크 : 좋은 질문이네요. 제가 고립이라고 했는데, 정말로 고립돼 있었어요! 아니요, 이 변화과정을 도와준 전문적인 안내자 두 명말고는, 누구도 찾아오지 않았어요. 하지만 제가 만난 영혼들은 아주 오래되고 노련하고 강했어요. 미소나 눈길만으로도 저를 통제했으니까요. 무엇이든 다스리고 싶을 때는 엄청난 능력을 발휘했어요. 그래서 저도 그들의 의견을 따랐죠. 그들은 악마나 뭐 그런 것처럼 보이는 힌두교 신들 같았어요. 행복한 모습에서 끔찍한 모습으로 즉각 형태를 바꿀 수도 있었고요. 무서워 보일 정도였다니까요.[5]

데이비드 : 당신이 가장 두려워하는 것을 그들이 비춰준 것 같군요. 당신의 두려움에 따라 그들이 모습을 바꾼 건가요?

마크 : 예, 그들에겐 그럴 수 있는 독특한 능력이 있는 것 같았어요. 상당히 고차원적인 존재들이거든요. 대단히 진화한 존재들이죠.[6]

드디어 고립과 교정기간이 끝나자, 마크는 자신의 일차적인 안내자를 만났다.

데이비드 : 일차적인 안내자가 한 명 이상인가요?

마크 : 지금은 한 명밖에 안 보여요. 하지만 뒤에 다른 안내자들도 있어요. 남자 한 명이 보이네요. 수염이 하얀 노인인데, 아주 지혜로워요. 꼭 마법사 같아요. 끝이 뾰족한 모자는 안 썼지만, 간달프하고 상당히 비슷해요. 여러 번의 생에서 심오한 경험들을 아주 많이 한 현자나 연금술사, 마법사 같아요.

데이비드 : 여기서 그는 당신을 뭐라고 부르나요?

마크 : 와우, 멋진 이름인데요. (사이를 두었다가) 로타르라고 불러요.

데이비드 : 그럼, 로타르 당신은 이 연금술사를 뭐라고 부르나요? 안내자에게 말을 걸 때 당신은 그를 어떻게 부르죠?

마크 : 카몬? 케이문? …… 맞아요. 케이문이라고 불러요.

마크는 케이문의 지도 속에서 이루어진 그의 교육을 설명해 주었다. 대부분은 지구였지만, 다른 행성들에서 환생했던 것—마크는 이것을 "현장학습"이라 불렀다—도 교육의 일환이었다. 지구에서 보낸 생애들에서 마크는 대부분 전사 같은 인물로 살았다. 이제 마크의 현생을 살펴볼 시간이 되었다.

데이비드 : 당신의 현재 몸은 어떤가요?

마크 : 이 질문에 엄청난 거부감이 드네요. 하지만 이야기해 보고 싶은 문제예요.

데이비드 : 좋습니다. 셋부터 하나까지 세고, 이렇게(마크의 오른쪽 어깨를 건드린다.) 당신 어깨를 만지겠습니다. 다시 이렇게 어깨를 건드리면, 케이문이 마크의 몸을 통해 말을 하도록 허락해 주세요. 저도 그의 말을 들을 수 있게요. 그리고 이 제안을 둘 다 받아들이면, 고개를 끄덕여주세요. 그러면 모두 준비가 된 걸로 알겠습니다. (사이를 두었다가, 마크가 고개를 끄덕인다.) 케이문, 마크는 현재 자신의 몸이 처한 상황에 어느 정도 저항감을 갖고 있는 것 같아요. 이 문제에 대해 이야기해 주세요.

마크 : (전과는 다르게, 케이문의 목소리로) 음, 그는 자긍심이 대단해요. 자긍심이 강한 영혼을 갖고 있죠. 그래서 이번 생으로 들어갈 때 커다란 저항감을 느껴요.

데이비드 : 이번 생이란 어떤 생을 말하는 거죠?

마크(케이문) : 마크로 사는 지금의 삶을 말하는 겁니다. 하지만 그는 이전과는 다른 종류의 몸속으로 들어가야 했어요. 그래서 발견을……. (사이를 둔다.)

데이비드 : 발견을 어떻게 하죠? 지난 삶에서는 확실히 승승장구한 것처럼 보이는데 말입니다.

케이문 : 맞아요. 하지만 잘나가던 시절은 이제 끝났어요. 이 순조로웠던 삶에서 배워야 할 것도 다 배웠고요. 더 이상 그가 이런 삶을 지속하면 방자해지기만 할 겁니다. 그래서 이제는 다른 성격의 몸속으로 들어가서 보통사람이 된다는 것이, 감정과 정신을 가진 진짜 인간이 된다는 것이 어떤 것인지를 깨달아야 해요. 하지만 그는 그러고 싶어하지 않아요. 다른 존재가 되고 싶어하죠.

데이비드 : 그래서 마크의 에너지가 이렇게 낮은 건가요? 광폭해질 수 없게 일부러 이런 몸을 준 건가요?

케이문 : 네, 정확해요. 그의 에너지는 최소로 줄었어요. 그가 가질 수 있었던 에너지를 49퍼센트 정도밖에 갖지 못했어요. 과도한 공격성을 막기 위해서 일부러 그런 거죠. 일부러 약하게 만든 겁니다.

마크가 가져올 수 있었던 에너지의 절반만 갖고 이 세상에 왔다는 점에 주목하자. 이것은 그의 총 영혼 에너지 중에서 절반을 의미하는 것이 아니다. 어떤 몸으로 환생하든, 에너지의 반 정도는 영계에 남아 있다. 그러므로 49퍼센트만 갖고 왔다는 말은 곧 마크가 그의 전체 영혼 에너지에서 25퍼센트도 안 되는 양을 갖고 이 세상에 왔다는 의미이다.[7]

케이문 : 그는 여기서 배움을 얻어야 해요. 그래서 일부러 적은 에너지를 받아 이곳에 온 겁니다. 그래야 육신의 실상을 직면하고, 왕의 화신인양 포악하게 굴지 않을 테니까요. 결과는 아주 성공적이에요.
데이비드 : 이 경험들에서 잘 배우고 있다는 말이군요.
케이문 : 네. 하지만 힘이 많이 들 거예요. 그래서 영혼의 탐구도 많이 하고 있죠. 이것도 좋은 일이에요.

마크의 에너지는 지금도 낮다. 하지만 이제는 이런 상태를 마음 편히 받아들이고, 영적 진화의 한 부분으로 이해하고 있다.

에너지 측면에서 제가 평생 경험해 온 것들을 상당 부분 이해하게 됐어요. 내면의 에너지와 실제 제가 갖고 있는 에너지 사이의 엄청난 불일치도 이해하게 됐고요. 언제나 이해가 안 됐었는데 말이죠. LBL 세션 덕분에 제 상황을 훨씬 편하게 받아들이고 대처할 수 있게 되었어요. 이제는 좌절감도 극복할 수 있어요. 이해를 한 덕분에 제 에너지도 훨씬 쉽게 관리하게 되었구요. 삶과 삶 사이로의 회귀는 정말 대단한 경험이었어요. 덕분에 아주 분명히 이해하게 됐습니다.[8]

---

(1) 이제 막 몸을 벗은 레벨I과 II의 새로 온 영혼들 중에는 방금 끝마친 물질계의 삶에 당혹감을 느끼는 영혼들이 있다. 이들은 끝마치지 못한 일 때문에, 죽음의 현장에 얼마간 남아 있으려고 하기도 한다. 이런 영혼들은 살해당했거나, 두고 온 연인이 어려움에 처해 있거나, 떠날 준비가 안 돼서 지상의 삶에 미련을 갖고 있을 것이다. 여러 가지 이유로, 이들은 영계의 빛 속으로 곧장 들어가지 못한다. 죽은 직후 영혼의 적응은《영혼들의 운명1》81-84, 100-101쪽, 불만에 찬 영혼은《영혼들의 여행》77-78쪽, LBLH 69-70쪽, 지구상의 사람들에게 상처를 주는 영혼들에 대해서는《영혼들의 여행》의 케이스 10, 85-87쪽을 본다.

(2) 복구를 담당하는 치유가들(두 개의 빛)이 새로운 영혼이 죽은 현장이나 그 근처에 나타나는 것은 통상적인 일이 아니다. 육체와 영혼의 에너지가 심하게 손상되었어도, 영혼들은 보통 안내자들을 만나기 전에 죽어버린 자신의 몸에서 벗어나 스스로 영계의 관문을 향해 나아간다. 시술자가 얼마나 능숙하게 두 빛의 도움을 받아 혼란에 빠진 피술자를 자연스레 교화실로 인도하는지 주목해 본다.

(3) 영혼의 손상 정도에 따른 영혼 에너지의 개조 리모델링, 복구에 대해 더 자세히 알고 싶으면《영혼들의 운명1》145-182쪽, LBLH 107쪽에 나와 있는 영적 에너지의 복구 부분을 본다.

(4) 이것은 영혼 재교육의 한 가지 형태이다.

(5) 고독과 고립의 영역에 대해서는《영혼들의 운명1》20-21, 26-27, 118-121쪽,《영혼들의 운명2》157-158쪽과 LBLH 105-106, 170쪽을 본다.

(6) 물질계에서 파괴적인 삶을 산 뒤에 영계로 돌아온 영혼은 다양한 영적인 접근

을 통해 자신의 실수들을 확인하게 된다. 먼저 (A) 도서관으로 가서 자신이 저지른 실수들을 생생하게 분석한다(《영혼들의 운명1》의 케이스 30, 269쪽). (B) 흔히 우리 자신의 영혼 그룹과 함께 전생의 결함들 중에서 개선이 필요한 것들을 검토한다(《영혼들의 여행》, 케이스 21, 216쪽). (C) 영혼의 안내자들이 새로 도착한 영혼에게 방금 끝마친 삶에서 저지른 잘못들과 관련해서 가르침을 주기 위해 충격을 주기도 한다. 이 사례에서 마크가 진짜가 아닌, 악마 같은 요괴들과의 짧은 만남을 어떻게 묘사했는지 주목해 본다. 영적인 충격요법이라는 드문 방식으로, 악마 같은 모습으로 위장한 장면이 나오는 것에 대해서는《영혼들의 운명1》 케이스 18, 138쪽을 본다.

마크의 사례를 통해서, 우리는 안내자와 원로들만 영혼의 사후 교정을 돕는 것은 아니라는 점을 알 수 있다. 영적인 전문가들도 영혼의 교정을 돕기 위해, 물질계에서 오염되어 손상된 영혼들의 에너지를 조화롭게 만들어준다.《영혼들의 운명1》 145-208쪽 참조.

(7) 마크의 사례에서 영혼 에너지에 대한 저자의 설명은 아주 적절하다. 다른 이야기들에서 언급한 것처럼, 보통의 영혼은 총 에너지의 약 50-70퍼센트를 이 세상에 가지고 온다. 하지만 이 사례에서는 가지고 올 수 있는 양의 절반만 가져왔다. 그러므로 저자가 설명한 것처럼 마크의 안내자는 마크가 통상적으로 가지고 오는 50퍼센트의 반, 즉 25퍼센트의 적은 양을 갖고 왔음을 지적하고 있다. 고도로 진화한 영혼은 에너지의 양이 적어도 스스로를 잘 조절할 수 있다. 하지만 마크는 그러지 못했다. 그러므로 우리는 마크의 삶에서 이처럼 에너지 수치가 낮은 것이 미리 계획된 것임을 알 수 있다. 몇몇 영혼들이 새로운 몸을 선택할 때 그러는 것처럼, 지나친 자신감으로 빚어진 결과가 아니라는 말이다. LBLH 101, 135-137쪽을 본다.

(8) 약 1,000여 년 전 바이킹들은 우람한 몸과 공격적인 행동으로 다른 문화들을 핍박했다. 이런 카르마로 인해, 마크와 같은 전투적인 삶을 보상하기 위해서, 나중에 몸을 선택할 때는 극단적인 조정을 해야만 했다. 한 예로, 내가 경험한 사례들 중에서 전생에 바이킹이었던 어느 영혼은 100년 뒤, 다리를 쓸 수 없는 여인으로 태어났다.《영혼들의 여행》의 케이스 26, 374쪽을 본다.

8
산산조각 난 가슴

트리샤 카시미라(그린필드, 매사추세츠 주)
: 마이클 뉴턴과 함께 훈련받은 최면요법가, 편집자, 퇴행요법 전문가

LBL은 영혼 그룹에 속한 일원들과의 관계가 환생 이전의 약속에 따라 진행된다는 점을 알려준다. 하지만 우리는 태어날 때 이 약속을 잊는다. 그래야 어떤 기억에도 영향받지 않고 이번 생을 경험할 수 있기 때문이다. 하지만 LBL 세션을 하면, 이 망각의 장애물을 거둬버릴 수 있다.

피술자들은 흔히 이런 질문을 한다. "이 모든 일에서 제가 배워야 할 점은 무엇인가요? 어떻게 해야 더 커다란 그림을 알 수 있죠?"

이처럼 피술자들은 이해를 원하거나, 마음의 고통을 줄이기 위해 LBL 세션을 시도하고자 한다. 그 결과 예기지 못했던 사실들을 발견하고, 놀라운 방식으로 위안을 얻기도 한다. 가슴 저미는 다음의 이야기는 이런 이해가 용서의 힘과 결합되었을 때, 고통스럽던 삶이 평화로운 삶으로 변화될 수 있음을 분명하게 보여준다.

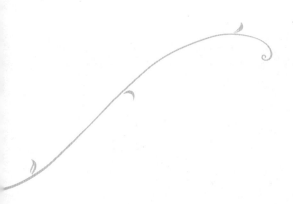

사만다가 어깨를 축 늘어뜨린 채 애써 예의바른 미소를 지어 보이면서 내 사무실로 들어왔다. 어떤 이유로 심하게 고통받고 있는 듯했다. 안락의자에 털썩 주저앉는 순간, 그녀의 두 눈에 눈물이 고였다.

"당신이 제 마지막 희망이에요." 그녀가 속삭였다. 확실히 사만다는 자긍심이 강한 여자였다. 그래서 예기치 못한 눈물에 스스로도 당황했다.

"너무 감정적으로 굴어서 죄송해요. 하지만 제 삶은 엉망이 되어 버렸고, 전 이미 포기했어요. 전 원래 굉장히 강한 사람인데, 이제 온통 삶이 망가져버렸어요. 제가 여기 온 건 저에게 도대체 무슨 일이 벌어진 건지 정확하게 이해하고 싶어서예요. 3년 전에는 쾌적한 아파트에서 혼자 잘 살았어요. 기 치료 일도 잘됐고요. 피술자들은 저를 신뢰해서 다른 피술자들을 정기적으로 소개해 주었죠. 제 수호신과의 관계도 긴밀했고 헌신적이었어요. 제 치유가 효력이 있었던 것도 이런 관계 덕분이었습니다.[1] 그런데 오랫동안 남자친구를 안 사귀다가, 다시 데이트를 시작해 보기로 마음먹었어요. 한 친구가 제 관심을 끌 것 같은 남자를 소개해 주었거든요. 첫날, 카페에 앉아 있는 그에게 다가가는 순간 제 영혼의 안내자 가운데에 한 명이 "이 남자와 함께할 것이다"라고 하는 소리를 들었어요. 하지만 고개를 돌려 저에게 인사하는 그를 본 순간, 저는 안내자에게 이렇게 말했습니다. "놀리지 마세요! 전혀 제 타입이 아니에요. 키도 안 크고, 까무잡잡하지도 않고, 당당하지도 않잖아요. 짜리몽땅한 데다 창백하고 내성적이에요." 하지만 제 머릿속에서는 '그와 함께하라!'는 메시지가 계속 울려퍼졌어요.

우리는 파이 한 쪽을 나눠 먹으면서 커피를 마셨죠. 그는 예의바르고 재치가 넘쳤지만, 영적인 세계 같은 건 전혀 몰랐어요. '말도 안 돼!' 저는 속으로 소리쳤죠. '영적인 세계에 이렇게 관심 없는 사람하고는 데이트 못 해!' 그래서 그의 잡담을 흘려들으면서, 속으로는 '미안하지만, 우리는 공통점이 별로 없는 것 같아요'라는 식의 핑곗거리를 생각했죠.

그런데 그가 영적인 지혜가 담긴 말을 했어요. 그 말을 듣는 순간, 그 자신이 생각하는 것보다 훨씬 더 오래된 영혼이라는 생각이 들었어요. 호기심이 생겼죠. 하지만 그와 데이트하는 모습은 여전히 상상이 안 됐어요. 결국 정중한 거절의 말을 준비하고 자리를 뜨기 위해 일어선 순간, 수호신이 다시 말했습니다. "너는 이 남자와 함께할 것이다." 저는 이렇게 강렬한 인도의 말은 언제나 신뢰했어요. 그래서 그에게 전화번호를 알려주고, 함께 저녁을 먹으러 가기로 약속했죠.

집으로 돌아가는 길에 저는 저의 수호신과 큰소리로 논쟁을 벌였습니다. 재미도 없고, 계획에도 없는 일인데, 도대체 왜 영적으로 저보다 뒤떨어지는 사람과 함께해야 하는 거냐고요. 끌리지도 않고, 영적으로 공통적인 기반도 없는데, 어떻게 이 만남이 제대로 이어지겠느냐고 따졌죠. 하지만 아무리 그럴듯한 변명을 갖다 대도, 수호신은 그와 함께하라는 말만 되풀이했어요. 결국 전 포기하고 그와 데이트를 했죠.

그런데 한 달도 안 되어 우리는 서로 깊이 사랑에 빠졌고, 6개월 후에는 결혼을 이야기하게 됐어요. 그는 제 영혼의 본성에 깊이 매료돼서, 제 가르침들을 스펀지처럼 빨아들였어요. 웃음을 터뜨리면서 미심쩍다는 듯 어깨를 으쓱하기는 했지만, 어떤 때는 크리스털에 대고 이야기하기도 했고요.

9개월이 지났을 즈음, 우리는 집을 보러 다니면서 미래를 설계하기 시작했어요. 그런데 인디언 썸머가 있던 어느 아름다운 날, 그가 더 이상 저를 사랑하지 않는다고 선언했어요. 더 이상 저를 만나지 않겠다고요. 충격에 빠져 도저히 믿기지 않았죠. 이유를 물었지만, 그는 구체적인 이유도 말해주지 않았어요. 그저 관계를 지속할 수 없다는 걸 알기 때문에, 저를 속이면서 계속 만나고 싶지는 않다고만 했어요."

사만다의 실크 블라우스 위로 눈물이 떨어졌다. 하지만 내가 내민 티슈도 거부하고 짐을 덜어버리고픈 마음으로 계속 이야기를 이어갔다.

"저는 스스로 납득하기 위해 애쓰면서 여러 달 동안 기도를 계속했죠. 하지만 이해가 안 돼요. 가슴은 산산조각 나고, 꿈도 부서지고, 저를 둘러싼 모든 세계가 무너져내렸어요. 전 심각한 위기를 맞았어요. 함께하는 것이 수호신의 뜻이라고 생각했는데, 어떻게 이럴 수 있지? 함께하라는 메시지를 듣고 따랐는데, 그의 영적인 각성을 돕고, 관계를 위해 내 영적인 욕구까지 양보했는데, 어떻게 이렇게 간단히 떠나버릴 수 있지? 저는 서서히 심각한 우울증에 빠져들었어요. 차츰 피술자들도 떨어져나가고, 피술자들의 요구를 직감적으로 파악하는 능력도 잃어버렸죠. 수호신의 말도 제대로 해석 못 했는데, 어떻게 피술자들의 요구를 파악할 수 있겠어요?

그러다 수호신을 향한 분노는 냉담함으로 바뀌었고, 저는 고민조차 포기하게 돼버렸어요. 일을 그만두고, 다른 도시로 이사 가서 새로 시작하려고 했어요. 하지만 솔직히 2년이 지난 지금도 매일 밤 울면서 지내요. 이제 더 이상 삶에 기쁨도, 흥미도 없어요. 기도도 안 돼요. 안내자들에게 철저히 배신당한 것 같은 기분 때문이죠. 안내자들이 전지의 존재라면, 왜 이런 일이 일어나게 방치했겠어요?

이번 세션을 통해, 이렇게 된 이유를 알면 좋겠어요. 안내자들이 제게 말했던 것처럼 그가 제 영혼의 친구라면, 뭐가 잘못된 거죠? 하지만 가장 알고 싶은 건 제 영혼의 안내자들이 왜 이런 일을 허락했고, 제가 이 일에서 배워야 할 점은 무엇인지 하는 점입니다. 제게는 지금 아무 믿음도 없어요. 믿음이 제 영혼의 뼈대를 모조리 망가뜨린 것 말고는 아무것도 해준 것이 없으니까요."

사만다는 곧 깊은 트랜스 상태로 들어가, 탄생 이전의 기억들을 쉽게 떠올렸다. 자궁 속에 있던 시절 어머니와의 관계에 대해서도 유용한 정보들을 기억해 냈다. 그녀는 퇴행을 계속해서, 가장 최근의 전생으로 돌아갔다. 인디언 정찰병이었는데, 매복해 있던 군인들에게 그만 습격을 당하고 말았다. 그런데 놀랍게도 이 일이 익숙하게 느껴진다고 했다.

나는 사만다를 죽음의 순간으로 인도했다. 그녀는 죽음 직전에 영혼

이 몸을 떠났기 때문에, 죽음의 고통은 전혀 없다고 했다. 영계로 올라
간 순간, 그녀는 축복을 경험했다. 더 깊이 이완하면서, 이 자유의 순
간을 분명하게 느꼈다. 자신이 어디로 가고 있는지 잘 알았기 때문에,
안내자도 필요하지 않았다. 또 앞으로 해야 할 일도 분명하게 기억하
고 있었던 터라, 곧장 영혼 그룹을 찾아갔다.

영혼 그룹은 총 열두 명으로, 모두들 푸른빛의 오라를 띠고 있었다.
이들이 상당히 진보한 영혼 그룹이라는 사실에도 놀라지 않았다. 그녀
는 먼저 전남편을 만나, 둘의 관계가 끝나게 된 원인과 약속을 떠올리
면서 눈물을 흘렸다. 둘이 함께 산 이유는 주로 아이들을 세상에 내놓
기 위해서였다. 사랑에 대한 약속 같은 건 없었다. 그녀는 결혼생활을
유지하려 애썼던 그 모든 세월들을 떠올리면서, 그와 자신을 용서했
다. 그리고 이렇게 소리쳤다. "우리가 서로에게 애증을 품고 있던 건
당연한 일이에요!"

전남편이 실은 지난 생에서 그녀를 죽인 매복 군인이었다는 사실을
발견한 것이다. 사만다는 또 다른 과거의 연인을 만나, 서로의 의식을
높여주는 것이 둘 사이의 약속이었다는 점을 확인했다. 또 가장 가까
웠던 친구와 자신의 삶에 도움을 주었던 여러 사람들도 만나, 그들과
맺었던 약속도 떠올렸다.

그런데 그녀의 영혼 그룹에 얼굴이 없는 두 존재가 있었다. 그녀와
가장 가까운 친구가 웃으면서 말했다. "오, 우리도 아직 그들의 얼굴
을 못 봤어. 그런데도 아직 여기 있다니, 놀랍지 않니?"

그녀는 다시 영혼 그룹을 살펴보았다. 하지만 자신의 가슴을 아프게
한 그 남자는 보이지 않았다. 영혼 그룹 옆에 있는 다른 그룹을 살펴보
았지만, 그곳에도 그는 없었다.[2] 그래서 그룹 밖으로 나와 찾아보았
다. 그러자 저 멀리 떨어진 곳에 그가 있는 게 보였다. 그는 마치 구조

비행기에 신호를 보내는 것처럼, 두 팔을 머리 위로 치켜든 채 흔들어 대고 있었다. 그가 있는 곳으로 갔다. 둘은 끝없이 펼쳐진 구름 같은 곳에서 재회를 했다.

"어떻게 된 거지?" 사만다가 절망적인 목소리로 묻자, 그가 손을 잡으며 다정하게 말했다.

"당신 기억해? 난 아주 젊은 영혼 그룹의 일원이야. 내가 속한 그룹에는 깨어날 준비가 된 영혼이 한 명도 없었어. 그래서 누군가 도와줄 사람을 찾았지. 내 의식은 한 번 시도해 볼 준비가 돼 있다고 생각했으니까. 그래서 손을 흔들며 외쳐댔더니, 당신이 내 소리를 듣고 당신 그룹에서 나와 나를 만나준 거야."

"오, 맞아. 이제 기억나." 그녀가 수긍하자, 그가 이야기를 계속했다.

"당신은 이번 생에서 빛의 일꾼이 될 계획이었어. 그래서 나를 돕는 것이 당신의 목적에도 부응한다고 생각했지. 이렇게 해서 완벽한 계약이 이루어진 거야."

"그런데 어떻게 된 거지? 우리가 서로 사랑한다고 생각했는데. 둘이 함께 늙어갈 거라고."

그가 사만다의 손을 꼭 쥐면서 말했다. "사만다, 그건 우리가 맺은 계약에 들어 있지 않았어. 난 깨어날 준비가 되어 있다고 했지, 실제로 깨어날 거라고는 안 했어. 한번 시도를 해보는 데만 합의한 거지. 처음부터 내가 끝까지 함께하지 않을 가능성이 있었다는 말이야. 당신도 이런 조건에 동의했고."

사만다는 부드러운 목소리로 대답했다.

"오, 이런. 이제 기억나. 당신을 돕기로 약속했었어. 그리고 깨어나기 위한 첫 번째 시도였기 때문에, 당신은 누군가 인도해 줄 사람이 필요했고. 내 목적은 신성한 자기를 깨닫도록 사람들을 돕는 것이었기 때문에, 당신을 돕는 일이 내 영혼의 목적과도 부합된다고 생각했어. 당신 말처럼 완벽한 계약이었지."

그런데 말을 하는 사이 사만다의 이마에 주름이 잡혔다.

"하지만 당신에게 할 말이 있어요. 내 삶은 혼돈에 빠져버리고 말았어. 내 안내자들이나 나 자신을 더 이상 믿지 못하게 되었다고. 그들이 당신과 함께하라고 해서, 그 말에 따랐던 건데. 우리가 관계를 맺게 되어 있다고 확신했기 때문에, 당신과 사랑에 빠지도록 스스로 허용한 거야. 내가 모르는 더 큰 계획이 있을 거라고 생각했으니까. 그런데 당신이 떠난 거야. 난 완전히 정신을 잃고 말았지. 당신과 함께하려고 내 모든 삶을 바꿔버렸는데, 어떻게 그처럼 마음이 식어버릴 수가 있지? 결혼까지 이야기하고 있었는데, 도대체 어떻게 된 거냐구!"

그가 말했다. "다시 생각해 봐. 나를 만났을 때 안내자들이 정확히 뭐라고 했지?"

"'그와 함께하라'고 했어."

기억을 더듬는 사이, 사만다의 얼굴이 부드럽게 펴졌다.

"맞아. 얼마 동안 함께하라고는 말해 주지 않았어. 지금 생각해 보니, 그 말의 의미를 분명하게 한정짓지도 않았어. 당신을 만났을 때 내가 너무 외로워서, 그 말을 사랑의 관계로 받아들인 거야. 하지만 우린 결코 사랑에 빠지기로 약속한 적이 없어. 나의 인간적인 자기가 사랑과 안정감을 원하고 있었을 뿐이지. 이젠 알겠어."

"맞아." 그가 말했다. "난 당신을 사랑했어. 하지만 그 사랑은 일시적인 것이었지. 이 점은 우리도 분명하게 알고 있었어. 물론 우리와 같은 감정이 들 때 결혼하는 사람들도 있지. 하지만 우리는 결혼하기 위해 함께한 것이 아니야. 그리고 당신이 깨어나는 법을 가르쳐주긴 했지만, 난 준비가 덜 돼 있었어. 솔직히 말하자면 깨어나는 데 성공했어도, 떠났을 거야. 당신은 내 스승이고 조력자이지 내 영혼의 친구는 아니니까 말이야. 부디, 당신에게 상처주려고 그랬던 건 아니란 걸 알아줘. 나도 내가 깨어날 준비가 되어 있는 줄 알았어. 그런데 두렵더라구. 영적인 깨달음을 얻으면, 삶이 송두리째 달라질 것 같았어. 내 영혼은 아직 그렇게 진화하지는 않았다는 생각이 들었어. 다음 생에 다시 시도하기까지 기다려야 할 것 같아. 당신이 내 선택으로 고통받겠지만 부디, 나를 용서해 주길 원해."

그들은 빛의 존재들처럼 서로를 끌어안았고, 그 포옹으로 사만다는 자신의 고통을 녹여버렸다. 그리고 상처의 자리를 그와 맺었던 계약에 대한 이해로 채웠다. "용서할게. 부디 행복해." 사만다의 얼굴에서 눈물이 흘러내렸다.

사만다는 이후 자신의 원로들을 만나러 갔다. 빛의 홀을 통과해야 하는데, 벽이 투명하게 끝없이 뻗어 있었다. 바닥도 빛으로 되어 있었다. 그녀는 기둥들을 보고, 안쪽 방으로 들어가는 입구를 찾았다.[3]

안내자들은 하얀 예복을 입고 있었는데, 옷 안쪽에서 희고 푸른 빛줄기들이 스며 나와 그들의 머리를 밝게 비추었다.[4] 원로들은 총 셋인데, 셋 다 한 사람처럼 똑같이 생각했다. 가운데 있던 원로가 텔레파시로 사만다에게 말을 하기 시작했다. "당신의 용서는 아주 잘한 일입니다. 용서는 당신 영혼의 진화에서 핵심적인 일 가운데 하나입니다."

그녀는 기대했던 것보다 훨씬 크게 가슴이 열렸다. 용서의 에너지가 머릿속 곳곳에서 소용돌이치는 순간, 용서야말로 이번 삶의 목적임을 깨달았다. 용서할 수 있었던 때와 그렇지 못했던 때들을 떠올려보았다. 그러자 이 최근의 경험이 가장 고통스러운 순간이었다는 생각이 들었다. 원로가 말했다.

"당신은 타인에게 도움이 되는 선택을 하기로 약속했습니다. 용서는 필요조건이고, 당신 의식의 진화에 꼭 필요한 단계였어요. 마치 우리 때문에 고통의 길을 가게 된 것처럼 느끼겠지만, 그것은 당신에게 꼭 필요한 일이었지요. 이제 이해가 됩니까? 물론 그 길을 가는 방식은 당신 스스로 선택할 수 있었습니다. 우리는 스승으로서 그냥 도움만 줄 수도 있었지요. 그런데 당신은 가슴의 소리에 귀 기울이는 쪽을 선택했고, 당신의 가슴은 외롭다고 말했습니다. 그 외로움 때문에 당신은 당신이 도움을 주던 영혼과 미래를 꿈꾼 것입니다. 하지만 이런 미래는 당신의 약속에 들어 있지 않았어요.

우리는 당신이 이런 선택을 할 것을 알고 있었습니다. 우리에게 화가 나리라는 것도 알았고. 하지만 당신이 자유롭게 선택하도록 내버려두어야 했습니다. 이 선택의 깊은 의미를 알기 전까지는 당신이 결코 평화로워지지 않으리라는 것도 알고 있었지요.

당신은 아주 단호한 사람입니다. 우리와 함께하는 동안, 당신의 영혼은 본질적으로 언제나 그랬습니다. 당신에게 그 길을 허용한 이유는 당신의 의식에 대한 진화 정도를 시험하기 위해서였습니다. 당신은 이 시험에 통과하지 못했다고 생각합니까? 아니요, 실패하지 않았습니다. 왜냐하면, 당신이 상처받는 것을 허용했기 때문이지요. 덕분에 다른 식으로 그 길을 갔을 때보다 더 많은 것을 배울 수 있었습니다. 이런 선택은 영혼의 성장을 통해 타인을 돕는다는 당신 삶의 목적에도 부합되는 것이지요. 당신은 이 약속으로 자신은 물론, 그에게도 도움을 줄 수 있었습니다.

당신은 이것으로 많은 것을 배웠습니다. 우리는 당신의 비난을 기꺼이 받아들일 생각이었어요. 이런 비난도 당신의 성장에 필요한 일이었으니까 말이지요. 용서를 하려면 먼저 비난하고, 고발하고, 잘못되었다는 것도 느낄 줄 알아야 합니다. 이번 경험에서 당신은 이 모든 감정들을 드러냈습니다. 우리는 당신에게 판단과 용서 중 선택할 기회를 제공하기 위해 힘들게 밀고 나갈 무언가를 준 것입니다.

그래서 당신은 지금 또 다른 선택에 직면한 것이지요. 낮은 진동의 어리석음을 고수하는 판단을 선택하거나, 당신을 잘못된 길로 인도한 것이라 여긴 우리와 당신을 차버린 그를 용서하는 선택이 있었지요. 처음부터 고차원적인 길을 보지 못한 자신도 용서하고 말입니다.

하지만 당신은 성장에 필요한 것이 무엇이건, 기꺼이 그것을 느껴 보리라 약속했습니다. 우리는 당신이 아주 강력한 방식으로 그것을 창조하도록 허용했어요. 당신의 가슴이 아주 강렬한 배움의 길을 원하는 것처럼 보였기 때문에, 우리는 당신이 배우는 동안 당신을 지지해 주었습니다.

선택에 옳거나 그른 것은 없습니다. 당신의 선택들 모두가 당신을 결정적인 교차로, 즉 용서의 기회로 인도했을 테니까요. 그럼, 이제 말해 보십시오. 당신은 어떤 선택을 했다고 생각합니까? 설명이 더 필요합니까?"

사만다가 미소를 지으며 완벽하게 이해했다고 말했다. 그러자 그들은 고개를 끄덕이며, 자신이 가진 힘을 잊지 말라고 용기를 북돋워 주었다. 사만다는 동원할 수 있는 모든 자원들을 이용해서 영혼의 작업에 임하기로 다짐하며, 그들의 사랑에 감사의 마음을 전했다.

상처를 두려워하지 않고 마음을 주는 것만큼 용서를 배우기에 좋은 방법이 있을까? 영혼에 대한 이해를 토대로 이 가르침을 바라보니 자신의 계획이 참으로 옳았다는 생각이 들었다. 그러자 많은 고통이 녹아 없어졌다. 이로써 세션은 끝이 나고, 그녀는 해답을 찾았다.

세션 중에 일어난 용서의 힘은 대단한 것이었다. 1년 뒤, 사만다는 자신의 일도 그 어느 때보다 잘되고 있다고 소식을 전해왔다. 판단과 비난에 대한 생각도 급격하게 달라졌다. 덕분에 더 이상 똑같은 방식으로 순간의 감정에 반응하지 않으며 이제는 눈에 띄지 않는 귀중한 것을 찾는다고 말했다. 또 원망의 마음은 배워야 할 것을 보지 못하게 만들며, 우리의 가슴은 판단하는 습관에서 벗어나고 싶어 한다는 점을 사람들이 이해할 수 있도록 돕고 있다.

마음속에서 판단하는 습관을 제거해 버린 덕분에, 개개인들 모두 신성한 계획에 따르고 있음을 분명히 이해했다. 또 이러한 계획을 다른 사람들도 이해할 수 있도록 사람들의 마음을 열어주는 일도 하고 있다. 언제나 가슴을 열어두고, 용서야말로 사랑의 스승임을 배우기 위해 모든 기회들을 기꺼이 받아들이고 있다.

사만다는 다시 데이트를 시작했긴 했지만, 결혼해서 영원히 행복하게 살았다는 식의 동화 같은 이야기에 더 이상 집착하지 않는다. 이런 집착이 자신의 성장에 언제나 방해가 되었기 때문이다. 사만다는 이제 진정으로 매 순간 속에 존재하게 되었다. 이제 사만다에게 있어 행복은 선택이고, 용서는 행복을 실어다주는 마차와 같다.

---

(1) 이런 관계에서 수호신은 곧 피술자의 '개인적인 영혼의 안내자'를 의미한다. 이
  야기가 진행되는 동안, 피술자가 안내자를 복수로 지칭한다는 점에 주목하자.
  이것은 원로들도 영혼의 안내자에 포함된다는 것을 의미한다. 이 원로들은 그
  녀가 이번 생에 오기 전에 했던 결정과 현재의 치료에 관여하고 있다.

(2) 영혼 그룹들 사이에서, 혹은 하나의 영혼 그룹 내에서 이루어지는 공동체적 역학관계는 영혼이 겪는 중요한 경험 중 하나이다. 사만다는 자신의 그룹보다 어린 영혼 그룹의 다른 영혼과 연결되어 한 번의 생을 위해 서로 계약을 맺었다. 주요한 영혼 그룹의 위치는 《영혼들의 여행》 143-173쪽을, 2차적인 영혼 그룹은 《영혼들의 운명1》 231-236쪽을, 영혼 그룹들 간의 상호작용은 《영혼들의 운명2》 149-155쪽을 본다.

(3) 의회실의 환경과 관련해서, 죽은 후의 세계를 그릴 때 도서관이나 교실, 사원 같은 지상의 구조물들이 나타나는 것에 독자들은 의아할 것이다. 그 이유는 지상의 영혼들이 영계의 공간들의 기능을 생각하면서 지상의 건물들을 떠올리기 때문이다. 피술자들의 묘사가 보여주는 이런 유사성은 놀라울 정도이다.

이런 이유로 많은 피술자들의 마음속에서 의회실은 둥근 천장에 대리석 바닥, 밝게 빛나는 다채로운 빛 등을 지닌 성스러운 신전 같은 모습으로 나타난다. 이런 모습은 영혼들이 평가를 받으러 그 공간으로 들어갈 때 느끼는 경외감과 연관되어 있다. 《영혼들의 운명2》 21-26쪽 참조.

(4) 원로들의 색깔과 관련해서, 지혜로운 존재들의 예복은 영혼의 특정한 영역에 대한 전문성과 진화의 정도에 따라 다른 색상을 띤다. 영혼들은 흰색과 짙푸른 색, 깊은 지혜를 나타내는 색상인 보라색을 흔히 보게 된다. 《영혼들의 운명2》 42-43쪽 참조.

9
하얀 거위

우르술라 디마멜스(잘츠부르크, 오스트리아)
: 작가, 퇴행 분야의 저명한 권위자,
동물과 자연을 존중하는 조화로운 사회를 꿈꾸는 대학 강사

　이 이야기는 피술자가 감성을 잃지 않고 영혼의 상태로 인
도되었을 때, 긍정적인 변화가 급격하게 일어날 수 있음을 보
여준다. 또 우리 모두 빛과 사랑의 영원한 존재들이고, 삶과
삶 사이의 기억이 영혼의 상태를 재발견하게 해주며, 영혼의
상태에서는 훨씬 고차원적인 느낌과 경험이 가능하다는 것도
알려준다.

30대 초반의 예쁘장한 샌드라가 오스트리아에 있는 처음 내 사무실에 찾아왔을 때, 샌드라는 명랑하고 자신감에 차 있었으며 약간 오만해 보이기까지 했다. 그 모습에 나는 약간 놀라지 않을 수 없었다. 왜냐하면, 내게 보낸 편지에는 삶을 직면할 용기가 없어 자살까지 여러 번 생각했다고 적혀 있었기 때문이다.

　　샌드라는 점점 심해지는 급발성 심장통증과 불안감으로 고통받고 있었다. 하지만 병원에서는 어떤 신체적인 원인도 발견하지 못했다. 일 년 반 동안 강도 높은 심리치료까지 받았지만, 아무런 도움도 되지 않았다. 모든 게 말할 수 없이 우울하고 의미 없게 느껴져, 울음조차 나오지 않는다고 털어놓았다.

　　샌드라는 대학을 졸업하고 여러 분야에서 전문적인 경험을 쌓은 소위 잘나가는 여성이었다. 하지만 삶의 기쁨을 전혀 느끼지 못했다. 모든 것이 공허하게만 느껴졌고, 친구도 없었다. 상대를 바꿔가며 남자들과 짧은 연애도 해봤지만, 결국은 씁쓸한 모멸감과 이용당했다는 느낌만 남았다. 부모님이 "다정하게 관심을 가져주었지만", 샌드라는 부모의 초라한 직업이 창피해서 어떤 식으로든 부모와 접촉하는 것을 피하고 있었다.

　　피술자를 전생으로 유도할 때, 나는 보통 그들과 함께 현생의 다양한 시기들을 거친 다음, 어머니의 자궁 안으로 들어간다. 그런데 샌드라는 이 과정을 생략하고 곧장 전생으로 인도해 달라고 요청했다. 또 자신은 언제나 자신을 아주 특별한 사람이라고 느끼고 있으며, 영향력 있는 중요한 일을 하고 싶어 했다고 말했다. 하지만 이 '중요한 일'이 무엇인지에 대해서는 전혀 몰랐다. 지금의 삶에서 샌드라는 영적인 문제에 전혀 관심이 없었다. 그런데 우연히 잡지에서 LBL 세션의 긍정적인 효과에 대한 내 책의 서평을 읽고, 호기심에 그 책을 읽어본 뒤 직접 삶과 삶 사이의 세계를 체험해 보기 위해 나를 찾아오게 된 것이었다.

샌드라를 깊은 트랜스 상태로 유도하는 데는 시간이 많이 걸렸다. 갑자기 긴장하면서 두려워했기 때문이다. 나는 상상여행 유도법을 사용해, 아름다운 꽃들이 피어 있는 초원을 떠올려보라고 했다. 그러자 서서히 긴장을 풀었다. 나는 영혼의 안내자에게 가장 도움이 될 전생을 선택해 달라고 부탁한 다음, 그녀를 그 전생으로 퇴행시켰다.

샌드라는 흰구름 위에 편안히 등을 대고 누워, 푸른 하늘 위를 오랫동안 떠다녔다. 그 사이 점점 깊은 트랜스 상태로 들어갔다. 나는 몸을 돌려 지구를 내려다보라고 했다. 그러자 저 아래로 나무와 풀들이 있는 연녹색의 풍경이 보인다고 했다. 나는 내가 셋을 세면, 현생에 가장 중요한 영향을 미친 전생 속으로 들어가 있을 거라고 말했다.

우르술라 : 무엇이 보이나요?
샌드라 : (갑자기 몸을 떨며 살짝 열린 입 사이로 간헐적으로 힘겹게 숨을 토해낸다.) 늪이에요…… 말들이 더 이상 움직이지 못해요. 옴짝달싹 못하고…… 무릎까지 진창에 빠져서…… 더 이상 움직이지 못해요. (비명을 질러대며) 온통 잿빛이에요, 잿빛! 아, 이건 지

옥이 따로 없어! (흐느낀다.) …… 더 가야 하는데…… 더!

우르술라 : 몸을 돌려봐요. 무슨 일이 일어나고 있나요?

샌드라 : (힘겹게 숨을 쉬며) 배낭하고 총을 던져버려야겠어요. 더 이상 힘이 없어…… 오, 이런, 그들이 총을 쏴요! 총! 저 망할 자식들! (흐느낀다.) 더는 못하겠어. 하지만 총은 있어야 해. 말이 총에 맞았어요. (큰 소리로) 하, 나한테는 아직 총을 쏘지 않았어! 그런데 왜지? 이 엉망진창인 상황을 이제는 끝내버려야 해!

샌드라는 제2차 세계대전 당시 러시아에 파병되어 있던, 라이너라는 이름의 독일군 병사였다. 상황은 절망적이었다. 세찬 비에 더 이상 전차를 타고 들판을 가로지를 수 없었다. 그래서 마차를 탔는데, 이 마차마저 진창에 발이 묶여버리고 말았다.

다음 장면에서 샌드라는 더 젊은 시절의 라이너를 만났다. 전쟁이 발발하기 직전, 군복 차림의 라이너는 약혼자인 유디트와 함께 부모님이 사는 아름다운 고향집을 방문했다. 그의 부모는 부유한 농부였다.

우르술라 : 부모님 집에 오니 기분이 어떤가요?

샌드라 : 유디트가 저와 헤어지길 원해요.

우르술라 : 왜죠?

샌드라 : 제가 군인이 되려 하기 때문이죠. (자랑스러운 듯) 하지만 전 성공할 거예요! (웃는다.) 소 돼지나 키우며 살지는 않을 거라고요!…… 그녀는 유대인이에요. 저하고는, 독일 민족하고는 안 맞아요.

우르술라 : 당신은 유디트를 어떻게 생각하나요?

샌드라 : 아름답고 우아해요…… 지금 울고 있네요. 난 저런 모습

이 싫어요. 맞아, 차라리 헤어지는 편이 좋아.

2년 뒤, 라이너는 스위스와 독일 국경을 통제하는 병사들을 지휘하게 되었다. 병사들이 한 무리의 유대인 난민들을 체포했는데, 그중에는 유디트도 있었다.

샌드라 : 꾀죄죄한 게 더 이상 예뻐 보이지 않아요. 이상하다는 듯 저를 빤히 쳐다보다가…… 놀라서…… 눈길을 돌려요.

우르슐라 : 기분이 어떤가요?

샌드라 : 모르겠어요. 살짝 자리를 피해요. 결정할 게 있어서……. 유대인 난민은 엄하게 처벌해야 하는데. (오랫동안 침묵)

우르슐라 : 자, 무슨 결정인가요?

샌드라 : (소리를 지른다.) 전부 총살시켜버려야 해요!

우르슐라 : 당신 기분은 어떤가요?

샌드라 : (반항적으로) 어쩔 수 없잖아요! 난 그녀한테 아무런 빚이 없어요!

우르슐라 : 그녀가 총살당할 때 당신도 현장에 있었나요?

샌드라 : 네. 그들은 등을 우리 쪽으로 돌리고 손은 머리 뒤로 묶인 채, 한 줄로 배수로 앞에 서 있어요.

우르슐라 : 자발적으로 이렇게 선 건가요? 주의 깊게 보세요!

샌드라 : 아뇨, 부하들이 위협해서 그렇게 선 거예요. 울부짖는 사람도 있고, 자비를 구걸하는 사람도 있어요…… 한 남자는 감정을 주체 못 하고 훌쩍거리고 있어요. 여자들이 더 강해요.

우르슐라 : 유디트는 어떤가요?

샌드라 : 안 울어요. 작은 아이의 손을 잡고 있어요.

우르술라 : 그녀의 아이인가요?

샌드라 : 울고 있는 남자의 아이 같아요.

우르술라 : 그럼, 이 아이는 몇 살인가요? 사내아이인가요? 여자아이인가요?

샌드라 : 여자애요. 네 살 정도 됐어요.

우르술라 : 당신 기분은 어떤가요?

샌드라 : 모르겠어요…… 이런 상황에서는 언제나…… 공허감 같은 게 느껴져요.

우르술라 : 다른 감정은 안 드나요?

샌드라 : (느리게) 분노, 암울함…… 맞아요, 불안하기도 해요.

우르술라 : 이런 감정들을 주의 깊게 느껴보세요.

샌드라 : 이런 감정들이 저를 흥분시켜요.

우르술라 : 다음은 무슨 일이 벌어지나요?

샌드라 : 병사들이 총을 발사해서…… 전부 배수로 속으로 쓰러져요…… 이제 다 끝났어요.

이후 라이너는 갈수록 심해지는 후회의 고통과 악몽에 시달렸다. 그러던 어느 날, 갑자기 심장에 통증이 느껴졌다. 그는 전방 근무를 자원했다. 그만 죽어버리고 싶었기 때문이다. 그리고 곧 러시아 병사들에게 생포되고 말았다.

샌드라 : 저는 형편없는 병영 앞에 있어요. 모든 것이 잿빛이고 지저분해요. 러시아 병사들도 먹을 것이 거의 없어요. 막사를 다시 지어야 해요. 하지만 소용없어요. 그 멍청이들이 다시 사격을 해 올 테니까요.

우르술라 : 누구 말인가요?

샌드라 : 아군요(독일 병사들). 모든 것이 이미 박살나버렸어
요…… 독일인 포로들도 많이 잡혔고 …….

비행기가 폭탄을 투하했다. 라이너는 파편을 맞고 멀리 튕겨 올랐고
왼쪽 어깨에 부상을 입었다. 다시 정신을 차려보니, 흰 거위 한 마리가
옆에 앉아 있었다. 거위도 왼쪽 어깻죽지에 부상을 당했다.

샌드라 : (놀라움과 경외감에 가득 차서) 흰 거위…… 이렇게 순수하
고 아름다운 거위는 처음이야! (긴 침묵)

우르술라 : 당신 내면에서 무슨 일이 벌어지고 있나요?

샌드라 : (천천히) 저도 한때는 저 거위 같았어요. 아니, 그럴 수 없
었어…… 그래야 했는데…….

러시아 병사들이 와서 거위를 잡아갔다. 그중 한 명이 거위를 목 졸
라 죽였다. 라이너는 큰 소리로 울부짖으며 달려가 그들과 맞섰다. 그
러자 병사 하나가 개머리판으로 라이너의 머리를 가격했고 그 순간,
라이너는 쓰러지자마자 숨을 거두었다. 무언가가 그의 영혼을 몸에서
끌어냈다. 이후 그의 영혼은 오래도록 어둠 속에 있었다. 외롭고 길을
잃은 것 같은 느낌이 들었다.[1]

우르술라 : 지금 어떤 모습을 하고 있나요?

샌드라 : 안개 같아요. 인간의 형상은 아닙니다.

드디어 약간 밝아지면서 멀리서 하얀 거위 한 마리가 날아왔다.

샌드라 : (갑자기 흥분해서) 이 거위는 러시아에서 본 그 거위보다 훨씬 아름다워요! 밝게 빛나고, 아주 커요!

영혼이 거위 등에 올라타자, 거위가 날아올랐다. 저 아래로 라이너-샌드라의 눈에 전쟁의 참상을 드러내는 잿빛 풍경이 펼쳐졌다. 샌드라는 자신이 아주 작고 무거우며 피곤하게 느껴진다고 말했다. 깊은 슬픔이 가득 차오르면서, 갑자기 그녀의 얼굴에 눈물이 흘러내렸다. 그녀는 거위의 하얀 깃털 속에 깊이 자신을 묻고, 오래도록 격렬하게 울어댔다.

샌드라 : (흐느끼며) 하염없는 눈물이 되어서 온 세상을 적셔버리고 싶어요.
우르술라 : (피술자가 약간 진정되자) 지금은 기분이 어떤가요?
샌드라 : 좀 가벼워졌어요. 오, 저 아래 대지가 푸르게 변했어요! 그 끔찍한 잿빛이 사라졌어요! 모든 것이 다시 생기를 얻었어요!
우르술라 : 흰 거위는 어디 있죠?
샌드라 : 제 옆에요. 지금은 푸르스름한 색의 기다란 빛으로 변하고 있어요. (놀라서) 아, 이건 제 영혼의 안내자예요!(2)

샌드라는 이 안내자의 도움으로, 그녀가 전생에서 무엇을 배워야 하는지 분명히 깨달았다. 이 교훈은 샌드라로 살아가는 현생에도 도움이 되는 것이었다.

샌드라 : 저는 현생에서 무언가 특별한 사람이 되고 싶었어요. 하지만 가장 중요한 것, 가슴을 잃어버렸어요! 연민의 마음으로 행

동하는 것을요.

우르술라 : 연민은 당신의 현생에서 어떤 영향을 미치나요?

샌드라 : 저는 제가 원래 되고 싶었던 사람과 전혀 다르게 살고 있어요. 형편없는 대접을 받고 있지요. 저는 철저히 혼자예요!

우르술라 : 당신 영혼의 안내자는 이 문제를 어떻게 생각하나요?

샌드라 : 고개를 가로저어요…… (놀라서) 제 현생의 장면들을 보여주네요. 부모님…… 전 그들이 창피해요. 그래서 시간을 같이 안 보내죠. 이제는 한 여자의 모습이 보여요. 일 때문에 알게 된 여자예요. 고지식한 여자죠…… (느리게) 음, 저는 모든 일, 모든 사람들에게서 항상 비판할 것들을 찾아내요. 이런 분별의 마음을 버리고, 다정하고 겸손하며 배려할 줄 아는 사람이 되어야 하는데…… 아, 너무 피곤해요!

그러자 영혼의 안내자가 안식과 정화를 위한 공간으로 샌드라를 인도했다. 저 아래로 연푸른빛의 작은 호수가 보였다. 그녀는 아래로 떠내려가 호숫물에 몸을 담갔다. 따뜻하고 부드러운 느낌이 그녀를 감쌌다.

샌드라 : 갈수록 투명해지고 가벼워지는 느낌이에요. 어디까지가 제 몸이고 어디까지가 물인지 구분이 안 돼요. (편안하게 한숨을 내쉬며) 영원히 여기에 머무르고 싶어요!

오랜 시간이 흐른 뒤, 영혼의 안내자가 샌드라의 영혼을 데리러 왔다.

샌드라 : 그는 푸른빛의 반짝이는 긴 드레스를 입고 있어요. 얼굴

은 보이진 않지만…… 여자예요!

우르술라 : 당신은 어떤 모습을 하고 있나요?

샌드라 : 노란색의 기다란 구름 같아요. 저도 사랑스러운 금발의 여자예요.

우르술라 : 이름은 뭔가요?

샌드라 : 트리아.

우르술라 : 아름다운 이름이군요. 영혼의 안내자 이름은 뭐죠?

샌드라 : 티사나. 그녀가 제 손을 잡고, 더 높이 떠올라요…… (행복하고 놀라운 듯) 오, 저기 제 영혼 그룹이 있어요! 그들이 제게 인사를 해요! (웃는다.) 재미있게도 모두들 먼저 와서 나와 함께 있고 싶어 해요. 전부 다섯 명이에요. 밝게 빛나는 노란 공처럼 보여요. 모두 저를 포옹해 줍니다. (행복하게) 드디어 집에 왔어요!

우르술라 : 즐기세요! (사이를 두었다가) 그중 샌드라로 사는 현생의 삶에서 알고 지내는 사람도 있나요?

샌드라 : (슬픈 듯) 아뇨. 저는 완전히 혼자 지구에 왔어요.

우르술라 : 티사나에게 그 이유를 물어보세요.

샌드라 : 다른 영혼이 다가와요. (충격을 받은 듯) 오, 이럴 수가! 유디트…… 그녀가 곧장 저를 향해 와요!

샌드라의 이마에서 땀방울이 흘러내렸다. 샌드라는 소파 위로 몸을 웅크렸다. 그녀를 다시 차분하게 만드는 데 시간이 걸렸다.

샌드라 : (놀라서) 믿을 수가 없어. 나 같은 사람한테 미소를 보내고 손을 잡아주다니! 내가 그렇게 상처를 주었는데…… 그녀는 화도 안 내요!

우르술라 : 그녀가 당신을 용서했나요?

샌드라 : (크게 감동받은 듯) 네.

우르술라 : 그녀의 마음을 느껴보고, 그 마음을 받아들이세요. 그리고 깊이 숨을 들이쉬세요! 당신도 자신을 용서했나요?

샌드라 : (깊이 한숨을 내쉬며) 그러고 싶어요. (길게 사이를 두었다가) 하지만 맘대로 안 돼요…… 적절하지가 않아요.

우르술라 : 티사나는 그것에 대해 어떻게 생각하나요?

샌드라 : 아주 진지한 표정으로 제 영혼 그룹을 가리켜요. 모두들 정말 환하게 빛이 나요!

우르술라 : 당신처럼 말인가요?

샌드라 : (슬픈 듯) 아뇨. 저는 저렇게 밝지 않아요. 제 노란 빛은 약간 칙칙해요.

우르술라 : 무슨 의미죠?

샌드라 : (머뭇거리다가) 제 진화 속도가 다른 영혼들만큼 빠르지 않다는 의미예요…… 이건 제게 오래된 문제죠.

우르술라 : 무슨 문제를 말하는 건가요?

샌드라 : (더 길게 사이를 두었다가) 오, 이런. 그렇게 완벽하게 계획한 것을…… 잊어버리다니…… 영혼 그룹까지 도와주었는데…… 그런데 인간으로서…… 저는 언제나 속도를 내서, 아주 특별한 사람이 되고 싶었어요. 그런데 사실은 전혀…….

우르술라 : 전생의 라이너처럼 말이군요. 유대인 여자친구 유디트가 없는지 다시 살펴보세요. 현생에 이 영혼은 등장하지 않나요?

샌드라 : 아뇨! 더 이상 저와 함께하고 싶어하지 않을 거예요! (갑자기 흐느끼며) 하지만, 그래요. 다시 여기에 태어났어요. 그녀는

제 직장 동료예요!

알고 보니 유디트는 샌드라의 일차적인 영혼 그룹의 일원이었으며, 정기적으로 함께 환생해서 샌드라의 진화를 도왔다. 현생에서는 샌드라의 직장동료로서 친구가 되기 위해 계속 애쓰고 있었다. 또 전망이 아주 좋은 인도주의적인 프로젝트를 샌드라와 실행에 옮기고 싶어 했다.

우르술라 : 영혼의 안내자는 그 프로젝트를 어떻게 생각하나요?

샌드라 : 제 어린 시절의 한 장면을 보여줘요. 여섯 살쯤인 것 같아요. 부모님과 알고 지내는 분들을 찾아뵈었어요. 그분들이 집을 개축하느라 키우던 애완용 토끼를 까맣게 잊고 있어요. 토끼장은 부분적으로 파손되어 있고, 먼지와 오물로 가득해요. 먹을 것도 전혀 없고요! 저는 정원에서 풀을 뜯어다 물과 함께 토끼들한테 먹여요. 그 바람에 짧은 드레스가 더러워졌죠. (사이를 두었다가) 그 인도주의적인 프로젝트를 함께해야 할 것 같아요.

우르술라 : 그 일을 생각하면 기분이 어떤가요?

샌드라 : 약간 이상해요. (길게 사이를 두었다가) 하지만 기쁘기도 해요…… 네, 맞아요, 기뻐요!

우르술라 : 심장의 통증과 불안감을 녹여버리게 제가 도움을 주어도 될까요?

샌드라 : (더 길게 사이를 두었다가) 아뇨. 아직은 아니에요…… 네, 그렇게 해주세요.

우르술라 : 영혼의 안내자와 대화를 나눠보세요. 티사나는 뭐라고 말하나요?

샌드라 : 고개를 끄덕여요. 그러고는 제 심장의 통증은 가슴의 소리에 귀 기울이고…… 배워서, 좋은 일을 해야 한다는 점을 일깨워주는 신호와 같대요.

트랜스 상태에서 깨어났을 때, 샌드라는 아주 편안하고 상냥해 보였다. 하지만 세션에서 얻은 깨달음을 매일의 삶 속에 통합시키지 못할까봐 걱정하기도 했다.

6개월 뒤, 샌드라는 동료와 함께 자활을 돕는 프로젝트의 첫발을 내디뎠다는 소식을 전해왔다. 이 프로젝트는 동물들의 행복에 초점을 맞춰 대규모 가축사육장의 환경을 개선하고, 대량재배에서 유기농법으로 전환하는 방법을 농부들에게 가르쳐주고 지원하는 일이었다. 모든 관련자들이 상생할 수 있는 환경을 조성하는 것이 이들의 목표였다.

하지만 샌드라의 심장 통증은 호전되지 않았다. 나는 매일 15분 이상 의식적으로 영혼의 안내자와 교감하는 시간을 가지라고 조언했다. 그리고 1년 반이 지난 후에 다시 소식을 전해왔다. 샌드라는 이제 아주 행복하고 열정에 넘쳤다. 프로젝트두 성공적으로 시작했고, 처음으로 누군가를 사랑하게 되었다고 했다.

또 나의 조언대로 영혼의 안내자와 규칙적으로 접촉한다고도 했다. 이로 인해 이따금씩 티사나가 다시 흰 거위로 나타나, 샌드라의 영혼을 등에 태우고 하늘을 날아다닌다고도 말했다. 불안감과 심장의 통증에 대해 묻자, 샌드라는 이렇게 말했다.

"아, 완전히 잊고 있었네요. 서서히 사라졌어요!"

전생퇴행과, 이보다 더 중요한 LBL 즉 삶과 삶 사이의 기억은 신성한 지혜를 우리의 세속적인 경험 속에 통합시키는 영적인 치료법이다. 샌드라의 사례는 영계와의 의식적인 연결이 얼마나 심오하고 철저하게 긍정적인 영향을 미치는지 보여준다.

내 경험으로 보건대, 심신의 치유와 영혼의 성장을 목적으로 하는 치유는 신성한 영혼과의 연결 없이는 불가능하다. 간단한 전생퇴행만으로는 충분하지 않다는 것을 나는 수많은 세션들을 통해 확인했다. 진정한 성장에 필요한 정보들을 얻기 위해서는 환생 사이 영혼 상태로의 퇴행이 결정적으로 중요한 역할을 한다. 이때 전문적인 경험은 퇴행을 성공적으로 유도하는 중요한 요소의 하나이다. 하지만 가장 중요한 요소는 세션 전이나 도중에 치유사가 영계의 고차원적인 존재들과 의식적으로 접촉을 갖는 것이다. 그래서 나도 어떤 경우든 퇴행을 유도할 때 영계와 계속해서 진지하게 소통을 한다. 그래야만 피술자들에게 적절한 지지와 도움을 줄 수 있기 때문이다.

우리는 이 세계에 손님으로 온 존재들이다. 인간의 몸으로 경험을 창조하면서, 우리의 영혼 의식을 물질적인 형태 속에 불어넣는다. 믿음을 갖고 고차원적이고 신성한 존재들의 인도에 자신을 맡기면, 영적인 성장에 필요한 모든 도움을 얻을 수 있다.

우리의 내면은 많은 것을 알고 있다. 하지만 우리 존재의 질을 향상시켜주는 것은 영혼과의 직접적인 소통, 그리고 우리가 빛과 사랑으로 이루어진 중요한 존재라는 인식이다.

환생 사이에 있는 영혼 상태로의 여행이 긍정적인 변화를 불러일으키는 것을 보면서, 나는 언제나 신의 축복에 감사하고 깊은 감동을 느낀다. 또 이 세션을 통해 피술자와 함께하면서, 우리가 결국은 하나라는 인식도 커졌다. '분리는 없다'는 것이야말로 한층 심오한 진리이다. 모든 존재들, 인간과 동물, 자연, 지구, 우주, 물질과 비물질, 영계 모두 '전존재', 즉 영원하고 신성한 근원의 일부분인 것이다.

1) 전생퇴행 사례들을 읽은 독자들은 현대인들 중에서 가장 최근의 전생이 제2차 세계대전 중이었던 사람들이 특히 많다는 점을 지적한다. 이것은 우연이 아니다. 이런 현상에는 두 가지 원인이 있다.

제2차 세계대전은 인류 역사상 가장 끔찍한 군사적 충돌이었다. 전쟁으로 인한 조기 사망자 수가 민간인과 군인을 포함해서 총 6천만 명에서 7천만 명에 이르렀다. 또 6백만 명의 유대인들이 포로수용소에서 죽음을 맞았다.

생을 일찍 마감한 영혼은 흔히 원래의 수명을 채우고 전생에서 다 하지 못한 일들을 마무리하기 위해 짧은 기간 안에—5년에서 10년 사이라고들 한다—다시 태어난다. 제2차 세계대전 중에 죽은 많은 영혼들이 이 범주에 들어간다.

두 번째 원인은 라이너-샌드라의 사례에서 라이너가 유대인 난민들을 다룬 방식처럼, 전장에서 폭력적으로 조기 사망을 불러일으킨 카르마의 힘에 균형을 맞추려는 영혼의 욕구 때문이다. 제2차 세계대전 당시의 부정적인 행위들이 낳은 카르마에 균형을 맞추려는 또 다른 예는 LBLH 61쪽을 본다.

(2) 에너지를 다양한 형태로 변형시키는 것은 모든 진보된 영혼들이 사용하는 기술이다. 특히 자신의 제자와 함께 특정한 목적을 달성하려는 영혼의 안내자들이 잘 사용한다. 이제 막 육체를 벗어난 영혼은 대개 죽은 직후 영계의 문을 통과하기 전후에 이런 일을 경험한다(《영혼들의 운명1》 케이스 4, 45쪽). 영혼들이 이 기술을 어떻게 행하는지 알고 싶으면 《영혼들의 운명2》 174-175쪽, 변화의 공간을 찾아본다.

이 사례에서 흰 거위의 등장은 거의 신화적이다. 폭력적인 죽음의 장면에서 구조자로 나타났기 때문이다. 샌드라의 안내자 티사나는 제2차 세계대전 당시 군인이었던 라이너가 무고한 유대인 난민들에게 저질렀던 혐오스러운 행위의 피해자 겸 동물 희생자로 등장하고 있다. 잔인성이 무고한 생물들에게 어떤 악영향을 미치는지 가르쳐주기 위해서이다.

새가 연속적으로 더욱 심하게 부상을 입는 모습에는 라이너가 전장에서 죽음의 순간에 경험하는 것들이 그대로 반영되어 있다. 먼저 새의 날개에 물리적인 손상이 가해지는 것은 라이너가 팔과 어깨에 부상을 입는 것으로, 흰 거위가 목이 졸려 죽는 것은 적군들이 라이너의 머리를 가격해 죽이는 것으로 대응된다. 이런 상징적인 장면을 통해 라이너는 자신의 몰인정한 행위가 낳은 결과를 깨닫게 되었다. 덕분에 아스트랄계를 떠날 때, 해방을 상징하는 건강하고 온전한 새가 그를 태워다준다.

흰 거위는 순수와 아름다움, 평화를 상징하기도 하고, 라이너-샌드라의 또 다른 자아, 다시 말해 이제 막 마친 삶에서 파괴적인 행위들을 저지른 것과는 달리 올바른 일을 하고 선을 베풀고 싶은 마음을 나타낸다.

그 증거로, 이 사례의 저자가 분명하게 이야기했듯이, 샌드라는 지금의 혼란스러운 삶에서 연민의 마음으로 부드럽게 행동해야 한다는 것을 깨닫는다.

안내자 티사나는 흰 거위로 나타나 샌드라를 태우고 하늘로 날아오르는데, 이 시각적 가르침은 과거와 현재 시간의 융합을 나타내며, 이런 융합은 곧 용기 있게 삶에 직면할 수 있는 자유와 기쁨을 의미한다. 삶의 막바지에서 라이너가 보여주었던 것과는 달리, 샌드라는 자신을 지켜보는 영적인 힘들에 의해 사랑을 받아들이고 행복을 발견한 것 같다.

10
웰스 파고 사의 경호원

지미 E. 퀘스트(이스턴 쇼어, 메릴랜드 주)
: 1993년부터 줄곧 최면요법사로 활동하고 있다.
〈마이클 뉴턴 연구소〉의 LBL인증 담당자 겸 수석 트레이너

이 사례는 상당히 진화된 영혼[1]의 이야기이다. 사례의 주인
공은 영계에서 이미 영향력 있는 레벨에 올라 있었다. 미숙한
영혼들이나 연약하고 어린 영혼들의 스승으로서 독립적으로
활동했다.

하지만 과거의 성취에 만족하면서 휴식을 취하는 것은 그녀
의 성격에 맞지 않았다. 그래서 상처받기 쉬운 사람들을 가르
치기 위해 지금도 내면의 연민과 감수성을 완벽하게 다듬고
있다. 또 영계는 물론이고 지구에서의 환생을 통해 아주 구체
적인 방법으로 이타심과 인내, 겸양을 더욱 섬세하게 갈고닦아
나가고 있다.

이런 영적 작업은 결코 따분할 수가 없다. 실제로 최근 전생
은 영화대본으로 만들어도 손색이 없을 정도로 흥미진진했다.

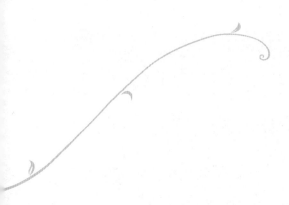

이 세션은 몇 해 전에 있었다. 당시 안나는 43세였고 많이 불행해 보였다. 하지만 서류에 기재되어 있는 정보로는 불행의 정도를 충분히 파악하기 어려웠다. 약 1시간 가량 대화를 나눈 결과, 나는 그녀의 신체적이고 정서적인 문제를 더욱 깊이 이해하게 되었다. 하지만 안나의 삶이 얼마나 깊게 변할지는 둘 다 세션을 마치고 나서야 알게 되었다. 실제로 세션이 끝나고 몇 주에서 몇 달 동안 긍정적인 변화들이 계속되었다.

안나의 문제가 유달리 특이하지는 않았지만 문제가 많은 것은 사실이었다. 그녀는 사람들이 자신을 이용하려 든다고 느끼며 살아왔다. 이로 인해 자신을 "사람들의 발 털개"라고 비하하는 지경에까지 이르렀다. 신체적으로나 정신적으로 에너지가 고갈되어버린 것이다.

안나는 거의 모든 사람들에게 두려움과 불신을 갖고 있었다. 그 탓에 1년 사이 몸무게가 63킬로그램에서 10킬로그램이 줄어버렸지만, 되돌릴 기운도 없었다. 또, 아드레날린 기능장애라는 진단을 받았는데도 단 음식들을 탐욕스럽게 먹고, 유당에 과민반응을 나타내 유제품은 먹지 못했다. 성격도 예전과는 90퍼센트나 달라졌다. 무언가 조처를 취하지 않으면 "인생이 끝장날 것 같다"고 했다.

이것도 모자라, 안나는 "너무 많은 영적 경험들"에 시달리고 있었다. 어떤 남자가 자신에게 다가오는 꿈을 지속적으로 꾸고 깨어날 때마다 어떤 커다란 존재가 안나의 관심을 끌기 위해 집 안에 있는 것 같은 느낌을 받았다.(2) 이런 경험들이 지나치게 두렵지는 않았지만, 이 존재가 과연 누구인지, 목적은 무엇인지 궁금했다. 그러던 중에 뉴턴 박사의 책들을 찾아 읽고, 나를 찾아오게 된 것이다.

나는 새로운 피술자와 LBL 세션을 시작하기 전에, 보통 한두 번의 세션을 가지면서 기본적인 차원의 치료 작업을 한다. 하지만 안나의 경우에는 이런 과정을 단축했다. 안나가 나를 만나기 위해 상당히 먼 거리를 이동해야 했기 때문이었고, 전화상담을 통해 초월적인 영적 경험에 대해 천부적으로 열려 있는 사람임을 확인했기 때문이기도 했다. 거기다 그녀의 정신이 안정적이라는 의사들의 진단결과도 있었다. 또 최면상태로 들어가는 데 방해가 되는 약물은 전혀 복용하지 않고 있었다. 이런 사실들이 나를 안심시켰다.

그래서 안나가 자연 속의 장소들을 떠올리면서 쉽게 깊은 최면상태로 들어가는 것을 보면서, 나는 별로 놀라지 않았다. 충분히 깊은 최면상태에 들어가고 난 후, 나는 안나에게 비교적 가까운 전생들 가운데 한 생으로 가보라고 했다. 그러자 안나는 발이 아프다고 호소했다. 그러더니 내가 이 말의 의미를 이해하기도 전에, 다시 이렇게 말했다. "이건 죽은 사람이 신고 있던 부츠인데, 너무 꽉 죄여."

하지만 안나는 부츠를 신고 있지 않았다. 나는 그녀가 다른 현실을 생생하게 경험하고 있다는 것을 깨닫고, 질문을 시작했다.

지미 : (흥미로워하는 마음을 숨기고) 정말 안됐네요. 당신에 대해 더 이야기해 보세요. 어떤 옷을 입고 있나요? 외모는 어떤가요?

안나 : 나는 소매가 긴 헐렁한 흰색 셔츠에 양 옆에 단추가 달려

있는 가죽 바지를 입고 있어요. 테두리는 좁고 위는 둥근 회색 모자도 쓰고 있죠. 전 짜리몽땅하고 꾀죄죄해요. 면도를 자주 안 하거든요. 넉 달에 한 번이나 할까? 머리는 군데군데 희끗희끗해요.

지미 : 좋아요. 상상이 되네요. 남자 같은데, 더 이야기해 보세요.

안나 : 맞아요. 절 건드리는 사람은 아무도 없어요. 저 역시 아무도 방해하지 않고요. 그러니까 당신도 날 방해하지 않는 게 좋아! 난 어떤 것도 안 참으니까.

지미 : 알겠습니다. 그런데 사람들이 당신을 뭐라고 부르죠? 이름이 뭔가요?

안나 : 렌. 레니라고 부르기도 해요. 제 파트너 이름은 맥스고요. 그는 신참이지요. 얘기 하나 들려줄까요? 제 말을 잘 안 들어서 전 파트너들을 많이 죽였어요. 우물쭈물하기 좋아하는 놈들이었거든요. 나한테 우물쭈물하면 바로 죽음인데…… 그런데도 그러더라구.

나는 렌이 40대이며, 개척시대에 미국 남서부에서 웰스 파고 사의 마차 경호원으로 일했다는 사실을 알아냈다. 그의 임무는 운전수 맥스와 함께 그들의 담당구역 6~8곳에 이르는 무법도시들을 뚫고 귀중품 상자와 마차 승객들을 안전하게 실어 나르는 것이었다.

렌은 근무 시간뿐만 아니라 근무 시간이 아닐 때도 위스키에는 손도 안 댔다. 언제나 긴장을 잃지 않기 위해서였다. 그는 좀체 긴장을 풀지 못했다. 철을 씌운 무거운 상자를 은행 같은 목적지에 배달하고 난 후에도 마찬가지였다. "그래도 안전하지 않아요. 사람들이 우리를 지켜보고 있거든요. 마차 안에 귀중품이 없어도 그들은 그걸 모르죠. 얼른 여기서 벗어나야 해요."

렌과 맥스가 두려움을 가장 많이 느끼는 때는 시내를 벗어날 때였다. 그들은 새 말을 여섯 필 구해서 가능하면 사람들 모르게 서둘러 도시를 떠났다. 당시에는 천연두까지 퍼져 있었다. 그래서 승객이나 귀중품이 없을 때는 마찻길에서 벗어나 안전한 장소를 찾아 한뎃잠을 잤다.

렌은 총신이 짧은 2연발 총을 장전해서 언제나 무릎 위에 올려놓고, 그것도 모자라 좌석 밑 다리 뒤편에 장전된 총 네 자루를 더 비치하고 다녔다. 그는 이런 말을 되풀이했다. "체구도 작고 몸도 늙어가고 있지만, 어떤 것도 참아내지 않을 거야." 그의 장전된 총은 언제나 기름을 잘 먹어 반들반들 윤이 났다.

렌에게는 버터컵이라는 암말이 있었다. 그는 언제나 작은 말이 좋다고 했다. 키가 작아 올라타기가 쉬웠기 때문이다. 버터컵은 그가 목숨처럼 사랑하는 존재였다. 버터컵은 묶어두지 않아도 됐다. 밤에도 언제나 그의 가까이에 머물렀으며, 부르면 언제든 달려왔다.

렌디는 이렇게 말했다. "버터컵은 제게 가까이 와준, 그러니까 저를 바라봐준 유일한 암컷이에요! 못생기고 못 배우고 냄새도 고약한, 한마디로 가까이 하기 싫은 저한테요. 버터컵은 저를 그런 존재로 안 본 거죠!"

하지만 렌디는 이따금씩 마차에 탄 여승객들과 시시덕거린 일도 있었다고 했다. "그 여자들 목숨이 우리 손안에 있었기 때문에, 희롱을 해도 별문제 없었어요." 하지만 진지한 관계로 발전한 경우는 없었으며, 그도 그런 걸 원하지 않았다.

끊임없는 난관에도 불구하고, 아니 어쩌면 이런 난관들 때문에 렌디는 이런 삶의 방식을 좋아했다. 이 일을 하는 동안, 그는 잠복해 있다가 마차를 공격한 못된 녀석들을 총으로 쏴 죽이기도 했다. "안 좋은 방식으로 저한테 도전해 오면, 저는 그 자리에서 바로 죽여버렸어요. 일말의 망설임도 없이요. 덕분에 우리의 명성은 아주 대단했죠. 마을 사람들이 모두 우리를 존중해 주고, 무사 귀환을 기도해 주기까지 했어요. 그들도 우리한테 의지했으니까요."

나는 렌에게 시간을 가로질러, 그 삶의 마지막 날로 가보라고 했다. 그러자 몇 초도 지나지 않아 그가 이렇게 말했다.

렌 : 저는 침대에 누워 있어요. 어둡지만, 제 옆에 오일램프가 있어요. 그 밑에는 레이스가 깔려 있고요.

지미 : 병이 든 건가요? 부상을 입은 건가요? 아니면 그냥 기력이 쇠한 건가요?

렌디 : 총에 맞았어요. 여기요.(안나가 오른쪽 옆구리를 가리키며 말했다. "그래서 가끔 여기가 아파요.")

지미 : 돌봐주는 사람이 있나요? 아니면 혼자 있나요?

렌디 : 여동생 클라리사가 함께 있어요…… 저한테 아주 잘해주지만, 제가 살아가는 방식은 좋아하지 않아요. 지금은 피 묻은 옷가지들을 빨고 있어요…… 제가 피를 무진장 흘리고 있거든요.

이 시점에서 안나는 잠시 시각을 현재로 이동시켜, 클라리사가 현생에서 여동생 킴벌리로 환생했다는 사실을 알았다고 했다. 그래서인지 안나는 여동생에게 새로운 친밀감과 사랑을 느끼는 것 같았다. 놀라운 발견이었다. 하지만 안나는 곧 렌디가 곤경에 처해 있는 상황으로 돌아가고 싶어 했다. 그래서 나는 렌디에게 총에 맞은 상황을 묻기 시작했다.

"총에 맞았을 때 마차를 타고 있었나요? 총을 쏜 사람이 누구인지 알아요?"

하지만 그의 반응은 아주 모호했다. 이런 문제들을 이야기하고 싶지 않은 것 같았다. 그는 삶을 놓지 않으려 했다. 마지막 숨을 토해낼 때까지, 거칠고 굴복을 모르는 그의 본성에 충실했다. 마지막 순간에도 고통 속에서 허우적대지 않았다. 하지만 숨을 제대로 쉴 수 없었다. 그러다 결국 생을 마감했다. "놓아버리는 것 말고는 아무것도 할 수 있는 게 없어." 그는 이렇게 말했다.

나는 렌에게 몸을 벗어난 후 무엇을 경험했는지 설명해 달라고 했다. 그러자 그가 말했다. "저는 더 이상 그곳에 있지 않아요…… 지금은 구름에 둘러싸여 있어요." 구름 때문에 멀리까지는 볼 수 없다고 했지만, 지구에서 멀리 떠나 있다는 건 알 수 있었다. "이곳은 오로지 평화, 평화뿐이에요. 고통은 끝난 거죠. 이제 저는 안전해요. 여기서는 아무것도 할 필요가 없어요."

잠시 후 구름이 걷히자, 멀리서 무엇인가 보였다. "구두주걱 모양인데 빛을 품고 있어요. 하지만 구두주걱은 아니에요. 저는 그것을 향해 움직여요." 그것에 가까워지자, 렌이 말했다. "여기는 아주 좋은 곳이에요. 지구 같은 느낌도 들지만, 지구는 아니고요. 지구처럼 나무며 꽃, 풀들이 있지만, 색깔이 훨씬 밝아요. 전에 와봤던 곳이네요. 저를 위한 곳이에요…… 여기서는 아무것도 걱정할 필요가 없어요. 쉴 수 있는 곳이지요. 이곳은 저만의 공간, 활력을 되찾는 곳이에요. 느껴져요…… 제가 채워지는 게. 제 안의 모든 것이 치유되고 있어요. 다른 건 아무것도 필요하지 않아요."

렌은 침묵 속으로 빠져들었다. 그래서 나는 지구 시간으로 이 고독과 재충전의 공간 속에 보통 얼마나 머무는지 말해 달라고 했다. 그러자 그는 "약 100년에서 200년 정도"라고 말했다.

나는 여러 번의 LBL 세션을 통해, 피술자가 비선형적인 시간 속에서 움직이기 때문에, 피술자가 경험하는 시간을 지구의 선형적인 시간과 직접 비교할 수는 없다는 점을 발견했다. 그래서 나는 아주 재미있고도 손쉬운 방법을 적용했다. 렌디에게 그냥 이렇게 말한 것이다.

"지구 시간으로 2분간 침묵을 지키면, 그곳에서 100년에서 200년 사이의 시간이 흘러간다고 생각합시다. 그 사이 당신은 이 고독의 공간에 필요한 만큼 머물면서 에너지를 충분히 재충전하는 겁니다."[3]

그러고는 2분간의 침묵이 흐른 뒤, 재충전을 끝내고 이 공간에서 떠날 준비가 되었느냐고 부드럽게 물었다. 그러자 그는 준비가 다 됐고 확실히 효과가 느껴지며 온전해진 것 같다고 했다. 내가 봐도 렌은 분명히 달라져 있었다. 지난 경험들을 놓고 볼 때, 렌은 이제 거대한 실제에 더 잘 적응하고, 자신이 불멸의 영혼이라는 점도 다시 인식하게 된 것 같았다.

그의 영혼 이름은 카라아(마지막 음절에 강세를 준다.)였다. 카라아는 크고 호리호리한 몸매의 우아한 여성이었다.[4] 여러분이 상상하다시피, 렌으로 살 때와는 확실히 다른 모습이었다. 그녀는 현재 총에너지의 85퍼센트를 보유하고 있었다. 안나는 약 15퍼센트의 에너지만 갖고 인간으로 태어난 것이다.

뉴턴 박사를 포함한 많은 치유가들의 LBL 세션 자료들을 종합해 볼 때, 영혼이 인간의 몸을 갖고 이 세상에 태어날 때 가져오는 에너지의 양은 평균 총에너지의 40에서 60퍼센트 정도였다. 안나는 상대적으로 적은 에너지를 갖고 태어난 것이다.

이로써 카라아는 두 가지 중요한 목적을 달성했다. 첫째는 영계에서 그녀가 열정을 품고 있는 일을 계속 해나가기에 충분한 에너지를 확보하게 되었다. 둘째로 카라아의 지적처럼, 상대적으로 적은 에너지로 인해 안나는 영계에 있는 자신의 고향을 그리워하고, 덕분에 영계의 지원에 더욱 열린 자세를 취하게 되었다. 적은 에너지 때문에 때로 나약해지고 자신감도 없어지기는 했지만 말이다.

카라아에게는 사리엘이라는 안내자가 있었다. 그는 더 남성적인 에너지를 갖고 있었는데, 전처럼 자주 나타나지는 않았다. 카라아가 필요로 할 때면 언제든 나타났지만, 키라아가 시리엘을 호출하는 경우는 거의 없었다.

영혼 에너지의 색깔은 언제나 대단한 흥미를 불러일으킨다. 색깔은 영혼의 진화 수준에 대해 많은 것을 말해 주기 때문이다. 카라아의 에너지는 특히 더 흥미로웠다. 에너지 색깔 배합이 좀 특이했기 때문이다. 그녀는 푸른빛의 에너지를 많이 갖고 있었다. 높은 레벨의 경험들을 했다는 의미였다. 그런데 그녀는 이 놀라운 성취들을 숨기기 위해, 어리고 미숙한 영혼들처럼 잿빛이 감도는 칙칙한 흰색으로 자신을 감쌌다. 그러나 그녀가 작업장으로 안내하기 전까지, 나는 이런 점을 이해하지 못하고 있었다. 그녀의 작업장은 건물이 모두 크리스털로 되어 있다고 했다. 이곳에 들어가려면 먼저 조심스럽게 옷차림을 가다듬어야 했다.

카라아 : 아주 오래된 건물이에요. 하지만 단순한 건물이 아니죠. 이 건물은 살아 있어요!

지미 : 당신이 살아 있는 것처럼 살아 있다는 말인가요?

카라아 : (분명한 어조로) 저보다 낫지요! 그래서 들어오기 전에, 이 건물에 존중하는 마음을 가져야 합니다. 언제나 자신을 낮추고…… 자만심을 보이면 안 돼요. 자만심을 보이면, 그들이 안 좋은 영향을 받을 테니까요. 저는 그들에게 더 나은 존재가 되는 법

을 가르치고 있어요. 그래서 아주 조심스럽게 다루어야 해요.

지미 : 그럼, 당신은 스승이로군요?

카라아 : 네, 맞아요. 하지만 그들을 아주 조심스럽게 대해야 해요. 그들이 저를 존경한다고 해서, 그들에게 과시하면(푸른빛의 에너지를 드러내면) 안 돼요. 그들은 너무 어려서, 희미한 흰빛을 띠고 있거든요. 배움의 열망은 있지만, 겁도 많아요. 저를 완벽하게 신뢰하기 때문에, 제가 신중하게 행동해야 해요.

지미 : 그래서 이곳에서는 당신의 에너지 색깔을 옅게 만드는 건가요? 그럼, 그들에게는 어떤 색깔로 나타나나요?

카라아 : 맞아요. 저는 그들에게 회색빛이 감도는 편안한 흰색으로 나타나요. 제 가운에 주름이 잡혀 있는데, 저의 밝은 푸른빛이 이 주름의 어두운 부분들에 줄무늬처럼 나타나죠. 그 정도로만 저를 드러내요.

지미 : 정말 우아해 보이겠네요.

카라아 : (은밀하면서도 분명한 어조로) 그렇죠!

지미 : 그럼, 이곳을 벗어나면 어떻게 달라지나요?

카라아 : 더 밝은 빛을 띠고, 푸른빛의 에너지를 더 많이 보여주기도 해요. 하지만 그 어린 영혼들에게는 이런 모습이 두려움을 줄 수 있어요, 또 사실 제가 그렇게 진보된 영혼도 아니고요.(이 정도로 진보한 영혼은 믿기지 않을 만큼 사심이 없다. 그러므로 이것은 그녀의 성취를 다시금 확신시켜주는 말이다.) 전 그저 영혼들을 다음 레벨로 나가게 준비시키는 방법을 알고 있고, 이 일을 사랑할 뿐이에요.

질문을 계속한 결과, 카라아는 오랜 동안 한 번에 여섯에서 여덟 명씩 학생들을 편성해서, 독립적으로 가르치고 있었다. 가끔씩 시간을 내서 같은 레벨의 다른 영혼들과 어울리기도 했지만, 실제로 그런 경우는 많지 않았다. 세션이 계속되어도, 이 진보된 영혼은 LBL 세션 중에 영계에서 흔히 보게 되는 어떤 공공구역으로 나를 안내하지 않았다. 집요하게 캐물어도, 더 이상 사실들을 밝혀주고 싶어하지 않았다.

카라아는 이 세상에 안나로 태어난 주요 목적이 두 가지라고 했다. 한 가지 목적은 렌처럼 자신과 타인들을 지켜주는 것이었다. 하지만 이번에는 "산탄총"도 없이, 그저 자그마한 여성의 몸으로 이 일을 해내야만 했다. 또 훈육자의 역할도 해내야 했다.

처음에 렌에게는 장점들이 별로 없어 보였다. 그러나 더 깊이 탐문해 본 결과, 삶을 대하는 렌의 태도가 그의 말처럼 그렇게 냉정하지도, 무정하지도, 잔인하지도 않았다는 것을 알 수 있었다. 안나의 말에 따르면, 렌은 서부의 여러 마을에서 사람들의 생명과 재산을 지켜주는 용감한 보호자로 추앙받았다. 이런 사실에서 안나는, 렌의 모습을 통해 직업상 암흑가에서 신체적으로 위험에 노출되어 있었지만, 필요할 때 행동할 수 있는 그의 능력은 줄어들거나 방해받지 않았다는 점을 배워야 했다.

그 남성적인 존재가 안나의 꿈속에 등장해서 내게로 인도한 이유도 확실히 렌의 내면에 있는, 안나의 이런 진정한 자기의 모습을 일깨워주기 위해서였던 것 같다. 실제로 렌의 삶을 기억해 내면서, 안나는 자신에게 독립적으로 강하게 역경을 이겨낼 수 있는 능력이 있음을 깨달았다.

세션이 좀더 계속되리라 생각했는데, 카라아가 갑자기 세션을 마칠 때가 됐다고 선언했다. 이런 식으로 마감을 통고받은 경우가 거의 없었기 때문에, 나는 적잖이 놀랐다. 하지만 우리는 그녀의 제안대로 세션을 접었다. 안나를 트랜스 상태에서 빠져나오게 하는 중에도, 필요한 정보들을 영계에서 충분히 얻어내지 못했다는 느낌이 들었다. 그러나 이런 느낌은 곧 사라졌다. 안나가 눈을 뜨면서 이렇게 소리쳤기 때문이다.

"오, 이럴 수가. 그녀는 정말 강해요. 정말 대단해! 다시 그녀가 되다니 정말 기분 좋았어요! 어린 영혼들에게 용기를 주기 위해서 하는 일들은 정말로 중요해요! 그리고 렌⋯⋯ 놀라워! 남자란 자고로 어때야 하는지 분명하게 가르쳐줬어요! 남자들의 행동방식이 이제는 이해가 돼요. 아! 이 모든 것들이 진짜란 말이지요?"

세션이 끝난 후, 안나의 삶은 급속하게 개선되기 시작했다. 우선 기력을 회복했다. 또 무슨 이유에서인지 몸에 좋은 음식들을 골라 먹기 시작했으며, 6주만에 몸무게가 4.5킬로그램이나 늘었다! 또 단음식을 먹고 싶은 욕구도 싹 사라졌다. 이러한 상황에 기쁘기도 하고 놀랍기도 했다.

거기다 락토스에도 더 이상 민감한 반응을 보이지 않았다. 이 변화에 안나가 얼마나 놀라워했을지 상상이 되는가? 오랫동안의 자존감 저하 문제로 인해 안나의 소화기는 몹시 좋지 않았다. 우리의 감정과 건강 상태가 분리되어 있지 않기 때문이다. 그러나 안나는 불멸의 영혼으로서 자신이 누구인지를 기억해 내었고, 자신감을 회복하고 건강이 좋아졌으며 꿈을 추구할 힘도 얻었다.

세션이 끝나고 8개월이 지났을 즈음, 이 글을 쓰고 있는데 안나가 소식을 전해왔다. 안나는 삶의 목표도 발견하고 단호한 의지도 생겼다고 했다. 또 사람들도 더 이상 그녀를 두렵게 만들지 않는다고 했다.

"저를 불편하게 만들던 사람들도 이제는 편안히 받아들이게 됐어요. 또 멀리할 필요가 있었지만 막상 그렇게 할 수 없었던 사람들을 이제 멀리하게 됐어요. 전 더 이상 발 털개가 아니니까요. 더 이상은 참아낼 필요가 없는 거죠." (렌이 하던 말과 같았다!) 이 외에도 안나는 더 이상 죽음을 두려워하지 않고, 보통의 오감으로는 다가갈 수 없는 영적인 것들을 인식하게 되는 등의 주목할 만한 변화들을 보였다.

안나는 최근 내게 이런 이야기도 들려주었다. 세션이 끝나고 몇 달이 지나 벼룩시장에 갔을 때 그곳에서는 여러 종류의 골동품 총을 판매하고 있었다. 그녀는 사실 총에 별 관심이 없었는데, 이상하게 총 하나가 눈길을 잡아끌었다. 렌이 항상 그의 무릎에 올려놓고 다니던 총과 같아 보였기 때문이다.

그 총을 살펴보고 있는데, 어떤 남자가 다가와 오래된 총에 관심이 있느냐고 물었다. 안나는 그저 이 총에만 끌릴 뿐이라고 대답했다. 그러고 나서 이유를 설명할 방법을 궁리하고 있는데, 남자가 말했다. "옛날 웰스 파고 사의 마차 경호원들이 이런 총을 사용했죠." 안나는 자신의 형편에 비해 그 총의 가격이 너무 비싸서 사는 걸 포기했는데, 후회가 된다고 했다.

안나의 작업은 현생에서도 계속되고 있다. 이 세션이 끝난 뒤 정신과 마음, 몸에서 일어난 긍정적인 변화들을 놓고 볼 때, 영혼의 목적을 실현하는 쪽으로 만족할 만한 진보를 하고 있는 것 같다. 이제는 안나 자신도 이 사실을 분명히 깨닫고 있다.

안나의 사례는 타인들을 향한 이타심과 세심한 배려의 마음을 완성시키려는, 상대적으로 진보된 영혼의 노력을 보여준다. 카라아가 스승으로서의 자기 임무를 대하는 태도는 이런 연민의 마음을 갈고 닦는 데 얼마나 집중하고 있는지 잘 보여준다. 그래서 가장 최근의 환생에서 스스로 취약하다고 느끼는 경험을 선택함으로써 타인들을 향한 연민의 마음을 꾸준히 키워가는 것이다. 안나는 렌이 이용했던 보호책들도 거의 없이 자신의 취약함에 직면함으로써 이런 경험을 바람직하게 활용하고 있었다. 이런 노력의 결과, 안나는 자신이 기대했던 것보다 더 많은 치유와 편안함을 경험하게 되었다.[5]

---

(1) 초보 단계의 영혼과 중간 단계의 영혼, 진보된 영혼의 사례 비교는《영혼들의 여행》205-334쪽을 참고한다.

(2) 꿈속의 원형적 이미지들과 꿈의 인식은《영혼들의 운명1》50-53, 58쪽을 본다.

(3) 이 책에는 선형적이지도, 절대적이지도 않은 영계의 시간을 보여주는 예들이 많이 소개되어 있다. 이 사례에서 보여주듯, 영계에 있는 영혼에게는 '지구의 100년이 마치 100분이 흐른 것처럼' 여겨질 수도 있다. 이 사례에서처럼 세션 중에 노련한 시술자가 의도적으로 시간을 왜곡시키는 것은 시간선에 따른 행동의 속도를 늦추거나 혹은 정지시키고 또는 가속시키는 효과적인 치유도구가 될 수 있다. LBLH 161쪽 참조.

(4) 영혼은 순수한 빛 에너지이지만, 영계에서는 마음에 드는 형태라면 무엇이나 취할 수 있다.

(5) 영혼의 발달 단계를 연구하다 보면, 어떤 영혼이든 여러 생을 거듭하면서 카르마의 도전에 따라 진보하기도 하고 퇴보하기도 한다는 것을 알 수 있다. 서로 다른 생들에서 똑같은 영혼에 점유당해도 몸은 고유의 두뇌와 중추신경계, 정서적 기질 등을 드러낼 수 있다.

이 사례에서 안나와 렌은 성별이 다를 뿐만 아니라 같은 영혼임에도 기질이 완전히 다른 것처럼 보인다. 그래도 이들은 같은 영혼을 갖고 있다. 카라아라는 불멸의 영혼이 서로 다른 환경에서 새로운 조건들과 씨름하고 있기 때문이다. 각각의 삶에서 최선의 해결책들을 찾아내 생산적인 삶을 살아냄으로써 이런 장애들을 극복하는 것이 영혼의 임무이다. 영혼은 이런 과정을 통해 점진적으로 더욱 강해지며, 이것이 바로 윤회의 비밀이다.

11
날개를 달고

리파 호지슨(밴쿠버, 캐나다)
: 모스크바 태생. 모험심을 갖고
내면 깊은 곳으로의 영적 탐험을 계속하고 있다.

수년 동안 LBL을 시술하면서 여러 가지 놀라운 점들을 발견했다. 그중 하나가 '혼성 영혼'의 존재이다.[1] 《영혼들의 운명 1, 2》에서 마이클 뉴턴 박사는 혼성 영혼을 "환생의 출생지가 혼합되어 있으며, 지구상에 태어나기 전에 외계에서 태어났던 기억을 갖고 있는 영혼들"이라고 실명했다. 이 혼성 영혼들은 흔히 부드럽고 민감한 성격을 지니고 있으며 영혼의 나이도 많다. 이들은 지구에 적응하는 데 어려움을 겪는데, 이런 고난을 경험하기 위해 지구에서 태어났을 수도 있다. 실제로 이들은 고립감과 차이를 느끼고, 관계를 맺을 때도 애를 먹는나.

다음은 이런 혼성 영혼의 사례이다. 린지는 건강이 아주 안 좋았으며, 가끔은 너무 예민해서 주변환경과 사람들에게서 상처를 받기도 했다. 그러나 LBL 요법을 통해 원인을 분명하게 파악하면서, 전보다 훨씬 편안한 마음으로 삶의 새로운 목표를 추구하게 되었다.

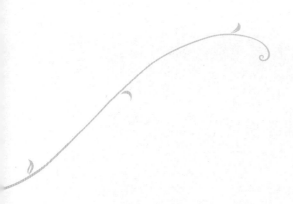

　51세의 린지는 전생퇴행과 LBL 세션에 대해 물으면서도, 극단적인 피로감 때문에 세션을 제대로 마칠 수 있을지 걱정했다. 린지는 심각한 출생외상을 앓은 적이 있으며, 건강이 좋지 않아 고생해 왔다. 오랫동안 지라 부위의 통증에 시달렸고, 사람들이 많고 시끄러운 장소에 가면 어지럽고 몸까지 아파서 그런 곳들을 피해 다녔다.

　또 자신이 다른 사람들과 다르다는 느낌과 어떤 고립감 때문에 누구와도 깊은 관계를 맺지 못했다. 8년 전에는 아프리카에서 국제발전 프로젝트 일을 하던 중 바이러스를 다섯 개나 보유하고 있는 해충에 물리기까지 했다. 다행히 이 바이러스들을 말끔히 제거할 수 있었지만, 이후 만성피로증후군이라는 후유증에 시달려야 했다.

　다행히 현대의학과 대안의학의 치료법들을 모두 사용한 덕에, 8년 후 린지의 건강은 몰라보게 개선되었다. 치유 에너지를 사용해 자신은 물론 타인들까지 치유해 줄 정도였다. 하지만 몸을 극도로 쇠약하게 만드는 그 고질적인 불면증은 여전히 사라질 줄 몰랐다. 현대의학과 대체요법을 모두 써봤지만 소용이 없었다.

　첫 번째 전생퇴행 세션에서 우리는 린지의 여러 전생을 살펴보았다. 하지만 이 전생들과 불면증과의 직접적인 연관성은 발견하지 못했다. 그래도 최면상태에서 이 전생들이 주는 교훈을 받아들이는 동안, 현생과의 유사점들은 찾아낼 수 있었다.

"전생들에서는 해야 할 일들을 만족스럽게 잘 마무리짓지 못했어요. 그리고 이 생에서는 할 일이 너무 많은데, 할 수가 없어요. 몸이 너무 아파서요. 제 몸이 견뎌내지 못하고 있어요. 그 모든 에너지를 전하는 일을. 그래서 자꾸 시간을 의식하게 돼요. 시간이 흘러가고 있다는 사실을요. 심신을 편안하게 갖고 치유과정이 완성되게 맡겨두기가 힘들어요. 그래서 슬프고, 제 자신이 목적의식도 없이 무력하게 단절되어 있는 느낌입니다."

나는 슬픔과 방향성 상실, 무력감을 불러일으키고 일을 못하게 만드는 근원에 곧장 다가가보라고 했다. 그러자 이렇게 설명했다.

"제 몸에 날개가 달렸어요. 미끄러지듯 날 수 있는, 팔랑이는 게 아니라 정말 미끄러지듯 날 수 있는 날개 말이에요. 꼬리도 있는데…… 나는 곤충의 꼬리가 달린 도마뱀이나 장수말벌처럼 생겼어요. 노란빛이 감도는 황금빛을 띠고 있고요. 그런데 머리가 아주 이상해요. 에너지 치료를 위해 이 행성에 왔는데, 이 일을 할 수가 없어! 너무 어려워…… 제 능력을 넘는 일이에요. 너무 어려운 일이야…… 에너지를 조정해 보려고 애써봐도 잘 안 돼요. 저한테는 기술이 없어요. 제 기술 수준을 넘어선 곳까지 손을 뻗치고 있어요…… 난 너무 많은 일을, 너무 빨리 하고 싶어요. 모두들 이 행성을 변화시키고 싶은 열망으로 가득해요. 궤도를 돌면서 이 일을 하다가, 휴식을 취하기도 하고요. 여기서는 잠을 많이 잘 필요가 없어요."

"지금 당장 휴식을 취하면 어떻게 되는데요?" 하고 내가 묻자, 린지는 오랫동안 침묵을 지키다가 이렇게 말했다. "재미있네요. 저는 그냥 떠다니면서 지구 스스로 진화하게 내버려둬요. 그래도 지구는 진화해 가요. 제가 그처럼 힘들게 밀고나가지 않아도 돼요."

이 기억이 되살아나자, 린지는 현생에서 그토록 힘들게 밀고나가지 않아도 된다는 것을 깨달았다. 그녀는 치유가로서의 일에 초점을 맞추면서, 자신부터 치유해야 했다.

세션이 끝난 후 린지는 즉각 이 날아다니는 존재, 즉 자신의 모습을 그림으로 그려보았다. 그리고 나서 며칠 뒤에는 이 존재의 모습을 글로 묘사해 보냈다.

저는 두 개의 날개에 머리 하나, 꼬리 비슷한 것이 달렸어요. 은은한 노란빛이 감도는 황금빛을 띠고요. 머리는 울퉁불퉁한 모양인데, 눈도 귀도 입도 없어요. 대신에 네 개의 안테나가 달려 있지요. 대략 제 머리하고 목을 합한 것만큼 긴 안테나가 머리 꼭대기에 돋아 있어요. 이 안테나들은 각기 따로 움직이는데, 납작하게 들어가면 둥글다기보다 타원형에 가까운 모양이 돼요.(링귀니와 스파게티의 차이랑 비슷하죠.) 피부는 (털이 없어서인지) 부드러운 고무처럼 말랑말랑하고요. 앞쪽 가장자리에 달린 날개는 갈매기 날개 비슷한데, 중간지점에서 뒤쪽으로 꺾여 있어요. 날개 뒤쪽 가장자리는 오톨도톨하고, 날개에 둥근 살덩어리들이 고르지 않게 살짝 돋아 있어요.

제 모습은 둘레에 긴 지느러미가 없다는 점만 빼면, 갑오징어하고 조금 비슷해요. 대신 날개 뒤쪽 가장자리에 있는 것하고 비슷한 살덩어리들이 둘레에 돋아 있어요.(날개에 있는 것보다는 숫자가 적지만요.) 저는 저와 비슷한 많은 존재들과 함께 이제 막 형성되기 시작한 작은 행성 주변을 선회해요. 이 행성은 오렌지빛과 붉은빛의 무거운 가스가 소용돌이치는 덩어리로 이루어져 있지요. 이 덩어리가 액체처럼 움직여요.

우리가 하는 일은 이 행성을 빠르게 진화시키는 거예요. 변화의 결과들을 제가 안테나로 수집하면, 우리는 이 정보들을 토대로 행성에 보낼 에너지를 수정해요. 하지만 저는 이 일을 잘 못했어요. 너무 집중해서 약간 당황하게 된 거죠. 그래서 얼마간 편안하게 이완된 상태로 궤도를 선회해요.

그러다 이 행성의 다양한 원소들이 움직이는 속도가 느려지면서 한층 진화된 상태로 합쳐지는 걸 보았어요. 그러면서 원시적인 땅 덩어리들이 만들어지기 시작했죠. 이런 느긋한 진행은 이 세상에서 제가 끊임없이 노력하는 것이기도 해요.[2]

나는 린지처럼 굳은 결의와 열정을 갖고 세션에 임하는 사람을 본 적이 없다!

큰 키에 상당히 매력적인 린지는 기대감으로 얼굴을 반짝이며 약속보다 30분이나 일찍 내 사무실에 도착했다. 언제나 절박한 마음으로 찾아왔기 때문에, 나는 조금도 시간을 낭비하지 않았다.

LBL 세션을 통해서 린지는 다급한 문제들의 해결책을 모두 얻었고, 많은 점들을 새로 발견했다. 자신이 행성 차원의 일을 수행하겠다는 구체적인 목적을 갖고 태어난 성숙한 혼성 영혼이라는 사실도 깨달았다. 이런 목적은 자궁 속으로 들어갈 때부터 아주 분명했다. 린지의 영혼은 상당히 이른 시기에 태아 속으로 들어갔다. 그래야 이 중요한 목적을 위한 토대를 마련할 수 있기 때문이었다. 그녀는 그 이유들을 설명했다.

린지 : 일은 고된데, 휴식은 없어요…… 이번 생에서 할 일이 많아요. 마음과…… 많이 연결되어야 해요. 그리고 이 관계를…… 우리가 해야 하는 모든 일과 섬세하게 조율해야 해요. 더 일찍 그 패턴에 도달하고 싶어…… 저…… 우리는…… 이 마음으로 특이한 일들을 많이 해요.

리파 : 특이하다고 했는데, 예를 들어주세요.

린지 : 오, 그건 낡은 왜건 대신에 고성능 스포츠카를 모는 것과 같아요. 장치도 훨씬 복잡하고 유지도 어렵지만, 훨씬 많은 일을 할 수 있죠. 저는 이 행성을 위해서 에너지 치유 일을 많이 해야 합니다. 그러려면 훨씬 창조적이어야 하고…… 몸도 더 수용적이어야 하고…… 에너지를 갖고 거의 '노는' 수준이 되어야 하죠…… 에너지 운용 방식들에 대해 실험도 해야 하고요.

그녀(린지)는 한 번도 접해보지 못했던 에너지를 갖고 작업하고 있어요. 전에는 가르쳐주는 사람도 전혀 없었지요.(이것은 린지 영혼의 말이다.) 자신감이 커지면서 깨닫게 됐어요. 그녀는 제 말에 귀를 기울여야 이 일을 할 수 있어요. 힘든 작업인데다, 전압이 높은 에너지를 갖고 작업하기 때문이에요. 몸이 상할 수도 있고, 스승도 없지요. …… 위험할 수 있기 때문에, 파장을 잘 맞추고 서로의 말에 귀를 기울여야 해요. 팀의 노력이 필요한 일이죠. 그래서 저는 먼저 몸을 치유하고, 다른 전생들에서 생긴 마음의 앙금을 전부 털어내려고 해요. 그러면 제때에 일을 해서…… '행성작업'을 할 수 있어요. 먼저 한 가지를 이뤄내고 다른 일에 손을 대야 합니다. 그러면 빠르게 일이 진척될 거예요. 저는 이 일을 오래 기다렸어요.

리파 : 출생외상은 이번 생에서 배워야 할 가르침에 어떤 영향을

미쳤나요? 이 출생외상은 왜 필요했던 거죠?

린지 : 저는 출생외상 때문에 에너지 작업을 하게 됐어요. 몸을 치유하는 유일한 길이었으니까요. 그리고 이 일을 계기로 흥미가 강해지면…… 계속 에너지 작업을 해서…… 결국에는 행성을 위한 일을 하게 될 테니까요.

리파 : 행성 일을 한 경험이 있나요? 이번 생에서 처음으로 하는 건가요?

린지 : 처음은 아니에요. 전 이 일을, 행성 일을 좋아해요. 행성의 원소들을 갖고 작업하는데…… 그건 마치…… 시 같기도 하고…… 춤을 추는 것 같기도 해요. 모든 에너지를 원소들과 결합시키는 건, 무척 아름다워요. 우주를 창조하는 것 같죠. 수프 같은…… 그리고 사람들이 실제로 살 수 있는 행성을 만드는 일, 이 일은 정말 아름다워요. 사람들이…… 실제로…… 안 살아도…… 무척이나 아름다운 장소로 남아 있어요.[3]

리파 : 전에도 이 일을 많이 했다는 말인가요?

린지 : 네, 제 일이니까요.

리파 : 행성 일은 어디서 하나요?

린지 : 지구를 위해 일하는 게 이번이 처음은 아니에요. 이 일이 그리웠어요…… 꼭 하고 싶었죠. 그리고 여기서 이 일을 하게 됐어요. 저의 행성에 가서, 멀리서 그 일을 하는 겁니다. 직접 만질 필요는 없는데…… 여기서는 모든 걸 직접 손으로 만지고…….

리파 : '여기'는 지구를 말하는 건가요?

린지 : 네, 지구 안에 있어야 해요. 그건 마치…… 수프를 만들어 직접 먹는 것과 같아요. 경험도 직접 해야죠. 이런 경험은 대단한 충족감을 줘요.

린지는 이런 통찰들을 얻은 후, 원로들—그녀는 이들을 '동료'라고 부르는 경우가 더 많았다—을 만나, 불면증의 원인에 대해 설명을 들었다.

리파 : 린지로 살아가는 동안 불면증은 당신에게 무엇을 가르쳐 주나요? 불면증이 당신에게 무엇을 상기시켜 주죠?

린지 : (즉각적으로) 아하! (미소를 짓는다.)

리파 : 이해했군요!

린지 : 기뻐요. (웃으며) 오…… 오…… 여러 가지가 있어요. 먼저 이곳에서는 상황이 덜 불안하다는 점을 가르쳐줘요. 마음을 더 편안하게 먹고, 제가 할 수 있는 만큼 일을 하면 돼요. 왜냐하면, 음…… 지구는 진화하게 되어 있고, 제가 할 일은…… 허용된 시간 안에서 최선을 다하는 것이니까요. 그리고 이완을 하면, 깊은 잠에 이를 때까지 일을 할 수 있어요. 또 다른 몸을 받고 태어나면…… 제 고향에서는 그렇게 잠을 안 자요…… 일종의 버릇인데…… 잠에 시간을 낭비하고 있다는…… 지금은 그런 생각이 들어요.

리파 : 잠에 시간을 낭비하는 것이 무의식적으로 화가 난다는 말인가요?

린지 : 예…… 저는 잠을 안 자도 되고, 자는 시간을 다른 일에 쓸 수 있으니까요. 하지만 이 점을…… 잠도 인간의 한 부분이라는 점을 기억해야 해요. 잠은 상당히 생산적인 영향을 미쳐요. 몸이 잠을 자면 영혼도 휴식을 취하고, 그러면 몸도…… 치유가 되지요. 다른 말도 했어요…… 곧 그렇게 될 텐데…… 그들이 말하길…… 제가 올바른 길을 가고 있대요. 일도 그렇고, 불면증 문제

도 해결될 거래요.

리파 : 아프리카에서 벌레에 물린 것은 어떤 의미가 있었죠?

린지 : 물렸다고요? 오, 그 일은 정말로 도움이 됐어요. 저는……
약 8년 전에 벌레에 물렸어요. 에너지 치유 일을 받아들이고, 자
신과 타인들을 위해 치유 일을 시작한 건 12년 전이고요.

치유 일을 시작하고 저는 많이 진화했어요. 처음 4년간은 저 스스
로도 치유되었지요. 그런데 그 후로 진전이 없었어요. 더 깊이 파
고들지 못했죠. 단순히 A라는 지점에서 B라는 지점으로 가기 위
해 이번 생에 태어난 거라면, 별 문제 없었을 거예요. 하지만 제가
이번 생에 태어난 건 행성을 위한 일을 하기 위해서였어요. 안 그
러면 에너지가 변해서…… 그래서 모든 것을 해체하고 바로 잡아
서…… 다시 짜맞춰야 했습니다. 그러려면 병에 걸리는 수밖에 없
었지요. 그래서 그 벌레의 모습이 나타난 거예요.

이후의 연장된 세션 시간에 린지는 만성적인 통증의 원인도 발견
했다.

린지 : 그래요. 몸속 장기 중 지라는 언제나 슬픔과 연관돼 있었어
요. 제 생각에는 그래요. 저는 언제나 지구에 태어나 지구에 대해
배우고 싶었어요. 그리고 그건 보람이 있었어요. 사람들이 도움을
많이 주었거든요. 하지만 전 제 그룹이 그리웠어요…… 정말이에
요…… 향수병에 걸린 거죠. 지라에는 고향을 떠난 저의 슬픔이
담겨 있어요.

나는 린지에게 지라와 자신이 원래 존재하던 차원을 곧장 연결지어

보라고 했다. 지라 속으로 숨을 깊이 들이쉬어, 그녀의 고향과 다시 연결되게 했다.

그리고 세션이 무르익었을 때, 나는 린지의 영혼에게 이 시점에서 LBL에 이끌린 이유를 물었다.

린지 : 그녀(린지)는 어떤 레벨에 고착되어 있어요. 게다가 잠이 너무 부족해요. 그래서 일도 제대로 못하고, 앞으로 나아가지도 못하고 있죠. 이건 확실히 장애예요. 무엇이든 성취하려면, 이 장애를 이겨내야 합니다. 안 그러면, 다른 것들도 더 이상 제대로 되지 않을 테니까요. 절대로. 또 다른 많은 결정들이 기다리고 있어요. 잠을 통해 그 결정들에 따라 행동할 만큼 명료해지려면…… 환기가 필요해요. 그녀 스스로 확인하기는 어려웠어요. 그녀가 하는 일의 종류와 그녀가 가는 방향…….

그 후 이해가 깊어지자,

린지 : 좀 이상하게 들리겠지만, 사람들 중에 그녀의 정체를 짐작하는 사람은 극히 드물어요. 거의 없죠. 누구하고도 이 문제를 이야기할 수 없어요. 그래서 이 시점에…… 이런 사실들을 깨닫는 건…… 중요해요. 그래야 이 일을 계속할 수 있으니까요. 또 이제 훨씬 빠르게 앞으로 나아갈 때가 됐어요. 그래서 다른 많은 일들도…… 어려움들이 있었지만, '고착되어 있는' 부분을 뚫고 나가려면 이런 도움을 받아야 했어요.

세션이 끝났을 때, 린지는 완전히 기진맥진한 상태였다. 하지만 대단히 기뻐했다. LBL 세션으로 자신이 어떤 존재인지를 알게 되었기 때문이다. 또 삶의 목표도 분명해졌고, 실제로 자신이 올바른 길을 가고 있다는 확신도 얻었다. 어린 시절부터 날아다니는 꿈을 꾼 이유도 알게 되었다. 하지만 전혀 놀라지 않았으며, 실제로 인간으로 태어난 자신보다는 날아다니는 자신의 모습에 더 친근함을 느꼈다.[4]

이외에도 세션으로 인해 여러 가지가 설명되었다. 사람들 속에 있을 때 왜 항상 불안하고 질식할 것 같은 느낌을 받았는지, 주변 사람들의 음성이 왜 항상 소음처럼 귀에 거슬렸는지, 왜 주변의 모든 절망과 고통을 자신이 빨아들이고 있는 것 같은 느낌을 받았는지 이해가 됐다. 또 누구와도 깊은 관계를 맺을 수 없었던 이유도 알게 되었다.

하지만 세션을 통해 얻은 가장 큰 수확은 자기 삶의 이력을 알게 되었다는 점일 것이다. 자기 태생의 근원을, 자신이 가진 독특한 능력의 기원을 알게 되었으며, 자신과 유사한 능력을 갖고 노력을 기울이는 존재들이 또 있다는 점을 발견한 것이다.

린지는 이렇게 말했다. "제가 '어딘가'에 속해 있다는 사실을 알고 나자, 아이러니컬하게도 '이곳'에 대한 소속감이 생겨났어요. 또 저의 본질을 인정하고 나자, 이런 마음이 밖으로 드러나서 그런지, 사람들도 저를 전과는 다르게 대했어요."

1년이 지난 지금, 린지는 아주 건강해졌으며 수면 패턴도 서서히 개선되고 있다. 린지는 이제 강도 높은 치유를 실시하고 있으며, 내면의 앙금을 털어버리면서 자신은 물론이고 타인들까지 치유해 주게 되었다. 세션을 통해 얻은 중요한 가르침을 실천에 옮기고 있는 것이다. 이 가르침이란 먼저 자신을 치유해야 이 지구에 온 목적을 달성할 수 있다는 것이었다. 자신을 먼저 치유해야만, 그녀 말대로 행성을 위한 일을 할 수 있는 것이다.

세션 중에 린지는 원로들이 그녀의 생활에 곧 변화가 일어나리라고 말했다고 했다. 2년 내에 고향에서 온 특별한 남자가 나타나 그녀와 함께 일하리라는 것이었다. "그런데 '그 사람'을 어떻게 알아보죠?" 린지의 물음에 원로들은 이렇게 용기를 북돋워주었다. "오, 쉽게 알아볼 수 있어요. 웃긴 구두를 신고, 가장 다정한 눈과 가장 아름다운 미소를 머금고 있을 테니까요."

그녀의 이야기를 쓰고 있는데, 린지가 전화로 '그 특별한 남자'가 정말로 나타났다는 소식을 전해주었다. 그것도 원로들이 예고했던 것과 똑같은 모습으로.[5]

---

(1) 혼성 영혼은 인간사회에서 비교적 드문 존재들이다. LBL 시술자들이 매해 경험하는 사례들 가운데 외계에서 온 혼성 영혼이 차지하는 비율은 채 5퍼센트도 안 될 것이다. 다른 행성에서의 삶을 마감하고 지구에 처음으로 태어난 혼성 영혼은 흔히 여러 가지 어려움을 겪는다. 그러나 이 초기의 삶을 잘 견뎌내면, 우리 사회에 커다란 기여를 하기도 한다. 《영혼들의 운명1》 168-169, 252쪽, LBLH 165-166쪽 참조.

(2) 외계에 존재하다가 지구상에서 살게 된 혼성 영혼들에 대해서는《영혼들의 여행》 320-323쪽을 본다.

(3) 행성 치유가들은 진화한 영혼들이 사는 영계에서 두 가지 주요한 일에 관여한다. (A) 환경이나 생태 에너지를 치유한다(《영혼들의 운명1》 189-193쪽). (B) 행성의 일과 인간 사이의 에너지에 균형을 잡아주는 조화자의 역할을 한다(《영혼들의 운명2》 216-217쪽).

린지는 두 번째 영역의 전문가가 될 훈련을 받고 있는 것 같다. 고도로 진화한 영혼들 중 이런 전문 훈련을 받지 않는 영혼은 인간으로 태어나지 않는 것 같다.

(4) 외계 행성 출신의 인간이 꾸는 날아다니는 꿈에 대해서는《영혼들의 운명2》 244-245쪽을 본다.

(5) 영계에서는 환생을 위해 새로운 몸속으로 들어가기 전에, 다음 생에서 우리에

게 영향을 미칠 중요한 사람을 알아보게 해주는 신호를 부여받는다.

원로들이 린지에게 앞으로 만날 남자에 대해 정보를 제공해 준 것은 LBL 세션에서 흔한 일이 아니다. 이런 정보는 대개 영혼이 환생을 위해 새로운 몸속으로 들어가기 직전, 준비수업이나 식별훈련을 할 때 알게 된다. 이 일에는 영혼의 안내자가 관여하는데, 대개는 환생 사이 영혼의 상태로 있을 때 우리가 들었던 내용을 안내자나 촉진자들이 확인시켜준다. 《영혼들의 여행》417-440쪽 참조.

12
작은 것이 아름답다

안젤라 눈(이스트 그린스테드, 잉글랜드)
: 〈마이클 뉴턴 연구소〉의 LBL 보조훈련자 겸 편집자

피술자를 자궁 안의 시기로 퇴행시키는 일은 LBL 세션의 여러 흥미로운 단계들 가운데 하나이다. 이 단계에서 피술자들은 흔히 생애 처음으로 자신의 영혼의식과 다시 친숙해지고, 불멸의 영혼으로서 인간으로 존재하기 위한 적응 과정이 어떠했는지를 기억한다. 경험이 많은 영혼은 이 시기에 심오한 통찰들을 얻곤 하는데, 이러한 통찰은 영계를 방문했을 때 더욱 확장된다. 다음의 이야기는 이런 영혼의 LBL 체험이다.

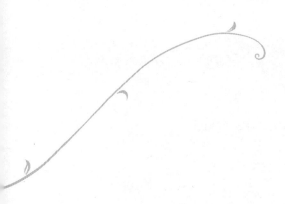

　제시카와의 작업은 유쾌했다. 제시카는 LBL 세션에서 되도록 많은 것들을 발견하고 싶어 했다. 세션을 받으러 오기 전에 이미 업무 부담이 큰 회사를 그만두고 라이프 코치로서 용감하게 새로운 일을 시작하는 등 여러 가지 변화들을 감행한 상태였다.

　제시카는 호기심 많고 지적인데다 재미를 추구하는 상큼한 에너지를 지니고 있었다. 게다가 만족할 줄 모르는 지적 욕구까지 갖추고 있었다. 150센티미터밖에 안 되는 키에 대단히 여성적이고 체구도 작았지만, 방 안에 들어선 그녀의 존재감은 무척 크게 느껴졌다.

　제시카는 샘이라는 남자와 결혼해 살고 있었으며, 친자식과 남편의 자식들까지 총 다섯 명의 아이들을 키우고 있었다. 부부는 모두 자연을 깊이 사랑했는데, 제시카는 동물, 그중에서도 강아지와 말을 특히 좋아했다. 샘과 제시카는 서로가 영혼의 친구라는 느낌을 공유하고 있었다. 제시카와 친정 식구들(부모와 오빠, 세 자매) 모두 개성이 강했는데, 영적인 문제에 대한 제시카의 열렬한 관심은 가족들 사이에서도 상당히 유별났다.

　제시카는 깊은 차원의 트랜스 상태에 도달해서, 행복했던 어린 시절의 기억에 쉽게 다가갔다. 어린 시절 나름 문제가 있기도 했지만, 이후 몇 년간의 성장 덕분에 삶의 난관들을 바라보는 시각이 이제는 분명하고 단순해졌다.

제시카는 태어나기 얼마 전, 자궁 속에 있던 시기로 퇴행했고 가장 먼저 보인 반응은 놀라움이었다. 어머니의 심장박동 소리가 "이상했기" 때문이다. 곧이어 어머니에게서 느낀 강렬한 감정들이 압도했다. 이때 나는 이 따뜻한 영혼에게 타인들을 돕고 치유해 주고 싶은 욕망이 있음을 알아챘다.

제시카는 눈물을 흘리며 어머니에게 큰 사랑과 지지가 필요하기 때문에, 황금빛의 형태로 사랑과 지지를 보내주었다고 말했다. "제가 사랑과 지지를 보낸다고 생각하자, 어머니가 위안을 받아요."

이 단계에서 제시카는 영적인 깨달음을 향한 여정에 자신의 형제자매는 함께하지 않는다는 것도 발견했다. 그 후 그녀가 말했다.

"이번 생에서 제 체구는 왜소할 거예요. 다른 생들에서는 키도 크고 체격이 비범해서 대개 지도자 역할을 했는데 말이죠. 하지만 이 작은 체구로 일하는 것도 꽤 흥미로울 거예요. 저는 아는 게 아주 많거든요. 체구가 작기 때문에 페이스를 잘 유지하고 색다른 시각을 갖고 살아야 해요. 사람들에게 제가 아는 것을 증명해 보이기도 해야 하구요. 그래야 제 말에 귀를 기울이고, 저를 외모로 평가하지 않을 테니까요. 체구가 작으면, 다른 식으로 제 존재를 드러내야 하죠. 활기차고, 영적이고, 재미로 가득한 지금의 저에게는 이런 몸이 필요해요.[1] 이번 생에서 제 역할을 깨닫는 데는 시간이 좀 걸릴 거예요. 그리고 제가 이런 도전을 선택한 이유는 재미있을 것 같았기 때문이에요."

40대 초반에 직업을 바꾼 것도 그 말을 그대로 입증해 주었다. 이후 제시카는 더욱 중요한 사실들을 깨달았다. 이 작은 몸속으로 들어가 두뇌 회로망과 통합된 것이 "간단하고 흥미로운" 일이었으며, "이 특별한 조합이 엄청난 잠재력을 지니고 있다"는 것까지 알게 된 것이다. 그 잠재력에 대해 묻자, 즉각 대답했다. "저는 교사로서 이 조합 덕분에 가르치는 방법에 대해 완전히 새로운 면들을 알게 될 거예요."

이후의 LBL에 대해서는 위안을 주는 경험이었다는 점 외에 길게 설명하지 않겠다. 가장 최근 전생은 한가롭고 편안한 것이었다. 하지만 이전의 많은 전생들은 힘들고 도전적이었다. 거구의 위압적인 몸을 갖고 태어나 신체적으로나 정신적으로 많은 어려움을 극복해야 하는 삶을 통해 특별한 통찰을 얻었다. "삶을 투쟁하듯 살 필요는 없다는 것"이었다.

그녀의 영혼은 편안하게, 어떤 후회도 없이 자신의 몸을 떠났으며, "다시 집에…… 다시 이곳에 왔다"는 느낌을 가장 먼저 받았다. 이후 영혼의 안내자를 만났다. 제시카의 말에 따르면, 안내자는 올드 파더 타임(Old Father Time : 런던 크리켓 경기장의 풍향계 위에 서 있는 시간의 할아버지-옮긴이) 같은 모습으로 여러 번 꿈속에 등장했었다고 한다. 둘은 서로를 잘 알고 있었으므로, 이름을 부를 필요도 없었다. 하지만 세션의 진행을 위해, 그를 타임이라 부르기로 했다.

현생에서 제시카는 호기심 많고 배우기 좋아하는 영혼으로 열정적인 독서가이기도 했다. 글을 집어삼킬 듯 읽어댄다 해도 과언이 아니었다. 그래서 타임이 제시카를 가장 먼저 도서관으로 인도했을 때 나는 전혀 놀라지 않았다.

도서관에서 전생들과 이번 생을 뒤돌아보았다.[2] 타임은 그녀의 왼쪽 뒤편에 서서 이렇게 말했다. "마음 편히 즐겨요. 서두를 필요는 없으니까." 그녀는 서두르지 않고 많은 것들을 발견했다. "저는 책에서 그림이 아닌 이미지와 지각을 얻었어요. 방금 마감하고 돌아온 삶은 저에게 힘들게 밀어붙이며 살지 말라는 점을 가르쳐주었어요. 전 이미 많이 배웠으니까요. 다른 존재들을 가르치기 위해 씨름할 필요도 없어요. 그냥 제가 하는 일을 계속해 나가면서, 그들 스스로 결정을 내리게 하면 되지요." 타임도 "때가 되면 그들 스스로 결정을 내릴 것입니다"라고 말하면서, 그들의 결정이 그녀의 책임은 아니라는 점을 일깨워주었다.

제시카는 책 속에 빈 페이지가 있음을 발견했다. "저에게 일깨워주기 위해 그런 거예요. 제가 아주 오랜 세월 윤회를 했기 때문에 저에게 선택권이 있음을 상기시키려는 거죠. 이번 생을 마치고 돌아가고 싶으면, 그럴 수 있어요. 제가 선택만 하면, 다음 단계로 넘어갈 수 있어요. 이것은 고민하며 씨름할 필요가 없음을 알려주는 것과 어느 정도 연관이 있어요. 저는 변화—세계 전역에서 일어나고 있는 믿을 수 없는 변화—의 한 부분이에요. 중요한 것은 저 자신이 아닌 세계를 위해 일해야 한다는 점이죠. 우리가 하는 모든 일 덕분에 인류는 막대한 보상을 받을 거예요."

제시카는 일부러 뉴턴 박사의 영혼 여행 관련 책들을 한 권도 읽지 않았었다. 나중에 그녀 자신의 경험과 비교해 보고 싶어서였다. 안내자가 인도하는 대로 따라가자 천장이 둥근 복도가 보이고, 복도 끝에서 커다란 특별실이 나왔다. 제시카는 자신이 어디로 가고 있는지 잘 알고 있었다. "오, 맞아, 의회실이에요."

이후 제시카는 원로들을 만나기 시작했다. 그들 가운데 한 명은 녹색 드레스를 입은 여성이었다. 반갑게 인사를 나누는 순간, 제시카는 자신이 라이프 코칭 일을 할 때 이 존재가 자신을 언제나 인도해 주었으며, 그녀의 '인식'을 강화시켜 주었다는 것을 깨달았다. 또 다른 원로 역시 여성적인 에너지를 발산하며 천연 리넨 예복을 입고 있었다.

제시카는 남성 위주의 종교적 신조와 반대되는 여성적 지혜에 이끌렸는데 이를 통해 제시카는 세계가 변화하고 여성의 시대가 도래하고 있음을, 세계가 강력한 남성적 에너지에 너무 깊이 사로잡혀서 균형을 잃어버렸음을 알게 되었다.

"이 원로가 여기 온 이유는 우리 모두와 관련된 문제, 즉 지구의 상태를 설명하기 위해서예요. 중요한 변화가 일어날 겁니다. 제가 그토록 강렬한 느낌을 받았던 것도 이 때문이고요. 이 변화는 제가 살아 있는 동안 일어날 거예요. 그녀의 리넨 예복은 어떤 꾀도 부리지 않고 오로지 자연적인 과정을 통해 자신을 보호해야 한다는 것을 일깨워줘요. 그녀의 메시지는 제가 시작을 알고 있음을 가르쳐주고 있어요. 저는 균형을 아니까요."

원로들을 만나 많은 정보들을 얻은 뒤, 제시카는 자신의 영혼 그룹을 만나게 해달라고 했다. 그리고 영혼 그룹에서 현생의 남편인 샘을 만났다. "그가 저를 끌어안아요. 위안이 되기도 하고, 놀랍기도 해요. 우리는 함께 많은 것들을 배웠어요. 우리는 원하는 삶을 선택하고 있고, 앞으로도 계속 서로를 보게 될 겁니다.(이번 생에서 샘은 제시카의 두 번째 남편이었다.) 그는 자신이 무엇을 배워야 하는지 알고 있고, 실제로 배우고 있어요. 자신이 건실하며 현실적이라는 걸 보여주기 위해 진흙이 묻은 부츠까지 신고 있어요!(이것은 제시카와 샘이 자연을 사랑하고 화초 가꾸는 걸 좋아한다는 특별한 표시이다.)"

현생에서 샘은 제시카가 영적인 차원에서 많은 시간을 보내는 성향에 균형을 맞추기 위해 자연과 함께하고 현실에 뿌리를 두어야 한다는 점을 일깨워주고 있다. 둘은 공통적으로 음악에 관심이 많은데, 이 만남 속에서 샘이 제시카에게 특별한 노래를 한 곡 선사했다. 둘의 공통 목표를 일깨워주는 곡이었다. 곡 선정은 지극히 사적인 문제라, 곡명을 알려달라고 다그치지는 않았다.

제시카는 앞으로 계속 나아갔다. 그리고 자신과 샘이 작은 영혼 그룹의 일원임을 발견했다. "이들은 조용해요. 이들 중 지금의 제 삶에 등장한 영혼은 한 명도 없고요. 하지만 전 그들을 알아요. 우리는 하나의 그룹으로 함께 진화하고 있지요. 하지만 샘과 저를 뺀 나머지 영혼들은 최근에 합류한 것 같아요. 그들은 투명한 색을 띠고 있고, 샘은 진흙 묻은 부츠를 신은 채 노란빛을 띠고 있어요. 저는 노란빛이 감도는 올리브 그린색이고요."

마이클 뉴턴의 연구에 따르면, 선명한 노란색은 용기와 인내심을, 제시카의 핵심 색인 그린은 치유의 능력을 보여준다.[3] 제시카는 자신과 샘이 이 그룹의 스승이며, 다른 영혼들이 투명한 색을 띠는 것은 아직 어린 영혼이라는 증거라고 했다. 이 그룹은 새로 만들어진 학습 그룹이라는 것도 알게 됐다. 하지만 자신들에게 맡겨진 의무를 아직은 완진하게 파악하지 못했다. 그저 에너지와 관련된 일이라는 것만 알 뿐이다. 그때 안내자 타임 덕분에 자신이 주니어 안내자 학습을 받는 중임을 기억해냈다.

타임은 제시카에게 현생에서 그의 존재를 알아볼 수 있도록 표지판을 주었다. 현생에서 제시카는 결코 손목시계를 착용하지 않았는데, 그래서 타임은 그녀에게 체인이 달린 시계를 보여주기로 했다. 행동해야 할지 말아야 할지 의심이 들 때, 이 시계가 보이면 안내자가 행동을 촉구하고 있다는 의미였다.

나는 제시카가 삶을 선택하는 장소를 방문해서 이번 생에 왜소한 몸을 갖게 된 이유를 알고 싶은지 물었다. 하지만 그녀는 거절했다. "지금은 이대로 충분해요. 나중에 더 알아볼 수도 있고요. 꿈을 통해 배울 수도 있어요."

제시카와 나는 세션이 끝나고도 2년 동안 친밀한 관계를 유지했다. 우리는 언제나 여러 가지 관심사를 공유했다. 치유하고 가르치는 그녀의 능력을 직접 확인하기도 했다.

세션 중에 제시카는 완전하고 무조건적인 사랑이 영혼의 고향에 존재한다는 느낌을 가장 먼저 가장 압도적으로 받았다고 말했다. 또 자신의 형제자매와 남편이자 영혼의 친구인 샘과의 관계를 이해하게 된 것도 기쁘다고 했다. 덕분에 이번 생에서 샘을 어떻게 도와주어야 할지 깨달았으며, 그를 의심할 필요가 없다는 내면의 확신을 얻었다.

의식의 상태로 돌아오는 재통합 과정에서, 제시카는 현재의 제한적인 몸으로 돌아오기를 꺼렸다. 오로지 텔레파시로만 소통하던 환경에서 돌아오기가 특히 어려웠다.[4] 경험 많은 영혼으로서 이런 소통 방식을 좋아하고 있다. 하지만 그녀는 세션을 통해 물질적인 것들에 그렇게 많이 걱정할 필요가 없다는 점도 배웠다. 그리고 세션 중 배운 것들 중 많은 부분을 현재의 삶 속에 실제로 받아들였다.

이 글을 쓸 때는 이미 세션이 끝나고 2년 4개월이 지났을 때다. 제시카는 다양한 수준의 레이키 치유법을 배웠으며, 이제는 레이키 마스터로서 치유와 가르침의 길을 통합하고 있다. 이것이 자신의 영혼의 길이기 때문이다.

제시카는 '라이프-코칭' 일을 확대 발전시켰다. 오래 전부터 크리스털을 이용한 치유에 관심을 갖고 있었는데 이제는 이런 관심을 적극적으로 받아들여서, 국제적으로 공인된 크리스털 힐러 자격증을 얻기 위해 공부에 매진하고 있다. 제시카는 또 두 개의 자기계발 그룹도 만들었는데, 이 그룹에서는 그녀의 능력을 제대로 인정해 주고 있다. 작은 체구에 전혀 구애받지 않고, 학생들도 그녀의 가르침에 귀를 기울이고 정확히 이해하고 있다. 그녀가 애써 "밀어붙이지" 않아도 되는 것이다.

제시카처럼 진화한 영혼과 일한 것, 무엇보다도 세션 이후의 발전 상황을 지켜보고 함께한 것은 대단한 축복이었다. 제시카도 LBL을 통해 여러 가지 중요한 통찰과 도구, 길잡이들을 얻었다. 하지만 가장 중요한 것은 그녀가 이런 것들을 일상 속에 지속적으로 적용하고 있다는 점일 것이다.

---

(1) 삶과 몸의 선택 과정을 알아보는 것은 LBL 요법의 중요한 측면 중 하나이다. 이런 과정들을 이해하면, 우리가 왜 지금과 같은 모습으로 이 세상에 존재하는지 알 수 있기 때문이다. 《영혼들의 운명 2》 255-296쪽과 LBLH 175-180쪽을 본다. 《영혼들의 운명 2》 301-317쪽, LBLH 49-51쪽의 태아와 결합하는 영혼도 참고한다.

(2) 영혼의 도서관에는 모든 영혼의 삶에 관한 책들이 소장되어 있다. 뿐만 아니라, 영혼의 진보나 후퇴 과정을 보여주는 공간도 있다. 또 실연을 통해 과거의 사건들에서 벗어날 수도 있다. 《영혼들의 운명 1》 246-269쪽, LBLH 163-168쪽을 본다.

(3) 순녹색이 핵심 색상이라면, 이것은 영혼이 레벨 IV의 발진단계에 들어섰다는 신호이다. 제시카는 아직 짙은 푸른빛을 띠는 단계에 이르지 못했다. LBLH 126쪽을 본다. 때문에, 환생을 끝낼 생각을 하기에는 아직 이르다는 것을 모를 수도 있다. 또 제시카가 샘보다는 약간 앞서 있지만, 둘 모두 생각이 비슷한 진보된 영혼들로 이루어진 전문 훈련 그룹에 배정됐을 수도—혹은 이제 막 배정받기 직전이거나—있다. 이 사례가 보여주듯, 주니어 안내자의 위치에 오르는 첫 단계로 더 어린 영혼들을 훈련시키는 일을 부여받게 된다. 전문적인 영혼 그룹으로의 이동에 대해서는 《영혼들의 운명 2》 200-204쪽을 본다.

(4) 텔레파시에 의한 소통은 영계에서는 흔한 일이다. 또 완전한 인식과 관련해서 이런 소통 방식이 더 수월하기 때문에, 피술자들은 종종 의식 상태로 돌아오지 않고 트랜스 상태에서 영적인 존재로 머물고 싶어한다. 의식이 완전히 돌아온 상태에서는 언어를 통한 소통이 많은 오해들을 불러일으키기 때문이다.

13
다시 태어난 신비가

스티븐 포플린(독일에 거주하는 미국인)
: 카운슬러, 교사, 작가, 실용주의적 신비가,
코치 겸 안내자, 사진작가, 탐험가

성공적인 LBL은 거의 대부분 우리의 영혼, 나아가 영계와
연결되게 해준다. 그러나 영적 능력이 뛰어난 사람이나 성인,
심령술사, 신비가들이 묘사하는 것 같은 전형적인 신비체험을
하는 이들은 상대적으로 극소수에 불과하다. 하지만 다음의
이야기는 이런 체험이 일어날 수 있고, 실제로 일어난다는 사
실을 보여준다.

앤은 화가로서 그림 그리거나 색칠하면서 황홀한 순간들을 많이 경험했다. 하지만 화가라는 직업의 경제적인 불안정 때문에 스트레스는 많지만 돈벌이가 되는 대기업에 취직했다. 현재 앤은 프로젝트 팀의 일원으로 일하며 언제나 데드라인에 쫓기고 있다. 시인과 뮤즈에게 어울리는 고전적인 무대에서 내려온 것이다.

앤은 유쾌하게 누구와도 잘 어울릴 수 있는 사람이었다. 의욕적이고 적극적이었으며 지구에 영향을 미치는 '천체들이 하늘에서 펼치는 예술'인 점성학에 매료되어 있었다.

우리가 처음으로 LBL 세션을 시도한 것은 4년 전이었다. 그때부터 앤은 줄곧 삶의 목적을 더 깊이 이해하고 성취할 수 있는 방법에 관심을 기울였다. 자신을 더 잘 파악하고 싶어했고 직장 동료, 투자자, 친구, 집 주인 등 우리가 떠맡고 있는 다양한 역할에서 자신을 표현할 방법도 알고 싶어 했다. 하지만 특히 관심을 가진 문제는 시각예술가라는 자신의 직업으로 돌아갈 다리를 어떻게 놓을까 하는 점이었다.

앤은 세션의 기억들과 자신이 인식한 내용들을 모두 글로 정리했다. 다음은 그 글을 내가 약간 다듬은 것이다. 시각예술가로서 감지해 낸 섬세한 부분들에 특히 주의를 기울여서 읽기 바란다.

세션은 우리 집에서 이루어졌다. 나는 담요를 덮은 채 소파에 눕고, 스티븐은 옆에 있는 의자에 앉았다. 그의 인도에 따라, 나는 이완과 호흡, 숫자 거꾸로 세기 같은 초기 단계들을 거쳤다. 그의 암시에 따라, 앤이라는 (더 엄밀히 말하면, 의식적이고 분석적인 정신) 나 자신이 참견하지 않고 관찰만 할 수 있는 자리로 이동하는 것을 느꼈다.

스티븐은 내내 질문하고 지적하면서 세션을 이끌어갔다. 이런 사항들을 전부 설명하는 대신, 이 여행에서 일어났던 주요한 사건들에만 초점을 맞추겠다.

내가 가장 먼저 본 것은 거대한 눈이었다. 나는 그것이 신이라는 걸 알았다.[1] 전체를 보기 위해 내 몸이 뒤로 물러섰다. 다시 보니, 그것은 미켈란젤로의 그림에 나오는 것 같은 신이자 아버지 같은 존재로, 길게 흘러내리는 흰 머리에 턱수염, 하얀 예복을 걸치고 있었다. 우리는 구름 속에서 산들을 굽어보았다. 그가 손가락으로 어딘가를 가리켰는데, 그곳은 내가 가야 할 방향이었다.

아래를 내려다보니, 나는 실크처럼 부드러운 소재로 만들어진 멋지고 화려한 구두를 신고 있었다. 이 구두에는 꽃과 곤충 모양의 보석들이 박혀 있었다. 나는 르네상스 스타일의 가운을 걸친 채, 어느 귀족집 안마당에 앉아 있었다. 처음에는 내가 이 집의 사랑스런 딸인 줄 알았다. 그런데 인식이 바뀌면서, 내 작은딸이 그곳에 나와 함께 있는 것이 보였다. 이곳은 내 집이었다. 이 집에는 행복과 아름다움이 넘쳤다. 나는 어린 딸을 사랑했으며, 사랑스럽고 장난기 넘치는 다섯 살쯤 되어 보이는 딸은 정원을 뛰어다니며 놀았다. 딸이 검게 물결치는 독특한 머릿결을 갖고 있어서, 나는 딸을 '내 작은 폭풍'이라고 불렀다.

현생에서 앤은 자식이 없다. 하지만 아쉬움도 없었다. 실제로 전생에서 자식을 가졌던 대부분의 진보된 영혼들은 현생에서 자식을 낳는 것에 대해 중립적인 태도를 취하거나 그저 운명의 여신에게 맡겨버리는 경향이 있었다. 이들은 흔히 좋은 삼촌이나 이모, 대부모로 만족했다.(물론 진보된 영혼도 아이를 가질 수 있으며, 이런 선택은 영혼의 약속이자 영광이다.)

다음의 글에서는 앤이 자신이 진정의 존재를 깨달아가는 놀라운 과정에 주목해 본다.

장면이 바뀌어, 나는 작은 탑의 발코니처럼 생긴 성의 전망대 꼭대기에 서 있었다. 아래를 내려다보니, 저 아래에 검은 머리칼의 젊은 여자가 말을 타고 멀리 달려 나가고 있었다. 그녀가 떠나는 것을 보니 너무 슬펐다. 나는 지금 죽은 몸이었다. 젊은 여자를 굽어보고 있는 것은 사실 내 영혼이었던 것이다. 이 사실을 나중에야 깨달았다. 그 젊은 여자는 어른으로 성장한 내 곱슬머리 딸이었다. 내가 침략한 적군들에게 살해되자, 딸은 나의 죽음에 복수를 다짐했고, 전투에 합류하러 가는 중이었다.

앤은 이 검은 머리칼의 딸이 현생에서 동료이자 친구인 사라로 환생했음을 발견하고 기쁨과 동시에 놀라움을 느꼈다. 둘은 어느 전생에선가 함께 살았을 거라고 농담한 적이 있었다. 그런데 그게 사실이었던 것이다!

우리 삶에 등장하는 타인들은 이런 세션들에서 종종 의미 있고 재미있는 관심거리가 되기도 한다. 하지만 이 글에서는 주로 전생과 환생 사이, 영혼의 상태에 대한 앤의 분명하고 다채로운 기억들을 보여주고, 앤이 현재의 삶을 이해하기 위해 이런 기억들을 얼마나 폭넓고 심오한 방식으로 통합시켰는지 이야기하겠다.

앤이 영혼의 여행을 계속하면서, 인과응보에 대한 오래된 생각이 분명해졌다. 하지만 전통적인 의미와는 달랐다. 앤은 이제 위로, 영계의 고향으로 올라갔다.

거기, 소용돌이 지점을 통과해, 내가 한때 집으로 알던 곳에 도착했다. 스티븐의 물음에, 나는 이곳이 내가 작품을 만드는 곳인 진주방이라고 했다. 그리고 다시 눈물을 흘리면서, 돌아가고 싶은 마음이 간절하다고 했다. 그것을 경험하고 말하는 것은 내가 아니라, 진주방을 즉각적으로 알아본 또 다른 존재였다. 그곳은 아주 아름다웠다. 모든 것이 크리스털과 빛으로 이루어져 있고, 진주처럼 밝은 색조들로 빛났다. 하지만 형태는 없었다.

한 무리의 존재들이 나보다 아래쪽에 앉아 있었다. 환한 빛으로 이루어진 그들은 문학가, 시인, 화가, 무용가, 배우 등 온갖 유형의 예술가들이었다. 더 멀리 떨어진 곳에서 더욱 환하게 빛나는 존재들이 오가는 게 보였다. 그들은 나처럼 이곳을 떠나거나 돌아오는 영혼들인 것 같았다. 몇몇은 왕이나 왕비처럼 보였다. 하지만 셰익스피어 극에 등장하는 배우들로 각자의 배역에 맞는 의상을 입고 있을 뿐이었다. 더 가까이 앉아 있는 다른 그룹을 본 순간, 나는 깜짝 놀라고 말았다. 내 친구 사라가 나를 쳐다보고 있었기 때문이다.[2] 하지만 내가 본 것은 내가 아는 사라라는 인간이 아니었다. 그녀의 존재에서 가장 고차원적이고 가장 순수한 측면이었다. 나는 너무도 아름다운 그녀의 모습에 감동받았다.

스티븐이 진주방과 이곳의 존재들에 대해 물었다. 나는 우리가 둥근 모양을 하고 있다고 말했다. 그렇게 말하면서 멀리서 보는 것처럼 이곳을 바라보니, 우리의 영혼들은 결합되어 둥근 형체를 띠고 있었다. 이 진주방 안에서 우리는 개인적인 영혼을 유지하면서도, 균등하게 어우러져 하나의 빛나는 구형을 이루고 있었다.[3] 나는 이것을 분명하게 알았기 때문에, 스티븐에게 아주 사실적으로 이야기해 주었다.

그러자 여행이 시작될 때 보았던 신이 계속 우리를 굽어보고 있는 게 보였다. 나는 스티븐에게 그가 진주방에 있는 존재도 아니고, 우리와 같은 존재도 아니라고 말했다. 우리는 〈개미와 베짱이〉에 나오는 베짱이 같은 존재였다. 웃고 놀며 아름다운 것들을 만들어내는데, 우화와 달리 우리에게 징벌 같은 것은 없었다. 나는 스티븐에게 신이 우리를 만든 이유는 우리가 그를 행복하게 만들어주기 때문이라고 말했다. 신이 너무 많은 책임을 떠맡고 있어서, 이곳에 와 위안을 구하기도 한다고 말이다.

그때 크리스털 속에서 나의 통로가 열리는 것이 보였다. 나는 이 터널을 따라 걷기 시작했다. 스티븐이 이 통로의 의미를 물어서, 우리 각자에게는 이곳처럼 혼자 걸어가야 할 곳이 있다고 했다. 이 통로가 끝나자, 양쪽이 크리스털 절벽으로 둘러싸인 무대 혹은 골짜기 같은 곳이 나타났다. 절벽은 때로 크리스털처럼 보이기도 했고[4], 때로는 바위처럼 보이기도 했다. 나는 한가운데서 손에 돌 혹은 크리스털을 쥐고 있었다. 나는 스티븐에게 이곳에서 배움을 얻은 다음, 준비가 되면 어머니의 자궁 안으로 들어간다고 했다. 위에서 보면, 통로와 무대가 자궁과 질처럼 보였다.

앤의 묘사를 통해 그녀가 얼마나 감동받았는지를 알 수 있었다. 눈에 눈물이 고이고, 입가에는 기쁨의 미소가 번졌다. 무아지경 속에 빠져 있었던 것이다. 우주적인 진주 구체와 지구 사이의 이 중간 지대에서, 그녀는 내가 자신의 손을 건드렸다고 생각했다. 하지만 이런 접촉은 오래 전의 삶에서 연상된 것이었다.

나는 넋을 빼앗겨, 얼마간 평화롭게 그곳을 표류했다. 내가 잠이 들었다고 생각했는지, 스티븐이 내 팔을 들어올렸다. 순간, 나는 윌리엄 신부가 되었다. 그는 지팡이를 짚고 바위투성이 산길을 오르고 있었다. 이 산길 은 진주 공간 뒤편에 펼쳐져 있었다. 그는 수킬로미터를 걸어온 탓에 온 통 먼지로 뒤덮인 샌들을 신고, 수도복을 입고 있었다.

이때 나는 깊은 트랜스 상태에 있었던 것 같았다. 윌리엄 신부의 존재가 이전의 그 어떤 존재보다도 내 몸속에서 생생하게 느껴졌기 때문이다. 내 목소리도 바뀌어 그의 목소리가 나를 통해 흘러나와, 스티븐과 대화 를 나누었다. 윌리엄 신부인 나는 수도승으로 이탈리아 시에나 근처의 숲속 오두막에서 은둔자처럼 살아가고 있었다. 마을 사람들이 그에게 음 식을 가져다주었다. 오두막 안에는 많은 원고들이 쌓여 있었는데 일부는 읽는 것이고, 일부는 집필 중인 원고들이었다.

나는 이제 나이도 들고, 매우 지쳐 있었다. 나는 스티븐에게 신을 섬기기 위해서 사랑의 기쁨과 가족, 친구들을 어떻게 포기해 버렸는지, 어떻게 그 많은 언어들과 가르침들을 배웠는지, 여행을 하면서 사람들에게 어떤 식으로 신의 가르침을 전했는지 등을 이야기해 주었다.

스티븐은 그가 말하는 신이 가톨릭의 신인지 아닌지 궁금해서, 윌리엄 신부의 가르침에 대해 물었다. 그러자 윌리엄이 웃음을 터뜨리면서 신의 사랑은 사람들을 위한 것이고, 자신은 단지 그 사랑을 전달하는 도구에 지나지 않는다고 말했다. 나는 윌리엄이 아주 지혜롭고 따스하며, 가슴 과 의식이 순수한 영혼이라는 것을 느낄 수 있었다.

스티븐이 가족과 친구, 결혼의 가능성을 저버리고 떠난 것이 후회스럽지 않느냐고 묻자, 윌리엄 신부로서의 나는 부드럽게 미소를 머금고 위를 가리키며 말했다. '이보다 더 위대한 사랑(신의 사랑)이 어디에 있겠습니 까? 게다가 제게는 친구가 되어주는 새도 한 마리 있어요.'

그러자 오두막 창밖 나뭇가지 위에 무지개 빛깔의 새 한 마리가 올라앉아서, 윌리엄을 위해 아름다운 노래를 불러주고 있는 게 보였다. 이 새는 푸른색과 흰색의 예복을 입고 이글거리는 성스러운 가슴을 가리키고 있는 그리스도의 이미지로 변했다. 윌리엄은 고난을 기쁘게 받아들이고, 신을 섬기는 길을 따랐다. 나는 그의 내면에 아직도 많은 피로가 남아 있음을 느꼈다.

이 삶이 어떻게 끝났는지 스티븐이 물었다. 그러자 윌리엄의 모습으로 여행을 시작해서 숲을 가로지르는 내가 보였다. 가던 길을 처음으로 멈추고, 냇가에서 휴식을 취하면서 그곳의 평화와 아름다움을 만끽했다. 윌리엄 신부는 그렇게 냇가에 앉아 있다가, 풀 위에 몸을 웅크린 채로 평화롭게 죽음을 맞이했다.

윌리엄의 삶이 내게 어떤 의미를 갖느냐고 스티븐이 물었다. 나는 다시 눈물을 흘리면서 말했다. '그럴 수는 없어요. 너무, 정말 너무 힘든 삶이었어요.' 그러자 장면이 다시 진주방으로 바뀌고, 신이 나를 두 팔로 끌어안으면서 말했다. '괜찮다. 이번 생에는 신부가 되지 않을 거야. 너는 신성한 가슴의 노래를 불러주는 새가 될 거야.'

너무도 아름답고 가슴 아픈 경험이었다. 나는 이런 여행을 지켜볼 수 있다는 것에 깊이 감사했다. 지구 시간으로는 몇 시간이 지났지만, 더없이 행복했던 앤에게는 그리 길게 느껴지지 않았을 것이다. 시간을 벗어난 아름다운 고요의 공간 속에 있었기 때문이다. 피술자의 가정에 직접 방문해서 최면요법을 시술하면(이런 경우는 거의 없지만), 피술자는 확실히 오래도록 무아지경 속에 머물면서 많은 기억과 느낌들을 음미한다.

앤은 가슴과 영혼으로 충만함을 느꼈다. 이 놀라운 느낌은 지속될 것이었다. 이제 나는 떠날 때가 됐지만, 아직 막을 내리고 극을 끝낼 때는 아니었다. 나는 무대를 재정비한 뒤, 그녀가 누워 있는 동안 조용히 자리를 뜨겠다고 일러주었다.

스티븐이 세션을 마칠 준비를 했다. 잠시 대화를 나눈 뒤, 그는 떠났다. 하지만 이 놀라운 경험들이 끝난 후에도, 나는 며칠간 높은 자각 상태에 있었다. 세션이 있던 날 저녁에는 한 번 더 놀라운 경험을 했다. 그 가운데 가장 중요한 것은, 신이 나를 위로해 준 일이었다.

신이 나를 1층으로 내려가는 엘리베이터에 태웠다. 1층에 내리자마자, 나는 신에게 물었다. '이제 저는 어떻게 해야 하나요?' 그러자 신이 여행 가방 두 개를 건네주었다. 가방을 양손에 하나씩 받아들자, 그가 말했다. '네게 필요한 것은 네 두 손 안에 다 있다.'

그 여행 가방이 단순한 상징이 아니라는 걸 앤은 몰랐다. 실제로 몇 개월 후, 앤은 윌리엄 신부가 좋아했을 만한 따뜻한 남쪽으로 가보라는 내면의 소리를 들었다.

앤은 며칠 동안 구름 위를 걷는 것만 같았다! 영혼이 깨어났기 때문이다. 아니, 영혼이 의식에 더욱 분명히 다가가게 되었다는 말이 더 정확할 것이다. 이로 인해 다니던 직장은 더 이상 흥미로운 세계가 아니었다.

다음의 결말에서는 앤이 자신의 기억이나 발견들과 어떻게 적극적인 관계를 맺고 있는지 주목해 본다.

또 다른 놀라운 일들이 일어났다. 난 평범한 현실로 돌아갈 수 있다는 것을 알았지만, 계속 내게 밀려오는 경험들을 받아들였다. 마치 커튼이 열리면서 또 다른 실제가 드러난 것 같았다. 난 그 영적인 실제를 분명하게 경험하고, 그 흐름 속에 머물고 싶었다.

며칠 후, 내가 경험한 놀라운 일들을 소화하기 위해 다시 세션을 받으려고 스티븐의 사무실을 찾았다. 지하철에서 내려 몇 블록을 걸어가는 내내, 또 다른 신비로운 실제 속을 떠다니는 것 같았다. 나는 자동차나 신호등도 안 보고, 북적거리는 사거리를 건넜다. 평상시 같으면 상당히 조심스럽게 건넜을 텐데 말이다. 내가 지나가자, 많은 사람들이 고개를 돌리고 내게 미소를 보냈다. 내가 무엇에 흠뻑 빠져 있는지 아는 사람들 같았다.

스티븐과 대화를 나눈 뒤, 다시 세션을 시작했다. 이번에 나는 흰 새가 되어, 바다 한가운데에 있는 섬을 향해 남쪽으로 날아가고 있었다. 섬 위에 산이 보였는데, 이전의 세션에서 보았던 신이 산꼭대기에서 나를 기다리고 있었다. 나는 자식이 아버지의 품에 안기듯 신의 품에 안겨, 아름다운 신의 사랑을 느꼈다. 그러고는 다시 북쪽으로 날아갔다. 저 밑으로 미국, 그중에서도 플로리다가 보였고, 나는 그곳에 내려앉았다. 전에도 플로리다로 이사 갈 생각을 한 적이 있었지만, 이제는 그곳이 내가 가야 할 곳이라는 점을 분명하게 깨달았다.

이 세션들과 이후 내게 일어난 일들의 의미를 충분히 설명하려면, 훨씬 길게 써야 할 것이다. 하지만 간단히 말해서, 세션의 경험은 카라바조의 그림 〈성 바울의 개종〉과 비슷했다. 이 그림에서 성 바울은 신을 경험한 후 눈이 멀어 말에서 떨어진다.

세션을 받은 후 나는 계속 내가 경험한 것들을 받아들이려고 애썼다. 그리고 이후에 읽은 글들을 통해, 내가 경험한 것이 각성—혹은 신비로운 길로의 초대—의 첫 단계와 유사하다는 것을 확인했다.

앤은 비교적 추운 지방에 있던 집을 떠나 플로리다 주 바닷가 근처에 아파트를 구입했다. 그러고는 강아지와 함께 해변을 산책하는 등 편안하게 일상을 만끽할 방법들을 찾아냈다. 또 세션을 받은 후로 건강은 물론 몸을 대하는 태도도 크게 달라졌다. 이후의 편지들은 내게 그 긍정적인 변화들을 확인시켜주었다.

이런 영적 경험들을 위해 제 몸을 더욱 강하게 만들고 싶어요. 이런 경험들을 더 갖고 싶으니까요. 기도와 명상, 자기최면 덕분에 드디어 담배를 끊고, 더 중요하게는 담배를 피우고 싶은 욕망을 완전히 버리게 되었습니다. 또 제가 먹는 음식이 생명체들로 이루어져 있다는 것도 의식하고, 먹는 즐거움을 위해서도 먹지만 감사한 마음으로 적당히 먹을 줄도 알게 되었어요. 저의 부정적인 에너지와 습관들도 자각해서, 자신을 용서하는 부드러운 방식을 통해 이것들을 긍정적인 습관으로 변화시키려고 노력하고 있어요.

특히 인상적이었던 것은 직업상의 변화였다. 앤은 회사 일을 시간제로 바꿀 계획을 세우면서, 집착과 압박감을 줄여나갔다. 일에 대한 태도의 변화는 놀라웠다. 이제는 소박함과 평온한 마음이 그녀의 동반자가 되었다.

나는 우리의 영적인 세션, 특히 LBL 세션이 앤에게 상당히 중요한 영향을 미쳤다는 걸 알고 있었다. 하지만 앤의 편지를 통해 더더욱 감동을 받고 겸허한 마음을 갖게 되었다. 앤이 얼마나 긍정적인 영향을 받았는지 다시 깨달았기 때문이다. 앤은 언제나 준비와 열의가 충분했는데, 비로소 때를 만난 것 같았다. 나는 그때에 맞춰, 그녀에게 도구들을 제공했을 뿐이다. 나머지는 한마디로 신의 축복이었다.

앤은 타인들을 도우면서 그림을 그리든 신성한 새의 노래를 부르든

예술을 통해 자신을 표현할 방법들을 찾고 있다. 조율작업을 끝내고 이제 다시 신비가로 태어나려는 것이다. 예술가가 다시 뮤즈와 재회한 것이다. 그것도 의식적으로.

첫 세션을 갖고 3년 반이 지난 후, 앤이 다음과 같은 글을 보내왔다.

매일의 삶이 극적으로 변화했어요. 각성이 덜 된 상태로 돌아오긴 했지만, 그래도 신성의 부름을 여전히 느끼고 있어요. 모든 살아 있는 존재들 속에서 느꼈던 그 설명할 수 없는 사랑도 계속 경험하고 있고요. 제가 느꼈던 완벽한 사랑과 하나가 되어 영혼의 영역에 파장을 맞추기 위해 행동 하나하나에 주의를 기울이고 있습니다.

신비가의 고전적인 용어로 표현하면 저는 지금 합일의 상태, 신과 하나가 되는 길 위에 서 있어요. 또 더욱 위대한 영혼의 영역을 섬기기 위해, 예술작품을 창조하는 일을 다시 시작하고 싶은 욕망도 살아나고 있고요. 과거에 저는 지상에 있는 하나의 세계 속에서만 살았어요. 하지만 이제는 다양한 측면을 지닌 영적인 차원과 지구라는 두 세계 사이에서 사는 방법을 익히고 있어요. 또 모든 영적 전통과 실제들에 관심을 기울이고, 샤머니즘과 불교, 도교, 기독교, 신비주의, 타로, 최면…… 등등, 전에는 특별히 흥미를 느끼지 못했던 주제들도 공부하게 되었습니다. 저는 지금 영혼의 차원에서 비롯된 신성한 사랑의 채널이 되기 위해, 제가 하는 모든 일에서 최선을 다하고 있어요. 이 모든 변화들을 뒤돌아보니, 세션을 통해서 신성의 문을 열게 된 것이 제 삶의 가장 중요한 사건이라는 생각이 듭니다.

---

(1) 이 사례의 주인공은 LBL 세션 중에 겪은 신성한 경험들을 표현하기 위해 여러 가지 종교적인 상징들을 이용하고 있다. 긴 백발에 예복을 입은 성스러운 인물

같은 원형이나 전지의 눈을 지닌 은유적인 심상, 그리고 전통적인 기독교적 주장과 같은 것들이다. 많은 피술자들이 밝힌 신격화된 실체들을 개략적으로 살펴보고 싶으면, 《영혼들의 운명 2》 81-94쪽의 현존과 《영혼들의 여행》 204쪽의 신에 대한 내용을 참고한다.

(2) 다정한 영혼과의 첫 만남은 《영혼들의 여행》 49쪽을 참고한다.

(3) 영혼이 고향으로 이동하는 중에 보는 구형의 비전에 대해서는 《영혼들의 여행》 122쪽을 본다.

(4) 크리스털로 둘러싸인 장소나 돌 등을 보는 일은 LBL 피술자들에게 흔히 있는 일이다. 이것들은 생각을 향상시키고 영혼의 재충전을 촉진시켜주는 균형 잡힌 진동 에너지를 나타낸다. 크리스털과 관련된 영계의 환경이 갖는 의미는 《영혼들의 운명 1》 153-154, 223-224쪽과 LBLH 106쪽을 본다.

14
날씨를 알려주는 사람

수잔 와이즈하트(시카고, 일리노이 주)
: 심리치유가, 결혼생활과 가족치유가,
《영혼 그리기^{Soul Visioning}》의 저자

일레인의 이야기는 결단이 필요한 문제들과 관계, 현생의 목적과 관련해서 LBL 요법이 분명한 이해와 방향성을 제시할 수 있음을 보여준다.

일레인은 두 아이의 어머니이자 전직 회사원이었다. LBL 세션을 받으러 오기 전에 이미 부부상담까지 받은 상태였다. 결혼생활의 고통으로 무기력해져 있었기 때문이다. "기력이 다 소진돼서 더 이상 나를 돌보지도, 삶을 즐기지도 못하는 지경에 이르고 말았어요."

세션이 끝난 후에도 나는 LBL이 일레인의 삶에 가져다준 장기적인 영향을 파악하기 위해 1년 후, 2년 후에 일레인을 다시 인터뷰했다. 다음의 이야기는 이 인터뷰 내용을 요약, 정리한 것이다.

일레인은 이미 흥미로운 길을 향해 발걸음을 내디뎠다. 아주 독특한 방식으로 인류와 우리의 환경을 위해 일하기 시작한 것이다.

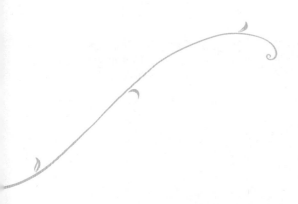

　나는 심리치료사로서 결혼생활과 가족문제도 치유하고 있다. 이런 일을 하다 보면, 일차적인 영혼 그룹 안에서 자신이 맡은 임무와 영혼의 목적, 현생의 관계들을 통해 무엇을 배워야 할지 알고 싶어 하는 피술자들을 종종 만난다.

　나는 모든 관계를 영혼의 관점에서 바라본다. 이번 생에 태어나기 전에 어떤 영혼계약을 맺었는가? 각각의 관계들과 삶의 상황들이 우리에게 가르쳐주려는 것은 무엇인가? 전생의 패턴들 중에서 현생의 관계에까지 영향을 미치는 것은 무엇인가?

　LBL은 영혼의 인도를 방해하는 무의식의 장애들에 대해 더욱 깊이 이해하게 만든다. 현생의 삶에 존재하는 사람들, 다른 전생들에서 알고 지냈던 사람들, 일차적인 영혼 그룹의 일원과 우리 영혼이 맺은 계약을 이해하면 희생자의 역할에서 벗어나 스스로가 삶의 경험들을 배움의 기회로 선택했다는 사실을 알게 된다.

　일레인은 행복했던 어린 시절의 기억들로 퇴행한 다음, 이 세상에 태어나기를 고대하면서 편안하게 어머니의 자궁 속에 있던 시간으로 돌아갔다. 그 후 가장 가까운 전생으로 인도하자, 아프리카계 미국인으로 가죽공장에서 일하던 생애를 기억해 냈다.

"전생에 뉴욕의 빈민가에서 자라난 여자였다는 것에 놀랐습니다. 저는 아주 가난했지만 예쁜 아이들이 있었어요. 저는 흑인이라는 이유로 구타를 당했어요. 주로 몸의 왼쪽을 구타당했는데, 흥미롭게도 현생에서 저를 괴롭힌 병도 전부 몸의 왼쪽에서 일어났습니다.

왼쪽 팔다리가 부러졌었고, 아이를 낳으면서 왼쪽을 수술바늘로 꿰맸고, 하반신 마취제도 왼쪽은 안 들고 오른쪽만 들고, 강아지한테 물려서 왼쪽에 상처가 났지요. 또 달릴 때는 왼쪽 다리를 질질 끌어요. 저는 몸의 왼편도 오른편처럼 존중받을 수 있게 양쪽의 균형을 잡으려 애쓰고 있어요."

몸의 왼편은 여성적인 면과 관련이 있다. 일레인이 대부분의 전생들에서 굴종하는 여성으로 살았다는 점에 주목하면, 흥미로운 사실들을 발견할 수 있다. 또 다른 전생퇴행 결과, 일레인은 중국에서 여자로 산 적이 있었는데, 어렸을 때 상자 안에 꼼짝도 못하게 갇힌 경험이 있었다. 발이 묶여 버둥거릴 수도 없었다. 이로 인해 현생에서 닫힌 공간에 있을 때는 폐쇄공포증에 시달려야 했다.

"현생의 저는 강해요. 남성적인 면이 강하기 때문이지요. 회사에서도 저를 심지가 굳은 사람이라고 여겨요. 하지만 여자들은 이런 힘을 선뜻 받아들이지 않지요. 그래서 저는 어머니 역할을 통해 이 문제에 균형을 맞추고 있습니다. 정서적으로나 신체적으로 여자도 강할 수 있다고 아이들에게 가르치고 있어요. 아프리카계 미국인으로 살았던 전생은 폐가 망가지면서 끝나버렸어요. 장갑을 만드는 회사에서 일하는 동안, 무두질에 쓰는 화학물질들을 들이 마셨기 때문이지요. 죽음이 가까워졌을 때 숨쉬기가 많이 힘들었던 게 기억납니다."

나는 일레인을 죽음의 장면에서 영계로 이동시켰다. 영계에 도착하자, 안내자들이 그녀를 따뜻하게 맞아주었다.

"영계는 사랑과 에너지, 인정이 가득한 놀라운 곳이에요. 제 영혼의 안내자들은 인간의 모습이 아니었어요. 빛의 존재들과 더 흡사했지요. 그래서 제가 그들을 확인하려고 할 때면, 그들은 저에게 인체의 다양한 부위나 상징들을 보여주었어요. 저는 중앙에 서 있었고, 모두들 제 주변을 돌아다녔습니다. 그들은 제가 거기에 있어서 아주 행복한 것 같았어요. 덕분에 저는 혼자가 아니고, 이 영혼들이 제게 무조건적인 사랑을 보내고 있다는 걸 느낄 수 있었지요. 거기 있는 내내 기쁨의 눈물이 흘러내렸습니다."

일레인의 삶에서 중요한 일차적인 영혼 그룹은 일레인을 기쁘게 맞아주었다. 한 영혼의 친구는 그녀를 반갑게 맞이해서 도서관으로 데려갔고, 그녀는 도서관에서 삶의 목적에 대한 중요한 정보들을 발견했다.

일레인 : 일차적인 영혼 그룹의 일원 하나가 다가와서, 저를 이 책 (거대한 도서관의 일부)이 있는 곳으로 인도했어요. 두렵지는 않았지만, 그가 저에게 무엇을 원하는지 알 수 없었어요. 그는 저에게 계속 배워야 한댔어요. 책에 적힌 네 개의 낱말—자각과 절제, 배움과 용기—은 이후로 중요한 각성제 역할을 하면서, 제 삶의 지

침이 돼주었습니다. 평의회원들을 만나면서, 이 낱말들의 의미를 더욱 자세히 알게 되었지요.

수잔 : 영혼 그룹에 다른 아는 사람은 없었나요?

일레인 : 돌아가신 할아버지도 계셨어요. 전 어렸을 때부터 사람이나 장소에 서려 있는 독특한 기운을 느낄 줄 알았지요. 할아버지는 산만하고 거칠었던 저를 있는 그대로 이해하고 인정해 주셨어요. 아버지(지금도 살아 있는)하고 여동생, 자살한 고등학교 선생님, 말레나라는 여인도 보였어요. 말레나는 현생에는 환생하지 않았지만, 저에 대해 모든 것을 아는 어머니 같은 존재예요. 어린 시절부터 그녀가 제 주변에 있다는 것을 가슴으로 느꼈으니까요. 또한 저를 가장 잘 이해하고 보살펴주었던 영혼을 만난 건 정말이지 놀라운 일이에요. 그는 현생의 제 파트너예요. 현생에서 그와의 관계를 키워나가고 함께하는 것이 제 운명입니다.

수잔 : 그 운명은 어떻게 전개되었나요?

일레인 : 저는 드디어 제 영혼이 원하는 대로 할 용기를 얻었어요. 결혼생활이 이미 끝났다는 걸 알고 있었어요. 하지만 전남편에게 영계에 대한 저의 확장된 인식을 꼭 알려주어야 할 것 같은 생각이 들어서, 그를 떠나지 못하고 있었지요. 그런데 이 문제를 갖고 대화를 나눠봐도, 그는 듣는 시늉만 했을 뿐 마음 깊은 곳에서는 저의 영적인 길을 존중하지 않았습니다. 결국 힘들지만 "이제는 떠나야겠어"라고 말했지요. 처음에는 그가 화를 냈어요. 하지만 전 결국 그를 떠났습니다. 그도 저를 떠나 재혼을 했지요. 하지만 딸들은 공동으로 양육하고 있어요.

전남편과 일레인의 관계는 물질에 기초한 것이었다. 일레인은 또다시 굴종의 역할에 발을 들여놓아, 자신을 잃어버리고 말았다는 점을 깨달았다. 남편은 일레인의 영적인 성장과 삶에 대한 열정을 지지해 주지도, 이해해 주지도 않는 것 같았다. 결국 일레인은 헤어짐의 두려움과 과감하게 직면했다. 이번 생에서는 정서적으로 학대받는 희생자의 역할에서 벗어나야 함을 깨달았기 때문이다.[1]

수잔 : 그 관계에서 또 무엇을 배웠나요?

일레인 : 저 자신에게 진실하려면, 용기와 불굴의 정신을 배워야 한다는 점이요. 전남편과의 관계에서 언제나 균형을 유지하고, 제 힘을 포기하지 말아야 해요. 또 LBL을 통해 인간의 불완전한 경험을 포용할 줄 알아야 한다는 것도 배웠습니다. 이 문제는 저에게 아주 중요해요. 완벽주의자는 아니지만, 저는 저 자신에게 가혹하거든요. 언제나 경쟁에서 최고가, 1등이 되어야 했어요. 하지만 LBL을 통해 불완전이 곧 완벽이라는 점을 배웠지요.

세션이 이어지면서, 일레인은 자신의 원로들을 만났다. 이 만남에서 삶의 목적을 더욱 분명히 파악했다.

수잔 : 원로들과의 만남은 어땠나요?

일레인 : 마음이 편했어요. 저는 반원형 탁자에 흰색 대리석이 깔린 방에 서 있었어요. 인디고 색과 황금빛으로 빛나는 존재 셋이 더 있었고요. 그들이 제게 준 메시지는 마음을 편히 가지라는 거였습니다. "할 일이 많아도, 그 일을 즐겨야 합니다"라고요. 그들은 자각과 절제, 배움, 불굴의 의지를 키우는 것이 중요하다고 누누이 강조했죠. 이번 생에서 목적을 성취하려면 이 자질들을 꼭

키워야 한다고요.

제 목적의 하나는 영적인 존재로서 제가 완전하다는 것을 기억하고, 이런 자각을 표현하는 것이에요. 또 지구의 건강과 자각을 돕기 위해서 중요하게 할 일도 있는데, 어떤 일은 날씨와 지질학적 변화들과 연관되어 있어요. 명상을 할 때는 기후의 양상과 지진 활동이 더욱 잘 파악돼요. 실제 상황이 닥치기 전에 날씨가 어떨지도 알 수 있고, 일본에서 일어났던 지진도 몇 주 전에 감지했죠.

아래의 설명이 보여주듯, 세션을 받고 몇 달 후 일레인은 날씨와 관련된 삶의 목적을 더욱 분명히 확인했다.

일레인 : LBL을 통해, 저는 제 내면의 인도를 더욱 분명히 자각해야 한다는 걸 깨달았어요. 그래야 제 재능을 발전시키는 데 필요한 가르침들을 얻을 수 있으니까요. 제 영혼의 길에 항상 초점을 맞추려면, 절제와 힘(불굴의 의지)이 필요하다는 것도 깨달았어요. 원로들을 만나고 영혼 세계에서의 긍정적인 경험들을 하면서, 삶의 주요한 변화들을 이뤄낼 자신감도 얻었어요. 정서적으로 무시당하고 제 영적인 관심사도 조롱받던 결혼생활을 청산하고 난 후, 저는 영혼의 친구를 만났어요. 그는 제 존재의 모든 차원을 지지해줍니다. 덕분에 그 어느 때보다도 행복하고, 이 지구에 도움이 되기 위해 저의 재능을 발전시키고 있어요.[2]

세션을 마치고 1년 뒤, 나는 일레인의 삶이 어떻게 변화했는지 알아보기 위해 그녀와 대화를 나누었다. 일레인은 이미 많은 효과를 보고 있었다. 먼저 자신에게 진실할 수 있는 용기와 통찰을 얻었다. 또 영혼의 목적에 따라, 더 이상 도움이 안 되는 관계를 버리고 영혼의 친구와 함께하게 되었다. 자신의 성장을 촉진시켜주는 사랑하는 사람과 살게 된 것은 중요한 진전이었다. 여러 생에서 지속되던 굴종의 패턴을 깨부수고, 삶의 목적과 영혼의 인도를 따를 만큼 자신을 소중히 여기게 되었기 때문이다.

일레인과 일레인의 새로운 파트너는 아주 잘 어울렸으며 행복하게 지내고 있다. 타인들을 돕는다는 공동의 목적도 있고, 아이들도 사랑과 존중, 조화로 맺어진 둘의 관계를 보며 즐거워했다. 복합 가족이 겪는 어려움을 사랑과 성숙함으로 잘 극복하고 있었다. 일레인은 직관적인 능력들을 더욱 잘 발휘했으며, 자각과 절제, 배움, 불굴의 의지를 삶의 모든 영역에 계속해서 적용했다.

세션이 끝나고 2년 뒤, 일레인의 삶에 어떤 변화들이 생겼는지 확인하기 위해 다시 연락을 취했다. 일레인은 영혼의 친구와 행복하게 결혼한 상태였다. 이들은 새로운 가족구성원을 맞아 적응에 애쓰고 있었다. 또 현재의 남편도 전생퇴행과 LBL을 통해 이 생애까지 지속되고 있는 가르침과 패턴들을 발견했다.

일레인은 영적인 추구와 배움을 통해 성장을 계속하고 있었다. 그리고 삶의 목적이 전개되는 양상에 대해서 믿기지 않는 이야기를 들려주었다. 일레인의 삶의 목적은 지구의 치유를 촉진하고, 인간의 욕구와 지구 환경 사이에서 균형을 찾도록 돕는 것이었다.

새 남편과 저는 이상하게도 페루로 여행 가고 싶은 마음이 들었어요. 만나야 할 사람들을 만나게 될 것 같은 느낌도 강하게 들었고요. 우리가 타려던 비행기가 취소되는 바람에, 택시를 여섯 시간 반이나 타고 안데스 산맥을 넘어 티티카카호 근처 목적지까지 갔어요. 오후 한 시경에 아무

호스텔이나 골라서 들어갔습니다. 그런데 놀랍게도 그곳에서 한 블록 떨어진 곳에, 우리가 최근에 읽은 책의 저자가 살고 있었어요. 그는 그곳에서 여행사업체를 운영하고 있었지요.

우리가 방문하자, 그의 조카가 티티카카호의 신성한 섬들을 구경하는 맞춤관광을 제안했어요. 그래서 우리의 상황과 관심사를 이야기했더니, 덜 알려진 장소로 우리를 안내했습니다. 거기서 영적인 의식을 해보라고요. 그가 안내한 섬에는 사원이 두 개 있었어요. 어머니 대지와 아버지 대지를 위한 사원이었죠. 우리는 그의 주선으로 이 섬의 원주민 가정에 머물렀습니다. 집주인은 그 동안 힘들게 살아온 이야기를 들려주었어요. 우리가 그곳에 간 것은 11월이었는데, 6월부터 비가 한 방울도 내리지 않았다는 거예요. 그들은 식량의 대부분을 뒷밭에서 조달하고 있었기 때문에, 걱정이 이만저만이 아니었습니다.

우리는 4킬로미터에 달하는 섬의 정상에 올라가도록 허락해 달라는 의식을 치렀습니다. 그곳에는 바위로 만들어진 원형의 사원이 있었어요. 안내자는 저희와 함께 원주민 언어로 아름다운 의식을 치르고 나서 이렇게 말했어요. "당신이 원하는 일을 할 수 있는 시간은 15분 정도밖에 안 남았어요. 어두워지기 시작하고 있거든요."

저는 어디로 가야 하는지 본능적으로 알고 있었어요. 호수가 내려다보이는 절벽으로 가서, 이 메마른 땅에 비를 뿌리게 하겠다는 마음으로 명상에 잠겼죠. 그러다 눈을 떠보니, 눈앞에 격자 모양의 에너지 회로가 있었습니다. 몸이 떨리면서 강렬한 열기와 에너지가 느껴졌지요.

순간 의심이 고개를 쳐들었습니다. '네가 뭔데? 다섯 달 동안 비 한 방울 안 내린 곳에 비를 내리게 할 수 있을 것 같아?' 그런데 그 순간, 제가 혼자가 아니라는 느낌이 들었어요. 다른 에너지들도 그곳에서 비를 뿌려달라고 기도하고 있었습니다. 그래서 저는 몸에 힘을 단단히 주고 서 있어야 했어요. 바로 뒤에서 사랑과 수용의 강력한 원천이 느껴졌습니다. 그렇게 약 5분이 지나자, 제가 할 일은 다 했다는 느낌이 들었어요. 그런데 길을 내려오기 위해 첫발을 내딛는 순간, 빗방울이 떨어졌어요. 비는 하루 종일 계속됐습니다. 저희와 함께 묵고 있던 여자가 고마운 마음에 신이 나서 소리쳤어요. "이제 여기 머물러야 해요!"

날씨를 조종하는 일레인의 능력은 레인메이커의 존재를 인정하는 대부분의 아메리카 원주민이나 샤머니즘 전통과 일치된다. 그녀가 의식을 치른 뒤 곧바로 비가 내린 것은 우연의 일치일 수도 있다. 하지만 다른 식으로 설명할 수도 있다. 하여간 일레인은 이 일을 통해서 자신이 올바른 길을 가고 있음을 확신하게 되었고, 자신감도 얻었다. 일레인은 이제 날씨와 관련된 문제들을 통해 이 지구를 돕는다는 삶의 목적에 전력을 기울이고 있다.

일레인의 이야기는 삶을 변화시키고 진정한 자기를 되찾을 준비가 되어 있을 때 어떤 일이 일어나는지를 잘 보여준다. 일레인은 LBL을 통해 자신이 결코 혼자가 아님을 깨달았다.

마지막으로 일레인과 그녀의 남편을 보았을 때, 그들은 봉사라는 공통의 목적을 성취해서인지 행복으로 환하게 빛나고 있었다. 일레인의 진보와 성취 소식을 앞으로도 계속 듣게 되었으면 좋겠다.

---

(1) 똑같은 카르마의 교훈이 여러 생에서 반복적으로 나타나는 일은 흔하다. 각 개인의 인간적인 기질과 몸의 감정적인 화학 작용이 다른 이유는 영혼이 지닌 불멸의 개성—오랜 세월에 걸쳐 천천히 변화하는—이 작용하기 때문이다.
각각의 생이 끝날 때 과거의 카르마적 가르침들도 사라진다는 생각은 대부분 정확한 것이 아니다. 다양한 문제들에 대한 우리의 작업은 더 오랜 시간이 걸린

다. 이번 생에서 '잘못된' 사람과 파트너가 되었다는 추측에 대한 더 자세한 분석은 LBLH 131–132쪽을 본다.

(2) 피술자들은 그들이 마주하는 존재가 심판관들이라기보다 지혜롭게 인도해 주는 카운슬러라는 점을 곧 깨닫는다. 나는 이 점을 강조하고 싶다. 이 지혜로운 존재들은 질문을 할 때도 아주 부드러우며, 영혼들이 과거에 어떤 실수를 저질렀건, 영혼들에게 앞으로 해야 할 일을 직접 일러주기보다는 소크라테스 식의 관대한 접근법을 통해서 영혼들 스스로 발견하도록 이끈다.《영혼들의 운명 2》 29–32쪽.

15
두 사람의 자살

조엘 맥고너글(포틀랜드, 오리건 주)
: 전국최면치료사협회의 공인받은 최면요법사,
몸 · 마음 · 퇴행치료가, 상담가

이 이야기는 삶에서 일어나는 사건들이나 영혼의 친구들과
맺은 약속이 더욱 커다란 계획의 한 부분임을 가르쳐준다.
슬픔은 받아들이기 힘든 가르침이다. 하지만 이 이야기는
삶의 고통스러운 경험들이 궁극적으로는 우리 성장을 돕기 위
한 것임을 알려준다.

로잔이 나를 찾은 이유는 가장 가깝게 지내던 가족을 잃고 나서—둘 다 자살했다—엄청난 고통에 시달리고 있었기 때문이다. 그녀의 슬픔은 시간이 지나도 사라지지 않았다.

　로잔은 여러 해 동안 수많은 치유법을 시도했다. 여행도 해보고, 집에 처박혀 있어도 보고, 일에 파묻혀 지내기도 하고, 오랫동안 일을 떠나 보기도 했다. 또 그림을 좋아해서 그림 치유법도 시도해 보고, 내면 깊이 웅크리고 있는 슬픔을 풀기 위해 여러 장르의 예술을 통해 자신을 표현해 보기도 했다.

　하지만 어느 것도 도움이 되지 않았다. "삶이 산산조각 났어요. 내면에 커다랗게 검은 구멍이 생겨 좀처럼 회복이 안 됐어요." 로잔은 또 악몽을 되풀이해서 꾸고 자살하는 상상에 시달리며 낮은 자존감으로 고통받았다고 했다.

　로잔은 정서적으로 냉담한 문제 가정에서 자라났다. 어린 시절부터 언어폭력을 일삼는 어머니와는 관계가 좋지 않았다. 식구들 중에서 그녀 편을 들어주는 사람, 신뢰할 수 있는 사람은 오빠인 벤뿐이었다. 벤은 로잔의 보호자이자 최고의 친구였다.

　아버지는 집에 있을 때가 거의 없어서, 함께 있어도 정서적으로 멀게만 느껴졌다. 그래서 어린 시절 내내 오빠와 아주 가깝게 지냈다. 그녀를 진정으로 사랑해 주는 사람은 오직 오빠뿐인 것 같았다. 어린 시절의 좋은 추억도 오빠와 둘이서 행복하게 놀던 것뿐이었다.

그런데 벤이 17세에 자살하고 말았다. 가족들은 로잔에게 오빠가 사고로 죽은 거라고 거짓말을 했지만, 로잔은 진실을 알고 있었다. 어머니가 먹던 많은 종류의 처방약을 오빠가 일부러 과다복용했다는 사실을.

로잔은 크게 충격을 받았으며, 이후 여러 해 동안 충격에서 헤어나지 못했다. 로잔은 죄의식과 자책감, 수치심, 분노, 자포자기, 외로움, 자존감 상실과 씨름했다. 지금도 로잔은 어떻게든 그 상황을 바꿀 수 있었고, 또 그래야만 했는데 그러지 못했다고 자책하고 있다. 자신이 조금만 달랐다면, 벤이 변함없이 함께할 수 있었을 것이라고 생각하는 것이다. 여러 해 동안 벤이 죽기 전의 며칠들을 되풀이해서 떠올렸다.

오빠의 모든 장례절차와 관, 매장 문제들을 결정한 것은 로잔이었다. 이 사실을 통해 나는 로잔의 가족에게 문제가 있다는 것과 그녀의 내면이 강하다는 것도 확인했다. 당시 로잔은 15세에 불과했기 때문이다.

이후 로잔은 싱글맘으로 사춘기의 두 아들을 키우는 고달픈 삶을 살게 되었다. 그런데 작은아들 앤드류가 양극성장애 진단을 받았다. 로잔은 앤드류가 사춘기를 보내는 동안, 아들의 병이 정신분열증으로 악화되어도 무력하게 지켜볼 수밖에 없었다. 결국 앤드류는 정서적으로나 신체적으로 기복이 심한 상태에서 여러 해 동안 고통과 고난의 십대를 보내다가 끝내 자살했다. 이때 아들의 나이도 17세였다.

로잔은 이제 헤어날 길 없는 충격 속에 완전히 빠져버렸다. 아들 곁에 더 많이 있어줬더라면, 더 많이 사랑해 주고, 더 많이 이해해 주고, 무엇이든 더 해주었더라면, 이런 일은 일어나지 않았을 거라고 확신

했다. 자신이 아주 형편없는 부모였다는 자책감에 자존감도 바닥을
쳤다.

"아들이 죽었을 때 치유가를 찾아갔어요. 다양한 치유 덕분에 다
시 일을 시작하긴 했지만, 제 영혼은 사라져버리고 말았습니다.
영혼이 너무 산산조각이 나버려서, 더 이상 다시 끌어 맞출 수도
없었어요. 우울증 약을 복용했지만, 내면의 고통이 너무 극심했어
요. 그래도 나는 이런 고통을 받아 마땅하다고 생각했습니다."

하지만 가장 해로운 것은 자신의 삶에서 더 이상 행복이나 좋은 일
들을 경험할 자격이 없다는 믿음이었다. 두 번의 자살을 막지 못했다
는 것은 곧 앞으로도 사랑이나 기쁨, 성공, 행복을 얻을 자격이 없다는
증거라고 생각한 것이다. 더 이상의 고통을 피하고 싶어 아름다운 흰
드레스 차림으로 절벽에서 뛰어내리는 식의 자살 장면을 생생하게 그
려보기도 했다.

2년 전 나를 찾아왔을 당시, 로잔은 이런 내리막길로 굴러떨어지고
있었다. 나는 강력하고 심층적인 퇴행 경험을 감당할 수 있도록, 먼저
약간의 예비최면 치료를 해줄 필요가 있다고 생각했다.

그래서 우리는 일차적인 최면치료부터 시작했다. 암시와 이미지로
로잔을 더 평화롭고 이완된 상태로 만들어준 것이다. 그런 다음 유년
기와 전생으로 퇴행하는 시간을 가졌다. 이 초기 세션들은 로잔이 마
음속에 응어리진 슬픔과 고통을 덜어내고, 전생들에서 현생에까지 이
어진 왜곡된 믿음을 확인하고 풀 수 있도록 도와주었다.

몇몇 전생들에서 그녀는 살아남기 위해 투쟁해야 하는 삶을 살았다.
배고픔에 시달리고, 먹을거리를 구하기 위해 매일같이 버둥거려야 했

다. 이 전생들을 통해, 그녀는 삶은 고된 것이라는 믿음을 갖게 되었다. 더불어 어느 누구도 자신을 진심으로 걱정해 주지 않는다고도 생각하게 되었다. 삶에 기쁨은 별로 없고, 두려움의 순간들만 존재했기 때문이다. 게다가 자식들까지 종종 죽어버렸다. 이런 전생들은 모두 '삶은 고달픈 것'이라는 현생의 믿음에 일조했다.

이처럼 많은 전생들에서 이런저런 제약과 한계들을 경험했다. 이것에 대해 그녀는 말했다. "저에게는 선택의 여지가 없었어요. 음식도, 옷도, 무엇 하나 충분하지 않았고 거의 언제나 추위와 배고픔에 시달렸지요. 거기다 농노, 노예, 가난한 농부로 살아가면서 부당함과 차별도 겪었어요. 어느 전생에서는 머리가 잘리기도 했어요."

이 시점에서 나는 영계에 들어갈 준비가 될 때까지 가장 최근의 전생으로 돌아가는 일은 미루는 게 좋겠다고 생각했다.[1] 이 전생들에서 겪었던 문제들과 현생의 고달픈 삶 사이의 관계를 더욱 깊이 들여다본 결과, 이 전생들은 무력감의 여러 가지 얼굴들을 이해하고 탐색하는 데 도움이 되었다. 이런 탐색에 균형을 맞추기 위해 우리는 행복과 사랑, 평화를 느꼈던 몇몇 전생들도 돌아보았다. 로잔의 영혼이 안전함과 사랑을 느꼈던 과거의 경험들을 통합해서, 현재의 자아를 강화시켜주기 위해서였다.

유년기로의 퇴행에서는 어머니와의 관계를 해결하는 데 초점을 맞추었다. 로잔의 어머니는 여전히 자기중심적이고 불행했으며, 자신의 욕구에만 충실했다. 당연히 딸이 자신으로 인해 고통받고 있다는 것도 몰랐다. 그녀가 LBL 세션에서 이 모든 것을 기억해내자, 로잔은 스스로를 희생자처럼 느꼈다. 슬픈 목소리로 이렇게 말했다. "속은 것 같은 기분이에요. 어머니가 저를 잘 보살펴주었더라면, 많은 것들이 달라졌을 텐데."

이 초기 세션들을 마치고 나자, 로잔은 더 편안해지고, 삶의 중심도 더 분명해졌다. 우울해지는 것도 줄어들었다. 이제 LBL을 시작할 때가 된 것이다. 결과는 놀라웠다! 로잔은 세션을 통해서 오빠 그리고 아들의 영혼과 깊이 연결되었으며, 이들이 영계에서 아주 행복하고 평화롭게 지내고 있음을 확인했다. 또 로잔의 용기를 시험하기 위해 셋이 함께 이번 생을 계획했다는 것도 기억하고 이해했다.

LBL의 초기에, 어머니의 자궁 안에서 경험했던 일들로 돌아가자, 로잔은 어머니의 냉담함이 이때부터 시작되었다는 걸 깨달았다. "어머니는 다시 아이를 갖고 싶지 않았어요. 그래서 저를 가졌다는 걸 부정했죠. 저를 원하지 않았거든요." 로잔은 다가올 거부에 대비해 자신을 무장해야 했다.

세션이 계속되면서, 나는 로잔을 가장 최근의 전생으로 퇴행시켰다. 그녀는 작은 마을에서 가족과 함께 살아가는 열여덟 살의 가녀린 소녀였다. 집은 아늑했고, 가족들은 행복하고 분주한 삶을 살아갔다. 그녀는 동생을 깊이 사랑하고 보살펴주었다.

그런데 제2차 세계대전 중 집중포화 때 가족들이 함께 살던 초가집 근처 진창에서 혼자 죽음을 맞이했다. "탱크를 앞지를 수가 없어요. 땅은 흔들리고, 저는 방향을 잃어버렸어요. 땅바닥에 엎드려 일어설 수가 없어요. 가족들과도 떨어지고 말았어요. 공포에 사로잡혀, 무슨 일이 일어나고 있는지도 모르겠어요. 사방이 지옥 같은 게, 지옥의 냄새가 나요. 저는 이 언덕을 내려가지 못할 거예요." 그러다 결국 그녀는 "하늘 높이 올라가 아래를 내려다보게" 되었다.

그녀는 이 전생에서도 좀더 빠르고 강했더라면 동생과 자신을 구할 수 있었으리라고 느꼈다고 했다. 이 문제는 현생에서 훨씬 강렬하게 반복되었다. 그녀가 공중으로 멀리 떠나자, 주변이 환하게 밝아졌다.

"저를 편안하게 만들어주려고 이렇게 밝은 거예요. 느낌이 참 좋아요."

여덟 명의 자줏빛 존재들이 그녀를 에워쌌다. 이들이 영적인 안내자들이라는 생각이 먼저 들었다. "그들은 대화를 통해, 제게 지구의 찌꺼기가 조금이라도 묻어 있는지 확인하고 싶어해요. 무엇이든 상처를 품고 가면, 다 알아요." 그들이 희미하게 사라지자, 그들이 활력을 되살려주는 사랑의 영적 존재들이며, 그녀의 귀향을 돕기 위해 그곳에 왔었다는 생각이 들었다.[2]

잠시 후, 로잔이 말했다. "저는 더 이상 혼자가 아니에요. 이제는 친구 한 명이 저를 도와주고 있어요. 이 빛의 존재는 저를 에워싼 채, 자신이 이곳에 있음을 알려주고 있어요. 이 빛은 제 영혼의 친구 제이슨인 것 같아요. 투명하고 밝은 빛을 띠고 있지요. 저는 단순한 모양의 노르스름한 오렌지빛을 띠고 있고요. 이제 저는 풀로 뒤덮인 언덕에서 뒹굴고 있어요. 이 완전한 기쁨…… 심신이 확실하게 치유되고, 다시 아이가 된 것 같아요. 지상의 삶에서 정화되고 있어요. (이제 막 떠나온 삶에서) 제 작은 동생이었던 영혼도 여기 있네요. 우리는 두 마리 강아지처럼 언덕을 뒹굽니다. 이곳에는 분별 같은 것도 없고 나이도 선택할 수 있어요. 푸르고 부드러운 풀, 완벽한 언덕이에요. 색들도 전부아주 밝고요."

그후 로잔은 하얀 대리석 벤치를 발견했다. 최근에 마치고 온 삶에 대해 이야기하기 위해 제이슨과 이 벤치로 향했다.[3] 가는 도중에 '지혜롭고 오래된 영혼들'을 당장 만나고 싶다는 마음이 들었다. 결국 벤치에 앉지도 않고, 그녀의 영혼 그룹과 어울리지도 않은 채 원로들을 만나러 갔다.

흰 대리석 기둥들이 있는 그리스식의 회의실에 도착하자, "흰 예복을 입은 백발의 지혜로운" 원로들 여섯 명이 테이블을 둘러싸고 있었다. 원로들이 있는 자리는 약간 높았다.[4] 이들은 로잔보다 더 커 보였으며, 그녀가 준비를 마칠 때까지 말없이 기다려주었다. 먼저 중앙의 두 원로가 말을 시작했다. 이들은 현생에서의 핵심 과제가 용기임을 일깨워주었다. 이번 생의 목적은 극심한 고통과 역경 속에서 자신이 얼마나 강해질 수 있는지를 스스로 입증해 더욱 강하고 용감한 사람이 되는 것이었다.

이제 로잔은 힘들고 외로웠던 어린 시절의 상처와 싱글맘으로서 겪어야 했던 역경들 모두 자신의 영혼이 아주 세밀하게 계획했던 것임을 또렷하게 기억해 냈다. 삶에 깊은 영향을 미친 두 건의 끔찍한 자살도 자신의 용기와 내면의 힘을 시험하고 북돋우기 위해 스스로 신중하게 계획한 것이었다. 결국 이번 생도 그녀의 용기와 힘에 다다르기 위해 신중하게 계획한 삶들 중 하나였다. 고달팠던 전생들도 이런 계획을 보여주는 예들에 지나지 않았다.

오래된 영혼인 아들 앤드류도 로잔의 성장을 돕기 위해 합의한 대로 했을 뿐이며, 로잔도 아들이 그의 길을 갈 수 있게 도왔다. 요컨대 그녀는 까다롭고 고집스러웠던 아들에게 본래의 모습대로 존재할 수 있는 자유를 주고, 판단 없이 언제나 안전하게 지켜주었다. 이런 지지와 사랑 덕에, 아들은 17년 동안 정신병에 시달렸지만 삶을 만끽할 수 있었다. 또한 아들을 먼저 떠나보내는 것도 이번 생에서 로잔이 이겨내야 할 도전의 하나였으며, 계약의 일부분이었다.

지혜로운 원로들은 로잔이 현생의 중요한 사건들에 대해 품었던 다양한 의문들을 풀어주었다. 뿐만 아니라 힘과 고집을 구분할 줄 알아야 한다는 점도 일깨워주었다. 고집이 때로 힘과 용기의 파생물로 여겨지기도 하지만, 이것들과는 전혀 다르다는 점을 깨달았다. 원로들은 또 활력을 되찾는 시간을 더 자주 가지라고 했다. 또 자신에게 너무 가혹한 죄의식과 자책감으로부터 자신을 더 많이 보호해야 한다고도 했다. "저 자신을 더 사랑해야 해요. 모든 것이 괜찮다고 말이죠."

삶의 이런 난관들이 자신의 잘못이나 끈기가 부족해서가 아니라, 더욱 강하기 위해 여러 영혼들이 신중하게 계획하고 합의했기 때문이라는 점을 확실하게 깨달았다. 만남이 끝나갈 무렵, 원로들은 그녀에게 자신의 영적인 재능에 대해 책임을 져야 한다고 했다. 이때까지 그녀는 영적인 재능을 인정하지 않고 있었다.

로잔은 아들 앤드류가 회의실 바깥에서 기다리고 있는 것을 보고, 그를 만나러 갔다. 앤드류는 현생에서와는 전혀 다른 모습을 하고 있었다. 성숙하고 지혜로우며 강인하고 나이도 많아 보였다. "앤드류는 어렸을 때 자신에게 힘과 용기를 보여주어서 감사하다고 했어요. 아직 살아 있는 형을 위해서라도 계속 강인한 모습을 잃지 말라고도 했고요. 또 저를 고통스럽게 만들어서 미안하다고 했어요."

사랑하는 오빠, 벤도 그 자리에 있었다. "그는 괴짜가 되어 있었어요. 제가 행복하게 웃고 기쁨을 되찾기를 바란다고 하더군요. 저를 사랑하니까요." 로잔이 먼저 떠난 이유를 묻자, 그는 이렇게 대답했다. "이번 생에서는 그의 길이 일찍 끝나게 되어 있었대요. 자살도 커다란 계획의 한 부분이었고요. 우리 둘 다 그의 죽음을 경험하는 것이 필요했던 거죠. 저는 그의 죽음을 통해 힘과 용기를 배워야 했고요."

세션이 계속되면서, 로잔은 삶에 강력한 영향을 미친 사건들의 의미를 정확히 이해하게 되었다. 덕분에 삶은 그녀의 가치 없음을 보여주는 증거가 아니라 내면의 힘과 지혜, 용기를 훈련하고 강화시키기 위해 신중하게 계획된 하나의 방식임을 알았다. "저에게는 몇 가지를 고칠 기회가 있어요. 이제는 그 기회가 보입니다."

또 자신을 괴롭히는 여러 가지 질병이 자신에 대한 가혹한 태도에서 비롯되었다는 것도 깨달았다. "저는 좀 가볍고 밝아질 필요가 있어요. 아무리 대비를 해도, 일어날 일은 일어나니까요." 또 계속되는 몸의 고통을 없애버리려면, 그처럼 고집스럽게 굴지 말아야 한다는 말도 들었다. "고집과 내면의 힘을 구분하고, 놓아버릴 것은 놓아버리는 법을 배워야 해요. 제가 모든 걸 통제할 수는 없으니까요."

이 강력한 통찰들을 얻고 2년이 지난 지금, 로잔은 희생자의 위치에서 벗어나 그토록 오랫 동안 찾던 내면의 힘과 의식적으로 연결되었다. 삶의 조각들이 꿰맞춰지자, 스스로 희생자로 여기던 습관에서 조금씩 벗어날 수 있었다.

"어머니는 제게 용기를 내지 않으면 힘들어질 수밖에 없는 상황을 만들어주었어요. 어떤 토대도, 기댈 곳도 주지 않았죠. 도움을 구하면 나약한 사람인 것처럼 느껴지게 만들었어요. 그래서 저는 스스로를 돌볼 방법들을 많이 찾아냈고, 덕분에 제가 찾던 내면의 힘을 얻게 되었어요. 그래요, 이 모든 것이 계획된 것이었군요."

로잔은 자신에 대한 이미지를 희생자에서 힘 있는 존재로 변화시킨 결과, 자신의 용기와 힘을 입증하는 예들을 많이 찾아내게 되었다. 이것은 삶에서 평화를 얻는 데 도움이 되었다. 예를 들어, 사랑하던 오빠가 죽은 뒤 삶을 지속하는 데는 용기가 필요했다. 또 아들이 죽은 후에는 아들의 친구들이 잘 지낼 수 있도록 의식적으로 용감해지려고 애썼다.

로잔은 LBL 즉 삶과 삶 사이의 영혼 여행에서 얻은 이해와 발견들을 통해, 삶을 완전히 변화시켰다. 두 사람의 자살이 불러일으킨 씻을 수 없는 상처와 두려움을 뒤로 하고, 드디어 앞으로 나아가게 된 것이다. 또 두 사람 모두 그들이 가고 싶어했던 바로 그 곳에서 잘 지내고 있음을 확인한 후 마음의 평안도 얻었다.

로잔은 이제 기쁘고 행복한 마음으로 살아가야 한다는 것을 분명하게 느끼고 있다. "저는 편하게 이완된 상태로 삶을 즐기는 법을 배우고 있어요. 더 이상 무엇이든 흑백논리로 구분하지 않아요. 모든 곳에 사랑이 있으니까요. 제가 그 사랑의 무지개를 볼 수 있게 그들도 기도하고 있어요."

---

(1) 가장 가까운 전생에서 자신이 죽는 장면을 보게 하는 것은 피술자를 영계의 관문을 통과해 영계로 인도하는 효과적인 방법이다. 가장 최근에 사후의 세계로 들어갔던 때가 가장 가까운 전생이고, 그만큼 피술자의 기억이 생생하다. LBLH 65–73쪽 참조.

(2) 영혼은 영계의 관문에서 에너지를 즉각 복구하지 않고도 영계에 들어갈 수 있는 것 같다. 《영혼들의 운명1》 152–156쪽 참조.

(3) 이런 한가한 장면들은 흔히 오리엔테이션의 전주곡으로 등장한다. 《영혼들의 여행》 91–118쪽, 《영혼들의 운명1》 152–156쪽, LBLH 109쪽 참조.

(4) 인간의 고정된 관념 탓인지, 피술자들은 흔히 원로들을 백발의 할아버지로 묘사한다. 백발의 할아버지 이미지가 지혜로운 존재들을 떠올리게 하기 때문이다. 또 한층 진화한 영혼들은 보통 원로들을 무성의genderless 존재들로 보고한다. 또 원로들이 피술자보다 높은 연단이나 테이블에 자리하고 있는 보고들도 흔하다. 이런 보고도 인간이 생각하는 권위자의 모습과 연관되어 있다. 《영혼들의 운명2》 33쪽, LBLH 148–150쪽 참조.

16

음악으로
우주 에너지를 퍼뜨리다

피터 스미스(멜버른, 오스트레일리아)
: 〈마이클 뉴턴 연구소〉의 운영 · 훈련 위원장, 최면요법가

이 이야기는 에너지에 관한 것이다. 우리 영혼의 핵심에는
놀라운 에너지가 있다. 이 에너지를 여러 가지 방법으로 우리
삶 속에 통합시키면, 자신을 더욱 긍정적으로 바라보게 된다.

다음의 사례는 개인의 에너지 장들이 집단의 목적을 위해
어떤 식으로 상호작용할 수 있는지 보여준다. 에너지의 이런
측면들을 의식적으로 자각하면, 우리의 생각과 세계관이 달라
진다. 가장 중요한 것은 타인들과 이 지혜를 나누게 된다는 것
이다.

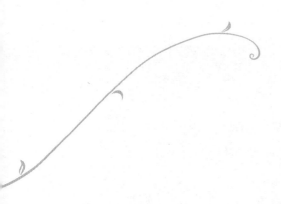

　제레미는 일곱 살에 음악을 시작해, 학교에 다니면서도 직업적으로 음악을 연주했고 지금은 전 세계를 돌며 공연하고 있다. 그리고 어른이 되면서부터는 내면을 탐구하는 일에 끌리기 시작했다. 그러다 친구에게 《영혼들의 여행》을 받아 읽은 후, LBL 세션에 관심을 갖게 되었다. 이로써 그는 2005년에 오스트레일리아에서는 처음으로 LBL을 받은 사람들 가운데 한 명이 되었다.

　제레미는 점점 깊은 이완상태로 들어가, 공군 중위 프랭크 노버트로 살았던 삶으로 갔다. 프랭크는 1906년에 잉글랜드 중부의 코츠월드에서 태어났다. 제2차 세계대전 전에는 민간인 비행사였는데, 37세가 되던 1943년에 로열 에어포스 소속의 랭커스터 폭격기에 탑승해, 함부르크 상공에서 폭격을 감행했다.

피터 : 당신은 지금 어디 있나요? 주변에서 무슨 일이 벌어지고 있는지 설명해 주세요.
제레미 : 저는 비행기 안에 앉아 있어요. 우리는 이 비행기를 '멋쟁이 샐리'라고 불러요. 저는 이 비행기를 폭격수한테 맡겼어요. 우린 이제 막 짐을 내렸어요. 짐이 없으면 샐리가 비행을 더 잘해서, 조종하기도 더 쉽거든요. 조종대에 실을 꼬아 감아두었는데,

미신을 좀 믿는 사람들이라 그냥 두기로 했어요. 27번이나 출격을 하고도 아직 살아 있으니까요.

피터 : 프랭크, 그 다음으로 중요한 사건이 벌어진 시점으로 이동해 보세요. 지금은 무슨 일이 벌어지고 있나요?

제레미 : 벨기에 상공에서…… 공격을 당해요. 처음으로 제가 전투기를 몰던 때인데…… 전 샐리를 사랑하지만, 우리는 쉬운 공격 대상이에요. 비행기가 포탄에 맞는 소리가 들려요. 크게…… 이런 소리 못 들어봤을 거예요. 인터콤은 혼란에 빠지고…… 탈출 생각을 했어야 했는데!

프랭크의 비행기는 지상으로 곤두박질쳤다. 비행기가 추락하는 동안, 그의 영혼은 몸을 떠나 비행기와 함께 땅으로 내려왔다.[1] 프랭크와 다른 승무원 한 명만 빼고, 승무원들 전원이 낙하산을 타고 탈출했다. 프랭크는 영혼의 상태로 떠 있으면서 비행기 잔해들을 살펴보다가, 근처에 어떤 존재가 있음을 알아차렸다.

피터 : 거기 함께 있는 존재는 누구인가요?

제레미 : 제 안내자 피네우스예요. 제 고집을 비웃고 있죠. 외투에 모자를 쓴 모습이 마치 작은 남자 요정 같아요.[2] 저는 아직도 비행기를 조종할 수 있을 것 같아요. 피네우스는 날개가 하나뿐인 비행기로는 비행을 할 수 없다고 하지만요. 하지만 아무도 하지 못하는 일도 전 할 수 있을 것 같아요.

피터 : 그는 당신을 뭐라고 부르나요?

제레미 : 이스무트라고 불러요.

피터 : 프랭크의 삶에 대해 안내자는 뭐라고 하나요?

제레미 : 용기를 배웠대요. 타인들을 위해 용감하게 행동할 수 있는 용기…… 승무원들 가운데 한 명은 열여덟 살밖에 안 됐어요. 어쨌든 저는 승무원들을 용감하게 만들었습니다. 하지만 피네우스는 제가 항상 완벽해지고 싶어한다며 저를 비웃어요. 사실 제가 그런 적이 많긴 하죠. 하지만 날개가 하나뿐인 비행기로도 날 수 있어요. 날개가 없는 비행기로도 방법을 알면 날 수 있어요.

안내자 피네우스는 프랭크로서의 삶에 대한 이야기를 듣고 그가 터득한 가르침들을 정리하기 위해, 프랭크-이스무트를 조용한 장소로 인도한다.

제레미 : 제가 사람들한테 퉁명스럽다면서 그 예까지 제시하네요. 일을 완성하려고 사람들을 밀어붙이기만 한다고요…… 사람들한테 불친절할 마음은 없었는데. 이제는 안내자 덕분에 프랭크로 산 삶에서 사람들의 기분을 북돋워주기 위해 어떻게 했어야 했는지 이해가 가요. 제 에너지를 더 나은 방식으로 사용했더라면…….
피터 : 이스무트, 당신은 에너지에 대해 많은 걸 알고 있나요?
제레미 : 예.
피터 : 어쩌다 그렇게 많이 알게 된 거죠?
제레미 : 일 덕분이죠. 저는 에너지를 이용할 줄 알아요…… 에너지의 일부는 이곳에 쓰고, 일부는 저기에 쓰고, 얼마간은 누군가에게 보내거나, 아니면 에너지를 전부 끌어모아서 실제로 무언가를 일어나게 만드니까요.
피터 : 원하는 사람에게 따뜻한 기운을 전하거나 신뢰를 각인시키

는 식으로 에너지를 쓴다는 말인가요? 상대에게 어떤 잔향이나 당신의 존재감을 각인시키는 것처럼요?

제레미 : 예.

피터 : 폭격기 조종수 프랭크로 살던 때도 그랬나요?

제레미 : 아뇨.

피터 : 이스무트, 당신은 에너지 전문가인가요?

제레미 : 누구나 에너지를 이용해요. 에너지를 잘 보유하지 못하는 이들도 있지만요. 그런 사람들은 에너지를 잘 쓸 줄도 몰라요.

피터 : 당신만 할 수 있는 일은 무엇인가요?

제레미 : 사람들을 따뜻하게(편안하게) 만들어주는 거요.

사람들을 따뜻하게 만들어준다는 것은 에너지를 이용해 다른 사람들에게 자신감을 키워주는 능력이 있음을 말해 준다. 이것은 제레미가 음악으로 이번 생에서 하고 있는 일이기도 하다.

영혼이 어떤 몸속에 있을 때, 때로 몸의 정신적 경향과 몸의 환경이 주는 긴장감에 휩싸여 타고난 재능을 억압당한다. 그래서 나른 생에서는 할 수 있었던 긍정적인 일을 못하게 되기도 한다.

세션이 계속되자, 이스무트가 세 번째로 큰 목성의 위성인 가니메데에 대해 이야기했다. 이 위성에서 빛과 에너지 기술을 익히고 실행했다는 것이다.[3] 그는 지구와는 다른 차원에서도 일했었다. 그러다 지구에 새로운 기술들을 전하기 위해, 에너지의 일부를 그곳에 두고 지구에서 태어났다. 지구에 와서 제레미로 사는 동안에도 그의 연구를 계속하기 위해서였다.

놀랍게도 제레미에게는 영혼 이스무트와 꼭 닮은 점이 있었다. 여행을 다닐 때도, 배터리를 실제로 사용할 양보다 여러 개 더 갖고 다니는 것이다. 이것은 '에너지를 보유하고 다닌다' 는 이스무트의 생각이 물질계에서 구체적으로 드러난 예이다.

이스무트는 제레미가 에너지를 사용한 또 다른 예를 들려주었다. 문이 잠겼는데, 다른 사람들은 아무리 노력해도 이 문을 열 수 없었다. 그런데 제레미가 다른 사람들을 제치고 다가가, 그의 에너지를 자물쇠 속에 불어넣었다. 그러자 문이 열렸고, 사람들 모두 어리둥절해졌다. 이스무트는 계속해서 에너지에 대해 많은 것들을 설명해 주었다.

이스무트(제레미) : 에너지는 하나가 아니라, 입자들로 이루어져 있어요. 이 입자들을 부드럽게 함께 움직이는 겁니다. 자신의 에너지 방향을 정한 다음, 타인들과 함께 하나의 그룹으로서 이 에너지의 방향을 밀고나가는 거죠.
피터 : 이스무트, 제레미는 이 에너지로 다음에 무엇을 해야 할까요?
이스무트 : 이런 일을 하는 다른 사람들의 에너지와 그의 에너지를 결합시켜야 해요. 그러려면 준비가 필요하죠. 그래야 모두가 동시에 에너지를 사용해서, 그 온기(이득)를 느낄 테니까요. 이럴 때 에너지가 어떻게 나타날지 저는 압니다.

이스무트는 모든 사람들에게 진동 에너지를 사용할 수 있는 능력이 있으며, 모두가 함께 이 에너지를 사용하면 아주 강력한 효과가 나타난다고 했다.

이스무트는 제레미로 사는 삶에서 에너지를 보내는 방법으로 음악을 선택했다. 이스무트는 물질적인 존재가 때로 어떻게 이 에너지를 방해하는지 설명하고, 음악은 이 장애물을 건너 뛰어 세계를 조화롭게

만드는 방법의 하나라고 했다.[4]

"연주할 때는 진정한 내가 돼요. 음악은 고요 속을 들여다보는 창
과 같지요. 연주를 할 때는 모든 사람들을 위해서 해요. 물결이 반
대로 흐르는 것과 같아요. 저는 몸을 넘어, 영혼을 향해 곧장 에
너지를 보냅니다."

이스무트에게 이번 생은 중요한 의미를 지니고 있었다. 하나의 패턴
이 깨지고 있었기 때문이다. 이스무트는 여러 생에 걸쳐서 인간이라는
형상의 물질적인 측면들에 휘말리지 않으려고 애써왔다.

그의 전생들을 돌아본 결과, 이스무트는 칸토르라는 이름의 바이킹
으로 살았던 적이 있었다. 칸토르는 처음에 굉장히 물질적인 사람이었
지만, 말년에는 다르게 살았다. 무력이 어떠한 기쁨도 가져다주지 못
한다는 것을 깨닫고, 평화를 사랑하게 된 것이다.

두 번째 삶을 돌아보니, 이번에는 캡틴 모간이라는 영국해군 선장으
로 살았다. 그는 1800년대에 스페인 인들의 손에 붙잡혔다. 어느 여자
가 그를 배신하고 함대의 상세한 이동 정보를 적군의 손에 넘겨주어,
매복공격을 당한 것이다. 모간은 살아 남았지만, 이후로는 지휘를 할
때도 이 배신에 대한 죄책감과 선원 대부분을 잃은 상실감에서 벗어나
지 못했다. 프랭크가 폭격기 조종사로서 승무원들을 구하기 위해 그토
록 애썼던 이유도 바로 여기에 있었다.

이스무트의 자각과 연구 덕분에, 제레미는 새로 터득한 에너지 기술
들을 더욱 분명한 의식을 갖고 지구에 적용하게 되었다. 또 지상의 물
질적인 삶에 휘둘리곤 하던 오랜 습관들도 변화시키게 되었다. 요즈음
제레미는 전 세계를 돌며 음악을 연주하고 있다. LBL 세션을 통해 삶

의 목적을 확인한 후, 에너지를 더욱 의식적으로 사용하고 있다. 그는 콘서트장을 살피던 중에 음악이 청중들에게 더 잘 전달되도록 객석에 통로를 많이 만들어달라고 요구하기도 했다.

또 유럽에서 가장 유명한 콘서트 장—모차르트가 공연을 했던 곳이 다—의 한 곳에서 연주를 할 때는 다음과 같은 일도 있었다. 피아노가 수십 년 동안 무대 위의 한 곳에 놓여 있었는데, 제레미의 느낌에는 그 자리가 좋지 않은 것 같았다. 그래서 사람들의 생각을 뒤엎고, 스태 프들에게 피아노를 새로운 곳으로 옮겨달라고 했다. 그러자 엄격한 지 휘자도 새로운 장소가 훨씬 좋다고 느꼈고, 피아노를 계속 그 자리에 두게 허락했다. 제레미가 다시 한 번 사람들을 더욱 편안하게 만들어 준 것이다.

제레미에게는 몸의 선택과 지리적인 위치도 중요했다. 그래서 오스 트레일리아에 사는 음악가로서의 삶을 위해, 티베트의 승려와 미국인 정치가로 사는 삶을 거부했다. 이스무트는 이에 대해 다음과 같이 말 했다.

"제레미로 살 때 사람들이 저와 더 많이 동일시될 거예요. 오스트 레일리아는 좋은 선택이에요. 그곳에서라면 조용히 준비를 할 수 있을 테니까요."[5]

준비한다는 것은 지구에 임박한 변화에 대비한다는 의미였다. 제레 미가 영국에서 볼 때 지구 정반대편에 있는 오스트레일리아에서 살기 로 결정한 이유는 그곳이 기근이나 분규, 전쟁으로 고통당하지 않는 곳이었기 때문일 것이다.

세션을 마치고 2년 후, 시드니 동쪽 교외에 있는 어느 카페에서 제레미를 만나 세션이 삶에 어떤 영향을 미쳤는지 대화를 나누어보았다. 제레미는 최근 십대 아들에게 삶의 목적과 계획, 그리고 그가 세션을 통해서 알게 된 영혼들의 관계에 대해서 이야기해 주었다. 그러자 아들은 그의 가르침을 다음과 같이 쉽게 풀어서 설명했다.

"그러니까 아빠, 난 이 여자애를 좋아해요. 이 여자애가 제 영혼의 친구면 우리는 어떻게든 함께하게 될 거예요. 하지만 함께하지 않는다면, 처음부터 함께하지 못하게 되어 있었던 거예요. 그러니까 어떻게 되든, 그 문제에 대해서 지나치게 걱정할 필요는 없단 거죠? 그렇죠?"

제레미는 LBL로 달라진 그의 인생관을 비유적으로 설명해 주었다. 퍼스는 오스트레일리아 서부 해안의 아름다운 도시인데, 수천 킬로미터의 눌라보 사막지대에 의해 동부 해안과 떨어져 있다.

"LBL 세션은 지금까지와 다른 시각을 갖게 해주었어요. 삶은 밤에 자동차를 타고 눌라보 사막을 가로지르는 것과 같아요. 전방 수백 미터까지는 훤히 보이죠. 전조등이 그 정도까지는 비춰주니까요. 하지만 LBL은 인터넷 상에서 퍼스로 가상여행을 떠나는 것과 같아요. 이미 조사를 해서, 퍼스가 얼마나 아름다운지 이미 다 알고 있죠. 자동차 안에 앉아 사막을 가로지를 때도, 무언가 놀라운 일이 그 끝에 기다리고 있다는 걸 알아요. 이런 인식 덕분에 여행을 하는 중에도 다르게 생각하고 다르게 느낄 수 있죠."

LBL의 결과로 얻게 된 두 개의 대등한 시각은 중요한 점을 말해 준다. 영원하기도 하고 물질적이기도 한 우리의 이원적인 존재를 유지시키려면, 현실에 기반을 두고 통합적이어야 한다는 것이다. 제레미는 그의 말처럼 아주 실제적인 방식으로 이를 실천하고 있었다.

"저는 지구의 의식을 진화시키기 위해 이곳에 왔어요. 정말로 중요한 일처럼 들리죠. 하지만 어떤 식으로든 다른 사람들도 전부 같은 이유로 이곳에 왔어요. 아닌가요? 그래서 그 목적은 아주 평범하게 들리기도 해요."

LBL 세션을 경험한 이들은 삶에 대해 이렇게 확장된 시각을 갖게 된다. 제레미의 이야기는 결코 특이한 것이 아니라는 말이다. 하지만 이런 탐구의 진정한 효력은 매일의 삶에서 실천하는 그 새로운 시각에서 비롯된다. 믿음 체계의 변화, 그리고 더욱 강력한 목적과 에너지로 삶을 살아가는 능력이 있으면, LBL의 효과도 더욱 깊게 나타난다는 말이다.

제레미와 헤어져 각자의 길로 걸음을 내디딘 순간, 나는 깨달았다. 내가 그곳에 도착했을 때보다 훨씬 편안해져 있음을…….

---

(1) 영혼들은 흔히 극적인 죽음의 결과가 나타나기 전에 몸을 떠난다. 《영혼들의 여행》 26쪽 참조.

(2) 영적인 존재들은 그들이 원하는 대로 어떤 형상이든 취할 수 있다. 안내자들은 최근 전생이나 죽음의 상황과 관련된 모습으로 나타날 수 있다. 피네우스가 작은 남자 요정의 모습을 취한 이유는 아마도 천연덕스러운 유머와 비밀스러운 지식으로 지상에서 명성이 높았기 때문일 것이다.

(3) 영혼들이 영계나 다른 차원들, 물질계와 정신계에서 에너지의 사용을 익히는 방식에 대한 이야기를 종종 듣는다. 그런데 직경이 6천 킬로미터나 되는 커다란 위성 가니메데에서 에너지의 사용법을 익혔다는 이야기는 처음 들었다. 이 스무트가 빛과 에너지를 조종할 수 있는 장소로 표면이 얼음과 자갈로 뒤덮인 빨래판 같고 복잡한 판구조론과 연관되어 있는 이 목성의 위성을 언급한 것은 상당히 이례적이다. 태양계의 가장 큰 행성인 목성은 태양으로부터 전기 작용에 의해 대전된 막대한 양의 입자들을 강력하게 소용돌이치는 자기 에너지 속

으로 빨아들인다.《영혼들의 운명2》230-231쪽의 은하계 에너지와《영혼들의 운명2》238-240쪽의 차원간 탐험을 참고한다.

(4) 지구에서 음악은 우리의 마음을 달래주는 평화와 조화, 위안의 도구이다. 피술자들은 영계의 우주적 하모니가 일으키는 공명과 음악적인 진동 에너지에 대해서도 많이 언급한다.《영혼들의 여행》40-42, 73-76쪽,《영혼들의 운명1》166-167쪽,《영혼들의 운명2》182-185쪽.

(5) 일부러 특정한 장소에서 음악적 잠재력을 지닌 몸으로 태어나기를 선택한 영혼의 예는《영혼들의 여행》의 케이스 25, 356-362쪽을 참고한다.

17

살해되기를 선택한 사람

린 맥고너글(사라소타, 플로리다 주)
: 영혼의 목적과 부합되는 삶을 살아가도록 돕는 치유가

어린 시절의 경험들은 어른이 되었을 때 겪을 일들에 대비해서 우리를 단련시켜준다. 그러나 많은 사람들이 유년기를 힘들고 고통스러웠던 것으로 기억한다. 부모와 형제자매, 현실적 환경 등을 선택한 것이 바로 자신임을 깨닫게 되더라도 "오, 아냐! 내가 선택한 게 아니라고! 그랬을 리 없어!" 하고 소리친다. 그러나 삶의 목적과 영혼의 계획이라는 맥락에서 보면, 각 개인의 독특한 유년기는 이 목적을 위한 완벽한 준비기이다.

키아도 마찬가지였다. 그녀가 겪은 유년기의 경험들도 삶의 목적을 위한 순비였다. 비판에도 아랑곳하시 않고 옳은 일을 해나가기 위해 그처럼 독특한 유년기를 보낸 것이다. 키아는 LBL을 통해 아들의 죽음에 대비해서 유년기가 자신을 어떻게 단련시켰는지 분명하게 깨달았다.

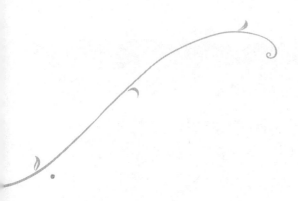

다정한 할머니이며 유치원 교사인 키아가 아들 에반의 죽음으로 고통스러워하다 나를 찾아온 것은 대략 1년 전이었다. 탐파 베이 지역에서 택시 기사로 일하던 에반은 26세에 생판 모르는 승객의 손에 택시 안에서 살해되었다.

아들이 죽은 직후, 키아는 아들이 자신의 주변을 맴돌면서 자신을 안심시켜주는 것을 느꼈다. 아들의 이런 방문이 더없이 고마웠지만, 마음이 완전히 치유되지는 못했다. 여전히 깊은 슬픔에 사로잡혀 지냈고, 아들이 죽었다는 사실을 받아들이기 힘들었다.

누구에게나 그렇듯, 키아의 안내자들은 LBL 세션 중 영혼의 경험을 상당 부분 인도해 주었다. 키아의 초의식이 내보낸 사건들 중에서 내면의 상처들을 치유해 줄 수 있는 것들만 완벽하게 선별해 주었다. 이번 생의 유년기에 일어났던 사건들을 돌아보는 초기단계에서부터 치유가 시작되었기 때문이다.

키아의 14세 시절을 가장 먼저 들여다본 이유는 고통의 핵심을 알아내기 위해서였다. 키아는 타인이나 다른 장소들에서 위안의 원천을 찾아내야 한다는 점을 발견했다. 그것은 사랑하는 이의 죽음을 이겨내기 위해 누구나 하는 일이었다. 삶을 송두리째 바꿔놓은 사건을 이겨내려면, 일상의 자잘한 일들 속에서 위안을 찾을 줄 알아야 했다. 세션이 시작된 바로 그 순간부터, 그녀의 영혼은 이미 치유를 향해 문을 열기 시작했다.

키아(열네 살의 키아) : 언니와 함께 있어요. 숲 속에 있는데, 나무에 뭔가를 새기는 것 같아요. 좀 불안해요.

린 : 지금 무엇 때문에 불안한가요?

키아 : 부모님이 다시 싸우고 있거든요.

린 : 그래서 숲에 있는 건가요? 아니면 다른 이유가 있나요?

키아 : 고독을 즐기기 위해서예요.

린 : 숲에 있으면 마음이 평화로워지나요?

키아 : 네.

린 : 지금 중요하게 이해해야 할 점은 무엇인가요?

키아 : 타인이나 다른 장소들에서 위안의 원천을 찾아야 한다는 거예요.

린 : 이 시기—열네 살—는 그 방법을 배우는 때인가요? 위안의 원천이 나타날 때 그것을 발견하는 법을 배우는 때인기요? 아니면 이 기술을 이미 잘 알고 있나요?

키아 : 이미 터득하고 있어요.

린 : 배워서 익히고 있다는 말인가요?

키아 : 네.

또 다른 예를 위해, 더 뒤로 시간을 거슬러 올라가보았다.

키아(다섯 살의 키아) : 저는 교실에서 선생님과 이야기를 하고 있어요.

린 : 기분은 어떤가요? 행복한가요? 슬픈가요? 아니면 다른 감정이 드나요?

키아 : 규칙을 어긴 아이들이 있어요. 규칙을 어기면 어떻게 되는지 확인하고 싶어요. 저는 규칙을 어기고 싶지 않으니까요.

린 : 그렇군요. 선생님은 규칙을 어기는 문제에 대해서 뭐라고 하시나요?

키아 : 규칙을 어기지 말아야 한대요. 그러면서 구석에 서서, 규칙을 어기는 게 어떤 기분인지 느껴보라고 해요. 하지만 전 규칙을 어기지 않았어요.

린 : 지금 그 느낌을 확인하고 있나요?

키아 : 네, 못된 남자아이가 저를 비웃고 있어요. 전 아무 짓도 안 했는데, 정말 미치겠어요. 그래도 계속 저를 비웃어요. 규칙이란 규칙은 다 어긴 녀석이 말이죠!

린 : 그렇군요. 여기서 중요하게 이해해야 할 점은 무엇인가요?

키아 : 옳은 일을 해도, 사람들이 제게 말도 안 되는 소리를 할 수 있다는 거예요.

이 메시지가 얼마나 적절한 것이었는지는 세션의 종반이 돼서야 확실하게 깨달았다. 키아의 원로들이 영혼의 목적과 에반의 죽음이 그녀 삶의 계획에서 얼마나 중요한 것이었는지 말해 주었기 때문이다. 그들은 키아에게 두려움을 극복하고, 거부와 비난도 이겨내야 한다고 했다. 그런데 세션의 초기에도 이 중심적인 메시지를 간단하게 미리 알려준 것이다. 잘못된 일을 안 해도 사람들이 그녀를 멋대로 생각하고 판단할 수도 있다는 것을 키아는 다섯 살 때 이미 깨닫기 시작했다.

우리는 유년기뿐만 아니라 여러 생에 걸쳐서 삶의 주요 목적을 이룰 준비를 한다. 그리고 우리의 영혼은 유년기를 보여주기도 하고, 퇴행을 통해 다른 전생들에 대한 단편적 정보들도 알려준다.

키아는 아들이 살해당하는 난관을 이겨내기 위해, 적어도 세 번의 전생에서 준비를 했다. 우리는 세션 중에 이 세 번의 전생도 살펴보았다. 먼저, 키아는 사라로 살았던 전생을 돌아보았다. 사라는 부족할 것 없는 안락한 삶을 버리고, 새 남편과 함께 유럽에서 신세계로 이민을 갔다. 식민지에서의 삶이 외롭고 어느 정도는 실망스러우리라는 걸 이미 알고 있었다.

키아(사라) : 피곤해요. 할 일이 너무 많거든요. 전에는 안 해도 됐던 일들인데. 빨래, 요리, 바느질, 청소…….

린 : 사라, 이 시기에서 중요하게 알아야 할 점은 무엇인가요?

키아(사라) : 가족과 친구들이 그립고 외롭다는 거죠.

린 : 사라의 삶에서 가장 중요한 사건, 가장 의미 있는 일이 일어난 시점으로 가보세요. 지금 기분이 어떤가요?

키아(사라) : 기뻐서 가슴이 터질 것 같아요…… 제가 가진 것을 최대한 활용하고 행복해질 수 있는 법을 터득했어요. 우리는 삶에서 언제나 행복이나 불행을 선택하지요.

린 : 정말 멋진 말이네요. 행복은 우리가 선택하는 거예요. 그렇죠?

키아(사라) : 맞아요.

린 : 그래서 당신은 행복을 선택한 건가요?

키아(사라) : 그래요.

린 : 행복을 선택한 것이 당신 삶에서 가장 중요한 사건인가요?

키아(사라) : 그래요!

통찰력이 뛰어난 피술자와 작업할 때는 삶에서 가장 의미 있는 일이 반드시 외부적인 사건은 아니라는 점을 확인하게 된다. 오래 전 사라에게 그랬던 것처럼 하나의 선택이나 내면의 변화, 상황에 굴하지 않고 행복을 선택하는 것도 삶에서 가장 의미 있는 사건이 될 수 있다.

사라가 죽은 과정 속에는 이런 메시지와 키아로 살아가는 현생에서 에반의 죽음을 준비하는 태도가 그대로 반영되어 있었다. 이 전생에서 사라는 자식 넷과 자신을 깊이 사랑하는 남편을 두고 젊은 나이에 세상을 떠났다. 임종의 자리에서 사라는 또 다른 진실을 직관적으로 파악했다. 그것은 뒤에 남은 사람들과 관련된 것이었다.

키아(사라) : 너무 아파서 침대에 누워 있어요. 전 지치고 쇠약한 상태입니다.

린 : 어떻게 될 것 같은가요?

키아(사라) : (죽을 때까지) 계속 이럴 거예요.

린 : 이런 상황을 당신은 어떻게 받아들이고 있나요?

키아(사라) : 아이들을 떠나고 싶지 않아요. 임신까지 했거든요.

린 : 오, 안 됐네요. 이런 상황에서 건강 말고, 당신이 중요하게 인식한 것이 있나요?

키아(사라) : 모두들 행복을 선택해야 한다는 점이에요. 죽음이 언제 어떻게 다가오든, 남은 사람들에게는 힘든 경험이니까요.

이것은 누구에게나 해당되는 진실이다. 교통상황이 안 좋아도, 월급이 원하는 만큼 오르지 않아도, 남편이 떠나도, 누구나 행복을 선택할 수 있다. 이것은 키아의 현재 삶에도 분명하게 적용되는 진실이다. 외동아들이 살해됐어도 그녀는 행복을 선택할 수 있다. LBL을 통해 이 중요한 진실을 받아들임으로써, 키아는 많은 치유를 경험했다.

세션의 후기에 키아는 엘리자베스로 살았던 생을 살펴보았다. 이 전생에서 그녀는 전혀 다른 시각의 소유자였는데, 그만 살해당하고 말았다. 이 삶의 첫 장면은 키아가 자신의 모습에 찬사를 늘어놓는 것으로 시작되었다.

키아(엘리자베스) : 저는 좀 허영이 있는 것 같아요. 스스로 정말 매력적이라고 생각하면서 즐거워하고 있거든요. 끝만 살짝 구불거리는 풍성하고 긴 금발에 아주 날씬한 몸매…… 이 예쁜 드레스는 또 얼마나 잘 어울리는지 모르겠어요.

린 : 당신은 지금 어디에 있나요?

키아(엘리자베스) : 텅 빈 성에 혼자 있어요. 이 거짓말 같은 빛줄기와 저 말고는 아무도 없어요. 여기서 싸움이 일어났어요. 여기, 성에서요. (놀라서) 저는 이미 죽은 것 같아요!

린 : 이미 죽었다는 걸 당신은 분명하게 알고 있나요? 아니면 혼란스러워하고 있나요?

키아(엘리자베스) : 혼란스러워하고 있는 것 같아요. 성도 텅 비어 있고…… (싸움이 벌어지고 나서) 얼마간 시간이 지났거든요. 아무 일도 일어나지 않은 것처럼 굴고 있지만, 사실은 그렇지 않아요. 저는 이 싸움에서 죽은 것 같아요. 겁탈당한 뒤 칼에 찔렸거든요.

린 : 안타까운 일이네요. 그러고 나서 얼마나 지났나요?

키아(엘리자베스) : 2, 3년은 된 것 같아요. 그날 많은 사람들이 죽었지요. 남은 사람들은 성에 귀신이 출몰한다고 했어요. 다른 존재들(망자들)도 있었지만, 지금은 저만 남았어요.

린 : 엘리자베스, 지금 당신의 계획은 무엇인가요?

키아(엘리자베스) : 글쎄요, 이 빛에 대해 알아봐야겠어요.

아쉽게도 세션 중에는 이 생의 가장 깊은 교훈을 통찰하지 못했다. 그러다 네 달 반이 지난 후에야 무의식 중에 이 생의 교훈을 깨달았다. 키아는 당시 그 깨달음을 적어두었다가, 최근에 이것을 보여주었다.

이번 생에서 제가 정말로 중요하게 배워야 할 점은 죽음의 과정이 중요하지 않으며, 겁탈을 당했건 살인을 당했건 고향(영계)으로 돌아갈 때는 아무 느낌도 없고 아프지도 않으리라는 점이에요.
에반도 마찬가지지요. 이것은 제게 중요한 깨달음이에요. 에반은 끔찍하게 살해됐지만, 끔찍함을 느끼지도 않았을 거예요. 상처도 없이 완전하고 깨끗한 상태로 천상으로 돌아갔을 겁니다. 죽음의 과정은 중요하지 않으니까요.

세션 후에 찾아온 이 아름답고도 중요한 통찰은 LBL의 또 다른 놀라운 면을 보여준다. LBL 경험 자체가 고차원적인 자기와 물질적인 자기 사이의 문을 열어주는 힘이 있다는 점이다. LBL을 경험한 후에는 이 문이 계속 열려 있어서 몇 달, 몇 년이 흐른 뒤에도 지속적으로 더욱 깊은 통찰들을 얻을 수 있다.
피술자들 가운데는 영혼 여행을 경험한 후에 직관적인 자각력이 훨씬 높아졌다고 말하는 이들이 있다. 이로 인해 삶의 목적에 더욱 잘 부응하고, 삶의 경험들도 더 의미 있게 받아들인다.
살해당한 엘리자베스가 빛 속으로 들어간 후, 여전히 깊은 트랜스 상태에 있던 키아의 통찰력은 더욱 깊어졌다. 키아-엘리자베스의 영혼이 빛을 따라 영계로 들어갔기 때문이다. 영계로 들어간 후, 그녀는 모든 시간이 멈춰버린 방으로 아주 빠르게 이동했다.

키아 : 방은 둥글어요. 원로가 세 분 있고요. 자줏빛, 온통 자줏빛이네요.[1]

린 : 키아가 중요하게 알아야 할 점이 무엇인지 물어보세요. 이 시점에서 그들과 함께 이곳에 있어야 하는 이유는 무엇인가요?

키아 : 가운데 있는 원로[2]가 말해요. 제가 직관적으로 파악한 것을 의심하지 말고, 진실로 받아들이라고요. 제가 듣거나 본 것, 제 영혼이 진실이라 믿는 것을 남들이 깎아내리지 못하게 하래요. 오른쪽에 있는 원로는 제가 고차원적인 목적을 아직 성취하지 못했는데 그 목적은 에반과…… 에반이 저를 떠난 일과 어느 정도 연관되어 있다고 해요.

린 : 그렇군요. 계속 말해 보세요.

키아 : 그 목적은 영적인 추구와 타인들을 돕는 것, 제가 교육받은 방식으로 볼 때 비정통적인 믿음들과 연관이 있어요. 어, 그런데 제가 어디 있는 거죠? (울기 시작한다.) 그들이 에반을 들여보냈어요. 에반을 실제로 안아보다니! 아, 정말 행복해요. 얼마나 그리웠는지! 물론 그 동안도 (일상의 삶 속에서) 에반을 느끼고, 목소리도 들을 수 있었어요. 하지만 지금의 느낌이 더 좋아! (말을 멈추고 오래도록 훌쩍인다.) 왼쪽에 있는 원로가 말해요. 힘과 용기를 내라고 에반을 들여보낸 거래요.

린 : 힘과 용기를 북돋워 주려고 에반을 만나게 해준 거라는 의미죠?

키아 : 네.

린 : 에반은 당신에게 무슨 말을 하나요?

키아 : 저를 사랑하고, 돕고 싶대요. 그가 먼저 떠난 것은 우리가 오래 전에 합의한 일이고, 이런 합의는 아주 중요한 것이라고요. 지금도 여기 있어요. 이 모든 일이 일어나게 된 과정을 원로들이 보여줘요. 사실은 그날 다른 사람이 죽기로 되어 있었는데, 에반이 그 사람을 대신한 거예요.

린 : 에반이 그 지점에 일부러 있었다는 말인가요?[3]

키아 : 네. 두 가지 목적을 위해서였어요. 우리가 인간의 몸을 받기 전에 합의했던 내용을 지키기 위해서였지요. 하지만 그가 대신한 덕분에, 다섯 사람이 목숨을 구했어요.[4]

린 : 그 일로 상황이 어느 정도 균형을 찾았나요? 에반의 의도는 무엇이었나요?

키아 : 에반은 유머감각이 있는 아이예요. "천상에 있는 윗분한테 신임 좀 얻으려고요!" 이렇게 말하네요. 정말 지혜롭죠?

린 : 이 일이나 이번 생의 다른 면에 대해서 에반이 다른 말은 안 하나요?

키아 : 청소년 시절에 그렇게 까다롭게 굴어서 미안하다고요. 어리석은 녀석!

린 : 다른 말은요?

키아 : 오늘은 그냥 안심만 시켜주겠대요. (웃는다.) "모험의 나머지 부분을 알고 싶으면, 다음주에 다시 접속하세요"라고 해요. 지혜로운 아이라고 제가 말했죠? 이젠 광고용 노래를 불러대요. "이 메시지들이 나가고 나면, 우리가 바로 돌아올 겁니다!"

린 : 이 짧은 만남은 당신을 안심시키기 위한 것이고, 다음에 우리가 더 고차원에 도달하면 많은 것을 알게 될 것이다, 에반의 말은 이런 의미인가요?

키아 : 네.

린 : 그 말이 진실이라고 생각하세요?

키아 : 네.

사랑하는 어머니와 아들 간의 아름다운 만남은 이런 상호작용이 얼마나 실제처럼 느껴질 수 있는지를 잘 보여준다. 키아는 몇 년 후 내게 보낸 이메일에서 에반을 만나고 원로들 앞에 섰던 순간이 내 사무실에 있는 것보다 더 생생하게 느껴졌다고 했다.

둘 다 영혼의 상태였지만, 실제로 끌어안은 것 같은 느낌이 들었어요. 모든 것을 포용하는 사랑의 느낌은 정말 말로 표현하기 힘들지요. 기쁨과 축복, 평화, 희망, 갱신, 이해, 이 모든 느낌이 그 찰나 속에 녹아 있었어요. 정말 놀라운 경험이었죠.

키아는 그 다음주에 있었던 두 번째 LBL을 통해, 다시 세 명의 원로들 앞에 섰다. 에반이 살해당하고, 그녀가 이 일로 상실의 고통을 경험해야 하는 진정한 이유를 물었다.

키아 : 더욱 영적인 사람이 되기 위한 수단이었대요.

린 : 미래의 당신 목적은 무엇인가요?

키아 : 에반이 죽고 나서, 제게는 이미 (영적인 인식의) 길이 열렸어요. 나이가 가장 많은 원로가 말해요. 삶은 죽음과 함께 끝나는 것이 아니라는 점을 세상에 알려야 한다고요. 삶은 물론이고 우리의 존재도 사라지는 것이 아니라고요. 그러니까 죽음을 두려워할 필요가 없다고요. 죽은 뒤에 하프나 천사들을 만나는 것은 아니라는

점을, 죽음은 교회에서 흔히 가르치는 것과 다르다는 것을 사람들에게 알려야 한대요. 우리의 존재는 사라지지 않아요. 우리가 변함없이 우리로 존재할 수 있다니, 위안이 되죠. 물론 이건 새로운 메시지가 아니에요. 하지만 대부분의 사람들은 여전히 이런 메시지를 귀담아듣지 않죠.

린 : 그럼, 이제 당신 영혼의 성장에 대해 이야기해 보죠. 당신 영혼의 성장은 좀전에 말한 것들과 어떤 연관성이 있나요?

키아 : 가운데 있는 원로가 말하기를, 영혼의 힘이 언제나 있었는데 제가 그것을 사용하지 않았대요. 하지만 이제는 그것을 써야 한답니다.

린 : 전부는 아니지만 대부분의 사람들에게 영혼의 힘이 잠재되어 있다는 말인가요?

키아 : 정확해요. 오른쪽에 있는 원로는 한 사람이 변화를 일으킬 수 있고, 누구에게나 그럴 힘이 있다고 말해요. 그걸 깨달아야 한다고요.

린 : 그 외에 당신이 지금 알면 좋을 중요한 점은 무엇인가요?

키아 : 가운데 있는 원로는 이렇게 말해요. 인정하기 어렵겠지만 에반의 죽음은 사실 선물이었다고요. 그 선물이 없었다면, 제가 이번 생에 온 목적을 이루지 못하고 말 거래요.

린 : 그 말이 진실이라고 느끼나요?

키아 : 네, 하지만 저는 아직도 그 선물이 마음에 안 들어요.

린 : 꼭 마음에 들어야 하나요?

키아 : 그건 아니에요. 원로들 앞에 있을 때는 그 선물이 이해가 돼요. 하지만 무덤에서는 납득이 안 갈 때도 있죠.

린 : 이런 상황을 이겨내려면 어떻게 해야 하나요?

키아 : 더욱 영적인 사람이 되어야죠.

사람들은 흔히 삶에서 가장 어렵고 고통스러운 시기에, 자기 삶의 계획이 정말로 있는지, 있다면 무엇인지 의문을 품는다. 자신에게 일어난 일들의 의미를 이해하고 고통 안에서 의미를 발견하는 것은 참으로 힘든 일이다. 하지만 고통은 때로 삶의 주목적을 이룰 수 있게 도와주기도 한다.

그래서 삶의 비극이 미친 영향들을 뒤돌아보다가, 이런 비극이야말로 가장 강력한 변화의 동기였으며 가장 극심했던 고통 덕분에 영혼의 목적을 향해 나가게 되었다는 점을 깨닫게 되기도 한다. 키아처럼 가장 사랑하는 사람을 잃은 이들은 특히 그렇다.

키아는 원로들을 만난 후, 영혼의 안내자 미구엘과 단둘이 남았다. 미구엘은 받아들이기 힘든 것들을 받아들일 수 있게, 계속 그녀를 지지해 주었다.

린 : 미구엘이 지금 뭐라고 하나요? 그가 주는 중요한 메시지는 무엇인가요?

키아(미구엘) : 다가올 일들을 두려워하지 마라.

린 : 무슨 말인지 이해가 되나요?

키아 : 그런 거 같아요.

린 : 당신이 조금도 의심하지 않게, 미구엘이 그 말을 분명하게 다시 설명해 줄 수 있을까요?

키아(미구엘) : 변화가 다가올 겁니다. 일과 세계관, 우선 사항 등에서 변화가 일어날 거예요. 이런 변화를 좋아하지 않는 이들도 있고, 비판하거나 고개를 돌리고 멀리 달아나는 이들도 있을 거예요. 자신의 믿음과 생각에 맞지 않는다면서요.

린 : 변화에 어떻게 대처해야 하나요?

키아(미구엘) : 두려워하지 마라.

3년 뒤 키아는 말했다. 당시에는 충분히 설명할 수 없었지만, 원로들과 함께 있을 때 완벽한 이해를 경험했다는 것이다. 또 이 완전한 깨달음을 물질적인 차원에서 실현시키지는 못하지만, 지금도 많은 것을 기억하고 있다고 했다. 그래서 LBL 세션을 받기 전에는 일주일에 두서너 번 에반의 무덤을 찾았지만, 이제는 한 달에 한두 번만 무덤이 깨끗하게 관리되고 있는지 살피러 간다고 했다. 무덤을 찾아가도 마음 상태가 전과는 달랐다. 고통은 줄어들고, 평화는 더욱 커진 것이다.

세션을 통해 키아는 에반이 떠난 뒤로 자신을 집요하게 괴롭혔던 의문들에 해답을 얻고, 충족감도 느꼈다. 원로들과 안내자가 텔레파시로 친절하고 따스하게 많은 것을 설명해 주었기 때문이다. 또 그들 덕분에 삶의 선택과 현생의 계획에 대해서도 살펴보았다. 하지만 무엇보다도 가장 좋았던 것은 영계에서 실제로 에반을 만났다는 점이다. 이 모든 과정은 그녀에게 마음의 평화를 가져다주었고, 이 평화는 3년이 지난 지금도 그대로 유지되고 있다.

---

(1) 자주색은 윤회를 마친 고도로 진화한 존재들에게서 일반적으로 나타나는 색이다. LBLH 126쪽.

(2) 평의회에서 중앙에 있는 원로는 흔히 회의를 주관하는 의장 혹은 조정자이다. 《영혼들의 운명2》 35-36쪽, LBLH 151쪽.

(3) '때 이른 죽음'이라는 면에서 3장의 사례와 유사하다는 점에 주목한다. 일찍 죽을 수도 있는 삶을 선택할 때, 영혼은 정말로 그 몸에 들어가고 싶은지 신중하

게 생각해야 한다. 배움을 위한 카르마의 패턴들이 하나의 영혼 경험에만 영향을 미치는 것이 아니고, 키아의 말처럼 "두 가지 목적에 도움이 될" 수도 있기 때문이다. 또 에반이 "천상에 있는 윗사람의 신임을 얻으려고" 이 단기적인 과제를 받아들였다고 말했다는 점도 생각해 보아야 한다.

내가 전에 말했던 것처럼, 어떤 영혼들은 이런 삶을 "필러 라이프^{Filler Life}라고 부르는데, 영계에서는 이것을 아주 이타적이고 관대한 행동으로 여긴다.《영혼들의 여행》117-118쪽 '카르마의 업보'에 대한 부분에서 더 자세한 내용을 살펴볼 수 있다. 카르마에 의한 선택은《영혼들의 여행》381-382쪽을, 젊어서 죽을 가능성은《영혼들의 운명2》68, 261-262, 282-284쪽을, 필러 라이프는《영혼들의 여행》367쪽,《영혼들의 운명2》300-301쪽을, 몸 선택 시의 시간선은 LBLH 176-177쪽을 참고한다.

(4) 자신의 목숨을 내놓은 에반의 행동으로 다섯 사람이 목숨을 구했다. 이런 행동이 가능했던 이유는 에반이 그의 차에 탔던 남자 승객의 사악한 의도를 감지했기 때문이다. 이 승객은 이전의 언쟁에 앙심을 품고 가게 주인과 그의 아내, 세 명의 자식들을 죽이러 가는 중이었다. 그러나 에반이 시동을 꺼서 이 남자를 목적지까지 실어다주지 않은 이유로 에반이 칼에 찔렸고 택시에 불이 붙은 상황에서 격렬한 싸움이 벌어졌다. 덕분에 경찰은 이 살인자를 체포할 수 있었다. 이로써 우리는 이 임무를 위해 아주 용감한 영혼(《영혼들의 여행》238-239쪽)이 선택되었다는 것뿐만 아니라, 강하고 끈질긴 인간의 몸이 이 영혼과 협력했다는 것도 알 수 있다. 사실 이 세상의 많은 악들을 이런 식으로 저지할 수는 없다. 그러나 우리의 행동이 불러일으키는 카르마의 영향력은 이런저런 형태로 우리에게 영향을 미친다.

18

치유를 위한 에너지 조율

로렌 폰(위스콘신 주 델라벤, 일리노이 주 시카고)
: 최면치유가, 레이키 마스터, 언어심리치료 트레이너,
요가·명상 교사, 〈마이클 뉴턴 연구소〉의 트레이닝을 위한 과거 기록자

사바나는 34세의 사랑스러운 여성이었다. 무엇 하나 부족한 것이 없어 보였지만, 여러 면에서 자신에 대해 혼란을 느끼고 있었다. 사바나가 LBL 요법을 받으러 온 이유는 영혼의 안내자로부터 "내면의 자기와 접촉해 보라"는 메시지를 들었기 때문이었다.

그녀는 세션을 통해 다음 세 가지를 알고 싶어 했다. 이번 생에서 가장 많이 도와주어야 할 사람은 누구인가? 이번 생에서 배워야 할 주요 가르침은 무엇인가? 내 영혼의 친구는 누구인가?

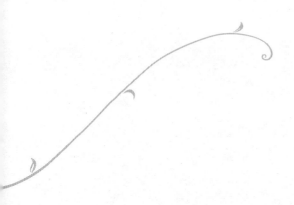

　세션을 준비하는 대화에서 사바나는 자신에게 정신에너지가 너무 많다고 했다. 실제로 정신병에 걸린 것은 아닌지 의심이 들 때도 있었다. 잉여 에너지가 너무 많아서, 하루에 6~10킬로미터 정도는 뛰어야 밤에 잠을 이룰 수 있다고 했다! 거의 언제나 이런 상태일 만큼 문제가 심각했다. 평생 이런 증상에 시달렸는데, 어린 소녀였을 때도 마찬가지였다.

　하지만 한 번도 의사를 찾아가지 않았다. 방법이 없다고 생각했기 때문이다. 그래서 임시방편으로 운동에 매달렸고, 이따금씩 약을 복용하기도 했다. 과도한 정신에너지에는 뭔가 다른 문제들이 숨어 있는 게 분명했다.

　사바나는 그 동안 몇 번 타인들을 도울 수 있다는 생각이 들었다고 했다. 하지만 실제로 도움을 주려고 하면 자신에게 정말로 능력이 있는지 의심이 생겼다. 그래도 상황이 닥치면 도움을 주기 위해 좋은 결과에 의식을 집중하고 명상을 하곤 했다. 한 예로, 남자친구가 상사와 골프를 치기로 약속했다. 남자친구는 좋은 성적을 거두는 것이 중요한 문제였다. 남자친구가 골프를 시작하기 한 시간 전, 사바나는 의식을 집중하고 매 홀에서 공을 칠 때마다 페어웨이로 곧장 공을 올려 보낸 다음 힘들이지 않고 퍼팅에 성공하는 모습을 상상했다. 그날 남자친구

트레버는 생애 최고의 성적을 기록했다.

　세션을 시작하자, 사바나는 최면을 아주 편안하게 받아들이고 쉽게 과거로 이동했다. 사바나가 어머니의 자궁 안에 있던 시절로 퇴행했을 때, 나는 흥미로운 단서를 발견했다. 사바나의 영혼의 시각으로 질문들을 던지자, 그녀는 즉각 반응했다. 이를 통해 사바나의 몸과 정신이 영혼과 잘 통합되며, 정신이 상당히 날카롭다는 점을 확인했다. 그녀는 사바나로 태어날 때 에너지의 80퍼센트를 가지고 왔다고 했다. 다소 많은 양이었다.

사바나 : 원하는 일을 하려면 그 정도는 있어야 할 것 같아서요. 그런데 가끔은 버거워요.

로렌 : 바쁘게 일하지 않을 때는 에너지 과잉문제를 어떻게 해결하나요?

사바나 : 명상을 하죠. 제 에너지를 더 잘 집중하는 법을 배우는 거예요. 명상을 통해 타인들도 도울 수 있어요. 그러면 저의 성장이 더 빨라지죠. 그런데 저는 지금 타인들을 충분히 못 돕고 있어요.

로렌 : 이 목적에 도움이 되는 방법은 있나요?

사바나 : 명상을 더 잘하는 거예요. 명상을 더 자주 해야 해요. 망상에 허비하는 시간을 줄이고…… 한 가지 생각에 의식을 집중해야 해요.

　사바나의 전생에 대한 기억은 분명하고 또렷했다. 사바나는 브라이언 커티스라는 아프리카계 미국인으로, 커다란 코에 콧수염이 있고 키가 컸으며 보기 흉한 몰골을 하고 있었다. 1924년 디트로이트에 살던 브라이언은 50대의 가난뱅이로 삶의 거의 끝자락에 있었다. 결국 58

세에 호숫가를 걷다가 총에 맞아 죽었다. 사바나는 안도하면서 얼른 브라이언의 몸에서 빠져나왔다.

사바나 : 위로 올라가요. 아주 빠르게…… 어디로 가는지 잘 알죠…… 햇빛 같은 빛을 향해 가요.

로렌 : 당신이 지금 보고, 경험하는 것을 말해 주세요.

사바나 : 영혼 하나가…… 에너지…… 셀레스테예요.

셀레스테의 오라가 붉게 변했다. 셀레스테 오라는 사바나의 손을 잡고 어딘가로 인도했다.

로렌 : 셀레스테는 당신의 안내자인가요?

사바나 : 아니요. 아닌 것 같아요…… 마중 나온 친구 같아요.

로렌 : 당신의 안내자를 불러내세요.

사바나 : 제 안내자는 오리다라는 여자예요. 오리다 뒤에 많은 영혼들이 있어요. 오리다의 오라는 짙은 푸른빛이고요. 오리다가 내게 손을 뻗어서, 그 손을 잡았어요. 편안하고 아주 평화로워요.

오리다는 방금 끝난 브라이언의 삶에서 총에 맞아 죽은 상처를 치유해 주기 위해 사바나를 회복실로 데리고 갔다. 이 시점에서 사바나는 자신의 영혼 이름이 그렛이라고 밝혔다. 그렛의 오라는 녹색이 약간 섞인 붉은빛이었다.

오리다는 사바나-그렛이 지난 삶을 정리하도록 도운 다음, 책들이 도처에 꽂혀 있는 학교 건물로 인도했다.[1] 그렛은 이해하기 힘든 다른 언어로 된 책을 펼쳤다. 하지만 그렛은 내용을 이해하고 있었다. 질문을 던지자, 그렛이 대답했다. "이 책은 다른 나라, 다른 문화권의 영혼을 다루고 있어요. 사람들과 그들의 에너지를 공부하기 위한 것이지요."

그렛은 자신처럼 공부 중인 영혼이 열 명은 더 있다는 것을 발견했다. 그들은 그렛의 작업그룹이었다. 그렛은 그들에게 좋은 감정을 품고 있었다. 그들의 작업에 대해 묻자, "설명하기 힘든 일이에요"라고 대답했다. "사람들의 마음을 살펴서 그들을 돕는 거예요. 사람들과 마음으로 더 잘 소통할 수 있어요. 지구에서도 그렇게 할 수 있지만, 대부분 그 방법을…… 말없이 소통하는 법을 몰라요. 제가 말할 수 있는 건 마음으로 사람들을 돕는다는 것뿐이에요. 에너지를 조종하는 일이라고나 할까요."

이 일을 오랫동안 해왔느냐고 묻자, 그렛이 대답했다. "아주 오랫동안 해왔어요. 너무 힘든 일이에요! 지구상에 사는 동안에도 이 일을 배우기로 했는데, 너무 힘들어요. 이 그룹의 몇몇 영혼들은 정말로 훌륭해요. 저도 그들처럼 되고 싶어요. 하지만 그렇지 않은 영혼들도 있어요." 이 그룹이 그렛에게 힘을 내라는 메시지를 보냈다.

그렛이 주변을 돌아보다, 트레버를 발견했다. 놀랍게도 트레버는 영계의 관문에서 자신을 맞아준 셀레스테였다. 트레버도 붉은빛을 띠고 있었고 그룹 전체가 붉은빛을 띠고 있었다.[2] 트레버–셀레스테는 그렛의 일차적인 영혼의 친구였다.

나는 그렛에게 그룹이 하는 일을 더 자세히 설명해 달라고 했다. 그렛은 머뭇거리면서 적절하게 설명할 말을 찾았다. "에너지를 이용해서, 그들(몸을 갖고 태어난 존재들)을 영적인 에너지와 연결시키는 거예요. 그들을…… 그들의 에너지를 더 빠르게 만드는 거지요. 에너지를 더 강렬하게 진동시켜야 상태도 더 좋아지니까요. 그러면 더 많은 것에 마음을 열고, 더 많은 것을 배우게 돼요. 인간으로서 그리고 영혼으로서 앞으로 전진하게 되죠. 요컨대 이 일은 인간이라는 형태 안에 영혼 에너지를 불어넣는 거예요."

어느 시점에 사바나는 머릿속에 많은 양의 에너지가 집중되어 있음을 느꼈다. 말로는 설명할 수 없는 에너지였다. 나는 그 에너지에 의식을 집중하고 함께 호흡해 보도록 요청하며, 이런 순간이 바로 진동수가 더 높은 에너지로 변화하는 때가 아닌지 물었다.[3]

그러자 사바나가 웃으며 대답했다. "그런 것 같아요…… 약간 시원해요." 나는 이 에너지에 의식을 집중해서 에너지가 강화되는 것을 즐거운 마음으로 느껴보라고 했다. 사바나는 주의를 기울여, 그렛이 경험하고 있는 에너지의 변화를 자각했다. 이런 자각은 지금 하는 일과 방법을 이해하고 있다는 신호였다. 다음은 사바나의 에고와 사바나의 불멸의 영혼인 그렛 사이에서 일어난 영적인 대화이다.

사바나(그렛) : 사바나는 겁먹고 있어요. 타인들이 어떻게 생각할지 두려운 거죠. 좀 이상해요. (웃으며) 사람들과 이런 이야기하는 것을 언제나 꺼리는 것도 두려움 때문이에요.

로렌 : 머릿속에서 에너지가 강화되는 이유는 뭐죠?

사바나(그렛) : 그건 제가 올바른 길을 가고 있다는 신호예요. 정말 미치겠어! 사바나도 나름대로 잘 해보려고 하는 거겠지만, 그녀 때문에 긴장이 커져서 에너지가 작아지고 있어요.

로렌 : 그렇군요, 그렛. 진정하세요. 사바나의 고차원적이고 영적인 자기로서, 사바나가 언제나 열린 마음으로 당신의 말에 귀 기울이도록 인도해 주면 좋겠어요. 그래야 사바나가 자신의 에너지를 긍정적으로 활용할 테니까요. (사이를 두었다가) 지금은 사바나

와 무슨 이야기를 하고 있나요?

사바나(그렛) : 집중상태를 유지하라고요.

로렌 : 어떤 의미인가요?

사바나(그렛) : 사바나의 머릿속엔 지금 할 일이 너무 많아요. 그래서 제가 그녀를 통해 해야 할 일들을 하기 힘들고, 집중 상태를 유지하기도 어렵죠.

로렌 : 자세하게 설명해 주시겠어요?

사바나(그렛) : 머릿속에 할 일이 많은 건 사람들을 돕기 위해서일 거예요. 하지만 이런 방식은 마음으로 하는 것만큼 효과적이지 않죠. 사바나는 매일 명상을 해야 합니다. 여러 해가 걸릴 거예요. 더 많이 배워야 하니까. 그래야 더 오래도록 사람들을 도와줄 수 있어요.[4]

로렌 : 안내자는 이 모든 문제에 대해 뭐라고 하나요?

사바나(그렛) : 언젠가는 사람들과 그들의 영혼을 더 잘 도울 수 있을 거래요. 하지만 먼저 이 훈련을 거쳐야 한다고 해요. 정말 힘든 일이에요!

로렌 : 그렛, 사바나가 남자친구 트레버를 도우려면, 지구에서 어떻게 해야 하나요?

사바나(그렛) : 그는 대단히 방어적인 사람이에요. 사바나는 인내심을 갖고 그와 소통하는 법을 배워야 해요. 단번에 변화시킬 수는 없어요. 변화에는 오랜 시간이 필요합니다.

나는 사바나의 불멸의 영혼인 그렛이 드디어 주니어 안내자가 되어, 다른 영혼들과 함께 돕고 인도하는 훈련을 받게 되었음을 발견했다. 하지만 에너지를 이용해 더 능숙하게 소통하는 훈련 과정을 거쳐야만 했다. 사바나의 영혼의 짝 트레버−셀레스테 문제를 마무리 지으면서, 그렛은 다음과 같이 말했다.

"저는 모든 사람들이 다르다는 점을 깨우쳐야 해요. 정신에너지를 사용하는 방법도 제각각 다르죠. 트레버와 함께하는 시간이 많아지면, 그의 정신이 작용하는 방식도 더 잘 알게 될 거예요. 영계에서 그는 자기를 더 이해해 주고 한 번에 너무 많은 정보들을 쏟아 붓는 대신 서서히 다가오도록 노력해 달라고 부탁했어요. 더 부드럽게 대해주고, 가르치려 하기 전에 먼저 그의 정신적 요구들을 살펴주었으면 하는 거죠. 인내심을 갖고 속도를 늦춰라, 자신을 더 잘 이해하고 그것에 충실하라. 이거예요."

이야기가 끝날 즈음, 사바나는 중요한 영적 인식 덕분에 자신에게 정신적으로 아무 문제가 없음을 깨달았다. "저는 미친 게 아녜요. 제 정신을 잘 쓸 수 있고, 많은 일을 할 수 있지요. 그리고 제가 하는 일의 결과도 확인할 수 있구요. 가끔은 이런 일을 할 사람이 저밖에 없다는 생각도 들어요. 모든 게 커다란 계획의 일부분임을 알고 나니, 정말 홀가분해요."

사바나는 작업 그룹을 떠났다. 나는 사바나의 이마에 손을 대고, 영계의 다른 곳에 있는 자신을 그려보도록 했다. 그러고는 지금 있는 곳을 말해 달라고 요청했다.

"흐르는 강물…… 에너지 강가에 있어요. 탁 트인 넓은 곳인데, 제 옆으로는 에너지가 다채로운 색깔로 흐르고 있어요. 여기에 손을 대면, 에너지가 제 안으로 흘러드는 걸 느낄 수 있어요. 그리고 에너지를 다루는 법도 배울 수 있지요. 에너지의 강 속에는 영혼들의 감정이…… 다른 영혼들의 에너지가 담겨 있어요. 강물에 손을 대니, 다른 영혼들의 에너지가 제 안으로 흘러들어요. 그들의 에너지가 어떻게 강물 속으로 흘러들었는지는 저도 잘 모르겠어요. 강물은 허리까지 와요. 강물에 손을 담그고, 제 안으로 흘러드는 많은 에너지를 다스리게 되면 내면에서 변화가 일어나요. 오랜 시간 손을 담그고 있으면, 압도당하는 느낌이에요.[5]

지구에서 사람들과 한 방에 있을 때는 그들의 에너지가 제게 전달되죠. 그러면 그 에너지에 압도당할 수도 있고, 그냥 있는 그대로 받아들여…… 그들이 진정 어떤 존재인지 파악할 수도 있죠. 저는 강물에 손을 담갔다 빼면서, 사람들의 에너지를 긍정적인 방식으로 조직화해서 돌려보내는 훈련을 해요."

나는 사바나가 사람들의 다양한 에너지에 압도당하지 않고 편안하게 에너지를 다스릴 수 있도록 해달라고 오리다와 그렛에게 부탁했다. 이 대화는 사바나의 인간적 에고와 영적인 에고의 통합으로 더욱 원활하게 이루어졌다.[6]

나는 에너지 조정 과정이 접촉에 의해 가속화되는지 물었다. 이 고차원적인 영혼들이 대답했다. "사바나는 자신이 선택한 접촉 대상에 주의를 기울여야 해요. 사실 그것은 다른 사람의 입장이 되어보는 것 이상의 문제니까요."

타인의 에너지를 빼앗아가는 사람들이 있는데 사바나가 이들을 피해야 하느냐고 묻자, 이런 대답이 돌아왔다. "그들은 정말 힘든 존재지요. 하지만 그들의 에너지도 다른 곳으로 보내거나 정화시킬 수 있어요. 물론 그들이 수용적이어야 하지만요. 그들을 위해 그 모든 걸 해

줄 수는 없기 때문에, 이 문제는 풀기 어려워요."

나는 그렛과 대화를 나누면서 사바나가 언제 에너지 작업을 하고 언제 피해야 하는지 알 수 있게 신호를 해달라고 부탁했다. "몸의 오른편이 경직되는 느낌이 들면,(가끔 이런 증상이 나타날 때마다 병이 난 거라고 생각했는데, 사실은 그게 아니었다.) 들어오는 에너지가 너무 과도해서…… 당장은 그녀가 해줄 수 있는 일이 아무것도 없다는 신호예요. 이럴 땐 에너지를 그냥 두어야 합니다. 시간이 지나면, 이런 문제도 잘 해결하게 될 거예요. 그녀가 이 세션에 참석한 이유의 하나도 이 신호를 배우기 위해서였어요."

그리고 나서 그렛은 더욱 고차원적인 에너지를 지닌 오래된 영혼 그룹에게로 갔다. 오리다와 트레버-셀레스테도 사바나-그렛을 따라갔다. LBL의 시각에서 보면, 이 오래된 영혼 그룹은 사바나의 원로들 같다.

"그들은 지구상의 모든 사람들을 더 긴밀하게 연결하는 법을 가르치고 있어요. 지구에서 지금 상황이 어떻게 전개되고, 미래는 어떨지를 알면 일을 더 즐겁고 가치 있게 만들 수 있어요. 연결이 모든 사람들을 변화시키고 미래 세대들에게도 도움이 되리라는 것을 믿으라고 저와 셀레스테에게 말해요. 이건 아주 좋은 조언이에요. 사바나의 주요 문제들 가운데 하나도 이 일이 너무 힘들고 모든 걸 단번에 변화시킬 수 없다는 것이니까요. 믿음을 가져요, 사바나!"

오래된 영혼들이 그렛을 다른 곳으로 데려가려 하자, 사바나는 가도 될지 내게 물었다. "물론입니다. 믿으라고 했잖아요!" 우리는 둘 다 웃음을 터뜨렸다.

그녀는 현생의 몸을 선택한 방으로 인도되었는데 그곳에는 커다란 영화 스크린들이 있었다. 그렛은 그녀가 무수한 인간의 몸 중에 에너지 작업을 하는 사바나의 몸을 선택한 것은 확실히 잘한 일이었다고 확신했다. 또한 대도시들을 보면서, 사람들이 밀집해서 살면 시골 사람들보다 스트레스가 더 많을 거라고 했다. 그러므로 그녀의 능력을 필요로 하는 사람들이 많은 대도시에서 일하는 편이 좋다고 했다.

그렛은 이제 의회실로 돌아갔다. 네 명의 원로가 긴 탁자에 둘러앉아 있었다. "원로들로부터 각각의 삶을 부여받기 전에 저는 몸을 어떻게 선택하고 이 몸을 어떻게 보살펴야 할지에 대한 가르침을 들었어요." 그 후 원로 한 명이 사바나의 어머니 사진이 들어 있는 금합을 보여주었다. 그녀의 작업으로 어머니를 도우라는 메시지였다.

그렛은 이 메시지가 마음에 들었다. 사바나의 어머니는 수용적이므로, 즉각적으로 어떤 결과를 얻어낼 수 있을 것이기 때문이었다. 또 원로들은 재미와 즐거움, 기쁨을 누리는 것도 좋지만 고요하게 명상에 잠기는 시간도 필요하다고 했다.

그렛은 최초의 환생을 떠올리며 말했다. "그곳은 훨씬 편안한 행성이었어요. 모든 것이 정신적이었지요. 서로를 잘 이해했어요. 지구보다는 훨씬 편안한 곳이었어요. 사바나가 지구에서 힘들어히며 좌절하는 것도 이해가 가요. 제 생각에는 다른 행성에서 배운 기술들을 써먹고 있는 것 같아요."[7]

이제 그렛이 세션을 끝낼 때가 됐다고 느꼈다. 나는 그녀의 의식을 깨워, 다시 사바나로 돌아오도록 했다.

8개월 뒤 다시 사바나를 만나, LBL 세션으로 삶이 어떻게 변화했는지를 물었다. 다음은 사바나가 자신의 경험을 요약한 글이다.

가장 큰 도움은 제가 이 세상에 어떤 일을 하러 왔는지 알게 되었다는 거예요. LBL 세션을 받기 전에도, 제가 정신 에너지를 잘 다룬다는 건 알고 있었어요. 체 일을 정확하게 설명할 수는 없었지만요. 제 영혼 그룹을 만난 느낌이 정말 강렬했어요. 영혼들의 정신 에너지로 이루어진 다채로운 색깔의 에너지 강물에 대해 특히 지속적으로 생각하게 됐죠. 우리는 그 강물에 손을 담궈 혼란에 빠진 에너지인지 아니면 슬픔이나 죄의식에 빠진 에너지인지를 알아낸 뒤에 그 에너지를 이해하고 알아가는 훈련을 했어요. 가장 어려운 건 영혼의 구조와 성질에 영향을 미치거나 어떤 식으로든 이것들을 변화시키지 않으면서 그 영혼을 치유하는 것이었지요. 그러려면 에너지 강물이 흘러갈 때, 민첩하고 섬세하게 에너지를 파악해야 했어요.

이번 생에서 저는 부정적인 에너지가 느껴지는 사람과 함께 있을 때 이런 기술들을 사용해야 해요. 그들에게 치유에너지를 보내서, 그들이 압도당하지 않고 조화를 찾게 도와야 해요. 미약하지만, 제 기술로 이렇게 사람들을 도울 수 있다는 것이 기뻐요.

LBL로 제 인생은 달라졌어요. 이제는 적어도 하루 30분 동안 꼭 명상을 하고, 타인들과 저 자신에게 치유 에너지를 보내는 훈련을 해요. 이제 막 시작 단계지만, 몇 년 훈련을 계속하면 훨씬 능숙해질 거예요. 명상을 한 덕에 친구나 가족들과 있을 때도, 제 일에 더 집중할 수 있게 되었어요. 명상은 저에게 정신적인 출구와 같아요. 명상을 많이 할수록, 밤에 잠도 더 잘 와요.

저는 호스피스 자원봉사도 하고, 배우자를 사별한 사람들을 도와주는 그룹도 이끌고 있어요. 사람들의 슬픈 마음을 치유해 주게 되었구요. 이 일들 모두 제 영혼의 일과 같은 연속선상에 있다고 생각해요. 저는 항상 무언가 중요한 일을 해야 한다고 느꼈지만, 사람들을 어떻게 도와야 할지 알 수 없었어요. 하지만 세션을 받은 뒤로는 저의 직관을 더 신뢰할 수 있게 되었어요. 지성적인 존재들이 저를 신뢰하고 올바른 방향으로 이끌어주고 있다는 걸 아니까요. 진보된 영혼들이 저를 인도해 주고 타인을 돕는 법을 가르쳐주고 있다는 것도 알게 되었고요. 가끔씩 LBL 경험을 떠올리는 것이 이번 생에서 제 일을 계속하게 만드는 원동력이 돼요. 잊을 수 없는 엄청난 경험이었어요!

---

(1) 삶의 책들이 소장되어 있는 영혼의 도서관에 대해서는 《영혼들의 운명1》 246-250쪽, LBLH 105, 119쪽을 본다.

(2) 이 사례의 저자는 트레버-셀레스테, 사바나-그렛이 붉은빛의 핵심 색깔을 지닌 영혼들의 친구라고 말하고 있다. 이들이 붉은빛을 띤다는 것은 이들이 레벨 Ⅱ의 영혼일 가능성이 크며, 강렬하고 열정적인 진동에너지를 갖고 있음을 의미한다. 사바나의 영혼인 그렛도 녹색이 가미된 붉은색을 띠고 있는데, 이것은 그녀가 치유력을 계발하고 있음을 나타낸다. 사바나의 영혼의 안내자 오리다는 지식과 경험을 갖춘 진화한 영혼답게 짙은 푸른빛을 띠고 있다. 《영혼들의 운명 1》 277-283쪽, LBLH 126쪽 참조.

(3) 영계에서 영혼들의 전문적인 훈련 영역은 재능과 흥미, 동기, 경험에 의해 결정된다. 사바나의 영혼인 그렛은 조화를 만들어내는 영혼이 되기 위해 오랫동안 준비를 해온 것처럼 보인다. 이런 영혼들은 본질적으로 인간관계와 지구에서 벌어지는 사건들의 에너지에 균형을 맞춰주는 조정자들이다. 《영혼들의 운명 2》 216-222쪽 참조.

(4) 시술자가 피술자로 하여금 어떤 식으로 자신의 영혼이 되어 질문에 답하도록 유도하는지 주목한다. LBL 중 이런 식으로 인간적 에고를 해체하면, 영혼의 반응은 더욱 분명해지고, 내적인 에고도 더욱 많은 것을 인식한다. 피술자가 치료 중에 관찰자와 참여자의 두 가지 역할을 동시에 수행하는 것에 대해서는 LBLH 156쪽을 참고한다.

(5) 영계의 에너지 강물과 관련된 이미지들은 피술자의 안내자인 오리다의 지휘로 이루어지는 훈련 과정이다. 이 변화의 공간에서 영혼들은 그들의 에너지를 유정 무정의 대상들과 통합하는 법을 배운다. 강물과 물 웅덩이는 훈련 중인 영혼

들이 조종하는 액체 에너지를 상징한다.《영혼들의 여행》281, 363-364쪽,《영
혼들의 운명2》174-177쪽을 본다.

(6) 영혼과 인간적 정신 사이에서 우리가 지니고 있는 이원적 에고의 영적인 통합
에 대해서는 LBLH 80-81, 163, 181-189쪽을 본다.

(7) 다른 행성에 존재했던 혼성 영혼들은 그곳에서 터득한 기술들을 이런저런 형태
로 지구에 가져온다.《영혼들의 운명1》168-169쪽, LBLH 22쪽 참조.

19
영혼의 계약을 재조정하다

앤디 톰린슨(도싯 카운티의 코페 뮬렌, 영국)
: 심리치료사, LBL 관련 작가,
전생퇴행 아카데미 훈련감독

이 사례는 피술자들이 전생퇴행과 LBL을 통해 다양한 차원의 치유와 이해를 경험한다는 사실을 보여준다. 또 영혼의 가르침들을 인식하고 받아들이면, 신체적인 고통과 두려움에서도 자유로워질 수 있음을 입증해 준다. 나아가 인간의 정신과 불멸의 영혼이 지닌 관점들을 비교하고 대조할 수도 있게 된다.

딘을 처음 만났을 때, 나는 그의 밝고 유쾌한 성격과 환한 미소에 좋은 인상을 받았다. 그는 국제은행의 마케팅 매니저였는데, LBL을 더 자세히 알기 위해 내가 주관한 LBL 치료 워크숍에 한 번 참석한 적이 있었다. 그는 1998년에 불륜을 저지른 직후부터 왼쪽 고환과 샅, 하복부에 통증이 시작되었다고 했다.

"통증이 참기 어려울 만큼 고통스러워요. 한두 주 동안 통증이 계속되다가도 다시 몇 달 정도는 괜찮아지곤 했어요. 그러더니 2000년부터 통증이 지속적으로 찾아왔죠. 가끔은 너무 고통스러워서 나도 모르게 몸이 구부러질 지경이었어요. 한쪽 고환이 작아져, 결국은 의사를 찾아갔었죠. 같은 해에 비뇨기과를 찾아가 자기공명영상 한 번에 컴퓨터단층촬영 두 번, 경정맥신우조영술 한번, 초음파 검사를 세 번이나 받았고요. 그래도 의사들은 원인을 못 찾아내고, 그냥 진통제 30일분만 처방해 주고 말았죠. 고환과 샅의 통증은 생겼다 사라졌다 했어요. 언제나 불편함이 지속되다가, 돌연 참을 수 없는 통증이 재발되곤 했지요. 아내에게 누군가 제 고환에다 못을 박는 것 같다고 하소연할 정도였어요. 지난 몇 년간은 통증이 훨씬 약했어요. 그런데 워크숍이 끝나기 전 몇 분

동안 통증이 극도로 심해졌습니다. 워크숍을 하던 며칠간도 고통스럽기는 했지만요."

워크숍 중에 딘은 통증의 원인이 전생에 있는지를 확인하기 위해 전생퇴행을 자청했다. 그는 내전 중인 로마에서 백인 대장으로 살았던 전생으로 쉽게 퇴행했다. 세션이 끝난 뒤, 그는 퇴행의 경험을 다음과 같이 묘사했다.

"저는 전생에서 죽음을 맞이한 시점으로 돌아갔어요. 부하 몇 명이 저를 넘어뜨려 한 명은 제 목에, 다른 한 명은 제 오른팔에 발을 올려놓고, 나머지 한 명은 저를 내려다보며 제 샅에 칼을 꽂았어요. 칼을 든 부하는 제 성기를 잘라 들어 보이면서 이렇게 외쳤어요. '이게 없으면 힘도 못 쓰지? 안 그래?' 그러면서 성기를 바닥에 내던지고 짓밟아버렸어요. 퇴행 중에 저는 당신(앤디)의 치유작업 덕분에 몸이 치유되는 걸 느꼈어요. 제 손으로 칼을 빼내고, 제 몸에서 잘려나간 부위를 다시 제자리에 붙여놓았죠.[1] 그러자 제 몸이 다시 온전해진 것처럼 기분이 좋아졌어요.

나중에 만나게 된 영혼의 안내자는 그 전생에서 제가 강간에 도적질을 일삼았다고 하더군요. 그 정신적 상처들이 이번 생에까지 영향을 미치고 있고요. 그래서 외도에 에너지를 쏟으면, 이 에너지가 전생의 상처들을 되살려낸다는 겁니다. 하지만 이런 상처는 제가 엉뚱한 일에 빠져서 삶의 목적을 성취하는 데 써야 할 시간과 집중력을 모조리 빼앗기고 있을 때, 그 상황을 일깨워주는 역할도 한대요."

예상했던 대로, 딘은 삶의 목적을 발견하기 위해 곧바로 LBL 세션을 예약했다. 그는 깊은 트랜스 상태에 들어간 뒤, 19세기에 상인으로 살았던 전생으로 돌아갔다. 그 상인은 자신의 배가 아프리카에서 실종되었다는 소식을 들었다. 이미 사업 계약까지 마친 상황이었는데 말이다. 배의 실종은 곧 가업의 몰락을 의미했다.

상인은 마음을 달래기 위해 선술집에서 흠뻑 술을 마셨다. 그러다 자객 네 명에게 공격을 당하고, 이어 벌어진 싸움에서 살해당하고 말았다. 다음은 딘이 처음으로 영혼의 안내자를 만난 시점의 기록이다.

딘 : 제게 배울 준비가 되었느냐고 물어요.

앤디 : 당신은 뭐라고 했나요?

딘 : 그렇다고 했지요. 아직 이해를 못하고 있으니까요. 그는 제가 이곳에 태어난 이유가 그렇게 하기로 되어 있었기 때문이래요. 당장은 이해를 못 해도 언젠가는 알게 될 거라고…… 이 전생에서는 힘들게 일한다고 해서 항상 보답이 주어지는 것은 아니라는 것을 배워야 한대요. 하는 일마다 보상을 받는 것은 아니고, 부당해 보이는 일도 사실은 제 생각에 불과하다는 걸 깨달아야 한답니다. 그러면서 아직 이해를 못 하고 있는 것 같으니, 이 말을 잘 곱씹어 보래요.

앤디 : 어떻게 하면 이해할 수 있는지 물어보세요.

딘 : 일어난 일들과 제 삶을 먼저 뒤돌아보래요. 그가 지난 삶을 보여주고 있어요.

앤디 : 어떤 식으로 보여주나요?

딘 : 거실이 보여요. 저는 제 몸속에 있지 않아요. 제가 계약서를 갖고 탁자에 앉아 있는 게 보이네요. 영혼의 안내자는 사업계약서

에서 좋은 의도는 보상을 받는다거나 좋은 결과를 가져온다는 것을 보여주는 점을 하나만 발견해 보라고 해요.

앤디 : 그래서 당신은 뭐라고 했나요?

던 : 이해가 가기 시작한다고요. 당시 저는 젊었고 쾌락을 추구했어요. 한낱 종잇장에 불과한 서명으로 한 사람을 소유할 수 있다는 게 좋았지요. 장인도 딸을 두고 흥정하게 돼서 대단히 기분 좋아 보였고요. 말이 좀 거칠게 들리겠지만, 그날 밤엔 걸음 걸음마다 잔혹한 행위가 이뤄졌어요.

앤디 : "잔혹한 행위"가 뭘 의미하는지 설명해 주세요.

던 : 장인 입장에서 보면, 경제적으로 이득이 되는 교묘한 계약으로 딸을 팔아넘긴 거지요. 이 계약으로 장인은 몇몇 시점에서 저의 가업을, 궁극적으로는 우리 집 재산을 확실하게 통제하게 됐어요. 이런 계약으로 인간의 삶을 흥정한 것, 이런 게 바로 잔혹한 행위지요. 이런 행위를 저지른 게 바로 저고요!

저는 제 발로 찾아가서 계약을 했어요. 그렇게 해서 한 인간의 삶을 소유하게 됐죠. 하지만 그때는 이 계약이 제 가족과 저 사신, 주변 사람들에게 얼마나 큰 해악을 미칠지 정말 몰랐습니다. 제가 이룰 가정은 생각도 하지 않았죠. 하지만 이 계약서에 서명한 탓에 제 자식들의 삶에 조건이 붙고, 우리 가족의 독립은 두 동강 나버리고 말았어요. 많은 사람들의 노고와 생계, 삶이 멀리 날아가 버렸어요. 제게는 그럴 권한이 없었는데! 이제…… 이해가 갑니다. 이해가 가요. 그 메시지가 이제는 확실하게 이해돼요.

이 전생의 경험은 우리가 자기 삶의 사건들을 판단하는 판사 겸 배심원이 될 수 있음을 잘 보여준다. 영적인 안내자의 역할은 일이 잘못 흘러가고 있을 때, 사건의 진상을 파악하게 돕는 것이다. 이런 이해가 미래의 삶을 계획하는 토대가 되어주기 때문이다.

힘든 노력과 좋은 의도가 언제나 보답을 받는 것은 아니라는 안내자의 가르침도 곱씹어볼 가치가 있다. 세속적인 시각에서 볼 때는 충격적일 수 있는 말이지만, 영혼의 관점에서 보면 세속적인 결정과 결과들 모두 배움의 한 과정이기 때문이다.[2]

딘은 이제 영혼의 안내자와 함께 그의 영혼 그룹을 만나러 갔다. 딘은 이 영혼 그룹을 '상담 그룹'이라고 불렀다.

딘 : 커다란 방이 보여요.

앤디 : 이 방을 묘사해 보세요.

딘 : 벽도 천장도 없어요. 바닥에 테이블이 붙어 있고, 테이블에는 의자들이 놓여 있어요. 테이블 양쪽에는 더 큰 의자가 놓여 있어요. 그 두 의자를 빼고는 의자들이 테이블에서 약간 떨어져 있네요.

앤디 : 이곳이 어디죠?

딘 : 상담실이에요.[3]

앤디 : 혼자 있나요?

딘 : 아뇨. 저는 작은 의자에, 제 안내자는 큰 의자에 앉아 있어요.

앤디 : 다른 일은 없나요?

딘 : 두려워요.(이 감정은 딘의 마음에서 비롯된 것이다.)[4]…… 지금은 우리가 기다려오던 순간이에요. 안내자가 텔레파시로 아주 끈기 있게 이야기해요. 제가 먼저 제시해야 한다고요. 제가 계획안을 제시해야 할 때라고요.

앤디 : 계획안이라는 건 무엇을 의미하나요?

딘 : 제 현생의 계획을 말하는 거예요. 저는 제 두려움의 이유를

물었어요.

앤디 : 안내자는 뭐라고 대답하나요?

딘 : 아주 오래 전부터 가졌던 두려움이래요. 저는 많은 전생에서 이런 두려움을 느꼈어요……. 그 두려움을 여기까지 갖고 온 겁니다. 제가 이 두려움으로 계속 실험하고 있기 때문이에요. 이 두려움을 지주로 삼기도 하고, 어떻게든 피하려고도 했지요. 이것이 얼마나 어리석은 일인지 보여주기 위해 가지고 온 거예요.

앤디 : 다른 존재들은 없나요?

딘 : 어머니하고…… 제 아들…… 오, 친구 글로리아도 있어요. 아버지도 있고…… 맙소사! 제 아내도 보여요. 제 아내의 전 남자친구도 있고요. 이들이 테이블 한쪽을 꽉 채우고 있네요.

앤디 : 다른 편에는 누가 있죠?

딘 : 제 할머니하고 이모 두 분, 예전 동료 모리스, 그리고 누군지 모르는 세 명이 더 있어요.

앤디 : 무슨 일이 일어나고 있는지 말해 주세요.

딘 : 모두들 미소 짓고 있어요. 장난기가 슬슬 발동한 거죠. 제가 "왜 저는 따라잡을 수 없는 거죠?" 하고 물었더니, 어머니가 말해요.

"우린 인내심이 많단다. 그러니 원하는 만큼 시간을 오래 써도 돼. 네가 이 단계를 익히는 동안, 우린 다른 일을 하면 되니까 신경 쓰지 않아도 된단다. 물론 우리도 계속 전진해야 하지만 말이다. 너는 이 계획이 우리 모두가 가까워지는 데 가장 적합하다고 했어. 넌 우리 모두가 언제나 네게 자극을 주고, 네 삶에 가까이 존재하기를 원했지. 그러면 네가 그 일을 해낼 수 있을 거라고 말이야."

그래요, 그들은 정말로 저를 비웃고 있어요……. 어머니의 말은 제 현재의 영혼 그룹 중에서 많은 일원들이 긴밀하게 관계를 맺고 있다는 것이지요. 그래야 제가 성장하는 동안 제 삶 속에 돌연 등장했다가 사라져버릴 수 있을 테니까요. 고모가 일어서서 이렇게 말해요. "우리들 모두 이번 생에서 네게 메시지를 주었어. 그런데 넌 이 메시지들을 이해하고도, 여전히 메시지를 찾고 있어. (딘이 고개를 끄덕였다.) 더 많은 메시지를 달라고 말이야." 고모 말은 제가 더 이상 메시지를 얻지 못할 거라는 의미예요.

앤디 : 이 메시지들이 무엇인지 가르쳐주지는 않나요?

딘 : 아뇨, 다시 저를 비웃기만 해요. 제 영혼의 안내자도 이렇게 말하는걸요. "너는 메시지를 알고 있어. 그런데 왜 LBL을 하고 싶어하는 거지?"

앤디 : 다음에는 어떤 일이 일어나죠?

딘 : 제가 잘 모르는 영혼 하나가 다 맞춰진 조각그림을 건네면서, "이 조각그림을 맞춰봐"라고 해요.

앤디 : 무슨 의미인가요?

딘 : 저를 조롱하는 거지요. 조각그림은 이미 맞춰져 있어요. 빠진 조각도 없고요. 안내자도 제가 앞으로 나아가지 않으면, 제가 지상의 몸속에 완전히 갇혀버리고 말 거라고 말했어요. 테이블에 있는 영혼들도 전부 저 없이 앞으로 나아갈 준비가 돼 있고요.

앤디 : 당신은 무얼 해야 하죠?

딘 : 글을 쓰는 겁니다. 하나의 방법이죠. 그들은 글 쓰는 걸 "무의식으로 들어가는 뒷문"이라고 하지만, 저는 어쨌든 책을 쓸 거예요.

앤디 : 그 책에 대해 자세히 이야기해 주세요.

딘 : 제 내면에는 많은 이야기들이 있어요. 이것들을 밖으로 끄집 어낼 기술도 있고요. 책을 쓰는 목적은 자각력을 키워주기 위해서 예요. 지구상의 에너지들이 너무 많이 고착화되어 가고 있거든요. 고착의 원인은 저처럼 모든 일에서 끊임없이 쉬운 길만 찾기 때문 이에요. 하지만 자각에는 어떤 임시변통도 안 통해요. 자각은 점 진적인 과정이니까요. 저는 사람들이 자각할 수 있도록 글을 쓸 거예요.

이제 딘은 자신의 삶의 목적과 중요성을 이해했다. 세션의 초기에는 영혼 상태에서 겪은 일들을 기억하고, 나중에는 영혼들과 실시간으로 대화를 나누면서 현생을 뒤돌아보고 현생의 목적들에 몰입하지 못하 는 이유도 살펴보았다. LBL 세션의 이런 변화는 피술자에게 도움을 주는 강력한 방법의 하나이다.

한창 생의 한가운데 있을 때 이런 성찰을 경험하는 것이 좋다. 그러 면 의식을 가진 상태에서 영혼의 자각을 경험할 수 있고, 이로써 영혼 의 진화는 더욱 가속화된다. 딘은 LBL을 통해 그의 두려움을 이해할 기회를 얻었다. 이 두려움은 상인으로 살았던 전생에서 비롯된 것으 로, 현생의 계획에 집중하지 못하는 원인이기도 했다.

우리는 딘의 영혼의 안내자와 함께 세션을 계속했다. 딘이 삶의 계 획들을 성취하지 못하게 만드는 장애물들에 대해서도 이야기를 나누 었다.

앤디 : 앞으로 당신의 영혼 그룹을 어떻게 알아보나요?
딘 : 결국은 알게 될 거예요. 물론 시간이 오래 걸리겠죠. 그들이 제 삶에 불쑥 등장했다가 사라지는 이유도, 그들이 제 가족의 일

원인 이유도 여기에 있어요. 그들은 삶의 다양한 시기에서 제가 직면할 문제들을 상징해요. 제 남동생…… 돈에 상관없이 자신의 길을 찾으리라는 점을 분명하게 보여줄 겁니다. 제 아들은 제가 추구하는 사랑의 분명한 이미지를 보여줄 거고요.

앤디 : 이 시점에서 더 이야기할 점들이 있나요?

딘 : 가족에 대한 저의 의무들에 대해서요. 제가 바라는 대로 그들을 입히고 먹이고 교육시키고 잘 곳을 제공하는 문제를 생각해 봐야 해요. 이 의무를 제가 생각했던 대로 실행할 수도 있고, 그러지 못할 수도 있거든요. 제 영혼의 안내자는 알아요. 저의 의식적인 마음이 가족에 대한 의무를 저버리면 힘들어할 거라는 것을요. 제 내면의 고차원적인 의식도 삶의 목적을 성취하다 보면 일차적인 의무를 다하지 못할 수 있다는 걸 알고 있고요. 저도 알아요, 안다고요.

앤디 : 당신의 목적에 충실하지 못할 때는 어떻게 되나요? 이 문제도 이야기해 봤나요?

딘 : 예, 다른 누군가가 그 일을 할 거예요. 저는 다른 영혼 그룹과 함께 뒤에 남을 거고요. 저는 강한 위기감을 느끼고 따라잡으려 하겠지만…… 영혼의 안내자는 이 그룹과 함께하지 못하는 이유를 고착된 감정 때문이라고 생각하는 것이 좋을 거래요. 제가 이 그룹과 함께하고 싶어하는 이유는 제 영혼의 진보 수준이 상대적으로 낮기 때문인 것 같아요. 이런 게 두려움이나 태만으로 제게 전해지는 것 같고요. 사실 저는 잘 모르겠지만요.[5]

지구상에서 어떤 메시지를 전파하는 데는 시간의 제약이 있어요. 안내자는 지금 지구 전체를 아우르는 망을 형성하려는 사람들이 아주 많은데, 나 같은 사람들이 이 망의 일부가 돼서 다음 물결이 밀려들기 전에 가능한 한 많은 사람에게 영향을 미쳐야 한대요.

앤디 : 당신 몸의 다양한 부위에서 일어나는 통증들에 대해서도 안내자에게 물어보았나요? 이 통증들도 당신을 일깨우기 위한 수단의 하나인가요?

딘 : 예, 하지만 이 수단들은 곧 사라질 거예요. 더 이상 이런 자극제가 주어지지 않을 겁니다. 이제는 전부 제 손에, 제 결정에 달려 있으니까요.

그의 고환과 삶의 통증이 사라진 것과 관련해서 아주 중요하게 알아 두어야 할 점이 있다. 이 통증들은 원래 딘이 삶의 목적에 써야 할 에너지를 불륜이라는 잘못된 일에 허비하고 있음을 일깨워주기 위한 자극제였다.[6] 또한 로마의 백인 대장으로 살았던 전생에 그 근원이 있었다. 다행히 전생퇴행을 통한 변화 덕분에 그 통증들은 사라졌다. 하지만 통증들이 계속 재발하지 않게 만들려면, 이 가르침을 현재의 삶에 통합시켜야만 했다.

LBL 세션으로 삶의 목적을 더욱 깊이 깨달았기 때문에 신체적 고통으로 딘을 각성시킬 필요가 없어진 것 같다. 또 영적인 자기와 의식적인 자기의 합의 하에, 딘은 영혼의 목적을 다시 확립하게 되었다. 하지만 딘이 지금의 일을 그만두고 영혼의 계획에 따라 책을 집필하게 될 때까지, 두려움은 남아 있을 것이다.

영혼의 안내자가 세속적인 의무들에 대해 가르침을 준 것도 삶에 대한 깊은 통찰을 제공했다. 우리에게는 누구나 타인들 특히 가족들을 보살필 의무가 있고, 이런 의무는 때로 삶의 목적에 방해가 되기도 한다. 하지만 모든 영혼은 인간의 몸을 받고 태어나기 전에 삶의 목적을 알고 있었다. 삶의 목적을 따르지 않기로 힘들게 결정을 내려도, 영혼의 시각에서는 그 세속적인 결과가 그리 중요하지 않다.

다음은 딘이 LBL의 경험과 이로 인한 삶의 변화들을 정리한 글이다.

LBL에서 가장 놀라웠던 점은 제가 받은 정보들이 아주 분명했다는 거예요. 저는 삶의 목적과 이 목적을 이루기 위해 깨우쳐야 할 가르침들을 알게 되었습니다. 의무와 관련해서 제가 얻은 통찰도 용기를 내서 힘들게 걸음을 내딛는 데 도움이 되었어요. 제가 의무감을 느끼는 가족 그리고 타인들에게 적극적으로 제 생각을 표현했어요. 그랬더니 고무적이게도 모두들 저를 지지해 주었지요. 아내 말고는 누구에게도 이런 지지를 기대하지 않았는데 말이죠.

은행에서 물러날 생각을 하자, 모든 일이 술술 풀려갔어요. 삶의 통증도 가라앉았는데, 다시는 재발하지 않을 거라는 확신이 들었어요. 제 영혼 그룹과 함께 시간을 보내면서 얻은 깨달음이 제게 마음의 평정을 가져다 주었기 때문이지요. 삶의 전환점에서 저는 올바른 방향을 선택했습니다.

---

(1) 이 사례의 저자는 전생퇴행 중에 최면 시술자가 이런 식으로 몸의 변화를 유도하는 것이 치유에 도움이 된다고 믿고 있다. 흔히 움직임이 말이나 시각화보다 더 효과적이고, 피술자에게 아주 강력한 권한을 부여해 준다. 정신적 상처나 설명할 수 없는 통증이 재발할 경우에 이 기법을 쓸 수도 있다.

(2) "좋은 의도"라는 말을 쓴 것에 대해서 독자들이 혼란을 느낄 수도 있겠다. 전생에서 딘이 사업적인 이득을 위한 거래로 상대방의 딸을 손에 넣은 것은 좋은 의도에서 나온 일이라고 할 수 없다. 하지만 현생의 딘 시각에서 볼 때, 사업과 사생활을 성공적으로 만들기 위해 애쓰는 것은 좋은 의도라고 할 수 있다. 이 부분에서 더 큰 문제는 누구의 삶에서든 "고된 노력과 좋은 의도가 언제나 보답을 받는 것은 아니다"는 것이다. 우리의 행위에서 비롯된 카르마의 영향력이 많은 전생들과 현생에 미치는 힘을 생각해 볼 때, 이것은 분명 사실이다.

(3) 원로들이 있는 회의실과 혼돈하지 말아야 한다. 색다르고 분위기도 편안한 이 회의실에서는 지혜롭고 진화된 영혼 그룹이 영혼을 평가하는 일을 한다.

이 부분에서 가리키는 것은 딘의 영혼의 동무들로 이루어진 중재 그룹이며, 이들은 딘이 맺은 삶의 계약을 이야기하기 위해 자발적으로 현재의 시간선 속으로 들어왔다. 이것은 LBL에서 원로들이나 영혼의 안내자들이 이해를 돕기 위해 흔히 사용하는 효과적인 기법이다.

독자들이 알아야 할 것이 있다. 영혼의 안내자와 원로들은 인간으로 태어났던 영혼들을 아주 따뜻하게 대해 주지만, 영혼 그룹의 동료들은 우리가 살아가는 동안 행했던 좋은 일들을 칭찬해 주면서도 우리를 놀리거나 비난하는 것을 피하지 않는다는 점이다. 《영혼들의 운명1》 307-314쪽의 영혼 그룹 체계를 본다.

(4) 빛 에너지로 이루어진 순수한 영혼 상태에서는 인체의 중추신경계에서 일어나는 감정들을 이해하지 못한다. 그래서 딘처럼 최면에 든 피술자가 영혼 상태에 있는 자신을 상상하면서 두려움 같은 강한 감정을 표현할 경우, 이것은 인간의 감정이 전이된 것이라고 할 수 있다. 우리의 모든 연구 결과, 두려움 같은 부정적인 감정은 실제로 영계에서는 존재하지 않는다.

(5) 딘은 진화가 느려서 그의 영혼 그룹과 함께하지 못할지도 모른다는 "세속적인 감정"(두려움)이 있다는 말을 들었다. 뒤에 남겨지는 것이 "중요하지 않다"는 딘의 말은 허세이다. 기초 단계의 가까운 영혼 그룹에서 배움의 속도가 더 빠른 영혼들은 관심사와 동기, 재능이 비슷한 중간 단계의 전문적인 새 영혼 그룹으로 더욱 빠르게 편입된다.

하지만 수많은 사례들에서 발견한 증거들을 놓고 볼 때, 배움의 속도가 느린 영혼들은 어디로도 옮겨가지 못한다. 딘이 의식의 차원에서 두려워하고 있는 점은 바로 이것일 것이다. 새로운 그룹이 아무렇게나 만들어지는 것이 아니다. 모든 영혼 그룹에는 공통의 목적이 있으며, 이들은 오랜 세월 서로를 돕는다. 하지만 우리가 내린 결론들에 예외가 있을 수 있다는 점을 언제나 잊지 말아야 한다. 배치는 《영혼들의 여행》 171-173쪽을, 영혼 그룹의 통합은 《영혼들의 여행》 145-146쪽을, 영혼 그룹의 형성은 LBLH 139-142쪽을 본다.

(6) 여러 번 환생을 경험하는 동안 영혼들은 많은 몸과 결합한다. 이 몸들 가운데는 상해나 절단, 잔인하고 치명적인 구타를 당한 것들도 있다. 그리고 현생의 몸에

전생 몸의 흔적이 남아 있는 경우들도 있다. 이 사례에서 딘이 느끼는 삶의 통증은 전생에 여성들에게 해악을 끼친 것을 일깨워주며, 이 해악은 현생의 불륜과도 연결되어 있다. 《영혼들의 여행》 372-384쪽, 《영혼들의 운명1》 227쪽, 《영혼들의 운명2》 118쪽, 《영혼들의 운명2》 126-127쪽, LBLH 167-168쪽을 본다.

20
영혼 에너지의 다운로드

크리스틴 피어슨(서리, 잉글랜드)
: LBL 요법가, 심리치료사 겸 최면치료사

LBL에서 보장할 수 있는 것은 아무것도 없다. LBL을 통해
우리 자신의 영혼이나 우리가 사랑하는 이들의 영혼을 만나서
삶이 변화될 수도 있다. 반면에 아직 준비가 안 되었다는 이유
로 안내자들이 이런 만남을 차단해 버릴 수도 있다. 다음의 사
례는 피술자와 치유사의 예상을 모두 약간씩 벗어난 경우이다.

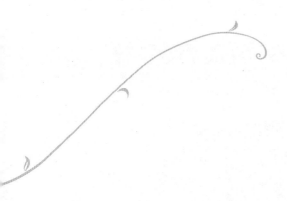

내가 마커스를 처음 만난 건 마이클 뉴턴 팀과 훈련을 마치고 9개월이 지났을 때였다. 아주 지적이고 표현이 분명하며 자신만만한 사람처럼 보였다. 논리와 사실을 중시하는 컴퓨터업계 종사자다웠다. 아내와 함께 귀신 들린 집에 살았던 경험이 없었다면 영적인 문제 따위에는 관심도 없었을 것 같았다. 하지만 그는 이 귀신 들린 집에 사는 동안, 합리적이고 물질적인 세계의 표준 모델에 들어맞지 않는 "기이한" 일들을 직접 체험했다.

마커스는 자신의 삶에 등장하는 주요 인물들에 대해서 상세한 정보들을 제공했다. LBL을 통해 풀고 싶은 여러 의문점들에 대해서도 깊이 생각해 둔 상태였다. 그는 존재의 다양한 차원의 작용에서부터 자신의 삶의 목적, 인간적인 개성이 자신의 영혼과 조화를 이루도록 하는 방법 등 개인적인 문제들에 이르기까지 아주 폭넓은 문제들에 의문을 품고 있었다.

우리는 만나기 전에 전화나 이메일로 여러 차례 대화를 나누었다. 마커스는 LBL에 관한 뉴턴 박사의 책들을 이미 읽은 터라, 어떤 일들이 일어날지 기본적으로는 이해하고 있었다.

하지만 정작 시술에 들어가자 마커스를 트랜스 상태로 유도하기가 힘들었다. 왼쪽 몸은 지나치게 이완되어 있는 반면, 오른쪽은 뻣뻣하게 굳어 있었다. 몸의 왼쪽을 관장하는 오른쪽 반구는 트랜스 상태로 기꺼이 들어가려고 하는 반면, 왼쪽 반구는 이것을 꺼렸다. 그래서 나는 두 반구들이 각각의 생각을 털어놓게 했다. 마커스의 오른쪽 반구에서 작용하는 영혼은 이 여행에 흥미와 열정을 갖고 있지만, 왼쪽 반구에서 작용하는 인간적인 에고는 협조하고 싶어하지 않는다고 했다. 이 여행을 떠나면 유한성이라는 실제와 직면하게 될 것이기 때문이었다.[1] 이 대화의 결과는 성공적이었다. 결국 마커스가 완벽하게 트랜스 상태로 들어간 것이다.

마커스는 19세기의 전생으로 돌아갔다. 이 전생에서 그는 동업자에게 배신을 당했다. 동업자를 강력하게 비난했지만 동업자는 사과는커녕 책임을 인정하지도 않았다. 이 동업자는 현생에서도 마커스를 힘들게 하는 사람이었다. 마커스는 영혼의 관점에서 '내려놓고 용서하는 법'을 배우는 것이 이 카르마의 교훈임을 깨달았다.

마커스는 아주 빠르게 죽음의 장면을 지나 지구에서 멀리 위로 올라갔다. 그는 터널을 발견하고, 그 안으로 들어갔다. 빠른 움직임과 자신을 둘러싼 다채로운 색깔들, 거기다 완전히 다른 사고방식까지 모든 것이 놀라웠다.

그러나 예상과 달리, 밝은 빛은 보이지 않았다. 흡사 액체처럼 따뜻하고 뿌옇기만 했다. 이것은 순수한 사랑이었다. "여기서 시간은 단선적으로 흐르지 않아요. 우리를 둘러싸고 두텁게 존재하고 있지요. 시간을 둘러싼 보호막이 있는 것 같아요. 이 보호막 밖에서는 단선적인 시간을 경험하지만, 안에서는 동시에 모든 것에 다가갈 수 있어요."[2]

그는 이 보호막을 들락거리면서 한동안 실험을 해보았다. 보호막 안으로 완전히 들어갔다가 이 놀라운 공간 밖으로 반만 몸을 빼서, 전혀 다른 실제들을 경험하고 느껴보았다. 마커스는 몸의 반은 영계에 머물고, 나머지 반은 물질계에 있는 것 같다고 했다.

"근원이 너무 강력하기 때문에 준비가 되기 전에는 이 근원에 들어갈 수 없어요. 안 그러면 몸이 산산조각나버릴 테니까요. 저는 이 근원에서 떨어져 있어요. 하지만 근원과 연결되어 있다는 느낌이 들어요. 전에도 영혼 상태로 이곳에 와본 적이 있어요. 제 영혼의 안내자를 만나기 전에 주의해야 할 것들이 있는 것 같아요. 속도는 믿을 수 없을 정도예요. 한계도 없고요. 의식이 있다면, 이 의식에도 한계가 없어요. 하지만 길을 잃기 쉬워요. 무슨 말인지 알죠? 젊은 사람들을 잘 보살펴야 해요. 너무 철이 없거든요. 어린 원숭이처럼 장난기가 심해요! 주의를 기울이지 않으면 길을 잃고 두려움에 떨게 되죠. 그러면 누군가 가서 그들을 데려와야 해요.[3] 저는 나이가 많은 영혼이에요. 얼마나 많은지는 모르지만요. 어쨌든 계속 그들을 지켜봐야 해요. 저는 아주 빠르게 움직일 수 있어요. 정말 환상적인 기분이죠. 시간 같은 건 없어요. 이 안에서 돌아다니는 능력이나 환경도 마음대로 다스릴 수 있어요."

젊은 영혼들과 얼마간 어울린 뒤, 마커스는 영혼의 안내자 피터를 만날 준비를 했다. 마커스는 텔레파시로 강하게 메시지를 보낸 뒤, 자신의 가슴에서 피터의 가슴으로 빛줄기가 흘러드는 모습을 상상했다. 그러고는 자신이 감당해 낼 수 있다고 생각하는 것보다 한 단계 높은 차원의 정보들을 달라고 피터에게 요청했다. 피터가 정말이냐고 묻자, 마커스는 "네, 주세요" 하고 대답했다. 다음 순간에 일어난 일은 우리 모두에게 충격이었다.

마커스는 최면의자에서 갑자기 격렬하게 몸을 움직였다. 그러고는 크게 소리를 질러댔다. "오, 이럴 수가! 오, 이럴 수가!" 그렇게 몇 분 동안 이어졌다. 안내자에게서 엄청난 양의 정보를 내려받은 결과, 마커스의 심장과 복강신경총 차크라 부근의 에너지체에 변화가 일어난 것이다. 그는 거의 숨도 제대로 못 쉬면서 이렇게 말했다.

"이런! 너무 엄청난 일이 일어나고 있어요! 말로는 표현이 안 돼요. 놀라울 정도로 빠르게 정보가 전달돼요. 무수한 정보들이 들려요. 제가 흡수해야 할 것들이 여기 다 있어요. 이것들을 다 처리하자면, 아마 몇 년은 걸릴 겁니다. 명상을 해야 이 정보들을 처리할 수 있어요. 신체적인 감각과 열정을 사랑하지만, 인간적인 마음을 끄고 명상하는 법을 배워야 해요."

이 세션이 끝나고 몇 주 후 실제로 마커스는 규칙적으로 명상을 했다. 덕분에 그는 주변의 에너지를 감지하고, 그를 둘러싼 에너지들에 더욱 개방적이고 수용적인 자세를 취하게 되었다. 하지만 이런 변화와 함께, 집 안에서 뭔가 달갑지 않은 일이 벌어지기도 했다. 쿵쿵 벽을 두드리거나 문을 노크하는 소리가 들리면서, 자신의 에너지 장에 영혼들이 들어와 있는 모습이 보인 것이다. 그는 자신의 아들에게도 영향을 미칠까봐 걱정했다. 그래서 명상을 줄이고, 더 많은 것들을 이해하기 위해 영혼에 관한 서적들을 읽고, 런던에 있는 심령술 연구 대학에 다녔다.

다음해 우리는 두 번째 세션을 가졌다. 이때는 주로 그의 영혼 그룹과 원로들을 만나고, 에너지 진동수가 다른 다양한 존재 차원을 탐험했다. 또 마커스는 영계에 머물고 있는 자신의 영혼 에너지, 즉 고차원적인 자기와 연결되었고,[4] 이로 인해 긍정적이고 부정적인 에너지와 관련해서 카르마가 어떻게 작용하는지를 더욱 분명히 이해했다.

우리는 그에게 접근하는 다양한 에너지들을 분별하는 법을 알고 싶었다. 이 에너지들이 온화한 것인지 아니면 유해한 것인지를 파악하기 위해서였다. 마커스의 안내자는 그와 소통하고 싶을 때 그의 뒷목을 건드릴 테니, 이런 느낌이 들면 자신인 줄 알라고 했다. 하지만 이런 신호에 의지하지 말고 자기 직감을 믿어야 한다고도 했다.

하지만 정보를 내려받게 해준 일을 제외하면, 피터는 상당히 방관적인 안내자였다. 직접적인 소통에는 되도록 관여하지 않았다.[5] 게다가 소통할 때도 상당히 퉁명스러워서, "멍청하게 굴지 마! 그 일엔 내 도움이 필요 없어!" 하고 말하곤 했다. 마커스가 이따금씩 본 녹색빛의 의미를 물었을 때도, "좋아"라고 간단하게 대답했다.

마커스는 〈스타트랙〉에서 커크 선장이 순간이동을 할 때 나타나는 이동효과처럼, 자신을 둘러싼 에너지 정체현상 같은 것이 나타나는 것을 종종 느꼈다. 알고 보니, 피터가 마커스의 인식을 확장시켜주기 위해 마커스의 두뇌 속에 있는 몇몇 필터들을 꺼서 그런 것이었다. 이로 인해 마커스는 존재하는 많은 차원들을 보곤 했다.

"인간의 두뇌는 사실 기본적인 수준의 단순한 기관이에요. 다양한 유형의 정보나 연속적인 소통을 잘 감당해 내지 못하죠. 많은 필터들이 존재하는 것도 이 때문이고요. 근원으로 돌아가는 문이 모두 열려 있으면, 인간의 두뇌가 감당해 내지 못할 테니까요. 너무 많은 에너지로 인해 미쳐버리고 말 겁니다. 한 예로, 자신이 무엇을 하는지도 모르고 쿤달리니[6] 수행을 하는 이들은 어린아이가 불을 갖고 노는 것과 같아요. 필터들을 다 제거한 채 마음의 문을 다 열고 에너지를 흐르게 하면, 미쳐버릴 수 있으니까요. 그러면 실재하지도 않는 악마를 보기도 해요. 여러 가지 유형의 필터들이 아주 다양한 작용들을 해요. 자폐증 아동들의 경우에는 몇몇 필터들이 손상돼 있죠. 하지만 다른 필터들은 변화돼 있어서, 아주 뛰어난 작용을 합니다. 요컨대 아주 많은 필터들이 아주 많은 일을 담당하고 있어서, 우리는 두뇌의 능력 가운데서 아주 적은 부분만 사용하고 있어요. 이 필터들은 켜졌다 꺼졌다 하고요. 그러면서 변화하기도 하고, 약간 더 열리기도 하죠."

LBL 세션의 영향으로 마커스의 삶은 2년 뒤 크게 변화했다. 그는 안내자와 원로, 영혼 그룹을 만났다. 또 존재의 다양한 차원들을 경험하고, 의식을 확장시켰다. 치유에너지가 마커스의 손을 통해 저절로 전달되기도 했다. 하지만 이 모든 일이 저절로 얻어진 것은 아니었다. 그의 인식 능력이 몰라보게 향상되었지만, 그는 지금도 미지의 영역을 탐구하고 있다. 이것은 용기가 필요한 일이었다.

물론 이성을 잃어버릴지도 모른다는 두려움에 스스로 인식을 차단한 때도 있었다. 한 번은 명상을 하던 중에, 영혼 하나가 그의 몸을 훑어내리는 것을 느꼈다. 그런가 하면 역시 명상을 하던 중에 화난 것처럼 보이는 영혼이 그의 심장센터 에너지에 구멍을 뚫기 시작했다. 이것을 인식하고, 그는 몸을 부르르 떨면서 정신을 바짝 차렸다.[7]

하지만 이 모든 일들에도 대단히 긍정적인 변화들이 일어났다. 안내자 피터는 명상 중에 마커스의 영혼이 탄생하는 장면 같은 다양한 이미지들을 보여주었다. 마커스가 강렬한 사랑을 느끼면서 다채로운 색깔들의 한가운데에 있는 근원에서 한 조각 에너지가 되어 떨어져 나오는 아름답고도 심오한 장면이었다. 그는 또 자신의 몸이 높은 수준의 빛 에너지를 발산해 내는 모습을 보았고, 천상으로부터 치유의 빛을 목격하기도 했다.

마커스는 교사 영혼이었기 때문에, 이번 생의 목적들 가운데는 다른 사람들이 영적으로 깨닫게 만드는 것도 있었다. 사람들에게 우리의 영혼이 실재한다는 것을 통찰하게 만들어주는 일이다. 마커스는 노숙자들을 위한 안식처에서 치유와 자선을 베푸는 일을 주로 하면서, 말기 환자들을 위한 병원에서 봉사를 하기도 했다. 죽음을 두려워하는 이들이 마음 편하게 죽음을 맞이하도록 돕기 위해서였다. 하지만 그에게 가장 중요한 발견은 자신이 누구인지를 깊은 차원에서부터 깨닫게 된 것이었다. 즉, 자신이 모든 존재들과 연결되어 있는 다차원적인 존재임을 안 것이다.

마커스는 영계와 영혼들의 활동을 담은 영화 대본을 집필할 계획이다. 이 일도 가능한 한 많은 이들에게 영계의 실상을 알려주기 위한 것이다. 마커스는 매우 유능하고 역동적이며 열정과 재능을 지닌 인물이었다. 그의 계획이 꼭 실현되기를 바란다. 그와 함께 일할 수 있었던 것은 내게도 큰 기쁨이자 영광이었다.

---

(1) 두뇌의 오른쪽 반구가 창조적이고 직관적인 일을 담당하기는 하지만, 영혼이 오른쪽 반구만으로 작용하는 것은 일반적인 일이 아니다. 이 사례에서 특이하게 나타난 현상이다. 영혼의 균형 잡힌 진입과 두뇌의 전체 영역의 관계에 대해서는《영혼들의 운명2》303-304쪽을 본다. 두 반구의 불균형과 이것이 영혼에 미치는 영향은《영혼들의 운명2》케이스 37의 26-27쪽을 본다.

(2) 영적인 시간과 단선적인 시간의 대비에 대해서는《영혼들의 여행》353-354,《영혼들의 운명1》268-269쪽, LBLH 161쪽을 본다.

(3) 흰빛을 띠는 어린 영혼의 특성에 대해서는 LBLH 97쪽을, 어린 영혼들을 가르치는 교사에 대해서는 LBLH 143쪽을 본다.

(4) 영혼의 분열에 대해서는《영혼들의 운명1》110-111, 180-182, 194-200쪽과

LBLH 135–137쪽을 본다.

(5) 새로 만들어진 영혼 그룹에 처음으로 들어가면, 우리와 우리가 속한 그룹의 다른 일원들에게 더 이상 윤회를 하지 않는 진화된 안내자들이 배정된다. 이런 배정은 우연히 이루어지는 것이 아니다.

교사의 역할을 하는 안내자들은 모두 서로 다른 불멸의 개성을 지니고 있다. 하지만 이런 배정은 훨씬 고차원적인 존재들에 의해 결정되기 때문에, 안내자들의 고유한 경험과 개성이 우리 영혼의 특성과 잘 어우러져 진보를 위한 최고의 조합이 만들어진다. 영혼들에 대한 안내자의 배정은 《영혼들의 여행》 180–182쪽을, 영혼 안내자들의 교수법에 대한 특징은 《영혼들의 여행》 195–196쪽을 본다.

(6) 쿤달리니Kundalini는 우주적 생명력이 응집된 형태로, 요가와 명상 수련에서 영적인 차원과 물질적인 차원을 연결시켜준다.

(7) 마커스는 이성을 잃을지도 모른다는 두려움에 그의 의식을 "차단시켜버려야만" 했다. 세션이 끝나고 오랜 기간이 지난 후, 명상 중에 그의 몸을 장악하려는 '화 난 영혼'들로 인해 두려움을 느꼈다는 점에 비추어보면, 마커스의 보고는 상당히 흥미로운 사실을 이야기해 준다.

명상이나 최면, 잠, 혼수상태 등에 빠지면 의식의 정신적 보호벽이 무너져 악마 같은 영혼들에 무방비 상태로 노출된다는 생각에 두려움을 느끼는 이들이 있다. 이런 잘못된 믿음 체계로 인해, 최근 들어 보잘것없는 장사치들이 등장하기도 했다. "영적인 집착으로부터의 해방"이라는 명목 하에 '에너지 정화 요법'을 남용하는 것도 그 예이다. 이것은 엑소시즘을 연상시키며, 특정한 종교 집단의 사람들을 끌어들이고 있다.

우리 의식 속의 모든 생각들은 마음과 연관이 있으며, 이런 마음의 강도는 삶의 환경이나 믿음체계에 따라 달라진다. 사악한 영혼이 우리의 영혼에 들러붙을 틈을 엿보고 있다는 생각은 민감한 사람들에게 두려움을 불러일으킨다. 이런 사람들은 낡은 미신에 이끌린다.

물론 죽은 뒤 곧장 빛을 따라갈 준비가 안 되어 있는 영혼들이나, 인간으로 태어난 적이 한 번도 없는 외계의 영혼들, 그냥 호기심이나 장난기가 많은 영혼들은 있다. 하지만 인간의 영혼에 들러붙거나 인간의 영혼을 빼앗으려는 사악한 실체나 악마 같은 존재와 관련된 "어둠의 세력" 없다. 왜 그럴까?

사랑과 자비의 세계인 영계에 악은 존재하지 않기 때문이다. 자비롭고 진화된 영계의 존재들은 위험한 영혼들이 인간의 마음을 점령하려는 생각 따위는 인정하지 않는다. 인간의 두뇌와 영혼을 통합시키는 일에 종사하는 우리 같은 사람들도 대부분 사악한 영혼의 홀림 현상은 치유가 필요한 우리의 한 부분이 만들어낸 생각으로 보고 있다.

우리의 어느 한 측면을 억압하면, 통합되지 못한 자기로 인해 귀신이 들린 것 같은 현상이 생겨난다. 심리학적으로 두려움에 빠진 사람들에게서 나타나는 이런 부정적인 에너지는 흔히 죄의식이나 자신이 무가치하고 부적절한 존재라는 느낌, 해결하지 못한 여러 가지 삶의 문제들과 연관되어 있다.

마커스가 세션 중에 다루기 힘든 이상한 영혼을 경험했다면, 시술자가 즉각 이 문제를 해결했을 것이다. 우리의 작업에서 피시술자가 그런 혼란스러운 모습을 떠올리는 경우는 드문 일이다. 한 예로, 마커스와 비슷한 경험을 한 여자를 치료했던 시술자는 즉각 이 여자의 안내자를 불러내 도움을 요청했다.

그러자 안내자는 이 피시술자의 "영혼을 훔치려는" 그 어둡고 불길한 존재가 사실은 그녀 영혼그룹의 일원이며, 그녀로 하여금 우울을 털어버리고 삶을 더욱 소중히 여기게 만드는 임무를 띠고 있다고 설명했다. 첫 시도에서 인간의 마음을 부드럽게 다룰 수 있을 만큼 모든 영혼이 능숙하거나 진화한 것은 아니다. 영혼들의 소통 기술은《영혼들의 운명1》72쪽을, 쫓겨난 영혼은《영혼들의 여행》77-80쪽을, 피시술자의 믿음체계는 LBLH 3-6쪽을, 영혼의 홀림은 LBLH 70-71쪽을 본다.

21
징글벨

넌시 하젝(내슈빌, 테네시 주)
: 〈마이클 뉴턴 연구소〉의 사례연구 검토자,
최면치료와 전생퇴행, LBL 요법가

이 사례는 전생과 현생에서 비슷한 역할을 하는 것과, 전생의 관계들이 지닌 본질적인 성격이 현생의 관계에 어떤 영향을 미치는지 보여준다. 또 현생의 신체적인 증상들과 전생의 죽음 환경 사이에 직접적인 상관성이 있으며, 죄의식이나 무력감 같은 감정이 둘의 관계를 이어준다는 것도 알려준다.

제임스는 전생에서부터 이어진 분노와 자기혐오가 자신의 진화를 가로막고 있음을 깨달았다. 그리고 LBL 세션을 통해, 전생의 상처들을 털어버리고 삶의 목적을 성취하는 것이 자신의 선택에 달려 있다는 점도 알게 되었다.

이 사례는 안내자가 우리의 강점과 약점들을 보여주기 위해 이미지들을 어떤 식으로 은유적으로 사용하는지 잘 보여준다.

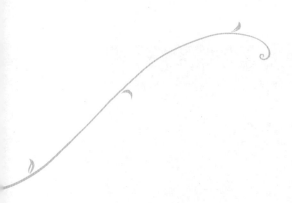

　제임스는 분명한 목적을 갖고 나를 찾아왔다. 그는 심리치료사로서 불안과 우울증에 시달리는 사람들을 돕는 데 헌신했다. 하지만 자신도 똑같은 문제로 고통받고 있었다. 겉으로만 보면, 그의 삶에는 걱정거리가 없어 보였다. 화목한 가족에 멋진 집, 잘나가는 화려한 경력. 하지만 45세인 그는 오래 전부터 내면의 혼란을 경험하고 있었다. 이런 혼란이 극심해져, 이제는 편두통에 온몸을 마비시키는 패닉 발작, 광장공포증까지 앓고 있었다.

　이런 증상들은 약물치료나 전통적인 치유법을 통해 단기적으로 완화시킬 수는 있었다. 하지만 저변에 깔린 불안감이 계속 표면으로 올라와 가정생활과 일, 자신에 대한 이미지를 갈수록 손상시켰다. 제임스는 지금까지 겪을 만큼 겪어냈기 때문에, 이제 병의 근원을 찾아내 두려움과 약으로부터 벗어나 자유로운 삶을 살고 싶다고 했다.

　어린 시절, 제임스는 아버지가 누구인지도 모른 채 어머니와 외조부모 밑에서 자랐다. 그런데 네 살 되던 해에 어머니가 어머니의 남자친구 빌을 제임스에게 소개시켜주었다. "안 돼, 저 사람은 안 돼!" 제임스는 그를 보자마자 소리쳤다. 하지만 빌은 계속 눌러 살게 됐고, 정서적으로나 언어적으로 제임스를 학대하기 시작했다.

　이로 인해 어머니에 대한 제임스의 집착은 어머니를 잃을지도 모른다는 두려움으로 변했고, 빌에 대한 혐오감은 분노와 화로 표출됐다. 고등학교를 졸업한 날 집에 돌아온 제임스는 빌이 어머니를 거칠게 흔들어대고 있는 장면을 보았다. 화가 난 제임스가 빌의 얼굴을 가격하자, 빌은 그 자리에서 쓰러졌고 그날 밤, 제임스는 집에서 쫓겨났다.

우리는 전생퇴행을 해서 제임스의 불안에 영향을 미친 전생을 찾아냈다. 제임스는 1800년대 미국 남부 조지아에서 앨버트라는 흑인 노예로 살았던 전생을 기억해 냈다. 들판에서 일하는 노예들을 감시하는 일을 맡은 탓에, 제임스는 주인으로부터 가혹하게 모욕과 채찍질을 당했다. 그리고 명령이 떨어지면, 내키지 않아도 같은 노예들에게 채찍을 휘둘러야 했다.

이로 인해 주인을 향한 증오심이 커져갔지만, 앨버트는 살아남기 위해 이런 마음을 꾹꾹 눌러 참았다. 아내도 종종 주인에게 겁탈과 구타를 당하다가, 결국은 일찍 세상을 뜨고 말았다. 이후 앨버트는 분노와 화, 외로움 속에서 남은 생을 보냈다.

죽음의 순간 그의 영혼은 곧장 위로 올라가 진동하는 존재가 있는 곳에서 휴식을 취했다. 그의 등줄기를 타고 전율이 일었다. 진동하는 존재는 바로 그의 안내자 조지였다.

낸시 : 조지가 당신을 어떻게 반겨주나요?

제임스 : 저 자신에 대한 믿음이 부족해서 앨버트로 외롭게 살았다면서 지금은 무엇을 걱정하고 있느냐고 물어요. 믿음을 가지면, 모든 일이 잘될 거라고요. 이걸 깨달으면, 불안해지지 않을 거라고 말해요. 제가 흔들릴 때마다 저를 제자리로 돌려놓아야 했는데, 그는 이제 그런 일에 지쳤대요.

낸시 : 그가 정말로 당신과 작업하는 데 싫증을 느끼고 있나요?

제임스 : (망설이다가) 아뇨, 아니에요…… 그렇게 말한 건 그냥 충격을 주기 위해서예요. 그는 제가 믿음을 회복하고…… 그를 신뢰할 때까지 참을성 있게 기다리고 있어요. 제가 자랑스럽다고 말해요…… 이번 생에서 누구에게도 그런 평가를 받아보지 못했는데! 알고 보니, 어머니는 전생의 제 아내예요. 전생의 주인은 계부, 빌이군요!

낸시 : 다음 세션 때 영계에서 조지와 작업할 수 있을까요?

제임스 : (킬킬거린다.) 그래야 한다면 그렇게 하겠대요. 제게도 종종 이렇게 말해요. 제가 믿음을 갖고 조지와 연결되면, 더 직접적인 길을 찾을 수 있어요. 이 점을 알려주고 싶을 때 이렇게 말하는 것 같아요. 제가 어떤 일이든 좀…… 우회적으로 시작할 때가 있거든요. 결과는 같은데 말이죠. 그는 인내심이 많고…… 재미있어요.

몇 주 후, 제임스가 다시 LBL 세션을 받으러 왔다. 그는 세션을 받고 더욱 편안해졌다. 하지만 더 많은 것들을 발견하고 싶어 했다. 앨버트로 살았던 전생을 돌아본 덕분에 어머니와 계부, 그 사이의 역학관계에 대해서 중요한 통찰을 얻게 되었다. 또 출근길에 종종 그를 당황스럽게 만들었던 공포의 원인도 더 잘 이해하게 되었다.

제임스는 산타가 가져다놓은 선물을 개봉할 때처럼 이번 LBL이 기대된다고 했다. 제임스의 목적은 두통을 제거하고, 복통에서 비롯되는 불안을 완화시키는 것이었다. 그는 제2차 세계대전 당시 클라우스라는 독일군으로 살았던 가장 최근의 전생으로 돌아갔다.

가장 먼저 기억한 곳은 추운 숲속이었다. 그는 불침번을 서기 위해 무기들을 점검했다. 오른손에는 소총, 왼손에는 탄약상자, 오른편에는 칼, 왼편에는 수통, 뒤편에는 소화탄. 모든 것들이 '산타클로스 벨트' 같은 커다란 벨트에 잘 부착되어 있었다. 그는 외로움에 떨며 아내와 아이들을 떠올렸다. 전장에 오고 싶지 않았지만 나치가 그의 가족을 위협했기 때문에 어쩔 수가 없었다. 다음날 교전이 벌어졌다. 그는 긴장된 목소리로 이렇게 말했다.

"저는 병사들 앞, 지저분한 방어막 뒤에 있어요. 저격병이거든요. 적들이 나무 사이로 이동할 때 총을 쏘는 거죠. 명령대로 적의 머리를 맞춰요. 우리가 유리한 고지를 점령한 덕에, 적들을 전멸시켰어요. 전 기분이 안 좋아요. 우리는 계속 전진해요. 죽은 미국인 병사들이 도처에 널려 있어요. 이런 참상을 보니 속이 뒤틀려요. 나중에 다른 병사들은 술을 마시면서 승리를 자축해요. 저는 혼자 떨어져 있고요…… 그만두고 싶을 뿐이에요. 내면이 갈기갈기 찢긴 것 같아요. 사실 전 최고가 되고 싶었어요. 상사한테 칭찬도 받고 싶었고요. 하지만 사람을 죽이는 내가…… 혐오스러워요."

또 다른 전투가 벌어졌다. 클라우스는 탁 트인 평원을 가로지르다가 배에 총을 맞았다. 의식이 들락날락하는 동안에도 그는 얼얼한 통증을 느꼈다. 그러다 영혼이 몸을 빠져나갔다. 멀리 빛이 보이자, 평화가 느껴졌다. 가까이 다가가 보니, 그 빛은 터널이었다. 터널 안으로 들어가 미끄러지듯 터널을 통과했다. 그러자 지상에서 느꼈던 통증은 서서히 사라졌다. 조지는 그의 뒤편에 있었다. 그들은 터널을 빠져나와, 겹겹의 두터운 안개를 뚫고 앞으로 나아갔다.

낸시 : 안개는 왜 있는 건가요?
제임스 : 찬찬히 돌아보라고요. 지난 생을 돌아봤어요. 안내자는 허리에 손을 얹어 저를 차분하게 만들어주었고요. 편안하게 돌아

보라고요.

낸시 : 그는 당신을 뭐라고 부르나요?

제임스 : 테오스요.

테오스는 친숙한 영혼들에게 따뜻한 환영을 받은 뒤, 3제곱미터 크기의 작은 방으로 인도되었다. 그는 이곳을 사색의 방이라고 했다.[1]

낸시 : 이 방에서 무슨 생각을 하나요?

제임스 : (슬픈 목소리로) 클라우스로서 느꼈던 감정들이요. 지금의 후회와…… 제가 불러일으킨 고통…… 제가 죽인 사람들에 대한 두려움…… 그들의 가족들에게 끼친 피해…… 그들이 총상으로 느낀 통증.

낸시 : 그 통증은 어디에서 느껴지나요?

제임스 : 제 머릿속이요. 제가 머리를 겨냥해 쐈거든요.

낸시 : 이 통증이 현생의 편두통과 연관이 있나요?

제임스 : 예. 직접적으로 관련돼 있죠.

낸시 : 뱃속에서부터 생기는 불안감도 이 전생의 사건들과 연관이 있나요?

제임스 : 예, 저를 죽음으로 몰고 간 상처와 연관돼 있어요.

낸시 : 지금 이런 증상들을 되살려낸 것은 무엇인가요?

제임스 : (강한 자기 혐오감에 사로잡혀 있다가, 질문에 답한다.) 저는 주변의 누구보다도 저 자신을 많이 비난해요. 불행을 불러일으킨 장본인은 바로 저예요. 최고가 되려면 사람을 죽여야 했어요. 왜 저는 예수처럼 행동할 수 없었을까요? 그는 타인들에게 해를 끼치지 않으려고, 자신을 죽음으로 내몰았어요. 사람을 죽이는 건

안 좋은 일이니까요…… 저 자신이 부끄럽습니다.

낸시 : 이런 감정들을 극복하는 데 안내자가 도움을 주나요?

제임스 : (사이를 두다가) 예…… 하지만 다른 존재들도 도움을 주는 것 같아요. 그들이 이곳으로 생각을 보내오고 있어요. 덕분에 이 작은 방 안에 있으면 아주 평화롭죠.

낸시 : 다른 존재들은 누구인가요?

제임스 : (기억을 더듬다가) 저도 잘 모르겠어요.

낸시 : 당신을 도와주는 이 존재들이 제임스가 겪는 두통과 불안을 치유하는 방법도 제시해 줄까요?[2]

제임스 : (차분하게) 제가 이런 증상들을 느끼는 이유는 저 자신을 비난하기 때문이에요. 자기혐오에서 벗어나야 타인도 진정으로 사랑할 수 있죠. 자신을 용서해야 타인도 용서할 수 있는 겁니다.

제임스가 잠시 이 조언을 곱씹고 있을 때, 또 다른 존재가 나타났다. 제임스는 이 존재가 예수라고 말했다. 그러다 확신이 안 서서 더욱 자세히 들여다보더니, 이 존재가 육상선수용 금색 운동화에 토가를 걸친 모습으로 바뀌었다고 했다.

낸시 : 이 존재는 누구인가요?

제임스 : (약간 안도하면서) 오, 도노반이에요. 그도 저를 도와주고 있어요. 조지 밑에서 일하는 주니어 안내자죠. 그가 예수 같은 모습으로 나타난 건 제 주의를 끌기 위해서였어요. 효과가 있었네!(3)

낸시 : 당신의 주의를 끌려고 예수 같은 모습으로 나타난 이유는 뭔가요?

제임스 : 제가 앨버트로 살았을 때 예수님을 닮으려고 했거든요.

읽는 법을 배웠는데, 당시 제게 《성경》이 있었어요. 상황이 견디기 힘들면, 예수님 말씀에 의존하곤 했죠.

낸시 : 도노반이 이것을 일깨워주는 이유가 있나요?

제임스 : 제가 《성경》을 얼마나 잘 활용했었는지 일깨워주고 싶어서죠. 저는 화를 못 참아 욕설을 퍼붓고 싶었던 적이 많았어요. 하지만 모욕을 당할 때마다 저를 잘 다스렸지요. 그는 이 점을 일깨워주고 싶은 거예요.

낸시 : 이것이 제임스로 살아가는 삶에서 중요한가요?

제임스 : (생각에 잠겨 있다가) 예. 도노반은 공통적인 문제를 지적하고 있어요. 앨버트로 살 때 저는 두려워하고 무시당하는 것을 증오했지요. 두려움은 분노로 바뀌었고요. 제가 힘없는 존재인 게 화가 났어요. 주인의 자리를 부러워하기도 했고요. 하지만 충동적인 행위들을 잘 통제하고 예수님의 말씀에 의지하면서도…… 그 말씀들을 가슴에 새기지는 못했어요. 그래서 그 감정들이 제임스로 사는 저에게 그대로 전해진 겁니다. 존중받지 못하는 것에 분노하고, 승리하지 못할 때 두려움을 느끼는 것도 이 때문이죠. 불안도 여기에서 생기고요. 불안은 제가 올바른 궤도에서 벗어났다는 신호예요. 제임스로 사는 동안에는 이 모든 문제들을 해결하고 싶어요. 도노반은 이 감정들이 최근에 어떤 식으로 표면화되었는지 보여주고 있어요. 그가 이 감정들을 자극하고 있었거든요. 제가 이 감정들과 마주하고 싶어한다는 것을 알고, 저를 도와주려고 한 거예요.

도노반은 영계와 지상에서 그와 협력 중인 영혼 그룹에게 제임스의 영혼 테오스를 인도했다. 이 영혼들은 제임스가 지상에서 어려움을 겪을 때 사랑을 베풀기 위해 노력하고 있었다. 그들은 인정받고 싶은 욕구와 자기비난 모두 그의 소명에 방해가 된다는 것을 제임스에게 일깨워주었다.

그런데 흥미롭게도 영혼 그룹의 일원들이 트라이앵글 모양으로 자리 잡고 있었다. 제임스-테오스는 영계를 여행하는 동안 이런 트라이앵글 모양을 여러 번 마주쳤는데, 여기서 그는 트라이앵글의 중심에 있었다.

낸시 : 테오스, 왜 트라이앵글이죠? 이런 형태는 무엇을 의미하나요?

제임스 : 정상에 서고 싶어하는 저의 성향······ 우두머리가 되고 싶어 하는 저의 욕구······ 최고가 되어야 한다는 제 생각을 보여주려고 그러는 거예요.

낸시 : 당신을 트라이앵글의 중앙에 세운 이유는 무엇인가요?

제임스 : 그들의 사랑으로 저를 에워싸는 거죠······ 그래서 기분이 아주 좋아요······ 그들은 트라이앵글의 중앙에 있을 때 느낄 수 있는 사랑을 제게 알려주고 싶어해요······ 정상에 서야 사랑받을 수 있는 건 아니라는 걸 알려주려는 거죠.

이후, 테오스는 법정 같은 곳으로 안내되어 원로들 앞에 섰다. 원로들은 중앙이 가장 높고 양쪽은 계단으로 점점 낮아지게 되어 있는 트라이앵글 모양의 연단에 앉아 있었다. 테오스는 내 질문에 답하려고 그들의 모습을 뚫어지게 쳐다보았다. 그러다 그만 포기하고, 그들이 흰 조각상처럼 보인다고 말했다. 중앙의 가장 높은 자리에 있는 원로는 흰 산타클로스 조각상처럼 보였다.

낸시 : (목소리를 낮추어) 눈의 긴장을 풀고, 가운데 있는 원로를 편안하게 슬쩍 살펴보세요.

제임스 : (흥분해서) 그의 얼굴에 생기가 돌기 시작해요…… 술로 거나해진 산타클로스 같아요. 옷도 붉은색과 녹색으로 살아나고요. 둥근 펜던트가 달린 목걸이를 하고 있네요. 이건 평화의 상징이죠.[4]

낸시 : 이 상징의 중요한 의미는 무엇인가요?

제임스 : (사이를 두고) 제 내면의 평화…… 제가 했던 일들…… 제 불안과의 화해…… 제가 바라는 모든 것을 의미해요. 제가 손을 내밀자…… 그가 웃어요. 허. 허. 허. 이제 알겠어요. 화해하고 나면, 더 잘살게 될 거예요.

테오스가 다른 원로들의 모습도 설명해 주었다. 그런데 그가 원로들을 분명하게 보기 위해 눈에 힘을 줄 때마다, 그들은 흰 조각상으로 변해버렸다. 내가 이런 현상의 원인을 파악해 보라고 하자, 테오스는 긴장 때문이라고 했다. 그가 억지로 밀어붙여서 자신의 열망을 활기 없는 것으로 만들어버리면, 이런 현상이 일어나는 것이었다.

원로들은 이런 현상을 통해서 통제하려는 마음을 없애고 삶의 내적인 작용에 믿음을 가지면 목적에 더 쉽게 다가갈 수 있다는 메시지를 전하고 있었다. 마음을 가볍게 먹고, 살아가는 동안 즐거움도 누리면서 삶을 만끽하라는 것이었다. 원로들은 어떤 태도가 과거의 두려움을 되살리고 현재 속에서 두려움을 만들어내는지 계속해서 보여주었다.

제임스 : 다른 원로 한 명은 람세스(이집트의 파라오) 같은 차림을 하고 있어요. 화려한 머리 금장식은 최고가 된다는 것이 무의미함

을 보여주지요. 저는 우두머리가 되는 일에 집착하지 말아야 해요. 예수님 말씀이 생각나네요. "처음이 마지막이고, 마지막이 처음이니라."

그 옆에 다른 원로가 있는데, 오른쪽 어깨 위에 까마귀 한 마리가 앉아 있어요. 까마귀는 흠잡고 싶어하는 저의 충동을 나타내요. 저는 실패가 두려워지면 비판적인 생각에 빠져버리죠. 새가 가만히 앉아 있는데…… 이 새를 제거할 필요는 없어요. 새를 길들이고…… 제 직관에 더 의존하면 되죠. 이런 사실을 망각하면, 불안이 뱃속에서 꿈틀대지만…… 제대로 인식하면, 등줄기를 타고 전율이 흐르는 걸 느껴요.

낸시 : 원로들이 마치 가상의 주먹을 날리는 것 같군요. 언제나 이런 모습으로 나타나나요?

제임스 : (웃는다.) 아뇨. 그들은 가르침에…… 제 마음상태에 가장 적합한 방법을 이용해요. 오늘은 산타가 제 주의를 끌리라는 걸 알고 있었지요. 현명하게도요. 이제 알겠어요. 처음 영계에 도착했을 때, 제가 있던 방으로 생각을 보내준 존재들은 바로 이 원로들이었어요.

낸시 : 테오스, 존중과 지위에 대한 욕망의 근원, 그리고 이것들을 잃을 것 같은 두려움을 이제는 많이 깨달은 것 같네요. 앨버트와 제임스의 삶이 갖는 상관관계도 훨씬 분명해졌고요. 그런데 클라우스로 살았던 삶은 어떤 면에서 계획에 들어맞는 거였죠? 그 삶은 당신에게 많은 갈등과 외로움을 안겨주었는데요.

제임스 : (생각에 잠긴 듯) 이젠 알겠어요. 야심찬 생각이었지만, 그 삶을 원한 건 저예요. 앨버트의 삶에서 벗어나자, 클라우스에게 제시된 길을 가고 싶은 유혹이 일었어요. 아주 중요한 존재이

고······ 사격술 덕분에 칭찬도 듣고, 모두에게 존경받는 존재였으니까요. 정말 혼란스러웠어요. 그 제안을 거부하고, 가슴의 소리에 따라 제 가족들과 함께하려고도 했었어요. 하지만 결국은 그 길을 받아들였죠. 살상을 왜 견뎌낼 수 없었는지 이제 알겠어요. 저는 결코 봉사하려거나 도덕적인 신념을 갖고 그 자리에 있었던 게 아니에요. 전부 개인적인 욕망 때문이었죠. 도노반, 평의회원들······ 그들 모두 저의 선택이 고통을 불러오리라는 걸 알고 있었죠. 하지만 저는 갈채에 굶주려서 그것을 놓치고 말았어요.

낸시 : 이런 목적과 선택들을 알고 나니 기분이 어떤가요?

제임스 : 오, 도움이 많이 됐어요. 제가 무엇을 해야 하는지도 알겠고요······ 이 문제를 해결하고 제가 의도했던 것들을 이루고 싶어요. (독일인으로 산 삶에서처럼) 상처를 치유하기 위해 지위와 힘을 탐하는 대신, 저 자신을 존중하고 사랑과 용서를 베풀고 싶어요.

LBL 세션을 받은 다음해, 제임스는 안내자와 원로들의 조언을 가슴 깊이 새기고 문제를 해결할 새로운 방법도 찾아냈다. 마음을 차분하게 가다듬고 내면의 상담가가 전하는 말에 귀를 기울이며 자신의 직관과 등줄기를 타고 흐르는 전율을 신뢰하는 법을 터득한 것이다. 자신감을 얻은 제임스는 LBL의 경험을 다음과 같이 설명했다.

"이 경험으로 저의 세계관과 관점은 완전히 바뀌었어요. 영혼의 삶을 알게 된 덕분에, 이번 생이 마지막이 아니라 하나의 과정임을 깨달은 거죠. 자연히 일상의 목표들도 바뀌었어요. 전에는 물질적인 성취가 제 자존감을 결정했었죠. 하지만 이제는 생애 처음으로 장미꽃 향기를 맡게 되었어요. 정서적으로 다시 삶과 연결되었다는 느낌도 들고요. 작업윤리도 되찾았고, 불안도 말끔히 가셨죠. 맏아들이 분노하고 좌절하며 불안해하는 모습이…… 꼭 과거의 저처럼 되어가는 것 같아요. 맏아들은 제가 앨버트로 살았던 시절, 동료 노예였어요. 이제는 아들에게 무엇이 중요하고 무엇이 중요하지 않은지를 가르쳐줘야겠어요. 제가 훨씬 정상적인 상태를 회복했으니까요. 저 자신을 잘 모를 때는, 제 생각과 느낌이 이상하게 여겨졌어요. 하지만 지금은 지극히 온전해 보여요! 이제는 생각들이 의식 속으로 뛰어들어옵니다. 세션 중에 기억했던 내용들이거나 전혀 새로운 정보들이지요. 마음만 먹으면 언제든 안내자와 소통할 수 있을 것 같은 느낌도 들고요. 제가 가장 소중하게 여기는 것은 안내자와 원로들이 보여주었던 창조성과 인내심, 장난기, 유머예요. 이 모든 것들이 제게 영향을 미쳤으니까요."

인간이기 때문에 때로는 삶의 중요한 목적과 의도에서 멀리 벗어날 수 있다. 지상에서의 삶으로 인해 우리 영혼이 해야 할 일과 동떨어져, 현재의 고뇌는 물론이고 과거의 웅얼거림과도 씨름하게 된다.

가끔은 한 생애에서 이렇게 많은 것을 찾아낼 수 있다는 것이 놀랍기도 하다. 영혼의 불멸성을 다시 기억하면서, 제임스의 의식은 완전히 깨어났다. 덕분에 자신을 바라보는 의식도 변화했다. 이제 자신을 용감하고 독창적인 영혼으로 인식하고 우주 속에서 한층 편안함을 맛보게 됐다. 지혜의 지지를 받고 빛으로 충만해 있으며 사랑으로 둘러싸인 우주 속에서.

---

(1) 독자들에게는 이 영혼이 삶에서 저지른 죄 때문에 독방에 감금되어 정화 과정을 받는 것처럼 보일 수도 있다. 하지만 영계에서 그런 일은 일어나지 않는다.

영혼들에게는 흔히 물질계의 삶을 마친 후 그들의 영혼 그룹과 합류하기 전에 홀로 사색에 잠길 공간이 필요하다. 이 작은 공간은 높은 에너지 진동을 통해 생각을 촉진시키는 방으로, 혹은 크리스털 천연 동굴로 묘사되기도 한다. 영혼의 은둔은《영혼들의 운명1》118-120, 175-176쪽을, 덩어리 그룹으로 돌아가기 전 영혼의 고독에 대해서는 LBLH 106쪽을 본다.

(2) 이 대화에서 시술자가 '피술자를 이끌어가는' 것처럼 보일 수도 있다. 하지만 시술자들이 이 책을 위해 전생퇴행과 LBL 세션의 대화 기록들을 글로 정리할 때, 기록을 압축하느라 어려움을 겪었다는 점을 강조하고 싶다. 개방형 질문들을 연결짓는 세세한 부분들까지 전부 기록했다면, 각 사례들의 길이가 보통 두 배로 늘어났을 것이다.

한 예로, 이 부분에서 시술자는 아마 "당신 주변 존재들에 대해서 제게 들려줄 수 있는 이야기는 무엇인가요?" 하는 식으로 질문을 시작했을 것이다. 일반적으로 "당신 삶의 불안과 두통을 치유하는 법을 찾을 수 있게 누가 당신을 도와주고 있나요?" 하고 묻기 전에 많은 질문들이 있었을 것이라는 말이다. 하지만 우리에게는 질문들로 책의 한 페이지를 다 채워버릴 만큼 지면이 넉넉하지 않았다.

그래도 한 가지 덧붙일 것이 있다. 이따금씩 시술자들은 피술자들에게 반응을 이끌어내기 위해 유도질문이나 직접적인 충격을 주는 경우도 있다. 사후의 세계에 지나친 경외감을 갖고 있어서, 자신이 보거나 들은 신성한 발견들을 좀처럼 발설하지 않는 이들이 있기 때문이다. 이들은 이 경험을 신성한 것으로 여기기 때문에, 이미 알고 있거나 세션 중에 터득한 내용들을 밝혀도 된다는 허락을 필요로 한다. 이런 점도 우리의 작업을 어렵게 만든다. 질문 방식은 LBLH 74-78쪽을, 피술자들의 언어적인 반응 유도는 LBLH 146쪽을 본다.

(3) LBL 중 초기의 알파 상태에서는, 의식의 차원에서 알고 있던 지상의 유명한 역사적 인물이나 종교적 인물을 언급하는 피술자들이 있다. 이런 현상을 선조건 의식간섭 현상이라고 한다. 그러나 더 깊은 세타 상태에 이르러 정신이 영계로 진입하고 나면, 상징적인 종교적 인물이 사라지면서 개인의 영적 안내자를 알아보게 된다. LBLH 4, 5, 108쪽을 본다.

(4) 원로들 앞에 선 영혼들은 흔히 이런저런 형태의 신호와 상징들을 보게 된다. 이

것들은 진화 중인 영혼에게 구체적인 의미를 제시해 주기 위한 것이다. 원로들이 건 커다란 메달은 물질계의 삶에서 일어났던 사건이나 행위에 대한 이해를 돕는다. 《영혼들의 운명2》 53-81쪽 참조.

22
다루기 힘든 영혼의 동반자

데이비드 알렌(톤브리지, 잉글랜드)
: 최면치료사, LBL 요법가,
영혼의 통합과 알코올 의존증 치료를 전문으로 하는
감정해방기법 트레이너

재클린은 LBL 세션을 받기 전, 마이클 뉴턴의 책을 읽고 필자와 오랜 시간 통화한 적이 있었다. 그리고 LBL 경험을 통해 그토록 간절히 갈구하던 삶에 대한 이해와 변화들을 얻어냈다.

정직하고 능력 있고 근면하지만, 자기혐오에 빠져 자신의 몸을 증오했기 때문인지, 재클린은 간절히 원하는 관계도 이루지 못하고 질투와 약속, 신뢰와 관련해서 계속 문제를 겪고 있었다. 또 자신의 삶이 알 수 없는 곳으로 흘러가고 있다고 느꼈다.

그러나 다행히 LBL을 통해 영혼의 친구를 발견하고, 삶의 목적에 대해 완전히 새로운 시각으로 바라보게 되었다.

이 놀라운 이야기는 어느 조용한 오후, 갑자기 걸려온 한 통의 전화로 시작되었다. 전화를 걸어온 사람은 49세의 재클린이었는데, 거의 제정신이 아닌 것 같았다. 재클린은 자신도 이해할 수 없는 사건의 한복판에서, 이 일이 자신의 삶과 정신에 어떤 영향을 미칠지 두려워하고 있었다.

나는 먼저 재클린과 약 한 시간 동안 전화로 대화를 나누었다. 그녀의 불안을 잠재우기 위해서이기도 했지만, 갈수록 이야기가 흥미진진했기 때문이기도 했다. 하지만 재클린의 이야기에는 무언가 중요한 것이 빠져 있었다. 나는 그것이 무엇인지 알 것 같은 느낌이 강하게 들었다. 자세한 것까지는 몰랐지만, 그 빠진 부분을 채우는 방법도 알고 있었다.

나는 몇몇 질문들에는 설명도 해주고 대답도 하면서 많은 대화를 나눴다. 그러자 재클린도 LBL 경험이 자신의 삶과 영계를 조망하는 하나의 방법이 될 수 있으리라는 데 동의했다.

재클린은 경제적인 면과 정서적인 면에서 어려움에 처해 있었는데, 1년 전에는 특히 상황이 안 좋았다. 오른팔에 그어진 희미한 선들이 이런 정황을 상징적으로 보여주고 있었다. 이 선들은 1년 전 절망적인 마음에 부엌칼로 자해해서 생긴 상처였다.

재클린은 오랜 세월 동안 불만족스러운 관계를 맺은 탓인지, 누구에게도 마음을 줄 수 없어 힘들다고 했다. 그녀가 바라는 것을 점점 이루기 어려운 쪽으로 삶이 흘러가는 것 같았다.

"성인이 되고 나서부터는 거의 혼자 지냈어요. 결혼한 후에도 종종 혼자인 것 같은 느낌이 들었고요. 그래도 12년 동안 제 딸들의 아버지한테 헌신한 것이 가장 좋았던 시기일 거예요. 하지만 그가 더 이상 저를 원하지 않게 되면서, 이 관계도 끝나버렸죠. 도저히 그 이유를 모르겠어요. 사랑으로 맺어진 성숙한 관계를 원했었거든요. 섹스도, 사람도 사랑했고 직장에서든 집에서든 일도 열심히 했어요. 싱글맘으로 사는 건 쉬운 일이 아니었어요. 그래서 부모님, 오! 가엾은 제 부모님이 불쌍한 외동딸을 위해 그동안 여러 번 구원의 손길을 보내주셨죠."

하지만 재클린은 상황이 아주 안 좋을 때도, 자신보다 훨씬 안 좋은 상황에 있는 사람들을 생각하며 자신을 질책했다. 그녀는 용감하고, 합리적인 결정을 내릴 수 있는 사람이었다. 사랑을 바탕으로 한 성적인 관계와 정서적인 안정감을 함께 얻을 수 없다면, 성적인 관계만 추구하는 것도 실제적인 접근법이 될 수 있을 것 같았다. 하지만 정서적인 장애물이 굳건하게 버티고 있었기 때문에, 짧게나마 성적인 관계를 맺으려면 술로 이런 장애물들을 눌러버려야 했다. 이런 접근법을 취할 수 있었던 걸로 보아, 그녀에게는 이성적이고도 현실적인 면이 상당히 많은 것 같았다. 오늘날까지 그녀가 겪어온 경험들도 이것을 잘 보여주었다.

내게 충동적으로 전화를 걸기 6개월 전, 재클린은 한 데이트 사이트에서 폴을 만났다. 폴과의 만남은 그녀에게 커다란 영향을 미쳤다. "폴의 사진을 처음 본 순간, 심장이 흥분으로 방망이질 쳤어요. 그가 너무 멋졌거든요."

폴과 재클린은 컴퓨터 공간 상에서 관계를 시작했다. 이런 관계를 지속할 수 있는 사람은 사실 많지 않을 것이다. 하지만 언어와 이해에 바탕을 둔 이들의 소통은 영적이었으며 감응도 잘 됐다. 하지만 그들은 한 번도 얼굴을 직접 대면한 적이 없다. '직접적인' 접촉은 전화 통화뿐이었다.

"폴과 저는 전화통화도 딱 네 번 했어요. 문자 메시지는 몇 번 주고받았지만요. 직접 얼굴을 본 적은 물론 한 번도 없죠. 하지만 형이상학적인 차원에서는 많은 밤들을 함께 보내면서, 마음의 언어로 오랫동안 대화를 나눴어요. 그래서인지 성적으로 그의 몸을 느낄 수 있었고, 출근하기 전 새벽 시간에는 그의 몸을 안을 수도 있었지요. 그는 여기저기 신기한 곳들을 구경시켜 주면서, 진정한 영혼의 친구 겸 안내자가 되어주었어요. 하지만 직접 얼굴을 마주하거나 성인들에게 필요한 인간적 욕구를 충족시키는 일은 불가능했죠. 어떻게든 상처 입을 게 뻔했으니까요. 그는 제 삶 속으로 들어올 수 없었어요. 그래도 언제나 그 자리에 있어 주었죠."

그들은 컴퓨터 공간을 통해 모든 차원에서 교감을 나누었다. 그녀에게 이런 교감은 실제 삶에서처럼 생생하게 느껴졌다. 폴은 재클린에게 놀라운 곳들을 구경시켜 주었으며, 필요할 땐 지지도 아끼지 않았다.

"폴은 자신의 본래 모습을 보여주었어요. 처음에 제가 본 것은 인디언 천막 앞에 서서 부족민들을 살펴보는 인디언 주술사였죠. 그는 선량하고 위풍당당해서, 부족민들의 사랑과 존경을 한몸에 받았어요. 그의 옆에는 한 여자가 아주 당당하게 서 있었죠. 여자는 그 남자를 사랑했어요. 그가 주술사일지 몰라도, 뒤에서 그에게 영향력을 행사하는 사람은 그녀였어요. 이 여자는 바로 저예요."

이처럼 재클린과 폴의 관계는 순조로웠다. 그러다 곧 혼란스럽게 꼬이기 시작했다.

"그가 친밀하게 사랑을 드러내다가도 악의적으로 제게 상처를 입히곤 했어요. 왜 그런지 저를 공격적으로 떠밀었지요. 하지만 저는 그와의 관계를 정리할 수가 없었어요. 그의 존재가 이미 제 삶에 깊숙이 들어와 있었거든요. 이런 상황이 이어지던 시기에 우연히 《영혼들의 운명 1, 2》을 읽게 됐죠. 그리고 그 내용들에 충격을 받았어요. 제가 경험한 일들을 누군가 자세하게 설명해 놓은 것 같았으니까요. 믿을 수 없지만, 정말 글로 정확하게 설명되어 있었죠. 다른 사람이 어떻게 그걸 알 수 있었는지 모르겠더군요. 저는 크리스털 회복 센터에 다녀왔고, 치유의 샤워도 경험해 본 적이 있어요. 그래서 책에 나와 있는 것처럼, 영혼들이 가는 아름다운 정원이 제 영혼의 고향이라는 것도 알고 있었죠. 이런 발견들이 머릿속을 떠나지 않았고 해답이 없을 것 같은 의문들도 일어났었죠. 며칠간 고민하다가, 〈마이클 뉴턴 연구소〉의 웹사이트를 찾아보고, 전화를 걸게 된 거예요."

깊은 최면 상태에서는 영혼의 기억들을 발견할 수 있다. 이 기억을 발견할 수 있을 만큼 깊은 트랜스 상태에 이르는 길은 두 단계로 이루어진다. 본질적으로 나는 먼저 트랜스 상태를 확립한 다음, 깊은 차원에 이를 때까지 트랜스 상태를 심화시킨다. 피술자에 따라 그 상태에 이르기까지 걸리는 시간은 다를 수 있지만 나는 천천히 유도하는 방법을 좋아한다. 이 단계는 보통 30분이 소요된다. 약 10분간 유도하고 나자, 재클린이 다음과 같은 반응을 보였다.

"오, 이럴 수가, 이 사랑의 에너지! 마치 햇살 아래 앉아 있는 것 같아요. 오, 이 따뜻함, 이 사랑! 멀리 사람들이 몇 명 보이네요. 제가 불안해 하자, 그들이 약간 물러서요. 다시 마음을 차분하게 가라앉혀야겠어요. 오, 이럴 수가…… 사람들이 여기 있어요. 운동장 같은 곳인데, 사람들이 많아요. 저를 만나서 행복한가 봐요. 오, 눈물이 날 것 같아요. 오, 감정이 북받쳐요. 이들은 저를 만나서 정말 행복한가 봐요.

현실처럼 생생해요. 정말로 사람들과 제가 운동장에 있어요. 여전히 제 뒤에 서 있지만, 어쨌든 이곳에 있어요. 이들이 더 가까이 다가와, 장벽 뒤에 서요. 장벽은 무릎까지 오고요. 이런 일은 지난 밤에도, 오늘 아침에도…… 일어났었어요. 그땐 제 방 안에 있었지만요. 이런, 이렇게 많은 사람들한테서 이런 감정을 느껴본 적은 한 번도 없어요. 이 사람들은 누구일까요?

나이대도 전부 달라요. 은발에 안경을 쓴 여자가 한 명 보이네요. 아…… 제 할머니예요. 몇 사람이 약 5피트 떨어진 곳에서 몸을 웅크리고 모여 있어요. 그녀는 분명 제 할머니예요. 그녀 옆에는 아홉 살쯤 되는 아이도 있어요. 누구인지는 모르겠어요. 누굴까…… 하지만 그 자리에 서서 미소를 짓고 있어요. 나이에 비해 몸집이 작아요. 할머니가 아이의 손을 잡았어요.

제가 다른 사람에게로 다가가자 누군가가 사람들을 뚫고 다가와요. 누군지는 모르겠지만, 30세 정도로 보이는데 저보다 키가 약간 크고, 자신감에 차 있어요. 그가 제 손을 잡아요. 저를 잘 알고 있는 것 같은데, 저는 누군지 모르겠어요. 오, 할아버지예요. 그런데 오, 이럴 수가, 할아버지 빌이라니! 빌은 제 할머니의 두 번째 남편이었어요. 저는 그를 끔찍이도 사랑했죠. 정말로 사랑했어요. 오, 이럴 수가, 그가 여기 있다니, 감정이 복받쳐 오르네요, 이런, 다시 눈물이 날 것 같아요. 그들은 이제 사라져버렸어요. 이런, 이런."[1]

이 정신없는 막간극이 지난 후, 나는 좀더 천천히 세션을 진행했다. 재클린은 베스라는 여자로 살았던 전생으로 돌아갔다. 베스는 비참한 결혼생활로 인해 불행하고 불만족스러운 삶을 살았다. 이 전생의 마지막 날, 그녀는 지쳐 있었다. 하지만 평범하고 적절한 마무리로 보였다.

"제 영혼의 이름은 사누예요. 지금은 저의 집 정원에 있어요. 손질을 좀 해야겠지만, 잔디는 더없이 푸르러요. 숨을 들이쉬자, 다채로운 색상의 꽃향기들이 몸속으로 흘러드네요. 정원이 주는 에너지를 들이마셔요. 잠시 정원에 있어야 해요. 당장은 움직일 준비가 안 돼 있거든요."

사누는 내게 자신의 집이 궁금하냐고 묻고, 피곤해질 때까지 실내 장식과 방 안의 장식품들을 묘사해 주었다. 우리는 그녀가 다시 기운을 차릴 때까지 기다렸다. 그러다 진행이 멈추었고, 그녀는 영혼의 샤워를 하면서 지난 삶의 때를 씻어냈다. 나는 사누에게 안내자를 만나고 싶은지 물었다. 그러자 내 말이 끝나기도 전에, 이렇게 대답했다.

"이미 여기 있어요. 폴이 바로 제 안내자예요. 저도 예기치 못했던 일이죠. 무척 충격적이지만…… 그는 정말 사랑스럽고 멋져요. 그의 영혼 이름은 트레마예요. 그를 만나다니 정말 기뻐요. 그는 지구에서 보던 모습 그대로예요. 제가 알아보게 하기 위해서죠. 하지만 이상하게도 저는 지구에 있던 모습과는 달라요. 그도 제 정원에 있어요. 제 손을 잡고 저를 꽉 안아줍니다."

계속해서 재클린은 자신의 몸속에서 분명하게 느껴지는 강렬한 연결감을 설명했다. 그녀는 폴에게 행동을 자제해 달라고 요청했다. 당혹스러워지고 싶지 않았기 때문이다. 물론 이 신체 접촉은 성적인 동시에 애정이 담긴 것이었다. 그녀는 지상에서의 모습만큼 아름다운 그의 영혼에 압도당하고 말했다. 그는 영혼의 친구이자 안내자였다. 영원한 사랑이 둘을 하나로 묶어주고 있었던 것이다.

재클린의 안내자와 영혼의 동반자는 두 곳에 존재하고 있었다. 이 존재의 에너지가 두 곳에 거의 똑같은 크기로 나뉘어져 있었던 것이다. 하나는 순수하고 완전한 영역에 존재했으며, 나머지는 육체를 가진 인간, 폴과 연결되어 있었다.

하지만 지구에 살고 있는 폴의 영적인 에너지는 더 이상 순수하지 않았다. 삶의 경험들이 폴의 영적인 에너지를 손상시켜버렸기 때문이다. 이로 인해 폴의 영적인 에너지는 트레마의 순수한 에너지와는 다른 성질을 갖고 있었다. 에너지의 변화로 두 에너지는 더 이상 같지 않았으며, 이것이 실제적인 파급효과를 불러오고 있었다. 두 에너지는 더 이상 하나로 합쳐질 수 없었으므로, 지상에서의 삶이 끝나면 폴도 내면의 에너지를 치유해야만 했다.

그는 물론 하나의 영적인 실체였다. 하지만 폴이 몸과 두뇌의 지배를 받는 동안에는, 이 실체의 두 측면들이 의미 있는 방식으로 연결될 수 없었다. 폴이 그것을 극복할 만큼의 에너지를 갖고 있지 않으면, 어떤 일도 할 수 없었다.

트레마도 이것을 알고 있었지만, 사실상 방관자로 남아 있을 수밖에 없었다. 트레마는 이 다른 에너지를 변화시키거나 보완할 수 없기 때문에, 폴의 행동이나 결정에 영향을 미칠 수 없었다. 일단 에너지가 배정되고 자리를 잡으면, 그 결과로 만들어지는 존재는—여러분이나 나 혹은 다른 어떤 존재든—독립적으로 살아가고, 이 존재가 살아가는 방식은 영혼 에너지의 구조에 극적인 변화를 일으킨다.[2]

재클린은 이제 데이트를 하면서도 집착하지 않게 되었다. 신체적으로나 정서적으로 자신을 전혀 새로운 관점에서 바라보게 되었기 때문이다. 딸들도 엄마의 행동거지에서 나타난 변화들과 자신감을 보고, 찬사를 아끼지 않았다. 그녀 안에 잠들어 있던 내면의 존재가 드디어 깨어난 것 같았다. 재클린은 자신의 새로운 시각을 다음과 같이 요약했다.

"저는 진정으로 영적인 모습을 하고 있는 안내자와 영혼의 동반자를 만났어요. 이제 무엇이 저를 두렵게 만드는지 분명하게 깨달았지요. 그리고 우주 속에서 제가 맡은 영원한 역할을 경험하고 인식한 덕분에 완전한 사랑을 받고 있다는 사실을 알았고, 지상에서의 제 존재와 삶, 기대들을 새로운 시각으로 바라보게 됐어요. 이제 제 몸은 물론 영혼과도 하나가 되었어요."

(1) LBL 세션에서 피술자는 대개 알파 상태에서 전생의 죽음을 경험하고 더 깊은 세타 상태에 들어간 후에 영계의 관문을 통과하여 영혼 그룹을 만난다. 그런데 이 부분에서 재클린은 스스로 시술자의 유도보다 더 빨리 퇴행해서 영혼의 동반자들을 만나고 있다.

영혼 그룹을 만난 이 장면이 지난 뒤, 시술자는 재클린을 다시 뒤로 유도해서 전생의 기억을 마치게 한 다음, 그녀를 다시 앞으로 유도해서 영혼의 동반자들을 한층 평화롭게 만나도록 해주고 있다. LBL 퇴행의 전형적인 진행과정을 알고 싶으면, 《영혼들의 여행》 49-76쪽의 귀향을 참고한다. 돌아온 영혼들을 맞이하는 영혼 그룹의 배치를 알고 싶으면, 《영혼들의 운명1》 237쪽에 있는 도표 2와 3을 참고한다.

(2) 영계에서 영혼들은 시니어 안내자와 주니어 안내자를 배정받는다. 아주 드문 일이기는 하지만, (덜 진화한) 주니어 안내자는 그만의 카르마 과정에서 아직 마치지 못한 일을 마무리하기 위해 다시 인간으로 태어날 수 있으며, 이 일은 아직 환생 중인 영혼과 관련되어 있다.

하지만 삶에서 주니어 안내자의 지위에 있는 영혼을 만나는 일은 대단히 특이한 일이다. 《영혼들의 여행》 175-204쪽의 안내자들을 본다.

그래서 자신과 가까운 어떤 사람이 사실은 자기 영혼의 안내자라고 말하면, 나는 먼저 피술자가 선조건 의식간섭 현상과 바람으로 인해 이런 말을 하는 것은 아닌지 의심해 본다. 재클린의 사례에서, 폴 같은 주니어 안내자의 에너지가 어떤 이유에서건 손상되어 있다는 것은 그가 자신감이 없는 신참 안내자이거나 아니면 재클린이 오해해서 잘못 말했음을 가리킨다. 필자의 경험에서 비추어 볼 때, 안내자들은 모두 상당히 진화한 존재들이라 에너지가 손상된 채로 돌아다니지는 않기 때문이다. 에너지 손상과 복구는 《영혼들의 운명1》 145-161쪽을 본다.

23
변화할 용기를 얻다

카트리나 세베린(스코츠데일, 애리조나 주)
: 퇴행과 자기계발 테크닉을 전문으로 하는 임상최면 치료사,
레이키 교사, 생각의 장 치유가

사람들은 불행하다는 생각이 들 때면 그 해결책을 찾아 나
선다. 이 사례는 변화에 필요한 조언과 해결책을 얻는 과정을
보여준다. 안내자들은 우리가 놓치고 있는 중요한 점을 일깨
워주고, 삶의 목적을 더 잘 이루게 도와준다. 이 사례에서 하
워드는 자신이 구하던 것보다 더 많은 것들을 발견하고, 이로
인해 삶을 더욱 건강하게 변화시켰다.

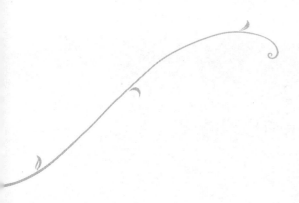

하워드는 어느 늦은 여름날 LBL 세션을 예약했다. 그는 50대의 성공한 회사원이었다. LBL에 대해서는 아는 게 전혀 없었지만, 영성과 치유에 대한 연구에는 관심이 아주 많았다.

결혼생활도 행복했고 다 자란 딸도 둘이나 있었으며, 월급이 많은 직장에서 고위급 관리자로 일하고 있었다. 하지만 그는 부러움을 살 만한 직장에서의 직책으로 인해, 부정적인 감정들에 시달려야 했다. 어떤 문제에 합리적으로 접근하려고 할 때마다 분노와 좌절감이 엄습했으며, 동료 한 명은 냉정을 잃게 만들기도 했다.

한편 하워드의 아내도 일에서 스트레스를 받아 지쳐 있었다. 설상가상으로 그들이 이사를 가는 바람에 가끔씩 타던 레저용 보트도 못 타고 있었다. 둘이 함께 즐기던 유일한 취미생활이었는데 말이다.

그는 자신의 불만족과 아내의 스트레스로 인해, 해결책을 강구하게 되었다. 당연히 하워드의 질문 목록에서 가장 중요한 것은 갈수록 심각해지는 이 문제들에 대한 해결책이었다. 또 자신의 소명, 영혼의 진화, 안내자, 카르마의 시각에서 본 아내와의 관계, 삶을 최대한 의미 있게 살 방법도 알고 싶어했다.

세션을 시작하자, 하워드는 깊은 트랜스 상태로 쉽게 진입했다. 그는 1933년 독일에 유대인으로 살던 가장 최근의 전생으로 돌아갔다.

그는 25세에 유대인이라는 이유로 해고되었다. 그 후 역시 유대인이라는 이유로 길거리에서 살해당하고 말았다. 이유도 모른 채 생을 마감한 뒤, 쉽고 빠르게 영계로 이동했다.

하워드 : 천천히 움직이고 있는데, 차츰 밝아져요. 구름을 벗어난 것 같아요. 옅은 색 옷을 입은 누군가가 저를 반겨주네요. 하지만 너무 하얗고 밝아서 잘 안 보여요. 남자이고 저보다 몸집이 크고, 미소 짓고 있다는 것밖에 모르겠어요. 저더러 방금 겪은 일은 잊어버리래요. 이제는 다른 곳에 와 있으니까요.

카트리나 : 이 존재는 누구인가요? 아는 존재인가요?

하워드 : 저를 맞으러 온 존재예요. 현생의 제가 아는 곳으로 저를 안내해요. 개울가요. 평화로운 곳이지요. 다시 숲을 지나 바닷가로 인도해요. 저는 그저 놀라울 뿐이에요. 그는 제게 이 전생에서 평화로웠던 무언가를 보여주려는 것 같아요.

카트리나 : 다음은 무슨 일이 일어나나요?

하워드 : 제게 다른 존재들을 만나보고 싶은지 물어요. 아버지를 만났는데, 아버지는 젊었을 때 모습 그대로예요. 아버지가 자신과 함께 가서 다른 존재들과 어울리자고 해요. 하지만 전 저를 맞아준 영혼과 함께 가는 편이 더 좋아서, 다른 방향으로 가요.

하워드는 이 영혼과 함께 빛 속으로 들어갔다.

카트리나 : 이 영혼은 누구인가요? 그의 역할은 무엇이죠?

하워드 : 누구인지 저도 몰라요. 이름이 헤르만이라는 것밖에. 하여간 제 안내를 맡고 있어요. 그가 친구들을 찾아보고 싶으면, 제

힘으로 그렇게 하래요.[1]

잠시 후, 하워드는 그의 그룹을 찾아냈다.

하워드 : 여기 다른 존재들이 많이 모여 있는데, 제 눈에는 잘 안 보여요. 빛 속에서 그림자처럼 보이기만 하거든요. (사이를 두었다가) 잠시 후, 첫 번째 사람이 저를 맞으러 앞으로 나와요…… 오, (현생의) 제 아내 제인이에요. (잠깐의 침묵 후) 절 안아줘요.

카트리나 : 둘은 함께 환생한 적이 많은가요?

하워드 : 예, 아주 많아요. 그녀가 이 질문을 듣고 웃네요. 우린 석기시대 이후로 줄곧 인간으로 함께 태어났어요. 돌도끼도 보여요.

카트리나 : 둘 사이에 어떤 특별한 카르마 관계라도 있나요?

하워드 : 우린 남편과 아내가 되는 걸 좋아해요. 그리고 함께 우리가 해야 할 일을 발견하는 것이 우리의 과제고요.

하워드의 영혼 그룹에서 다른 존재들이 앞으로 나왔다. 그중에는 현생에서 하워드의 남자 형제가 된 영혼도 있었다. 그의 비판적인 행동은 하워드에게 바람직하지 않은 존재 방식이 어떤 것인지를 깨닫게 해주기 위한 것이었다. 하워드는 두 딸도 만났다. 그는 딸들에게 독립성을 가르치고 자유를 주는 것이 자신의 역할임을 깨달았다. 이 다소 진지한 영혼 그룹은 하워드와 제인이 통솔하고 있는 것 같았다.[2]

하워드는 이제 다른 영역으로 옮겨가, 영계에서 하워드와 제인이 함께 맡고 있는 전문분야를 발견했다. 그곳에서 그들은 교사였다. 12~14명에 이르는 영혼들에게 영혼의 진보를 위한 환생에 대해 가르쳤다. 그들이 강조한 것은 다음 환생에 필요한 이해와 자질, 사랑, 열정, 행복 같은 것들이었다. 하워드는 자신의 전문영역을 발견하고 겸허해졌다. 또 자신이 영혼의 진화 과정에서 아주 멀리까지 와 있다는 것도 깨달았다.

카트리나 : 당신이 인간으로 태어난 이유도 주로 타인들을 가르치기 위해서인가요?

하워드 : 아뇨, 그렇다면 시간 낭비에 지나지 않을 거예요. 아직은 저에 대해 더 배워야 하니까요. 저는 이미 100번도 넘게 인간으로 태어났었어요.[3] 독일에서 유대인으로 살았던 전생은 인내를 가르치기 위한 것이 아니라, 인내를 배우기 위한 것이었고요. 이곳 영계에서 저는 다음 환생을 준비하기 위해 배우고 있어요.

카트리나 : 하워드의 삶을 시작하기 이전에는 무엇을 배우고 있었나요?

하워드 : 화요. 화와 감정적 기질이 이번 생의 양상들이거든요.

카트리나 : 그래서 당신은 무엇을 배웠나요?

하워드 : 이 감정들을 억제함으로써 저 자신을 손상시키지 말아야 한다는 거예요. 그런데 지금 저는 그러지 못하고 있어요. 제 감정을 그대로 드러내지 않죠. 하지만 계속 이럴 수는 없어요. 제 생각을 표현하는 게 더 나아요. 그럴 수 없으면, 나쁜 결과를 감수하고라도 어딘가 다른 곳에서 일자리를 찾아보아야 해요. 여기서 주요한 메시지는 자신을 망각하지 말아야 한다는 것이에요.

카트리나 : 또 무얼 배웠나요?

하워드 : 더 이상 인간으로 태어나지 않는, 지혜로운 사람이 있어요. 그는 영계의 스승이고, 카르마에 대해서도 잘 알아요. 그는 좋지 않은 카르마를 퍼뜨리지 않는 것이 제가 마지막으로 배워야 할

것이고, 이것을 배우려면 환생을 더 경험해야 한대요. 좋지 않은 카르마를 만들어내는 한, 기필코 다시 환생하게 되니까요. 이건 아주 어려운 문제이기 때문에, 이번 생에서는 이 특별한 카르마를 극복하는 법을 배울 수가 없어요. 이번 삶에서 제가 배우는 건 화와 히스테리의 극복이에요. 이것이 이번 생의 과제죠.

하워드는 안내자들이 있는 곳을 방문해서, 아론을 만났다. 아론은 언제나 하워드와 함께해온 상급 안내자였다. 아론도 자신을 망각하지 않고 화와 신경질적인 기질을 다스리는 것이 중요하다고 강조했다. 또 아론은 유대인으로 살았던 삶에 대해 이렇게 말해 주었다.

"당신은 아주 힘들게 이 점을 배웠어요. 이번 생에서는 인내심을 가져야 한다는 점을 남자 형제가 당신에게 일깨워주고 있죠. 오만하게 잘난 척하면 안 된다는 것을 명심하세요. 지금까지는 아주 잘해왔습니다."

하워드의 세션이 끝났다. 그는 구하던 답을 찾은 것 같았다. 유대인으로 살았던 전생이 인내심을 배우기 위한 것이었다면, 하워드로 살아가는 현생에서는 카르마를 남기지 않고 화와 신경질적인 기질을 폭발시키지 않도록 감정을 다스리는 일에 전념해야 했다. 흥미로운 발견이었다.

그는 대부분의 질문들에 대해 분명한 해답을 얻었으며, 이것들을 의심하지 않고 받아들였다. 또 안내자들과 아론과의 만남을 통해 중요한 점들을 확인했다.

1년 뒤, 하워드는 이 세션의 성과를 다음과 같이 글로 정리했다.

당신도 기억하겠지만, 저는 곤경에 처해 있었어요. 월급은 많지만 지독

히도 따분한 직장에 다니고, 아내도 스트레스 때문에 말 그대로 죽을 지경이었죠.

LBL 세션을 받고 난 후, 계획을 세웠습니다. 편안하게 쉬면서 레저용 보트를 탈 수 있는 곳으로 이사를 가기로요. 그러려면 먼저 다른 지역에서 일자리를 얻어야 했죠. 그러고 나선 집을 팔고, 보트 탈 장소를 물색한 다음, 근처에 집도 알아봐야 했습니다. 그런 뒤에 아내도 직장을 그만두고, 다른 직장을 구했죠. 우리가 계획한 변화는 이런 것이었고, 우리는 그대로 실행에 옮겼습니다.

모든 면에서 전보다 행복하게 살고 있어요. LBL 세션이 변화할 용기를 주었지요. 또 현재의 삶을 더욱 적극적으로 살아가게 만들기도 했고요. 하지만 가장 중요한 영향은 변화가 꼭 필요했다는 점입니다. 변화를 시도해야 다시 올바른 방향으로 나아갈 수 있다는 생각은 이미 하고 있었지만, 이런 생각을 구체적으로 확인하는 것도 아주 중요했어요.

일이 전개되는 양상을 보면서, 안내자들이 언제나 우리와 함께한다는 것도 믿게 되었어요. 아주 과감하고 급격하게 변화를 밀고 나갔지만, 모든 일이 척척 맞아떨어졌거든요. 그리고 덧붙일 것이 있는데, 세션 중에 받은 조언들 덕분에 화와 히스테리 문제도 해결됐어요.

하지만 정서적인 면에서 좋았던 점이 또 있어요. 영계에서 제인과 제가 다른 영혼들에게 가르침을 주는 영혼이었다는 점을 알고는, 놀랍고 행복하면서 겸허해지기도 했다는 점입니다.[4]

---

(1) 생을 마친 후 영계로 돌아온 영혼에게 영혼의 동반자들을 스스로 찾아보라고 하는 것은 대단히 특이한 경우이다. 보통은 영혼의 친구들이 즐거운 재회를 준비해 주고, 영혼의 안내자들이 근처에 지키고 있다. 새로이 도착한 영혼들은 일반적으로 영계의 관문에서, 혹은 오리엔테이션을 마친 후에 이런 만남의 자리

로 안내된다. 하지만 모든 안내자들에게는 그들만의 고유한 특징이 있기 때문에, 똑같은 표준절차를 따르는 것은 아니다. 영계의 이런 면을 더욱 자세히 알고 싶으면,《영혼들의 여행》49-76쪽의 귀향과 LBLH 100-101쪽을 본다.

(2) 영혼들에게 자신의 에너지를 이원화시키는 능력이 있다는 점은 이 책의 다른 사례들을 통해 이미 이야기했다. 영혼은 몸을 갖고 지상으로 올 때, 몸속에 자신의 에너지를 100퍼센트 불어넣지는 않는다. 인간의 두뇌가 이 에너지를 감당하지 못하기 때문이다. 영계에 남겨진 에너지는 덜 강력하기는 하지만, 인간의 몸속으로 들어간 에너지와 정확하게 똑같다.

피술자가 깊은 최면 상태에서 친지나 친구들을 보는 방식은 두 가지이다. (A) 이 사례에서 하워드는 여전히 그의 현생 속에 살아 있는 두 딸과 아내, 남자 형제를 본다. 이런 만남은 현재시간 기법을 통해 이루어지는데, 이 기법은 피술자의 현생 문제들을 논하는 원로 회의를 이야기할 때 이미 설명했다. (B) 영혼 그룹의 일원이나 부모 같은 다른 중요한 영혼들을 만난다. 이들은 피술자의 현생에서 이미 사라져, 다른 몸을 받고 다시 태어났을 수도 있고 그렇지 않을 수도 있다. 이런 만남이 가능한 것은 영혼들의 에너지 일부가 영계에 남아 있기 때문이다.

한 가지 알아두어야 할 것이 있다. LBL에서 피술자가 A나 B의 범주에 드는 특정한 영혼을 만나리라는 보장은 없다. 피술자가 이런 영혼들을 만날 수 있을 만큼 현재의 삶에서 일정한 발달 지점에 도달하지 못했을 수도 있기 때문이다. 또 카르마의 관점에서 아직 어떤 교차로에 이르지 못했을 수도 있고, 다른 카르마적 이유들로 인해 모습을 드러내고 싶어하지 않는 영혼들이 있을 수도 있다. 아니면 단순히 어딘가 다른 또 다른 영혼 공간에 살고 있기 때문일 수도 있다. 영혼의 분리는《영혼들의 운명1》18-19, 84, 110-111, 194-201쪽, LBLH 101, 135-137쪽을 본다.

(3) 100번의 삶은 총 환생 횟수를 놓고 보면, 상당히 낮은 수치일 것이다. 피술자는 대부분 전생을 기억할 때 기본적으로 가장 의미 있는 전생들만 기억한다.

(4) 이 사례는 우리 삶에서 변화가 어떻게 일어나는지를 잘 보여준다. 흔히 갈림길에 서면, 전생들에서 이어져 온 카르마의 문제를 풀거나 이번 생을 긍정적으로 변화시킬 수 있는 기회들이 주어진다. 이때 카르마의 힘과 직면해서 발전의 기

회를 얻을 수 있다. 삶의 결정들은 자유의지와 연관되어 있으므로, 이런 기회는 운명적으로 이미 결정되어 있지는 않다. 카르마는 한 번의 생이 아닌 모든 전생의 행동과 연관되어 있고 자유의지는 원인과 결과의 사건들에 영향을 미친다. 그러므로 미래를 위한 우리의 노력은 현재의 우리 모습만큼 중요하다. LBLH 141쪽 참조.

24
새로 등장한 영혼의 치유자

마들린 스트링거(더블린, 아일랜드)
: 동종요법가, 작가, 최면퇴행 치유가

마거릿은 54세에 처음으로 LBL을 시도했다. 큰 키에 시원한 미소를 지닌 그녀는 자신의 불만이 무엇인지 알고 있었지만, 변화의 가능성이 없다고 느꼈다.

마거릿은 젊은 시절 10년간이나 가톨릭 종교단체에 몸담았다. 하지만 교회가 이야기하는 지혜에 더 이상 믿음이 가지 않아 그 단체를 떠났다. 이후 개발도상국가에 선교사로 파견되었는데, 그곳에 있는 동안 주민들에게서 지혜롭고 영적인 질문들을 많이 받았다. 그리고 이들의 질문을 통해 다른 시각도 존재할 수 있다는 것을 깨닫고 영혼의 탐구를 시작했다. 마거릿은 고향으로 돌아와, 수년 동안 신학과 심리치료를 공부했다. 포괄적인 의미에서의 영성에 관심이 많아, 자신의 생각들을 책으로 엮어낼 계획도 갖고 있었다. 그런데 그것을 실행하기가 힘들었다. 무엇인가가 항상 가로막고 있었다.

다음의 이야기는 전생퇴행과 LBL을 통해 이 장애물을 제거하고 자유와 분명한 인식을 얻는 과정을 보여준다.

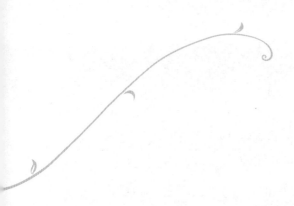

LBL 세션을 갖기 전에 우리는 먼저 전생퇴행부터 시작했다. 마거릿에게 최면 상태에 익숙해질 기회를 주고, 전생의 문제들을 표면으로 이끌어내기 위해서였다.

마거릿은 두 개의 전생을 보았다. 하나는 선사시대의 전생이었는데, 공동체를 이루고 사는 삶을 처음으로 경험한 것 같았다. 다른 전생에서는 500년에서 BC 1세기 사이에 샤머니즘을 믿는 마을에서 치유 일을 하면서 살았다. 이 두 전생은 치유 면에서 마거릿에게 영향을 미쳤다. 그녀는 종교단체에서 일하던 때를 아직도 즐겁게 기억하고 있었다. 하지만 두 전생 중 어느 것도 그녀가 이도저도 못하는 이유를 밝혀주지 못했다.

우리는 또 다른 전생을 통해 환생 사이에 존재하는 영혼의 상태로 들어갔다. 이번 전생에서 마거릿은 오스트레일리아에서 개척자의 삶을 살아가고 있었다. 폭력적인 남편 피터와 결혼해서 여섯 번째 아이를 임신한 상태였다. 그러나 젊은 나이에 죽고 말았다.

마거릿의 영혼은 즉각 몸을 벗어나, 영계에 있는 남편 영혼의 마중을 받았다. 그는 기분 좋은 에너지로 그녀를 안아주면서, 계속 앞으로 나아가라고 용기를 북돋워주었다. 영계에서 마거릿은 남편 피터를 아다바라고 불렀는데, 아다바는 피터와 다른 에너지를 갖고 있었다. 분노와 씨름하고 있기는 마찬가지였지만 말이다.(1) 그들은 서로를 지지하고 배우기 위해 함께 사는 삶을 선택했다.

아다바가 마거릿을 영혼 그룹에게 인도해 주었다.(2) 이 그룹에는 아는 영혼이 일곱이나 있었다. 하지만 현생에서 중요한 역할을 하는 영혼은 한 명도 없었다. 이 영혼 그룹에서 짙은 푸른빛과 자줏빛을 한 영혼을 알게 되었는데 아주 믿을 만한 존재였고 너무 커서 여성보다는 남성처럼 느껴졌다.

마거릿과 그 영혼은 얼마 동안 말없이 있었다. 그러다 그가 손을 내밀었고, 마거릿은 손을 잡았다. 마거릿을 돕기 위해 얼굴을 '변장하고' 나타났지만, 사실은 그녀의 안내자 바논다라는 것을 알아보았다. 마거릿은 바논다를 기억했으며, 바논다가 더 이상 지구에 태어나지 않는다는 것도 깨달았다. 마거릿은 지난 대여섯 번의 전생에서 그와 긴밀한 관계를 유지해 왔다.

바논다의 주요한 역할은 마거릿이 몇몇 관계에서 벗어나도록 돕는 것이었다. 그는 마거릿에게 사오십 회에 이르는 생을 함께했던 영혼 그룹과 이제는 결별할 때가 되었다고 했다. 마거릿의 진화 속도가 이 그룹보다 빨라서, 자극을 줄 수 있는 수준의 새로운 친구 그룹이 필요했기 때문이다. 요컨대 그녀는 한 단계 상승을 앞두고 있었다!(3)

바논다는 마거릿을 다른 그룹에게 인도했다. 그들을 만나자, 마거릿은 이미 그들과 함께 일한 적이 있음을 깨달았다. 그룹의 구성원은 여섯 명이었는데, 일차적인 영혼 덩어리 그룹이라기보다 진화된 전문적 학습 그룹이었다. 이 영혼들 가운데 몇 명은 마거릿이 현재 아일랜드에서 함께 일하는 사람들이었다.

이 그룹이 전문적으로 연구하는 영역은 '신성의 표현'이었다. 이들은 신성한 존재의 이미지를 퍼뜨리는 일에 몰두하고, 이 이미지와 생각들을 '탄생시킨' 다른 여러 그룹들과 함께 작업하고 있었다. 또 사람들이 내면의 신성을 알아차리고, 낡은 이미지들을 버리게 돕는 일도 하고 있었다. 마거릿은 지상에서 하고 있는 치유의 일과, 신성을 알아차리고 자각에 방해 되는 두려움을 버리게 하는 영계에서의 일에 대한 차이점을 깨달았다.

마거릿은 이런 식으로 사람들을 돕는 것이 자신이 지금 지상에서 존재하는 주된 이유임을 알았다. 이런 깨달음은 저술이라는 또 다른 시도에 용기를 불어넣어주었다. 같은 생각을 지닌 사람들과 접촉할 마음도 있었다. 하지만 안타깝게도 개인적인 관계를 맺는 것은 현생에서 부차적인 일이었다.

학습 그룹의 영혼들은 서로 긴밀한 관계를 유지했다. 가끔은 마음이 하나로 합쳐지는 것 같기도 했으며, 모두 신성을 깊이 인식하고 있었다. 또 주변에 빛줄기를 쏘고, 북극광 같은 광선 쇼를 만들어내면서 빛을 가지고 노는 것도 좋아했다.[4]

바논다가 마거릿에게 원로들을 만나볼 것을 권했다. 그녀는 반원 모양의 긴 의자에 앉아 있는 여섯 명의 양성적 존재를 만나는 동안, 의식이 크게 확장되는 것을 느꼈다. 마거릿과 이들의 거리는 가까웠고 바논다도 한편에 있었다. 만남이 지속될수록, 이들과 점점 하나가 되는 것이 느껴졌다.

원로들은 지지를 아끼지 않았으며, 마거릿에게 이번 생에서 훌륭한 선택을 했고 올바른 길을 가고 있다고 말했다. 마거릿은 영혼 그룹과 헤어져야 하는 일이 슬프고, 현생에서 파트너 없이 외롭게 살아야 하는 것도 힘들다고 했다. 그러자 원로들이 고개를 끄덕이면서, 파트너를 갖는 것은 이번 삶의 과제가 아니라고 했다. 마거릿은 자신의 일차적인 목적을 깨닫고 약간 숨이 막혔지만, 원로들과의 사이에서 일어나는 강렬한 시너지 작용에 기쁜 마음도 들었다.

이후 마거릿은 안내자와 함께 모든 전생들을 돌아보았다. 처음 인간으로 태어난 것은 10만 년 전이었으며, 이따금씩 지구가 아닌 밀도가 더 낮은 다른 곳에서 태어나기도 했다. 마거릿은 지구의 다채로운 색상들이 마음에 든다는 말도 덧붙였다!

마거릿의 영혼 에너지는 윤회를 거듭하는 동안에도 손상되지 않았다. 덕분에 자신의 '존재감'을 유지하면서 한 생에서 다음 생으로 환생할 수 있었다. 또 전부는 아니지만 대부분의 생을 '신성의 추구'에 바쳤다. 하지만 다른 기술들도 익혀야 했다. 또 전생들 가운데 약 20퍼센트는 유럽에서 살고, 나머지는 아프리카와 아시아에서 보냈다. 그리고 자신의 여성적인 영혼 에너지의 균형을 맞추기 위해 대부분 남성의 몸으로 태어났다.[5] 전생들을 살펴본 뒤, 그녀는 곧 원로들에게 돌아가 감사의 말을 전했다. 무언가 새로운 일을 앞두고 있는 지금 이 순간과 이번 생을 자신이 좋아한다는 것을 깨달았기 때문이다.

신성을 표현하는 일에서 벗어나 휴식을 취할 때면 마거릿은 자신의 팀과 함께 카누를 타거나 다이빙을 즐겼다. 항상 신성을 마주하고 있다 보면 정신적으로 힘이 들고, 신성은 쉽게 붙잡을 수 있는 에너지가 아니기 때문에 이런 수중 활동은 활력을 불어넣어 주었다.

마거릿은 이번 생을 택한 이유를 살펴보았다. 그러다 초년기의 삶이 고달프리라는 걸 알면서도, 자신이 무척이나 이번 생을 원했다는 걸 깨달았다. 자기 내면에 갇힌 희생자의 에너지를 풀고 싶었기 때문이다. 그러므로 혼자 일할 때 드는 고립감은 희생자나 공격자가 되고픈 욕구에 균형을 맞추기 위한 것이었다.[6]

세션을 마친 후, 마거릿은 신성에 관한 지식을 전파하는 일을 하려는 생각이 옳은 것이었음을 확인하고 기뻐했다. 인생의 파트너를 곧 만나리라는 말을 더 듣고 싶었지만 말이다! 이제 집필을 시작할 수 있을 것 같다고 말하며 대단히 만족하고 흥분된 상태로 돌아갔다.

그런데 3개월 뒤 마거릿이 다시 전화로 전생퇴행을 예약했다. 글쓰기를 시도할 때마다 매번 불안해져서, 아직 시작도 못했다고 했다. 이미 심리치료사와 상담을 받은 상황이었고, 개인적 능력 문제를 짚어보고 싶다고 말했다.

마거릿은 로마시대에 스텐토리우스라는 상원의원으로 로마에서 살아가는 자신을 발견했다. 다른 상원의원과 함께 '신들 간의 다툼'에 대해 논의하는 모임에 가는 중이었다.

사람들은 여러 파로 나뉘어져 있었다. 마거릿의 말대로 "모든 신들의 문제"에 스텐토리우스는 이성적인 접근을 주장했다. 스텐토리우스는 오래된 신들이 너무 변덕스럽고 경솔하며 예측하기 힘들다고 느꼈다. 그래서 사람들이 사제들에게 휘둘리지 않으려면 신들을 분명한 시각으로 바라볼 필요가 있다고 생각했다. 그는 연설을 통해 투명성을 옹호했고, 점술은 무시해야 한다고 주장했다. 사제들은 못마땅하게 여겼지만, 지도자들은 공화국이 비이성적인 신들에 좌지우지되어서는 안 된다는 주장에 동의했다.

그러자 어느 선동적인 사제가 신들과의 소통이 안 되어 최근에 다른 지방에서 지진이 일어났다고 주장했다. 이 주장으로 인해 군인들이 다시 질서를 회복시키기까지, 스텐토리우스를 포함한 몇몇 지도자들은 시내에서 크게 동요된 대중들의 추격을 받았다.

이후 스텐토리우스는 경호원까지 두고 위태로운 삶을 살아갔다. 그러다 사제들에게 뇌물을 받은 하인이 그가 먹는 음식에 독을 타서 결국 고통스럽게 생을 마감했다.

마거릿은 이 전생을 돌아보면서, 사제들에게 위협당했다는 것에 실망감을 드러냈다. 하지만 어떻게 대처하는 것이 더 바람직했을지는 알수 없었다. 사제들이 공화국의 운영을 어렵게 만들어도 아예 자기 의견을 말하지 않거나, 사제들을 공공연하게 도발하지 않는 것 말고는 다른 방식이 떠오르지 않았다.

마거릿은 신성을 새로이 인식하게 됐어도, 용기 있게 솔직한 의견을 말했다는 이유로 독살당했다는 사실이 당황스러웠다. 또 당시의 이 사제들처럼 행동하는 사람들이 지금도 있으며, 그들 때문에 자신이 희생당하고 있는 것 같은 느낌이 들었다. 시술자인 나는 다른 전생을 돌아보고, 상황을 다른 각도에서 볼 수 없는지 알아보기로 했다.

마거릿은 고대 서아프리카에서 치유가로 살아가는 자신을 보고, 무척 기뻐했다. 신성을 위해 일하는 사람이 되었고 인정을 받고 있었기 때문이다.

깃털을 꽂고 라피아야자 섬유로 만든 스커트를 입은 채 파리채를 흔들고 있었다. 난산을 한 여동생을 치료했는데, 효과도 없이 동생은 죽어버리고 말았다. 이 일로 큰 충격을 받았다. 환자가 죽는 일이 드물어서가 아니라, 자신의 치료법에 의심이 들었기 때문이다.

마거릿(아프리카 치유사의 이름은 알아내지 못했다.)의 치유법은 몇 마을 건너에 사는 치유사에게 전수받은 것이었다. 이 치유사는 인간이 혼령들을 통제할 수 없다고 했다. 하지만 마거릿은 혼령들의 기이한 짓들과 고분고분하지 않은 특성을 하찮게 여겼으며, 혼령들을 통제할 수 있는 효과적인 치유법을 찾고 싶어 했다. 사악한 주술에 관심을 갖게 된 것도 이 때문이었다.

그런데 이웃 마을에서 어린아이 한 명이 유괴되어 제물로 쓰인 사건이 발생했다. 마거릿은 누가 이런 끔찍한 짓을 저질렀는지 알았지만 인정하지 못했다. 여러 번의 전생에서 희생자의 위치에 있던 자신을 보고 난 터라, 이번 생에서도 자부심을 느낄 만한 점이 하나도 없으며 아이를 제물로 쓴 범인이 바로 자신이라는 사실을 알고 엄청난 충격을 받은 것이다.

그러나 이 아프리카 치유사는 어린아이의 생명력을 흡수하면 부족민들의 눈에 더 위력적인 존재로 비치고, 병을 치유하는 기술도 더 좋아질 거라고 생각했다. 실제로 그녀의 치료술은 더 영험해졌고, 부족민들에게 존경도 받게 되었다. 덕분에 얼마 동안은 능력 있는 치유사로서 평탄한 삶을 살아갔다. 하지만 나중에는 내면으로부터 두려움이 일기 시작했다. 넘지 말아야 할 선을 넘어버렸기 때문일 것이다. 결국 그녀는 칼로 목을 그어 자살해 버리고 말았다.[7]

그녀는 영계로 들어간 뒤, 이 삶을 돌아보았다. 그리고 동생의 삶이 순리대로 전개되었다는 것을 알지도 받아들이지 못한 탓에, 능력 있는 치유사가 되고픈 욕망이 걷잡을 수 없이 커졌음을 깨달았다. 또 힘을 사사롭게 사용하고 일을 억지로 밀고나가는 면이 자신의 문제라는 것도 발견했다. "고통받는 사람들을 지켜보는 건 힘든 일이지요. 하지만 치유에는 참을성이 필요합니다."

이후 마거릿은 다시 안내자 바논다와 이야기를 나누었다. 바논다는 이 세션에서 마거릿이 많은 불균형들을 해결했다고 말했다. 또 이제는 조종도 간섭도 폭력도 쓰지 않으면서 힘을 발휘하고, 타인들의 관심을 효과적으로 유도하는 법을 실험할 때라고 했다. 바논다는 대화를 즐겁게 유도하면서 용기를 북돋워주었다.

이번 생에서는 사람들이 마거릿의 말에 귀를 기울일 것이므로 그녀가 스스로 만들어낸 두려움을 이겨내야 하고 "지금이 두려움을 이겨내기에 적절한 때"라고 했다. 그리고 "모든 일에는 때가 있다"면서 순리대로 풀어가라고 했다. 또 일이 잘못 흘러가면 마거릿에게 속도를 늦추라는 경고신호를 보내겠다고 했다. 제대로 하면, 긍정적인 반응도 보내줄 것이라고 했다. 마지막으로 이번 생에서는 반대편 사람들과 싸울 필요가 없으며, 그런 일은 다른 사람들이 맡아줄 것이라고 말했다.

세션을 마치고 돌아갈 즈음, 마거릿의 마음은 훨씬 가볍고 차분해져 있었다. 결과에 대해서도 이제 걱정을 안 했다. 그리고 지금은 영성에 대한 책을 거의 다 써서, 사람들에게 가르침을 주고 있었다.

마거릿은 반대에 부딪치는 것에 대한 두려움을 이겨내려면 희생자로서의 자신을 경험해 보고, 범법자라는 '안 좋은' 시각에서 자신도 바라볼 필요가 있었다. 선한 행동은 물론이고 악한 행동도 자신이 선택할 수 있음을 알면, 어떤 형태의 반대 세력이라도 약하게 느껴진다. 반대편 사람들도 정직하게 그들의 의견을 주장할 수 있으며, 본질적으로 사악한 사람은 없다는 것을 알기 때문이다.

자신에게 '악한이 되는' 불쾌한 경험을 허용하는 것은 쉬운 일이 아니다. 우리는 삶의 여러 측면에서 자신을 희생자로 보는 데 익숙해져 있어서, 교통경찰관에서부터 세무 관리에 이르기까지 모든 사람들이 우리를 곤란하게 만들려 한다고 생각한다!

하지만 마거릿은 영계를 방문하고 난 후, '사악한' 역할을 하는 자신도 담담히 바라보게 되었다. 영계에서 자신을 타인과 동등한 존재로 보고, 득과 실이 반반인 카르마의 실상을 분명히 이해하게 되었기 때문이다. 또 모든 것이 스스로 계획하고 선택한 일이며, 자신이 대체로 올바른 길을 가고 있음을 확인했다.

---

(1) 영계에 남은 순수한 영혼 에너지는 지상의 영혼 에너지와 융합되어도 성격이 변화되지 않는다. 하지만 지상의 영혼 에너지는 어지러운 두뇌와 정신적인 상처로 얼룩진 고달픈 삶으로 인해 오염될 수 있다. 그러므로 영혼이 인간의 몸으

로 환생해 있는 동안에는 한 영혼이라 해도 영혼의 두 에너지를 같은 것으로 볼 수 없다. 피터와 아다바가 이를 잘 보여준다. 영혼의 오염은 LBLH 107, 182쪽 참조.

또, 이 사례에서 아다바는 마거릿의 일차적인 그룹에 속하는 동료 영혼이 아니라 이차적 영혼 그룹의 제휴되는 영혼으로, 오스트레일리아에서 마거릿과 함께 하는 동안 그의 분노 문제를 해결하기 위해 선택된 것처럼 보인다.《영혼들의 운명2》114-116쪽 참조.

(2) 아다바는 피술자의 일차적인 영혼 그룹이 아니라 2차 그룹에 속하는 제휴되는 영혼인 것처럼 보인다. 아다바는 또 피터가 지상에서 균형을 잡아주고 있어서, 그의 영혼 에너지의 일부만을 갖고도 마거릿을 적극적으로 인도해 주는 것 같다. 영계에 남아 있는 영혼 에너지의 양에 따라 영계에서 영혼의 활동량이 달라진다. 그러므로 25퍼센트 이하의 에너지만을 갖고 영계에서 활동하는 순수한 에너지 상태의 영혼은 50퍼센트 이상의 에너지를 갖고 움직이는 영혼만큼 적극적일 수가 없다. 이미 말한 것처럼, 일반적으로 영혼들은 50~70퍼센트의 에너지만을 갖고 새로운 인간의 몸속으로 들어간다. 하지만 영혼의 진화 상태는 또 다른 변수로 작용한다. 레벨 III 이상의 진화한 영혼은 적은 에너지를 갖고도 영계에서 활동적으로 움직일 수 있다.

(3) 동료 영혼들이 각자 더 고차원적인 단계들로 옮겨가는 것에 대해 자세히 알고 싶으면《영혼들의 운명2》114-116, 200-204쪽을 본다.

(4) 에너지 화살을 이용한 영혼들의 게임은《영혼들의 운명2》186-189쪽을, 영혼들이 영계에서 즐기는 다른 유형의 레크리에이션은《영혼들의 운명2》177-194쪽을 본다.

(5) 일반적으로 중간 레벨을 향해 가는 영혼들은 인간으로 태어날 때 75퍼센트 이상 성별을 선택할 수 있다. 영혼이 레벨 III에 이르렀음을 알려주는 지표의 하나는 성별의 선택이 훨씬 균형적이라는 점이다.

(6) 인간 사회에서 영혼의 짝과 우리가 실제 어울리는 동료 영혼이나 제휴되는 영혼은 다를 수 있다. 어떤 경우에는 카르마상의 특별한 이유로 인해 진정한 영혼의 짝과는 거의, 혹은 아예 어울리지 않게 되기도 한다. 관계의 역학에 대해서는《영혼들의 운명2》105-116쪽을 본다. 영혼의 짝도 아닌데, "잘못된" 짝을

갖게 되는 이유에 대해서는 구체적으로 《영혼들의 운명 2》 108-109쪽, LBLH 129-132쪽을 본다.

(7) 모든 생에서 진보를 통해 카르마를 발전시킨다고 오해하는 사람들이 있다. 하지만 생을 거듭하면서 뒤로 퇴보하는 과정을 통해 배움을 얻는 경우도 더러 있다. 한 영역에서 나타나는 장기적인 퇴보의 예는 《영혼들의 운명 2》 38-39쪽과 40-42쪽의 케이스 38을 본다.

25
영적 파트너십의 진화

조나단 요크(보스턴, 매사추세츠 주)
: 심리치료사, 〈마이클 뉴턴 연구소〉의 LBL 훈련 보조자,
영혼 자아 심리학자, 임상퇴행 최면치료사

이 이야기는 성격이 상반되는 것 같은 사람들이 사실은 영계에서 똑같은 영혼 그룹에서 똑같은 가르침을 받는 영혼들일 수 있음을 보여준다.

론과 샤론은 많은 전생을 함께하면서 서로를 도왔다. 이들이 영혼의 상태였을 때도 마찬가지였다. 지금도 둘은 삶의 목적을 이해하도록 서로를 도우면서 영향을 주고받고 있다. 이 커플은 각자의 문제는 스스로 책임을 졌다. 동시에 하나의 커플로서 협력하기도 했다. 그 덕에 부담을 덜 느끼면서 더욱 생산적으로 문제를 해결해 나갔다.

물질계의 삶을 시작하기 전에 두 영혼이 영계에서 서로를 돕는 따뜻한 관계였음이 얼마나 아름다운 일인지 알게 될 것이다. 그것을 밝혀주는 비전통적인 치유법이 커플 상담에서 얼마나 중요한 가치를 지니는지 확인하게 될 것이다.

나를 찾아왔을 때, 론과 샤론은 자신들의 만남에 어떤 이유가 있음을 알고 있었다. 하지만 어떤 이유인지는 몰랐으며, 둘의 관계가 정체되어 있다고 느꼈다.

그들은 늦은 나이에 만났다. 론은 50대, 샤론은 40대 초반이었으며, 둘 다 두 번의 이혼 경력이 있었다. 론은 작은 건강관련 업체의 최고경영자였고, 샤론은 계약직 직원이었다.

그들은 관계의 지향점을 알고 싶어했다. 나는 이들의 LBL을 통해, 영혼들이 영적인 파트너십을 통해서 어떻게 진화해가는지를 더욱 깊이 이해하게 되었다.

론은 상황과 사람을 통제할 수 있는 자리에 있을 때 가장 편안하다고 했다. 이런 성격은 여자로 태어나, 제2차 세계대전 중에 유고슬라비아에서 독일군에게 강간당한 뒤 총에 맞아 죽은 가장 최근의 전생에서 비롯된 것이었다.

샤론은 이 전생에서 론과 함께하지 않았다. 실제로 이들은 간헐적으로 생을 함께했다. 덕분에 둘은 다른 생에서 다시 만나기까지 각자 성장을 계속해 나갈 수 있었다. 이처럼 같은 영혼 그룹의 영혼들도 목적을 달성하기 위해, 인간으로 태어나도 함께 혹은 따로 살아갈 수 있는 것이다.

론은 이 전생을 마감하면서 무력감과 절망감을 느꼈다. 그가 오늘날 일에서나 사생활에서 힘 있는 자리에 서기 위해 최선을 다하는 것도 이런 감정들에 균형을 맞추기 위해서였다.

샤론과의 관계도 이것을 잘 보여주었다. 샤론과 의견이 일치하지 않으면, 론은 심하게 흥분해서 고집스럽고 논쟁적인 모습으로 돌변했다. 샤론은 스스로 개방적이고 따뜻한 에너지를 지닌 부드러운 영혼이라 여기며 갈등을 피하고 평화를 유지하기 위해 순종하는 편이었다. 하지만 내면에 잠재되어 있는 소극적인 공격성으로 샤론도 힘들어하고 있었다.

나는 먼저 샤론을 전생과 영혼 상태로 인도했다. 세션 중에 여러 전생들을 들여다볼 경우에는, 굳이 가장 가까운 전생을 통해 영계의 문으로 들어가지 않아도 된다. 그래서 나는 대체로 피술자에게 원하는 전생을 선택해서 죽음의 순간을 경험하게 한다. 상처가 극심했던 생을 피하기 위해서이다.

샤론은 론과 함께했던 초기의 전생을 찾아냈다. 그들은 지난 세기에 아메리카 대륙의 대평원에서 잡화점을 운영했다. 이 생에서 둘의 성별은 현생과 반대였다. 샤론은 남편으로서 좌절감으로 가득한 삶을 살았다. 자식들을 키우며 살림만 하는 신세를 견디지 못하는 아내(론)를 달랠 길이 없었기 때문이다. 이 때문인지 현생에서 샤론은 론이 불만을 표출할 때마다 묵묵히 받아주었다. 나중에 발견한 사실인데, 론과 샤론은 자유의지를 더 잘 활용할 수 있기 위해, 오랜 기간 간헐적으로만 서로를 돕기로 영혼의 계약을 맺었다. 함께 발전해 나가면서도 자기 자신으로 존재할 수 있어야 하기 때문이었다.

먼저 LBL 세션을 받은 쪽은 샤론이었다. 샤론은 영계에서 원로들을 만나는 동안, 자신의 영적인 여행이 자유의지의 사용과 관련되어 있음을 깨달았다. 그녀의 영혼 이름은 이오플렉스—짧게 플렉스—였으며, 가장자리는 분홍빛이지만 가운데는 중간 정도의 푸른빛을 띤 여성적 에너지를 갖고 있었다.[1] 샤론에게 이것은 유용한 정보였다. 그녀는 또 자신의 영혼이 고집 세고 민감하며 용감한 성격을 띠고 있고, 균형 잡힌 지혜를 얻기 위해 애쓰고 있다는 것도 알게 되었다.

샤론과 론의 영혼 그룹에는 두 명의 안내자가 있었다. 주로 샤론과 작업하는 안내자의 이름은 리오였는데, 전체가 짙은 푸른빛을 띠고 있었다. 리오는 의회실에서 샤론을 기다리고 있었다. 샤론에게 그는 지혜로운 스승 겸 친구였다.

샤론의 원로는 총 네 명이었는데, 짙은 자줏빛 에너지의 일라가 의장직을 맡고 있었다. 일라는 매우 사무적으로 회의를 이끌어갔다. 다음은 이 시점에서 우리가 나눈 대화의 일부이다.

조나단 : 플렉스, 당신이 하는 일에 대해서 일라는 무슨 말을 하나요?

샤론(플렉스) : 저는 자유의지가 권위와 연관되어 있을 때, 이 자유의지를 사용하는 방법을 배우기 위해 노력해 왔다고 해요.

조나단 : 어떻게 말인가요?

샤론(플렉스) : 자유의지와 싸운 거죠. 전 여러 생에서 지도자의 위치에 있었어요. 하지만 (이 영혼의 본래 기질을 보상하기 위해서) 힘을 남용하곤 했지요. 그러다 아프리카에서 사는 동안 권위적인 자리에서도 자유의지를 발휘하는 법을 드디어 깨달았어요.

조나단 : 그 삶에 대해 이야기해 주시겠어요?

샤론(플렉스) : 이름은 티르타였고, BC 1000년 경 어느 부족의 공주였어요. 이 전생은 연민과도 연관이 있었어요. 저는 전장에서 남편을 잃은 부족의 여인들을 위해 음식과 보금자리에 대한 교육 프로그램을 만들었죠.

조나단 : 이런 일을 한 이유를 설명해 주세요.

샤론 : 음식과 보금자리는 남자들의 책임이었어요. 그런데 경쟁 부족과 큰 전투가 벌어져서, 많은 남자들이 목숨을 잃었죠. 전쟁이 끝난 후, 혼자가 된 여자들과 아이들을 위해 제가 무언가를 해야 했어요.(샤론은 이 이야기를 할 때 확실히 기분이 좋아 보였다.)

티르타는 힘이 아닌 연민의 마음을 발휘하면서 더 큰 편안함을 느꼈다. 그리고 영혼 플렉스는 이런 티르타의 삶을 통해 공감을 경험한 뒤, 권위 있는 자리에서 자유의지를 발휘함으로써 타고난 기질을 겉으로 드러내는 법을 더욱 잘 이해하게 되었다. 나중에 안 것이지만, 론이 배워야 할 것도 이와 똑같았다.

플렉스에게는 몸의 선택과 관련된 흥미로운 가르침도 있었다. 티르타로 태어나기 전까지, 플렉스는 대개 강건한 신체를 지닌 남성의 삶을 선택했다. 그래야 당시 지구에서 우세한 위치에 있던 여성들을 지배하고, 삶의 역경들을 이겨내어 살아남을 수 있을 것 같았기 때문이다. 그러다 나중에는 강인한 여성의 삶을 선택했고, 이를 통해 여성들의 감정 체계가 남성보다 더 진화되어 있으며 자기의 영혼이 지닌 불멸의 성격에도 더 잘 맞는다는 점을 깨달았다.[2]

샤론은 중국이나 이집트 같은 다른 문화권에서도 론과 친밀한 관계를 형성했다. 깊은 트랜스 상태에서 샤론은 론과 함께했던 가장 가까운 전생이 19세기 영국에서의 삶이었다고 했다. 미국 서부 대평원의 전생 이후 다시 론과 함께 살게 되었다.

샤론은 아멜리아라는 여자였는데, 돈과 힘을 가진 스탠리(론)와 결혼했다. 그런데 스탠리는 불타는 마구간에서 말들을 구하기 위해 뛰어들어갔다가 죽고 말았다. 세션 전 대화 시간에 샤론은 현생에서 론과 말다툼이 벌어지면, 그가 홀연히 떠나서 돌아오지 않을 것 같은 두려움에 짓눌린다고 했다. 결국 이 전생의 흔적이 현생의 몸속에 각인되어 있어서, 샤론은 심한 말다툼이 일어나면 얼른 주장을 굽혀버렸다. 그러나 샤론은 자신의 영혼 그룹에서 론을 만난 후, 그들의 현생 관계가 자신에게 성장의 기회를 제공하고 있음을 깨달았다.

플렉스는 원로들과 헤어진 후, 자신의 영혼 그룹을 만났다. 론이 가장 먼저 나와 반겨주었다. 플렉스는 그를 라이아라고 불렀다. 라이아의 에너지는 남성적이었으며, 중심은 녹색인 반면 후광은 플렉스처럼 라벤더 색을 띠고 있었다. 라이아의 영혼은 연민으로 가득 차 있다고 했다. 라이아와 함께하지는 않았지만 아프리카의 공주로 살았던 전생이후 플렉스가 라이아와의 관계에서 가장 마음에 들어 하는 점은 바로이 연민이었다.

세션 중에 플렉스와 라이아는 어느 시점부터 깊은 사랑의 에너지를 발산하면서 서로를 끌어안았다. 다음은 이 시점의 대화 내용이다.

조나단 : 라이아와 포옹을 했는데, 현생의 둘 관계를 이해하는 데 아주 중요한 전생이 있나요?
샤론 : 네.
조나단 : 어느 전생이었죠?
샤론 : 영국에서 함께했던 전생이에요. 제가 아멜리아로 살았던 전생이요.
조나단 : 그 전생은 지금의 론과의 관계에 대해서 어떤 통찰을 제공해 주죠?

샤론 : 저는 굴종하는 역할을 선택했어요. 남자가 여자를 사유재산처럼 통제하는 억압적인 시대였죠.

조나단 : (피술자를 계속 밀어붙인다.) 그런 삶이 샤론과 론의 관계에 어떤 통찰을 제공해 주나요?

샤론 : 저는 플렉스로서 배워야 할 가르침을 현생에서도 계속 배우기로 했어요. 저는 그를 위해 일해요. 그는 제 보스나 다름없어요. 제가 아멜리아로 살면서 그에게 품었던 반감을 극복하기 위해서지요. 반면에 론 즉 라이아는 타인들에 대한 지배욕의 충동을 이겨내는 중이고요.

조나단 : 여기서 중요한 점은 무엇인가요?

샤론 : 이것은 우리가 커플로서 계속 학습 중인 문제이기도 해요. 서로에게 이런 역할이 있어야, 다른 관계에서도 이 문제를 극복할 수 있으니까요. 우리는 둘 다 자유의지의 사용에 대해 공부하고 있고, 이런 공부는 각자의 방식에 도움이 되기도 해요.

조나단 : 어떻게요?

샤론 : 샤론으로서 저는 공격적인 에너지에 굴복하는 성향이 있는 반면에, 라이아(론의 영혼)는 타인들을 통제하지 않는 공부를 하고 있어요.(하지만 이번 생에서는 아직까지 성공적이지 않다.) 우리는 자신이 배워야 할 것을 무의식 중에 상대를 통해 확인해요.

조나단 : 둘이 공부 중인 문제는 구체적으로 무엇인가요?

샤론 : 저는 압박감과 자유의지가 함께 있을 때 자유의지를 발휘하는 법을 배우고 있고, 라이아는 힘 있는 자리에서도 통제하지 않는 법을 터득하기 위해 애쓰고 있어요. 저는 (똑같은 문제의) 해결법을 이미 터득했기 때문에, 라이아에게 훌륭한 짝이죠. 저는 그의 분투를 따뜻하게 이해해 줄 수 있고, 영혼의 본성을 일깨워

주면서 치유에 도움이 되는 다정한 영혼의 친구가 돼줄 수 있어요.

샤론은 세션을 통해 론과의 관계를 더욱 깊이 이해하고, 이 관계에 헌신하게 되었다. 이제는 론이 전생과 영혼 상태를 경험할 차례였다.

론은 먼저 전생퇴행을 통해 자유의지와 관련된 자신의 영적 여정을 이해했다. 하지만 론이 기억한 전생은 18세기 중국 서부의 선찌 지방에서 마찌라는 남자로 살아가던 삶이었다.

LBL을 시술하다 보면, 두 영혼이 여러 생을 함께하더라도 중요한 가르침은 서로 다른 생에서 배우는 경우를 종종 본다. 그 이유는 아마 두 영혼이 점유한 인간의 몸과 환경으로 인해 삶에서 겪는 일들이 달라 다른 영향을 받기 때문일 것이다.

마찌의 몸에 들어간 라이아는 어느 봉건 영주의 땅에서 들일을 하는 일꾼으로 살았다. 그런데 이 영주는 모질게 부려먹으면서도 입에 겨우 풀칠할 만큼만 대가를 지불했다. 마찌는 부당한 노예 대접에 분노하다가, 지안(샤론)이라는 사랑스럽고 따뜻한 여자를 만나 결혼했다. 그리고 지안의 따뜻한 헌신 덕분에, 혼자서는 느끼지 못했던 내면의 평화에 눈을 떴다. 그러나 아내가 죽은 뒤, 그는 다시 분노에 휩싸여 스스로 목숨을 끊었다.

론이 억압을 경험한 이유는 무력한 가운데서도 자유의지를 발휘하는 법을 배우기 위해서였다. 이 전생퇴행 세션은 뒤이은 LBL의 훌륭한 전주곡이 되었다.

론이 내세로 들어가자, 영혼의 안내자 집섬이 그를 맞아주었다. 집섬은 자줏빛의 남성적인 에너지를 갖고 있었다. 그는 영혼 그룹에서 샤론과 함께 작업하는 료의 시니어 안내자처럼 보였다. 론은 집섬이 참을성 많고 잘 보살펴주지만, 약간 과잉보호하는 면이 있다고 했다.

일일이 간섭하는 안내자였던 것이다.(특정한 안내자가 우리에게 배정되는 것은 불멸의 성격이 지닌 연관성 때문이다.)

집섬은 라이아에게 무엇보다도 고대 이집트에서 노예로 살았던 초기의 삶을 상기시켜 주었다. 라이아는 주인에게 대우를 잘 받았지만, 사회적인 역할에서는 어려움을 느꼈다. 라이아가 지금의 학습을 시작한 것은 바로 이때부터였다. 힘이 없다고 자아까지 상실하지는 말아야 한다는 점을 내면화하기 시작한 것이다.

샤론은 이집트인으로 살았던 후기의 삶에서 론과 함께했지만, 초기에는 함께하지 않았다. 론과 샤론은 전생들에서 서로 사랑하는 관계였지만, 서로를 일찍 여의곤 했다. 한쪽이나 둘 모두 젊은 나이에 죽음을 맞았다. 나는 삶을 선택하는 방에서 론이 자신의 몸을 고를 때 어떤 일이 벌어졌는지 궁금했다.

론은 이곳에서 미래의 몸들을 살펴보았다. 그를 둘러싸고 있는 사방에서 실물 크기로 된 홀로그램 이미지들이 등장했다. 이 홀로그램의 장은 투사되는 삶에 따라 그 형태가 달라졌다. 또 은빛을 띤 두 명의 다른 존재들도 동석해 있었는데, 선택 과정을 돕고 있었다.[3] 그의 안내자 집섬도 이 자리에 있었다.

론은 현생을 위해 선택할 수 있는 세 개의 몸을 보았다. 하나는 파키스탄 여자의 몸이었고, 또 하나는 아시아 남자의 몸, 나머지 하나는 미국 백인 남자의 몸이었다. 그는 여자와 동양 남자의 몸은 거부했다. 사회적으로 억압받는 삶을 또다시 경험하고 싶지 않았기 때문이다. 라이아는 론의 삶을 고려해서 그의 목적에 잘 들어맞는 몸을 선택했다. 다음은 이 시점에 삶을 선택하는 방에서 나눈 대화이다.

조나단 : 왜 이 삶을 선택했나요?

론 : 다른 삶들에서 미처 이루지 못한 것을 성취할 기회이기 때문이지요.

조나단 : 당신이 성취하려는 것은 무엇인가요?

론 : 무조건적인 사랑의 틀 속에 연민을 불어넣고, 진정으로 사람들과 연결되는 것이에요.

조나단 : 그러면 당신은 어떻게 되나요?

론 : 열리는 거죠. 타인들과의 연결을 방해하던 에고 중심적 자의식에서 해방되는 겁니다. 저는 모든 걸 제 욕구에 맞추는 성향이 있거든요.

조나단 : 타인들과의 관계에서 당신을 불편하게 만드는 점은 무엇인가요?

론 : 사람들이 집단의 일원으로 존재하면서도 개인으로 남아 있는 거요. 이것은 자기에 대한 정의와도 연관돼 있어요. 집단의 안녕을 위해 서로 의존하는 환경 속에서 자기를 어떻게 정의하느냐 하는 문제 말이지요. 아주 힘든 문제예요.

조나단 : 당신에게 특히 어려운 이유는 무엇인가요?

론 : 제가 집단의식의 조화와 무욕에 공감하기 때문이에요. 저는 집단 안에 있으면서도 개인으로 존재하기 위해 애쓰고 있어요. 점점 잘 해나가고 있죠.

조나단 : 현생의 선택에 도움이 되고, 이 문제와 연관돼 있는 것이 보이나요?

론 : 예, 저의 자아감은 위협을 받겠지만, 개인적으로나 직업적으로 집단과 따뜻한 관계를 맺을 기회들이 있을 거예요.

조나단 : 당신이 지금 보고 있는 것에서 무언가 구체적인 내용이 더 있나요?

론 : 예, 저는 일련의 직업들을 보고 있어요. 이 직업들을 통해 단체와 사람들을 연결시키려 해요. 그리고 저의 자아감에 의존하면서, 사람들을 통제하거나 그들 안의 독자적인 면을 발견해서 이 독자성을 겉으로 끄집어내는 데 제 자유의지를 사용하죠.

조나단 : 그럼, 자유의지는 당신에게 하나의 시험과 같네요. 당신이 타인들을 통제하려 들면 어떻게 되나요?

론 : (격정적으로) 관계를 돈독하게 만들어주는 유대감에 금이 가죠.

조나단 : 당신 자신이나 타인들과 조화를 이룰 때, 타인들의 독자성을 끄집어 내줄 때, 어떤 신호나 느낌이 드나요?

론 : 조화로운 느낌(그의 영혼이 갖고 있는 따뜻한 본성), 내면의 평화가 느껴지죠.

조나단 : 이런 느낌이 일어나게 하려면 어떻게 해야 하나요?

론 : 한 사람의 계획뿐만 아니라 모든 사람의 계획을 충족시켜줄 수 있도록, 에고를 존중하되 내세우지는 말아야 하죠.

조나단 : 미국에서 론으로 살아가는 삶에 동행해 줄 누군가가 보이나요?

론 : (사이를 두었다가 놀랍다는 어조로) 중요한 누군가가 저의 삶 속으로 들어오고 있어요. 그 사람은…… 그 사람은 샤론이에요! 맞아요, 샤론!

조나단 : 왜 그렇게 생각하죠?

론 : 론으로 살아가는 삶에서 제가 그녀에게 갖고 있는 느낌 때문이죠. 그래서 그냥 그런 생각이 든 거예요. (침묵) 이제 알 것 같아요.

조나단 : 무엇을 알았다는 건가요?

론 : 그녀가 제게 촉매제가 되어주리라는 걸요. 제가 에고에서 벗어나서 행동하도록 도와주는 촉매제가 되어줄 거예요. 저는 너무

많은 것을 떠맡고 상황을 저의 식대로 해석한 다음, 제가 원하는 대로 타인들이 따라오게 강요하는 성향이 있어요. 그녀는 제게 인내심과 균형을 가르쳐줄 겁니다. 저를 부드럽게 만들어줄 거예요. 그래서 우린 파트너가 된 거고요.

기쁘게도 이 커플 모두 곧바로 LBL의 효과를 보았다. 그들의 영적인 파트너십을 발견한 것이다. 하지만 이런 일이 모든 피술자들에게 즉각적으로 일어나는 것은 아니다.

론과 샤론은 그 후 이사를 갔으며, 숲이 우거진 한적한 곳에서 그들만의 작업을 하게 되었다. 편지를 통해 그들은 벌써 8개월째 함께 일하고 있으며 둘의 관계에 사랑과 연민, 균형, 평화가 충만하다고 전했다.

---

(1) (인간이 아닌) 영혼의 오라에서 핵심 혹은 주요 영혼의 색은 영혼의 진화 단계를 보여주고, 가장자리에 나타나는 후광은 영혼의 태도와 믿음, 열망들을 나타낸다. 《영혼들의 운명1》 277-287쪽, LBLH 125-287쪽 참조.

(2) 영혼이 지닌 불멸의 성격은 인간의 생물학적인 마음과 반대이거나 같을 수 있다. 우리 몸에 깃들어 있는 에고의 이중성에 대해서 더 자세히 알고 싶으면, LBLH 184쪽을 본다.

(3) 피술자들은 삶을 선택하는 이 방을 흔히 '링'이라 부르기도 한다. 방이 스크린에 둘러싸인 원 모양을 하고 있기 때문이다. 론이 홀로그램 같다고 한 것도 바로 이 때문이다.

론의 안내자가 그런 것처럼, 다음 생의 몸을 선택할 때는 대개 안내자도 참석한다. 전문성을 갖춘 고도로 진화된 다른 존재들이 언제나 이 영역을 책임지고 있다. 이들은 그러나 실루엣으로만 나타난다. 어떤 피술자들은 이들을 타임마스터(《영혼들의 운명2》 255-279쪽) 혹은 플래너(《영혼들의 운명2》 306-307쪽)라고 불렀다.

26

영혼의 장애물을 걷어내다

도로시아 푸케르(독일)
: 아우스베게 연구소의 의료진, 치유아카데미 운영,
빌헬름라이히 연구소장, 심리치료사

이 놀라운 이야기의 주인공은 벤저민이다. 벤저민은 큰 키
에 마른 몸, 창백한 얼굴을 하고 있었다. 겉으로 보기에도 몸
이 약해 보였다. 수줍음을 잘 타고 내성적이며 추진력도 떨어
졌지만, 부드럽고 친절하며 매우 지적이었다. 다행히 벤저민
은 LBL을 통해, 삶을 제약하던 머릿속의 장애물들을 걷어내
고, 삶을 변화시킬 수 있었다.

그의 에너지는 부비강과 제3의 눈이 있는 이마 부분, 시신
경이 연결되는 부분과 뇌하수체가 있는 지점에서 정체되어,
만성적인 고통을 받고 있었다. 이런 정체현상의 이면에는 어
떤 진실이 숨어 있을까? 이 정체된 에너지가 제거되면 어떤 일
을 경험하게 될까?

벤저민은 정서적인 문제로 인해 소극적인 성격을 갖게 되었다. 정서적으로나 성적인 부분까지 아내에게도 속마음을 터놓지 못했다. 이런 고통의 원인은 삶의 목적에 대한 불충분한 탐색 때문이었다.

나는 4년 동안 이따금씩 그를 만났고, 이후 2년간은 대화 치유와 최면 치유, 전생으로의 퇴행 같은 여러 방법들을 이용해 정기적으로 그의 심리를 치료했다. 어린 시절의 상처에 초점을 맞춘 결과, 시간이 지나면서 치유 효과가 나타났다. 하지만 벤저민이 삶의 장애들을 녹여버리고 새롭게 삶의 길을 가게 된 것은 LBL 세션을 통해 얻은 놀라운 발견들 덕분이었다.

벤저민은 지금 30세이고 처음 만났을 때 그의 비범한 눈빛이 유독 눈에 띄었다. 나는 30년 동안 이 일을 하면서 그렇게 깊고 어둡고 영적인 눈을 가진 사람을 한 번도 본 적이 없었다. 마치 화가들이 그린 예수 그리스도의 눈 같았다. 물론 그에게는 이런 느낌을 말하지 않았다. 하지만 그 스스로도 그리스도가 되는 경험을 했던 것이다.

벤저민은 대학에서 영화를 전공했다. 그러나 학문적인 삶에 좌절한 후 삶의 방향을 상실해 버렸다. 이후 심리치료를 받고 어느 정도 효과를 보았다. 그는 치유사가 되려는 생각으로 단과대학에 입학해서 접골요법과 자연치유를 공부했다.

하지만 대학에서도 자신의 전문 영역을 찾지 못했다. 자격증을 얻고 나서도 치유사 일을 하지 않고 건강식 배달 일을 했다. 나는 벤저민의 이런 행동이 잘 이해되지도, 받아들여지지도 않았다. 결혼해서 어린 딸이 둘이나 된 상황에서는 특히 더했다. 그에게는 가족을 부양할 책임이 있었지만 여전히 무엇인가 막혀 있고 정체되어 있었다. 결국 정기적인 치유를 끝내고 8년이 지난 후, 벤저민은 LBL을 받아보기로 했다.

벤저민은 여러 가지 중요한 문제들을 안고 세션에 참여했다. '어떤 부분이 운명으로부터 나를 멀어지게 하는가? 에너지를 나의 목적에 집중하지 못하도록 방해하는 것은 무엇인가? 나와 타인들을 위해 내 에너지와 기술을 사용하는 것이 두려운 근본적 이유는 무엇인가? 이 근본적인 이유를 파악해서 장애들을 극복하려면 어떻게 해야 할까? 지구에서 일어나고 있는 일들을 이해하려면, 이 세상과 어떻게 소통해야 할까? 급변하는 세상에서 가족을 위해 특별히 해주어야 할 일은 무엇인가? 왜 나는 아내와 타인들에게 사랑을 충분히 느끼고 표현하지 못하는 걸까?' 등이었다.

벤저민은 빠르게 깊은 트랜스 상태로 들어갔다. 유년기의 정신적 상처에도 불구하고, 어린 시절의 즐거웠던 경험들을 기억해 냈다. 어머니의 자궁 안에 있을 때는 그의 몸이 약하지만 지구력이 있다고 느꼈다. 벤저민의 영혼은 임신 2개월 째 "몸속으로 미끄러져 들어갔다." 그의 말대로 "몸이 살아남으려면 그의 영혼이 필요했기" 때문이었다.[1] 그는 영계와 연결될 수 있는 훌륭한 채널링 도구로 이 몸을 선택했다. "오감을 통한 인식과 지구의 아름다움"에 매력을 느끼기도 했다.

그런데 환생의 순간—그의 영혼이 작은 몸속으로 들어간 순간—극도로 예민한 두뇌와 신경계에서 커다란 고통이 일었다. 특히 두개골과 두뇌의 맨 아랫부분, 목덜미의 고통이 극심했다. 어머니가 임신 중에

스트레스를 받으면, 그는 빛을 발산하고 그의 강한 영혼을 확장시켜서 어머니를 도와주었다. 그는 영혼 에너지의 85퍼센트를 갖고 이 세상에 태어났음을 알고 있었으며, 때로는 이 에너지를 제대로 활용하지 못하고 있다고 느꼈다.[2]

그를 전생으로 인도하자, 지중해 문명 초기에 어느 신전에서 아가토스라는 이름의 젊은이로 살아가는 자신을 보았다. 시대나 지역은 알 수 없었지만, 많은 사람들이 치유법과 지식을 찾아 이 사원으로 순례를 왔다. 그는 사람들의 의식을 확장시키는 기술에 초점을 맞췄으며, 생각을 집중하는 단순한 기술로 치유 효과를 높이는 것이 그의 임무였다.

그는 공동체 생활의 행복과 아내와 아이들에 대한 사랑을 다시 경험하고 큰 감동을 받았다. 또 신전 안에서 진행되는 온갖 행사들에 놀라움을 금치 못했으며, 많은 사람들에게 좋은 일을 해줄 수 있는 귀중한 지식을 알게 될 때는 대단히 기뻐했다. 그의 말처럼 "축복 그 자체"였다.

그런데 갑자기 끔찍한 장면이 나타났다. 로마 군인들이 신전을 공격하고 사람들을 학살한 것이다. 그의 가족을 포함한 신전 안의 모든 사람들이 몰살당했다. 그는 공포와 충격 속에서도, 파피루스 두루마리를 챙겨 도망쳤다. 그가 구할 수 있는 유일한 귀중품이었다. 그러나 트랜스 상태에 있는 그의 의식은 인류를 위한 귀중한 지식이 담겨 있다는 것 말고, 이 두루마리의 정확한 내용을 기억하지 못했다.

그는 도망치는 동안에도 두루마리를 나쁜 사람들 손에 빼앗길까봐 겁이 났다. 그래서 그것을 어느 산의 동굴 속에 숨기고는 북쪽으로 계속 도망치다가 어느 작은 마을에 정착한 뒤, 사원에서 배운 지식들을 보존하기 위해 몇몇 사람들을 선별해서 이 지식을 전수했다. 하지만 외로움과 슬픔, 두려움을 떨칠 수는 없었다. 나중에 그는 적들에게 생포되어 고문을 당하다가 감옥에서 죽고 말았다.

그는 사건들을 정확하게는 기억해 내지 못했다. 하지만 그가 두루마리의 비밀을 누설하지 않았다는 것은 분명하게 기억했다. 이 모든 기억들은 내면 깊은 곳으로부터 나왔기 때문에, 안전하게 멀리 떨어져이 고통스러운 경험들을 관찰했다. 이후 영혼이 몸을 벗어나면서, 나는 그와 함께 영혼 여행을 시작했다.

수없이 많은 빛의 존재들이 주변을 맴돌고 있는 게 보였다. 빛의 존재들은 형태와 크기, 특징이 전부 달랐다. 그는 이들이 "천사 같은" 존재들이라고 했다.[3] 예전에 그도 이들과 같은 존재였다는 사실을 기억하자, 강력하고 오랜 유대감을 느꼈다. 이들은 우주 속에서 힘의 균형을 관장하고, 누군가 지상에서 도움을 요청하면 돕는 일에 관여하기도했다.

그의 옆에 있는 존재는 밝은 푸른빛과 자줏빛을 띤 채 힘차게 고동치고 있었다. 이름은 발음이 어려웠는데 "대단히 기쁜 마음으로 환영한다"는 의미를 지니고 있었다. 남성처럼 보이는 또 다른 존재는 불그스름한 빛깔의 거대한 순수 에너지였다. 벤저민은 그가 대천사 우리엘과 비슷하다고 생각했다. 우리엘은 벤저민을 따뜻하면서도 엄격하게 비판했다. 벤저민이 여러 번 인간으로 태어나는 동안, 우리엘은 그에게 에너지를 보내기 위해 모든 노력을 기울였다. 하지만 벤저민은 이에너지를 사용하지 않으려 했다. 그러나 그것은 선물과 같은 것이므로, 이제는 태도를 바꿔야 할 때였다.

오래 전 이 놀라운 존재는 벤저민의 제3의 눈 뒤에 스위치를 장착해놓았는데, 이 스위치가 '꺼짐' 상태가 되어 움직이지 않았다.[4] 스위치가 이런 상태로 고정된 이유는 벤저민이 그 생에서 겪은 일 때문이었다. 벤저민이 어느 소년에게 괴롭힘을 당한 뒤, 제3의 눈을 이용해 더욱 강력해진 '증오의 눈길'로 이 공격적인 소년을 혼내준 것이다. 이 멍청한 소년은 그만 겁에 질려 줄행랑쳐버렸다. 벤저민의 눈에서 강력한 영적 에너지를 본 게 분명했다.

그러나 이후 벤저민은 자신의 힘에 두려움을 느끼고, 이번 생에서는 더 이상 그 에너지를 쓰지 않기로 결심했다. 실제로 우리는 "소망을 품을 때는 신중해야 한다. 반드시 그대로 이루어질 것이니"라는 말을 얼마나 많이 들었는가! 그런데 이게 이야기의 전부일까? LBL을 하면서, 우리는 계속 놀라운 사실들을 발견했다.

벤저민은 자신의 영혼을 빛으로 인식했다. 이 빛은 물방울 모양으로 자주색과 파란색, 은색, 금색으로 이루어져 있었고[5] 지치고 늙어 인간으로 태어나는 데 두려움을 느끼고 있었다. 그는 즉시 액체 같은 흰빛이 들어 있는 욕조 안에서 새로운 활력을 주입받았다. 그리스의 철학자들처럼 생긴 여러 명의 팀원들이 그를 치료해 준 것이다. 이 팀은 치료를 마친 후 그에게 특정한 경험을 자세하게, 깊이 들여다보라고 했다.

벤저민은 몇 세기 전에 지혜로운 여인으로 태어났다. 뜻을 같이하는 사람들과 함께 파괴적인 사람들이 지구를 망가뜨리지 못하도록 하는 실험을 했다. 그들의 정신력을 일제히 한 곳에 모은 것이다. 그런데 이 실험은 실패로 끝난 게 분명했다. 그들의 염력이 안으로 폭발해 제3의 눈과 두뇌 맨 아랫부분에 쌓이면서, 정신이 망가져버리고 만 것이다. 벤저민의 스위치가 '꺼짐' 상태로 고정돼버린 결정적인 이유도 정신적으로 제 기능을 못하는 것에 대한 두려움 때문이었다. 이 독특한 두려움은 심리치료 중에도 여러 번 나타났다. 드디어 놀랍게도 근본 원인을 찾아낸 것이다.

벤저민의 치유팀이 그에게 장애물을 제거하는 법을 알려주었다. 그들은 제3의 눈을 단련하고, 영혼의 안내자와 의식적으로 접촉하는 훈련을 하며, 영적인 힘을 생산적인 수준으로 유지하고, 정기적으로 그들의 조언을 받으라고 했다. 이제는 가슴을 열고, 무엇보다도 자신을 용서할 때였다. 사랑을 주고 받아들일 때인 것이다.

이때 벤저민의 눈에 사랑의 눈을 가진 밝은 불빛 같은 형체가 보였다. 벤저민은 예수 그리스도라고 생각했다. 자신의 예수 그리스도와 같은 일면이 투사된 것일 수도 있었다.[6] 그들의 조언은 계속되었다. 그에게 크리스털을 규칙적으로 제3의 눈에 가져다 대고, 크리스털이 녹아 있는 물을 마시라고 했다. 또 "감각기관을 이용해 그 순간을 인식하면서" 자연과 교감하는 것이 좋다고도 했다. 특정한 음조로 노래를 부르면 자신을 조율할 수 있다는 것도 가르쳐주고, 허브 연고를 만들어 목과 입술, 제3의 눈, 가슴 차크라에 바르는 법도 알려주었다.

이 치유팀은 또 제3의 눈으로 환자들에게서 병의 원인을 찾아내어, 부정적이고 병적인 에너지를 왼손으로 제거한 다음, 오른손으로 치유의 에너지를 불어넣는 것이 그가 이번 생에서 해야 할 일이라고 했다. 또 이제부터는 영혼의 안내자가 그에게 치유의 비법을 알려줄 것이라고도 했다. 그러려면 먼저 지구의 파멸에 대한 두려움에서 벗어나, 자신감과 영적인 세계에 대한 믿음을 키워야 했다. 하지만 가장 중요한 것은, 세션이 끝난 후 그가 이 모든 것들을 실천에 옮기는 일이었다.

그들은 벤저민에게 남아메리카의 샤먼들을 만나게 되리라는 이야기도 해주었다. 뜻을 같이하는 사람들과 네트워크를 형성해서, 이들과의 관계를 발판으로 치유 작업을 널리 퍼뜨리게 되리라는 것이다. 지식과 탐구, 배움, 통합에 대한 열망으로 우주를 더욱 풍요롭게 만드는 것이 그의 영혼의 사명이기 때문이었다. 또 그와 그의 가족은 어둠 속의 빛과 같은 존재이며, 그의 영혼 이름인 아주롤(혹은 아주렐)은 밝은 푸른빛과 은빛을 띤 물의 원소와 연관되어 있었다.

이후 벤저민은 처음 몸을 받고 태어났을 때를 보고, 은하계 바깥의 다른 태양계에서 암석들도 만져보았다. 그가 이곳에 태어난 이유는 밀도가 높은 물질의 의식을 경험해 보기 위해서였다. 그는 자신과 전체가 하나로 통합되는 것을 느끼고 커다란 기쁨을 맛보았다.

그가 인간으로 처음 지구에 태어난 것은 신석기시대였는데, 그의 몸 한가운데서 신성한 불꽃을 느꼈다. 이로써 이 놀랍고도 우주적인 LBL 세션도 끝났다.

그는 세션에 대해 다음과 같이 말했다.

"세션이 끝나고 며칠 후, 학부모-교사 미팅에 참여했어요. 그런데 미팅 중에 천사 같은 존재가 구석에 서 있는 모습이 또렷하게 보였습니다. 어찌나 분명하고 또렷한지, 실제로 만질 수 있을 것 같았어요. 잠시 후, 그가 이 모임에 모습을 드러낸 이유를 알려주었어요. 그는 학교의 공동체의식과 조화를 위해, 이 모임을 확실하게 성공적으로 이끌려고 나타난 거랍니다. 참석자들에게 아이들의 사랑을 인식시키고 싶어서이기도 했고요.

이 일을 계기로 저는 영혼들의 편재를 분명히 믿게 되었어요. 덕분에 이제는 우리가 결코 외롭거나 고립되어 있는 게 아니라는 점도 확신하고 있지요. 언제나 제게 차원간 소통의 길이 열려 있다고 생각하면, 기쁨이 파도처럼 밀려듭니다. 이제는 제 삶의 과제가 저를 어디로 이끌어갈지도 알겠어요. 영혼의 안내자 우리엘의 강력한 에너지를 두려워하지 않고, 이 에너지가 제 몸속을 자유로이 타고 흐르게 맡겨두면, 에너지가 저는 물론이고 제게 치료를 받는 사람들의 몸에도 직접적으로 영향을 미칠 거예요. 그러면 제 손에서 뿜어져 나오는 에너지로, 피술자들의 막힌 감정들을 걷어낼 수 있을 겁니다. 하지만 무엇보다도, 병의 진단과 치료에 도움이 되는 정보들을 받아들여서, 증상과 병을 즉각 호전시킬 수 있을 거예요."

모순적이게도 벤저민은 닫혀 있던 제3의 눈 덕분에, 예언자이자 치유자로서 그가 해야 할 일을 깨닫게 되었다. 이제 그는 제3의 눈이 서서히 열리면서, 영적인 인식과 치유 능력이 향상되는 것을 경험하고 있다. 물론 가끔은 이 모든 일에 의심이 일기도 했지만, 결국은 '보는' 능력과 치유력을 받아들이게 되었다. 머릿속에 정체되어 있던 고통스러운 에너지도 차츰 부드러워지더니 이내 사라져버렸다.

LBL 세션을 받은 후부터, 벤저민은 아침에 눈 뜰 때마다 우리엘을 포함한 영혼의 안내자들로부터 자연치유법과 치유 에너지를 흡수하게 되었다. 안내자들은 벤저민과 벤저민의 가족, 그가 치료하는 피술자들을 위해 일하고 있었다. 그럼에도 그는 우리엘의 강력한 에너지에 익숙해지기가 쉽지 않다고 했다. 우리엘의 에너지가 그의 몸을 관통하게 하기가 어려운 것이다. 하지만 그는 일도, 접골요법 시술도 잘 해나가고 있다.

벤저민은 세션을 하기 전에는 천사나 영계와 전혀 관련이 없었으며, 결코 종교적인 사람도 아니었다. 그러나 세션이 끝나고 몇 개월 후 다시 만나보니, 훨씬 생기 있고 열린 사람이 되어 있었다. 예전과 다르게 거침없이 웃기도 했으며 자연과도 깊이 교감했다.

이 이야기는 해결되지 않은 영적인 상처—이 사례에서는 염력의 불가해한 반격—의 원인과 결과들을 여러 차원에서 보여준다. 다행히 몸과 마음, 정신의 장은 물론이고, 에너지와 카르마, 영혼의 차원에서도 깊은 치유가 이루어졌다. 덕분에 벤저민은 이번 삶의 정서적인 배경—파괴적인 염력의 위력과 이로 인한 죄의식—을 이해하게 되었다.

그는 폭력적인 전생의 흔적이 남긴 두려움으로 인해 현생에서 타인들을 돕고 치유하며 가르치고 각성시켜줄 수 있는 자신의 능력을 거부하게 되었다는 것도 깨달았다. 또 그가 가진 장애의 원인—의도는 좋았지만, 그가 고집스럽게 섣부른 실험을 감행해서, 끔찍한 내폭과 정신적 파멸을 자초했다—도 파악했다. 이 일은 물질적인 차원에서 그의 두뇌와 신경계에 영향을 미쳤으며, 그의 강한 영혼 에너지(85퍼센트에 이르는 상당히 많은 양)를 거부하고 과민하게 반응하도록 만들었다. 자신의 염력에 압도당해 이 염력으로 인해 자신이 망가질지도 모른다는 두려움을 갖게 됐고, 이로 인해 '제3의 눈' 에너지가 차단되어 버린 것이다.

과거의 해결되지 않은 문제들이 이후의 삶에 어떤 영향을 미치는지에 대해 우리는 아직 잘 모르고 있다. 하지만 벤저민은 한 번의 LBL 세션으로 그의 주요 장애를 제거할 수 있는 통찰과 영적인 도움을 얻어냈다. 이런 놀라운 치유가 가능했던 이유는 열린 자세와 지식, 이해, 통합, 자기용서, 사랑, 영계의 축복 때문이었다. 이 모든 요소들이 결합하여, 점진적으로 치유가 일어난 것이다. 벤저민이 생의 과제—자신의 재능과 영혼 에너지가 지닌 힘을 인정해서, 이 에너지로 타인들을 돕는 것—를 발견하도록 도와준 것에 나 역시 기쁘고 내심 뿌듯하기도 하다.

개중에는 이런 변화가 오랜 심리치료의 여파로 자연스럽게 일어난 것이라고 주장하는 이들도 있을 것이다. 하지만 정기적인 심리치료를 받고 2년이나 지난 후에 단 한 번의 LBL으로 이런 변화를 보여주었다는 것은, 치료의 순서나 맥락을 놓고 봤을 때 LBL과 벤저민의 변화 사이에 분명한 연관성이 있음을 말해준다. LBL 세션을 계기로, 벤저민이 축적하고 있던 통찰력에 불꽃이 붙으면서 획기적인 변화가 일어나게 되었을 것이다. 단 한 가지 원인에서 직접적으로 변화나 치유가 이루어지는 경우는 거의 없기 때문이다. 변화와 치유에는 신의 축복과 함께 복합적인 상호작용도 필요하다.

　　모든 세션이 이렇게 주요한 변화와 발전을 불러일으키는 것은 아니다. 하지만 처음부터 함께했기에 그의 영적인 목표에 방해가 되는 걸림돌을 제거할 수 있었다. 벤저민의 획기적인 변화는 확실히 여러 면에서 놀랄 만한 사건이었다.

---

(1) 일반적으로 영혼들은 임신 4개월에서 9개월 사이에 태아 속으로 들어간다. 임신 3개월까지는 영혼을 받아들이기에 충분한 두뇌 조직이 만들어지지 않기 때문이다.《영혼들의 운명2》298-304쪽, 영혼이 태아의 두뇌와 결합하는 복잡한 과정에 대해서는 LBLH 51쪽을 본다.

(2) 영혼 에너지의 이전에 대해서 자세히 알고 싶으면, LBLH 135-136쪽을 본다.

(3) 많은 사람들이 천사와 관련된 종교적 신화들을 믿고 있다. 그러므로 트랜스 상태의 피술자들이 영계로 들어가는 입구에서 천사를 보았다고 환호할 때는 과거의 믿음 체계에서 비롯된 의식의 간섭현상이 아닌지 의심해 보아야 한다.

융은 이런 신화가 인간의 근본적 욕구의 결과물이라고 믿었다. 내 견해로는 인류는 아주 초창기부터 힘들고 때로는 잔인하기까지 한 세계에서 자신을 보호해 줄 영적인 보호자를 갈망해 왔고 이로 인해 종교적 상징인 천사의 개념이 개인적인 영적 안내자의 원형으로 발전된 것 같다. 피술자들은 영계로 진입하는 초기 단계에서 이따금씩 영혼의 안내자를 '날개 달린 천사'로 착각하기도 한다. 영혼의 안내자들이 인간의 몸을 벗은 새로운 영혼들을 향해 갈 때, 머리와 어깨 주변으로 밝은 빛을 발산하면서 공중을 떠가기 때문이다.《영혼들의 운명1》 74-75쪽 참조.

(4) 무의식 상태의 피술자 중에는 의식의 기억들과 생각, 개념들을 LBL의 초기 단계에까지 갖고 들어가는 이들도 있다. '제3의 눈'을 믿는 사람들은 상징적으로 '제3의 눈' 차크라가 고차원적인 의식을 통해 내면의 영적 영역으로 들어가는 관문이라고 생각한다.

(5) 영혼의 색상들이 지닌 의미는 《영혼들의 여행》과 《영혼들의 운명 1, 2》에서 이미 설명했다. 하지만 먼저 LBLH 219쪽의 색인에 있는 색상(영혼) 항목과 216쪽 부록의 도표를 본다.

(6) 의식의 피드백은 종교적이라기보다 형이상학적이고 영적인 신성한 영혼의 각성을 나타낸다.

27
자유를 향한 여행

클레어 앨빈슨(체셔의 프로드샴, 영국)
: 변호사, 화가, 작가, 레이키 마스터, 퇴행 전문가

조디의 삶은 침체기에 있었다. 사실 출발부터 징조가 안 좋았다. 경미한 자폐 증상에 눈동자가 제멋대로 움직이는 안구진탕증을 앓고 있었다. 거기에 난독증 진단까지 받았다. 그 후에는 탈장 수술로 심하게 고통받으면서 에너지가 급격하게 고갈되었다. 이런 고통과 에너지 고갈은 조디의 삶에 부정적인 변화들을 불러일으켰으며, 이로 인해 심각한 우울증에 빠졌다. 그는 결국 자살을 시도했다.

자폐증과 난독증임에도 조디는 여러 분야에 상당한 능력이 있었다. 그중에서도 음악과 그림에 특히 뛰어났다. 그러나 사람들은 병 때문에 조디를 둔하고 멍청한 아이로 생각했다. 조디의 병과 그를 향한 할아버지의 잔인한 태도 때문에 어머니마저도 그를 부끄럽고 성가시게 여겼다.

이로 인해 조디는 불행했으며, 종종 삶에 좌절감을 느꼈다. 이런 좌절감의 근원은 머릿속으로 생각하는 것과 그가 실제로 표현할 수 있는 것 사이의 커다란 간극이었다.

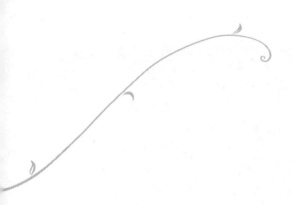

조디는 두 번의 LBL 세션으로 자신의 몸이 지닌 한계를 받아들이게 되었다. 드디어 행복할 수 있는 자유를 얻은 것이다. 지금까지 조디의 삶은 고통의 연속이었다. 몸을 향한 분노와 몸으로 인한 좌절이 가장 힘들었다. 몸과 여러 가지 장애들로 인한 한계를 그는 도저히 받아들일 수 없었다. 아들의 병을 수치스러워하는 어머니의 태도도 이런 부정적인 감정을 부채질했다.

그는 자기존중감이 아주 낮았으며, 이것을 변화시키고 싶었다. 자신을 이해하고, 쓸모없는 것 같은 몸으로라도 삶의 목적을 찾고 싶었다. 끔찍한 우울에서 벗어나 행복해지고 싶었다.

최면퇴행으로 편안하게 심신을 이완시킨 조디는 곧 예쁜 19세 소녀의 모습을 보기 시작했다. 소녀는 자신감이 넘쳤으며 성적인 매력도 있었다. 하지만 매춘과 문란한 관계들로 인해 삶을 망가뜨리다가 임신했고, 갈 곳도 의지할 곳도 없는 신세가 되고 말았다. 결국 소녀는 자살을 시도했다. 바닷물 속으로 걸어들어가는 그녀를 보면서, 조디는 소리쳤다. "안 돼! 안 돼!" 하지만 소녀는 멈추지 않았다.

조디는 소녀의 행동을 보고 있었지만, 사실 그가 본 것은 과거의 자신이었다. 흥미롭게도 이 여자처럼 조디도 현생에서 자살을 시도할 만큼 절망적이던 때가 있었다. 어느 생에서든 자살과 같은 안 좋은 일을 저지르면, 그 영혼은 흔히 다른 생에서 스스로를 시험하기 위해 다시 유사한 상황을 만들어낸다. 현생의 조디도 마찬가지였다. 자살 시도로 삶을 망쳐버린 것이다. 다행히 자살 시도가 실패로 끝나면서, 그는 자신에게 다시 한 번 기회를 주기로 했다.

죽음의 과정을 통과해 영계로 들어간 조디는 안내자 갤시엔과 함께 했다. 조디의 에너지 수치가 너무 낮았기 때문에, 나는 조디가 이번 생의 과제를 성취하는 데 필요한 에너지를 충분히 갖고 왔는지 그의 안내자에게 물었다. 대답은 물론 아니었다. 그래서 조디에게 일시적으로나마 에너지를 보충해 주기로 합의했다.

믿기지 않겠지만, 이후 약 5분 동안 조디는 에너지를 공급받았다. 조디는 마치 강력한 전력에 플러그로 연결되어 엄청난 양의 동력을 공급받는 것 같았다고 했다. 그의 안색이나 목소리만 들어도, 변화가 상당하다는 것을 알 수 있었다. 물론 이런 에너지 부양은 일시적인 것이었다. 하지만 이후 4일 동안 "상태가 정말 환상적이었다"는 조디의 말로 보아, 그 효과가 필요한 만큼 지속된 것이 분명했다.[1]

그런데 첫 번째 세션이 끝난 직후, 몹시 충격적인 일이 터졌다. 조디가 강간 용의자로 체포된 것이다. 그는 독방에 갇혀 경찰의 심문을 받았다. 석방 후에도, 집을 떠나 동네에서 멀리 떨어져 지내야 했다. 그의 세계가 하루아침에 뒤집혀버린 것이다.

그를 고발한 여자는 성행위에 동의하지 않았으며, 이전부터 사귀던 사이도 아니라고 했다. 조디에게는 괴롭기 그지없는 시간들이었지만 퇴행과 에너지부양 덕분에 이 시련을 극복할 용기도 생기고 자신이 훨씬 강해졌다고 느꼈다. 뿐만 아니라 그간의 치료 덕분에, 그를 고발한 여자를 마음에 병이 든 여자로 가엾게 여길 수 있었다. 그의 양심은 깨끗하지만, 그녀는 계속 양심의 가책을 느끼며 살아갈 것이기 때문이었다. 그러나 조디는 무고를 입증할 기회가 올 때까지 여러 달을 기다려야 했으며, 이 기다림은 그에게 또 다른 시련이었다.

극도로 불안정한 이 시기에 조디는 이전의 치유세션에 이어 정식으로 LBL 세션을 받았다. 그는 뉴턴 박사의 책들에 대해 전혀 아는 바가 없었다. 그렇지만 다른 사람들의 경험을 보았기 때문에, LBL에 강한 신뢰감을 갖고 있었다. 퇴행 중에 조디는 다시 자신의 몸에 극도의 불만을 드러냈다. 자신의 모든 것을 어긋나게 만든 근본 원인이 불완전한 몸이었다.

그는 어린 시절로 돌아가, 높다란 어린이용 의자에 앉아 있던 때를 떠올렸다. 자폐증이 그리 심각한 상태는 아니었지만, 말을 분명하게 하지 못했다. 머릿속에서만 맴돌 뿐 입 밖으로 나오지 않는 말 때문에 답답했다. 마치 입에 재갈이 물려 있는 것 같았다.

그는 더 뒤로 거슬러가, 어머니의 자궁 속으로 돌아갔다. 여기서는 상태가 더 안 좋았다. 덫에 걸린 듯 불편하고 답답했다. 자신이 선택한 몸이 아닌 것 같은 느낌에 좌절했고, 이로 인해 너무 세게 발길질을 해서 어머니의 미저골이 부러지고 말았다.

그의 몸과 영혼은 어울리지 않았다. 도저히 이 몸을 좋아할 수가 없었다. 몸은 원하는 대로 움직여주지 않았으며, 모든 부위들이 뻣뻣하게만 느껴졌다. 몸에 대한 혐오를 극복하는 것은 쉬운 일이 아니었다. 하지만 그러기 전까지는 영원히 이 불행 속에 갇혀 있어야만 했다.

그는 이어서 다른 전생을 방문했다. 이 전생에서도 그는 몸 때문에 불행했다. 가장 가까운 전생에서 죽음을 맞은 뒤, 무심하게 자신의 몸을 내려다보았다. 제대로 된 몸이 아닌 것 같았다. 하지만 이제 죽음을 맞이했고, 삶의 피로와 무거움에서 자유로워지게 되었다. 무척이나 홀가분했다.

이 부분에서 우리는 조디의 몸이 카르마에 의해 계획된 것이었음을 분명히 확인할 수 있다. 두 전생에서 자신의 몸에 커다란 실망감을 느꼈기 때문에, 현생에서도 이런 몸으로 태어난 것이다.

전생의 몸에서 벗어난 뒤, 그의 영혼은 고도로 응축된 자기 에너지에 이끌려 앞으로 나아갔다. 앞쪽에서 빛이 보였다. 그 빛은 다가갈수록 더욱 강렬해졌다. 그 생명 에너지에 가까이 다가가자, 처음에 느꼈던 미지의 것에 대한 두려움이 사랑 에너지에 녹아버리면서, 무한한 기쁨이 느껴졌다.

그는 아픈 몸으로 인한 부정적인 감정들을 극복할 기회를 얻을 수 있는 곳으로 올라갔다. 하지만 여기에서도 치유작업은 쉽지 않을 것 같았다.

안내자 갤시엔은 따뜻하고 자신감에 넘쳤다. 순수한 사랑을 지닌 양성적인 존재 같았다. 그는 조디가 지난 생에서 보여준 행동에 높은 점수를 주면서, 이번 생에서도 발전할 확률이 대단히 높다고 격려했다. 조디의 삶이 그토록 힘든 이유도 이 때문이었다.

요스(조디의 영혼 이름)는 안내자가 자신과 함께 있다는 느낌을 종종 받은 적이 있었다. 또 자신을 여러 번 죽음으로부터 구해주었다는 것도 알고 있었다. 자신의 영혼 그룹을 방문한 요스는 그들이 전부 조화로운 파장에 따라 "유쾌하게 웃으면서" 움직이고 있다고 했다.

다음으로 요스는 수염을 기른 원로들을 만났다. 그들은 교실처럼 의자와 책상이 있는 작은 회당에 있었다. 안내자는 그의 뒤에 앉아 있었다. 그들은 그를 강간혐의로 고발한 여자와 관련해 조언을 했다. 그녀가 또 다른 진보의 기회를 그에게 제공했다는 것이었다.[2]

원로들과 헤어진 뒤, 요스는 할아버지의 영혼을 만나보기로 결심했다. 할아버지의 오만과 잔인함 때문에 조디는 살아생전 그를 죽도록 미워했었다. 할아버지가 조디의 장애를 빌미로 어머니를 화나게 하거나 당혹스럽게 만들 때면, 할아버지를 "개자식!"이라고 욕하기도 했다. 그런데 이제 다시 몸에 대한 불만족이라는 문제와 맞닥뜨리기로 한 것이다.

그는 잠시 생각을 곱씹다가, 그토록 아프게 했던 할아버지이지만 이제는 다르게 받아들일 수 있다고 했다. 조디는 할아버지에게 그를 사랑하며 그렇게 미워해서 죄송하다고 말했다. 이제는 할아버지에게서 사랑과 겸허가 느껴졌기 때문이다.

이 세션에서 조디의 주요 목적은 '행복에 이르는 길을 발견하는 것'이었다. 나는 조디에게 이 문제의 해결책을 안내자에게 물어보라고 했다. 그러자 갤시엔은 개인적인 관계에 너무 많은 에너지를 쏟아 붓는 것은 좋지 않다고 했다. 조디의 목적은 여행을 하면서 사람들을 돕는 것이었기 때문이다. 모든 걸 폭넓은 시각에서 바라보면, 장애를 갖고 있다는 사실이 그리 중요하게 여겨지지 않을 것이라고 답했다. 하지만 인간적인 목적은 이룰 수 없으리라는 사실이 여전히 불만스럽게 느껴졌다. 몸에 대한 불만을 털어버리는 것말고, 그에게 극복해야 할 또 다른 장애들이 있는 것이다. 이후 조디는 거울에 비친 자신의 모습을 들여다보았다.

"거울에 비친 제 모습을 보고 있어요. 저는 거울 속으로 들어갈 거예요.[3] 거울 속에는 밝은 빛이 있어요. 저 자신을 초월한 것 같아요. 저는 빛이에요…… 이 빛은 아름답고 마음을 편안하게 어루만져줘요. 제 가슴이 울고 있어요. 제게는 이 심장의 열매가, 이 사랑과 온기가 허락되지 않는 것 같아요. 저는 가만히 지켜봐요. 그곳에 있다니 저는 죽은 것 같아요…… 이곳을 통과해 강간 재판을 받으면, 그러면 계속 나아갈 수 있어요. 어려운 일이긴 하지만, 제 안에 연결될 수 있는 중요한 무언가가 있다는 것을 알고 나니 흡족합니다."

이번 삶을 선택할 때 그는 몸보다 부모를 선택했다는 것을 깨달았다. 물론 몸을 시험해 볼 수 있었다. 하지만 그건 몸이 움직이지 않을 때만 가능했다.[4] 몸에 확신이 섰고, 아무 문제도 없는 것 같았다. 그러나 고통을 느꼈을 때는 이미 늦어 있었다. 그의 영혼이 몸속으로 들어가, 몸을 움직이기 시작했기 때문이다.

그는 자신이 몸을 받아들이기로 했다는 것을 아직도 인정하기 힘들었다. "제가 뭔가에 홀려서 그 몸을 받아들인 것 같아요." 그러나 잠시 반성의 시간을 갖고 난 후, 조디는 거의 기적적으로 마음을 바꾸었다. 그가 인간으로 어떤 몸을 갖고 있건 중요한 가르침을 얻을 수 있다는 점에는 변함이 없으므로, 몸을 즐거운 마음으로 받아들이기로 결심한 것이다.[5]

퇴행 중에 그는 몸속에서 부정적인 감정을 인식했다. 이런 부정적인 감정의 결과로 무겁고 답답한 느낌이 들었다. 그는 십대에 부모님을 힘들게 하고 부모님을 도와드리지 않은 것에 대한 죄책감 때문이라고 생각했다.

그러자 조디의 부모가 조디를 만나러 왔다. 조디의 아버지가 조디를 향해 두 팔을 벌렸고, 둘은 서로를 끌어안았다. 조디가 어머니에게 너무 죄송하다고 말하자, 어머니는 괜찮다며 위로해 주었다. 하지만 부모의 용서에도 조디는 여전히 죄책감을 떨칠 수 없었다. 그는 십대 시절 온 세상에 반항심이 일었고 혼란스러웠다고 변명했다. 그래도 우울하고 비참한 느낌은 사라지지 않았다. 부모와의 만남은 고통에서 벗어나기는커녕 그를 더욱 고통스럽게 만들었다.

그런데 얼마간 다시 반성의 시간을 갖고 나자, 마음에 또다시 기적적인 변화가 일어났다. 조디는 너무도 행복한 목소리로 이렇게 소리쳤다. "아, 그렇군! 그분들이 저를 선택한 거예요! 기분이 정말 좋아졌어요. 아, 눈물이 나올 것 같아요. 어머니 아버지, 감사합니다. 저를 낳아주셔서, 저의 부모가 되어주셔서…… 이런 말씀을 드리고 나니, 한결 편안하네요."

드디어 치유가 되었다. 이제는 여러 가지 제약들에도 불구하고 자신의 모습을 인정하게 되었다. 그리고 자신을 더욱 잘 이해하게 되었다. "더 완전해진 느낌이 들어요. 내면 깊은 곳에서부터 모든 일이 잘 되리라는 느낌도 들고요."

며칠 후, 조디는 LBL 경험 덕분에 "가슴이 치유되었다"고 했다. 하지만 법정에서는 무고를 입증하지 못했다. 그는 결국 수감됐다. 그에게는 너무도 힘겨운 시기였다. 무고를 입증하지 못해서이기도 했지만, 정신적으로 문제가 있는 폭력적인 사람들에 둘러싸여 있다는 것이 더 큰 이유였다. 하지만 이런 불행한 일도 받아들일 수 있게 되었다고 했다. 그래서 순순히 수감생활을 받아들였다. 만일 그에게 LBL에서 얻은 힘과 전생퇴행의 경험이 없었다면, 결코 이 상황을 받아들이지 못했을 것이다. 그는 이 치유 과정이 없었으면, 삶을 끝내고 싶은 충동을 이겨내기 힘들었을 것이라고 했다.

조디는 지금 출옥해서, 삶을 새로 일으켜 세우고 있다. 최근에 조디가 전한 소식에는 다음과 같은 흐뭇한 글이 적혀 있었다.

이제 본질적으로 더 완전해진 느낌이 들어요…… 제 마음과 정신을 따뜻하게 해줄 거예요. 저의 여행은 아직 끝나지 않았어요. 저에게 일어난 모든 일들의 영향은 다음의 사건에서 분명하게 나타날 거고, 이제 저는 그 걸 피하지 않을 겁니다.

---

(1) 영혼 에너지는 동질적이다. 그러므로 영계에 두고 온 에너지와 우리가 지구상에 가지고 온 에너지의 성질은 다르지 않다. 차이가 있다면 에너지의 양뿐이다. 여기서 중요하게 알아야 할 점은 살아가는 동안 에너지를 보충받을 수 없다는 것이다. 조디의 에너지 부양도 일시적인 것이었다.

지구에 가져올 에너지의 양은 영계에서 영혼들이 내린 많은 결정들을 토대로 정해지는데, 이때 주로 참고하는 것은 다음 삶에서 숙주로 삼을 몸의 유형이다. 에너지 부양이 일시적일 수밖에 없는 이유는, 영혼이 태아 상태의 인간 두뇌에 들어가는 것은 매우 섬세한 융합 작용으로서 이 과정에서 두뇌가 주어진 양의 에너지에 스스로를 적응시키기 때문이다. 그러므로 일시적으로든 영구적으로든 에너지의 양이 크게 증가하면, 어느 피술자의 말처럼 "회로가 터져버릴" 수도 있다. 두뇌 조직이 파열하거나 손상되는 것이다.

하지만 혼수상태, 잠, 정서적인 위기처럼 심신의 상처를 경험하는 시기에는 안내자의 도움이나 일시적인 힘으로 간단하게나마 에너지를 보충받을 수 있다. 개중에는 영계에 남아 있는 자신의 영원한 에너지에 스스로 다가갈 수 있는 이들도 있다. 하지만 우리가 요가나 깊은 명상을 하면서 일시적인 에너지 부양을 원할 때, 안내자들이 자발적으로 우리를 위해 에너지를 부양해주는 경우가 더 흔하다. 《영혼들의 운명1》 179-182, 194-200쪽 참조.

(2) LBL에서 가장 강력한 치료 도구 중 하나는 시술자가 시간을 정지시키고 영계의 현재시간 속에 들어가서 환자의 문제들을 분명하게 파악해 내는 능력이다. 초의식 상태의 영혼은 마음이 열려 있기 때문에, 의식 상태에 있을 때보다 개념적 구별 능력은 더 뛰어나면서도 인간적인 경계가 없다. 또 LBL 세션 중에는 단선적인 시간 속에 갇히지 않는다. 그래서 보통의 시술자는 전생이 끝난 후에 피술자를 의회실로 인도하지만, 다른 사례들이 보여주듯, 유능한 시술자는 피술자의 문제에 대한 해답을 얻기 위해 원로들 앞에서 피술자가 지닌 현생의 상처들을 검토해 볼 수도 있다. 안내자와 원로 모두가 현재 실상에 관여하면, 훨씬 긍

정적인 치료 효과를 거둘 수 있기 때문이다. 원로들을 만나서 얻을 수 있는 치료 기회에 대해서는 LBLH 161쪽을 본다.

(3) 거울은 조디의 정신이 영계에 진입한 것을 상징하는 것 같다.

(4) 삶을 선택하는 곳에서 영혼들은 실제 행동이 필요한 참가자의 역할을 할 수도 있고, 다가올 삶에서 전개될 장면들을 바라보기만 하는 관찰자의 역할을 할 수도 있다. 이 사례에서처럼 자신이 들어갈 미래의 몸에 대해 고정되어 있고 생기가 없으며 정지되어 있는 형체로만 관찰하는 영혼들도 있다. 《영혼들의 여행》 359-360쪽, 《영혼들의 운명 1》 268, LBLH 175쪽 참조.

(5) 영혼의 불멸의 성격과 일시적인 인간 두뇌의 기질이 결합되어 한 번의 생을 위한 하나의 개성이 만들어지는 과정은 매우 복잡하다. 우리는 아직 이 과정을 표면적으로밖에 이해하지 못하고 있다. 카르마에 의한 영혼의 진화 과정에서 우리 영혼의 계획자들이 미래의 특정한 삶을 위해 특정한 몸을 선택하는 과정은 아직 환생 중인 우리 영혼으로서는 이해할 수 없는 문제인 것 같다. 새로운 몸의 선택은 《영혼들의 여행》 369-416쪽, 삶과 몸의 선택은 《영혼들의 운명 2》 301-317쪽, LBLH 50, 175-189쪽, "안 좋은 특질"을 가진 몸의 성격은 《영혼들의 운명 2》 305-306쪽을 본다.

28
나는 이미 고향에 있다

스콧 디탬블(클레어몬트, 캘리포니아 주)
: 전생퇴행과 LBL 요법가,
〈마이클 뉴턴 연구소〉의 보조 훈련자 겸 사례분석가

　서로 어우러져 지내던 따뜻한 영계에서 지상의 차원으로 들어온 순간, 벌거벗긴 채 춥고 외롭게 내던져져 '추방된 것 같은 느낌'을 받는 영혼들이 있다. 하지만 추방된 느낌이라 해도 성장의 자양분이 들어 있는 약을 찾기 위해 물질계로 모험을 떠나기로 영혼 스스로가 선택한 것이다.

　세상에는 수많은 시련들이 있다. 모니크는 야생동물 같은 격렬한 인간적 감정들에 쫓겨 다녔다. 이로 인해 시련을 이겨내기도 전에 따뜻한 영계의 품속으로 뛰어들었다.

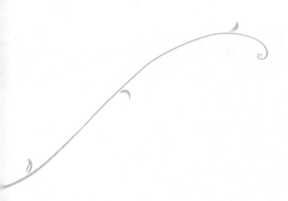

4월의 어느 흐린 날, 모니크가 이메일을 보내왔다.

저는 우울증 때문에 자살하려고 약물을 두 번이나 복용했어요. 정신과
치료도 받고, 항우울제도 복용하고 있죠. 심리상담도 받아봤고요. 명상
모임에 참여했고, 자기계발 관련 책들도 수없이 읽었어요. 이런 경험으
로 생존기술은 익혔지만, 삶을 만끽하는 법은 얻지 못했어요. 저의 우울
한 생각과 감정들은 한마디로 요약하면 '향수병' 때문이에요. 저는 진심
으로 천상의 고향이 그리워요. 마이클 뉴턴의 책들에서 '고향'에 대해
읽었을 때, 제가 얼마나 기뻤는지 선생님은 상상이 되실 거예요. 이제 저
도 LBL 세션을 받아볼 때가 된 것 같아요. 우울한 일이 또다시 제 머릿속
에 불쑥 나타나는 건 피하고 싶거든요.

모니크는 어둠 속으로 가라앉으면서, 초월적인 경험을 선사할 금빛
빛줄기를 향해 필사적으로 손을 내뻗고 있었다. 나는 그녀의 심각한
상태가 걱정스럽긴 했지만, 직관적으로 우리가 보호를 받으리라는 느
낌이 들었다.

우리는 전화로 대화를 나누었다. 모니크는 자신이 영계를 그리워하
는 것은 맞지만, 두 번의 자살 시도 모두 사실은 남자들과의 혼란스럽

고 파괴적인 관계 때문이었다고 했다. 만날 날짜를 약속할 때는, 모니크의 목소리에서 희망적인 기운이 묻어났다. 이후 다시 이메일을 보내 왔다.

세션을 위해 숙제를 시작했어요. 짧게 질문목록을 작성하려고 했는데, 도저히 짧게 할 수가 없네요! 결국 질문들을 모조리 적어 가서, 열린 마음으로 치료를 받기로 했어요.

세션은 순조롭게 진행되었다. 인간으로 태어나는 것이 약간 마뜩찮았을지 몰라도 모니크의 영혼은 새로운 몸, 새로운 모험에 대한 호기심으로 흥분감을 감추지 못했다.

스콧 : 자궁 안에서 무엇이 느껴지나요?

모니크 : 평안함, 안전하다는 느낌이요.

스콧 : 당신은 언제 태아 속으로 들어갔나요?

모니크 : 수정 직후에요. 실제로 그 일이 일어나는 걸 확인해야 했거든요. 저는 세포들이 분열되는 걸 봤어요. 흡족했죠.

스콧 : 당신의 몸이 자라는 동안, 자궁을 들락거렸나요? 아니면 계속 그 안에 있었나요?

모니크 : 4개월째 될 때까지는 계속 그 안에 있었어요.[1]

스콧 : 그때 무엇을 보았나요?

모니크 : 둥그스름한 손가락과 어머니와의 연결, 탯줄…… 제 엄지손가락을 빨기 시작했어요. 그러면 편안해지고 안심이 됐어요.

스콧 : 당신 영혼은 이 몸이 당신과 잘 맞는다고 느꼈나요?

모니크 : 잘 맞는다고 느꼈어요. 제 자유로운 영혼처럼 부드럽게

움직일 것 같았어요.

스콧 : 그래서 이 몸을 선택한 건가요? 아니면 또 다른 이유가 있었나요?

모니크 : 저는 토머스와 결혼도 하고 아기도 낳을 여자의 몸이 필요했어요. 여자가 되면…… 상처받기 쉬운 존재라는 느낌도 들 것 같았고요.

모니크는 자궁 안에 있던 자신의 영혼의식과 연결되어, 현생에서 아내와 어머니가 되기로 했던 영혼의 약속과, 상처받기 쉬운 존재가 되고 싶었던 욕구에 대해 이야기했다. 다음의 전생 경험은 또 다른 영역의 정서적 가르침을 주었다.

모니크의 정신은 가장 가까운 전생이 아닌 훨씬 이전의 전생으로 표류해 들어갔다. 그 생에서 모니크는 젊은 여자로 떠돌이 사냥꾼들 무리 속에 섞여 있었다. 이 사냥꾼들은 알프스 산맥 높은 곳에서 사냥감을 추적했다.[2]

스콧 : 당신은 우리가 탐험하는 이 전생에서 앉아 있나요? 서 있나요? 아니면 누워 있나요?

모니크 : 무릎을 꿇고 있어요.

스콧 : 혼자 있나요? 아니면 누군가와 함께 있나요?

모니크 : 죽어가는 할머니하고 함께 있어요.

스콧 : 무슨 일이 있었나요?

모니크 : 저도 몰라요. 할머니는 부상을 당했어요. 찔린 상처가 있어요. 칼에 찔린 건가? 어떻게 해줘야 할지 모르겠어요.

스콧 : 당신은 무릎을 꿇고 있나요? 할머니는 어디에 있나요?

모니크 : 바닥에 옆으로 누워 있어요.

스콧 : 어디에 상처를 입었나요?

모니크 : 처음에는 출혈이 너무 심해 상처를 볼 수 없어요…… 옆구리인 것 같아요.

스콧 : 당신은 도시에 있나요? 아니면 시골에 있나요?

모니크 : 높은 산 속에 있어요. 추워요. 하지만 지금은 눈이 안 와요. 흙으로 된 맨바닥에 있어요. 나무에 눈이 쌓여 있고…… 바위에도 눈이 쌓여 있어요.

스콧 : 할머니의 얼굴이 보이나요?

모니크 : 몸을 살짝 뒤집으니 얼굴이 보이네요. 고통스러워하고 있어요. 상처를 입었거든요. 이제 오른쪽 갈비뼈에 상처가 보여요. 그녀는 죽어가고 있고, 자신도 그걸 알아요. 말도 못 해요. 입속에 피가 너무 많이 고여 있거든요. 그녀가 죽어가는 게 보여요. 제가 너무 늦게 왔어요.

스콧 : 당신은 할머니와 어떤 관계였나요?

모니크 : 형제처럼 사랑했어요. 할머니는 저를 웃게 만들어줬어요.

스콧 : 좋아요. 이제 이 장면을 지워버리고, 삶의 마지막 날로 가 보세요. 무슨 일이 벌어지고 있는지 설명해 주세요.

모니크 : 저는 눈보라 속에 있어요. 길을 잃었어요. 사람들도 저를 못 찾고, 저도 그들을 못 찾아요. 그런데 이 추위, 전 이미 추위를 넘어섰어요. 너무 고통스러웠는데, 이제는 무감각해졌어요. 너무 피곤해요. 잠이 들 것 같아요. 다시는 못 깨어날 거예요. 저에겐 싸울 힘이 하나도 안 남았거든요.

스콧 : 마지막 날 당신은 몇 살인가요?

모니크 : 스물한 살 처녀예요.

스콧 : 이 삶에 대해서 당신은 어떻게 생각하나요?

모니크 : 땅과 동물에 의존해서 사는 것에 호기심이 있었어요. 동물들을 이해하면서 그렇게 산 경험이 없었거든요.

스콧 : 이제 죽은 직후의 순간으로 이동할 때예요. 당신 몸에서 나오세요. 그래도 제게 이야기를 계속할 수 있습니다. 가장 높은 차원으로 확장되는 자신을 느껴보세요…… 당신의 영혼은 지금 어디에 있나요?

모니크 : 제 안내자 옆에 있어요. 제 몸이 지금도 보여요. 이 몸을 떠날 때가 되었다니, 유감스럽네요. 사람들이 제 몸을 발견해서 마을로 가져가려면 6주는 더 있어야 해요. 긴 시간이죠. 하지만 눈 때문에 몸은 그대로예요. 동물들이 제 다리를 약간 뜯어먹기는 했지만요.

스콧 : 장례식은 치렀나요?

모니크 : 사람들이 제 몸을 가죽으로 싸서 화장했어요. 저도 안내자와 함께 다 지켜보았죠.

스콧 : 이것을 지켜보는 동안 안내자와 대화를 나누었나요?

모니크 : 아뇨. 그냥 조용히 경의를 표했어요. 그리고 제 몸이 타는 동안 자리를 떴어요.

모니크는 이 오래 전의 전생에서 폭풍우에 길을 잃은 뒤, 고통에서 벗어나기 위해 잠이 들어버렸다. 하지만 인생의 황금기에 건강하고 젊은 몸을 떠난 것이 슬프고 후회스러웠다. 이 점을 깨달은 것은 중요한 일이었다.

곧이어 모니크의 안내자는 모니크의 특정한 감정들을 자극하기 위해 그 생에서 언제, 왜 개입했는지 말해 주었다.

스콧 : 당신의 안내자와 대화한 적이 있나요? 둘이 무슨 이야기를 나눴나요?

모니크 : 할머니가 잘 지낸다고 알려주었어요. 그녀는 고향에 있대요.

스콧 : 당신의 안내자에 대해 말해 주세요.

모니크 : 이름은 지온이에요. 큰 키에 표정이 근엄하고, 자세도 꼿꼿하죠. 모자가 달린 검은 예복을 입고 있어요.

스콧 : 그는 또 당신에게 무슨 말을 해주었나요? 당신의 영적인 진보에 대해서 뭐라고 말했나요?

모니크 : 저의 진보에 대해 스스로 어떻게 생각하느냐고 물었어요. 저는 이 문제에 별 관심이 없다고 했죠. 진보를 하건 못 하건 정말로 신경 안 쓰거든요. 그가 저를 엄격하게 대하는 건 이 때문이에요. 제가 할 수 있는 만큼 최선을 다하지 않거든요. 그래도 제가 인간으로 태어나는 데 동의한 걸 그는 기쁘게 받아들였어요! 하지만 진보에 관심 없다는 제 대답에 화가 난 거죠. 그는 제가 이 모든 것들을 더 진지하게 받아들여야 한다고 생각해요.

스콧 : 그는 전생에서 당신이 보여준 것을 어떻게 느끼고 있나요?

모니크 : 동물들이 살아가는 방식은 확실하게 배웠지만, 마을 사람들의 감정은 거의 이해를 못했다고 말해요. 제가 관심을 가진 건 오직 할머니의 죽음뿐이었으니까요. 물론 저는 다른 죽음도 경험했어요. 하지만 부모님이 돌아가셨을 때도 아무 느낌이 없었죠. 그는 저더러 왜 그처럼 냉정하게 대답하는지 궁금하대요. 저는 그들이 고향으로 돌아갔다는 것을 알기 때문이라고 했죠. 하지만 그는 제가 연민의 마음을 더 많이 느끼길 바라고 있어요.

스콧 : 그가 이 문제에 대해 조언을 해줬나요?

모니크 : 예, 그는 할머니를 찾게 해주고, "할머니를 찾았을 때 어떤 감정이 들었습니까?" 하고 물었어요. 저는 슬펐다고 했죠. 피 흘리는 모습에 걱정이 됐고, 할머니의 삶이 끝났을 때는 정말 슬펐다고요. 할머니가 이제는 사냥을 할 수 없다는 것이 무척 슬펐어요. 진실로 연민의 마음이 느껴진 순간이었어요. 지온이 제게 원한 것은 바로 이런 감정이에요.

스콧 : 안내자가 그것에 대해 다른 말은 안 했나요?

모니크 : 제가 느낌과 감정을 공부하는 과정에 있다고 했어요. 그래서 사람들을, 저의 동료들을 많은 시간 동안 관찰했대요.

스콧 : 지구의 사람들을 관찰했다는 의미인가요?

모니크 : 아뇨, 영계의 동료들을 말하는 거예요. 그들이 웃는 모습이나, 새로운 개념을 이해하기 위해 애쓰다 좌절하는 모습을 관찰하곤 했어요. 저는 오랫동안 그들의 감정을 관찰하는 훈련을 했어요.

스콧 : 이런 공부도 영계에서 있었던 일인가요?

모니크 : 예.[3]

스콧 : 안내자 지온은 이 과정에 도움을 주었나요? 아니면 다른 지도자들이 있었나요?

모니크 : 조력자나 개인교사 같은 다른 존재들이 있었어요. 그들은 이렇게 묻곤 했죠. "자, 보세요. 그가 왜 좌절하는지, 그가 무엇을 얻으려고 하는지. 알겠습니까? 그가 목적을 이루지 못하는 이유를? 당신이 왜 이것을 이해해야 하는지 알겠어요?"

스콧 : 이런 것을 알아야 하는 이유는 무엇인가요?

모니크 : 지온의 말에 의하면, 타인들의 상처를 모르면 치유가 될 수 없기 때문이에요.

순수 에너지 상태의 영혼들에게는 인간과 같은 중추신경계가 없다. 하지만 순수한 영혼들도 혼자서든 교실에서든, 사랑과 증오, 두려움, 화 등이라는 인간의 복합적인 반응들을 연구할 수 있다. 영혼들은 인간으로 환생해 있는 동안 이런 반응들에 대한 감수성을 얻은 다음, 이 경험을 영계로 가져간다. 이것은 감정을 느끼는 인간의 능력, 그리고 사건에 대한 반응을 통해 이 감정들의 의미를 알아가는 공감적 인식 과정의 하나라고 할 수 있다.

모니크는 인간의 감정이 얼마나 중요한지를 이해해야만 했다. 나는 이와 관련해서 한 가지 분명한 패턴을 발견했다. 알프스 산맥에서 사냥꾼 무리와 살아가는 동안 영혼의 안내자가 모니크의 내면에서 감정이 일어나게 만들어도, 그녀는 냉담하다 싶을 정도로 인간적 감정들에 무심했다. 그러다 영계에서 감정 연구에 집중했고, 현생에서는 훨씬 예민하고 상처를 잘 받는 몸을 선택했다.

이로 인해 모니크는 현생에서 아슬아슬한 삶을 살아가게 되었다. 남자친구와의 갈등을 일으켜 내면의 균형이 무너지면서, 한계를 넘어버릴 지경에까지 이르렀다. 파탄이 난 토머스와의 결혼생활과 최근 들어 제레미와의 폭풍 같은 사랑이 남긴 상처는 특히 버거웠다. 모니크는 최근의 이 광폭한 관계에 대해 다음과 같이 이야기했다.

"사랑이 영원하다는 걸 전 알아요. 제레미가 미소를 보냈을 때, 전 그의 본성을 알아보고 사랑하게 되었죠. 아주 맹렬하게요. 하지만 그와의 관계는 고통과 분노, 좌절로 가득했어요. 그럼에도 우린 상처와 분노로 다시 포기해 버릴 때까지 서로를 향해 얼굴을 돌려요."

영혼 그룹과의 미팅에서 모니크는 자신이 배워야 할 가르침이 자신의 두 연인과 어떤 연관성이 있는지를 깨달았다. 그리고 감정들을 연구해야 하는 궁극적인 이유도 발견했다.

스콧 : 당신의 영혼 그룹에 대해 이야기해 주시겠어요?

모니크 : 약간 떨어져 있는데, 여기서도 보여요.

스콧 : 그곳이 어떤지 설명해 주세요.

모니크 : 둥근 모양이고 위가 둥근 에너지 같아요. 경계가 있고요.[4]

스콧 : 그곳으로 가보세요. 지금 당신과 당신의 그룹 사이에서 무언가 의미 있는 일이 일어나고 있나요?

모니크 : 예. 토머스와 제레미(전생의 할머니였던)와 제가 감정들을 연구하고 있어요. 다음에 지구에 태어나면, 감정을 공부할 거예요.

스콧 : 이것이 당신 셋의 계획인가요? 이 공부에 목적이 있나요?

모니크 : 연민을 느끼기 위해서예요. 이 공부는 연민과 관련이 있어요.

스콧 : 셋이 지구에 태어나 감정들을 공부하고, 경험하고, 실제로 그 감정에 빠져볼 거라는 말인가요?

모니크 : 예, 우리 셋은 서로에게 감정들을 표출할 거예요! 감정들을 실제 행동으로, 말로 표현할 겁니다.

스콧 : 당신이 중요하게 하고 싶은 일이 있나요?

모니크 : 예, 지구에서 돌아오는 이들을 돌보는 거예요.

스콧 : 연민이 왜 중요한지 이제 알겠네요.

모니크가 현생에서 관계의 뒤엉킴으로 인해 아픔과 고통을 느끼는 것은 우연이 아니었다. 그녀의 고통은 카르마의 결과도 아니고, 악의적인 창조주의 징벌도 아니었다. 이런 관계는 인간의 감정을 연구하겠다는 계획의 한 부분으로, 같은 영혼 그룹의 가까운 두 친구와 함께 계확하고 선택한 것이었다. 셋 모두 인간 감정의 강렬함을 탐구하기 위해 인간으로 태어나 서로 관계를 맺기로 합의했던 것이다. 모니크에게 이런 경험은 공감과 연민의 힘을 키워, 미래에 지구에서 귀환하는 영혼들을 보살피기 위한 준비작업이었다.

그림 조각의 조각들이 이제 다 맞춰졌다. 큰 그림이 모양을 드러내기 시작했다. 안내자를 따라가 원로들을 만나면서, 모니크는 자신이 배워야 할 정서적 가르침들을 더욱 깊이 이해하게 되었다.

스콧 : 지금 어디로 가고 있는지 말해 주세요.

모니크 : 신전 같은 곳이에요. 아치형 입구를 통과하자, 원로들이 바로 맞은편에서 왕좌처럼 생긴 의자에 일렬로 앉아 있는 게 보이네요. 전부 일곱 명이에요.

스콧 : 좋아요. 당신은 이 지혜로운 원로들을 중심으로 어디에 위치해 있나요?

모니크 : 한가운데 서 있어요. 하지만 저는 지온 뒤에 서 있고 싶어요. 원로들 앞에 서는 게 싫거든요. 지온은 제 옆에 있는데, 저는 그의 뒤에 숨고 싶어요. 아이들이 어른들 다리 뒤에 숨는 것처럼 말이에요.

스콧 : 왜 그런 마음이 드는 거죠? 원로들에게서 무언가 발산되거나 어떤 느낌이 들어서 그런가요?

모니크 : 예. 그런데 그게 정말 이상해요. 그들은 무심하거든요. 아뇨, 정말로 무심한 건 아니에요. 인정해 주는 것도 아니고, 불만스러워 하는 것도 아니고…… 제게 뭘 기대하는지 모르겠어요.

스콧 : 그들이 비판이나 격려를 해주나요?

모니크 : 그들은 저의 도전과 실망, 그들 앞에 서기를 꺼리는 마음

을 이해하고 있어요. 저에게 이런 이해는 그 자체로 하나의 메시지죠.

스콧 : 당신은 이 메시지를 어떻게 해독했나요? 그 메시지가 당신에게 주는 의미는 무엇인가요?

모니크 : 누구든 야단쳐서 가르치면 안 된다는 점이지요. 원로들은 야단을 안 쳐요. 대신 이해를 시켜주죠. 덕분에 저는 가르침을 이해하고, 발전해야 한다는 것도 깨달았어요.

스콧 : 그들의 메시지 중에서 모니크로 사는 현재의 삶에 유용한 것은 무엇인가요?

모니크 : 오늘 연민을 배웠어요. 하지만 저는 용서를 배워야 해요.

스콧 : 그렇다면 연민은 전생의 가르침이고, 용서는 현생의 가르침이라는 말인가요?

모니크 : 예.

스콧 : 진정한 용서란 어떤 것인가요?

모니크 : 개개의 창조물에게 나름의 학습과 창조 방식이 있고, 저처럼 누구나 실수할 권리가 있다는 것도 인정해 주는 거죠. 성장 과정에서 완벽할 수 있는 사람은 없어요. 그러니까 과거 누군가에게 상처를 받았다는 생각이 들어도, 그 사실을 계속 기억하면 안 돼요.

스콧 : "과거 누군가에게 받았다고 생각하는 상처"라면, 자신이 스스로 만들어낸 상처를 말하는 건가요?

모니크 : 그런 경우가 간혹 있죠. 영혼들이라고 언제나 목적을 향해 착착 나아가는 건 아니니까요. 하지만 선택은 할 수 있죠.

스콧 : 상처로부터 스스로를 보호하기 위한 선택인가요?

모니크 : 네, 맞아요. 하지만 그런 선택을 하면, 충분한 교훈을 얻

어낼 수 없어요. 시나리오 속에서 용서할 수 있는 상상의 상처가 없어질 테니까요.

스콧 : 일종의 게임 같군요.

모니크 : 맞아요. 우린 이런 제한 범위를 정해두고, 그 안에서 배움을 얻죠.

LBL 중에 트랜스 상태에 빠진 어느 친구가 지구를 일종의 시험장으로 설명한 적이 있었다.

"영계는 휴식의 장소예요. 영계에서 배우고, 가르치고, 재평가를 하고 나면, 배운 것을 시험해 보아야 하죠. 우리가 배운 것이 정말로, 진실로, 우리 본질의 한 부분이 되었는지 확인하기 위해 다른 삶들을 통해 자신을 시험해 보는 겁니다. 말하자면…… 상처를 입었다면, 마음 깊이 상처를 입었어도 용서를 할 수 있을까? 내면 깊은 곳까지 상처를 입었어도, 연민의 마음을 일으킬 수 있을까? 아무런 요구 없이 무조건적인 사랑을 보여줄 수 있을까? 삶을 통해 이 모든 것들을 시험해 보는 겁니다. 이건 마치 알곡과 껍질을 가려내는 것과 같아요."

모니크의 세션이 서서히 끝을 향해 치닫고 있었다.

스콧 : 원로들에게 당신의 사적인 질문들을 물어보면 좋겠네요. 소유욕이 강했던 과거의 관계들은 어떤 목적을 위한 것이었나요?

모니크 : 용서를 위한 시나리오를 더 많이 얻기 위한 것이었죠.

스콧 : 제레미와의 관계에서는 어떤 가르침을 배워야 하나요?

모니크 : 음, 용서받지 못하면 어떤 기분이 드는지 배워야 해요. 사실 상황은 정반대죠! 제레미는 아주 가까운 영혼의 친구예요. 일차적인 영혼의 친구는 아니지만, 아주 가까운 건 맞죠.

스콧 : 지금의 삶에서 발전을 위해 할 수 있는 일이 무엇인지, 원로들이나 지온이 조언을 해주었나요?

모니크 : 그냥 주의를 기울여서, 집중해서 들을 수 있는 귀만 주었어요.

스콧 : 당신이 취할 수 있는 조처는 있나요?

모니크 : 당신에게 인도해 준 것처럼, 그들이 저의 행동을 인도해 줄 거예요.

세션이 끝나자, 모니크는 작별의 선물을 받았다.

스콧 : 마지막으로 한번 점검해 보고, 빠뜨린 것이 있는지 보세요.

모니크 : 고향에 대한 그리움을 덜 느끼게 그들이 제 에너지를 조정해 주고 있어요. 향수병에 덜 시달리도록요.

스콧 : 누가 이 일을 해주나요?

모니크 : 두 명의 치유가들이요. 전혀 낯선 존재들은 아니지만, 제 영혼 그룹만큼 친밀감이 느껴지지는 않아요. 저를 치유해 주는 목적은 하고 싶은 그 일을 향해 나아가도록 용기를 불어넣어주기 위해서예요.

스콧 : 치유를 받으니 어떤 느낌이 드나요?

모니크 : 바로 여기, 태양 신경총에서 에너지가 느껴져요. 향수병은 고향에 가고 싶은 강렬한 욕망이죠. '일하느라 하루 종일 너무 힘들었어. 이젠 집에 가서 침대에 눕고 싶어'와 같은 마음이요.

그렇다고 제가 지상에서 영계의 집으로 돌아가 침대에 누울 수는 없지만요.

스콧 : 향수병은 당신의 자살 시도들과 어떤 연관이 있나요?

모니크 : 고향을 더 좋아하는 것이 이 영혼의 특성이에요.

스콧 : 그럼 그들이 당신에게 아주 중요한 일을 해주고 있는 거네요. 당신 기분을 어떻게 만들어주고 있나요?

모니크 : 그들이 실제로 제 오라의 에너지를 움직이는 게 보여요. 흰색과 밝은 푸른색이 섞인 제 에너지에 분홍색을 섞어서, 희미한 라벤더 색으로 만들어요. 고향에 가고 싶은 욕구가 정말 줄어드네요.[5]

스콧 : 정말 잘됐군요. 이제 편안히 이완하고, 호흡하세요. 전혀 서두를 필요 없습니다. 그리고 움직일 준비가 되면 알려주세요.

모니크 : 이미 준비됐어요!

세션이 끝나고 3년이 지난 후에도 모니크는 변함없이 성장해 나가고 있다. 때로 힘겨워하기도 하지만, 더 이상 춥고 외롭고 벌거벗겨져 있다고 느끼지는 않는다. 그리고 새로운 대모 역할에 신이 나 있다. 그녀는 계속 귀 기울이고, 최선을 다해 용서를 실천하고 있다. 다음은 LBL 세션에서 얻은 통찰들에 대한 그녀의 글이다.

두 번이나 자살 시도를 하고도 또다시 자살을 생각하게 만들었던 그 절망감이 바로 '향수병'—천상의 집으로 돌아가고픈 간절한 욕망—때문이었다는 걸 당신은 알 거예요. 하지만 LBL 세션을 통해, 이미 제가 천상의 집에 존재한다는 걸 알았어요. 지구는 실제적인 곳이지만, 천상에 있는 교실의 연장에 불과합니다. 하지만 이 교실에서 통과나 낙오 같은 건 없어요. 오직 경험만 있을 뿐이죠.

삶도 더 이상 버겁게 느껴지지 않아요. 자살에 대한 생각도 확 바뀌었고
요. 이제는 한 번에 두 번의 생을 경험할 수 있게, 아흔 살이 될 때까지
사는 게 더 현명하다는 생각이 들어요.

---

(1) 영혼들은 임신 4개월에서 9개월 사이에 영구적으로 태아와 결합한다. 영혼은
물론 첫 세 달 동안에도 어머니를 찾아올 수 있지만, 이 임신 초기에는 태아의
두뇌조직이 거의 발달되어 있지 않아서, 성장 중인 태아와 성공적으로 융합하
기 힘들다. 《영혼들의 운명2》297-301쪽 참조.

(2) 시술자들은 종종 피술자들에게 "당신의 현재 문제와 관련해서 가장 중요한 의
미를 지니는 전생으로 돌아가보세요" 같은 요구를 한다. 그러면 놀랍게도 깊은
최면상태의 피술자들은 영혼의 기억을 분류한 다음 논의가 필요한 전생을 신속
하게 찾아낸다. 심지어 카르마에 의한 현생의 문제와 관련해서, 가장 먼저 살펴
볼 필요가 있는 전생으로 가기 위해 현생과 가장 가까운 전생으로 가라는 시술
자의 명령을 무시하기도 한다. 모니크도 확실히 이런 경우에 해당된다. 피술자
가 첫 전생 장면을 떠올릴 때 시술자가 던지는 처음의 질문들에 대해서 더욱 자
세히 알고 싶으면 LBLH 56쪽을 본다.

(3) 저자는 영혼들도 영계에서 인간의 감정들을 연구할 수 있다고 했다. 여기에 한
가지 덧붙이고 싶은 것이 있다. 영계에는 혼자든 그룹을 지어서든 영혼들이 심
층 연구를 할 수 있는 공간도 있다는 점이다. 이런 학습 도구는 이전에 다른 사
례들을 이야기하면서 이미 언급했다.

그 공간은 변화의 공간이라 부르며, 그곳에는 시간을 초월한 에너지 장이 존재
한다. 이 에너지 장은 영혼 에너지와 섞여 무정형의 것으로 만들고, 특정한 인
간의 감정이나 느낌에 완전히 통합되게 한다. 그 이유는 지상의 존재들에 대한
영혼들의 감수성을 예리하게 벼려주기 위해서이다. 덕분에 영혼들은 집중된 에
너지 벨트 안에서, 생물이든 무생물이든 가리지 않고 이들의 에너지에 동화되
고 그 본질을 포착할 수 있다. 다른 물질계나 정신계에서 그곳의 존재들과 함께
연구할 수 있는 능력도 영혼들에게 가르쳐준다. 《영혼들의 여행》281, 363-364

쪽,《영혼들의 운명2》174-175쪽 참조.

(4) 일부 영혼들, 특히 어린 영혼들은 내세에서 자신의 영혼 그룹을 다른 영혼 그룹과 분리시키는 경계 혹은 영적인 울타리에 대한 인식이 있다.《영혼들의 여행》137-139, 156-157쪽 참조.

(5) 모니크에게 새로운 에너지를 주입시켜서 처음에 영계에서 가져온 에너지의 균형을 깨뜨리지 않는다. 이러한 에너지의 조정은 흥미롭다. 이들이 변화시킨 것은 모니크의 오라가 지닌 기존의 진동수인 것 같다. 지혜의 파란색에 생각의 명료성을 나타내는 흰빛이 섞여 있던 에너지에 분홍빛을 첨가해서, 에너지 색을 라벤더로 변화시킨 것이다. 이것은 모니크의 인간 감정 학습을 돕기 위한 것이다. 영계에 있는 영혼들의 오라는 사실 인간의 오라보다 시간이 지나도 일관된 모습을 유지하며 변화도 느리다. 사람들은 자신이 똑같은 모습을 하고 있다는 생각 때문에 이 두 개의 오라를 혼동한다.《영혼들의 운명1》277-290쪽, LBLH 97, 126쪽 참조.

29
전 지옥에 갈 겁니다

티나 지온(포트 웨인, 인디애나 주)
: 최면치유가, 작가, 카운슬러

　이 사례는 종교의 가르침이 삶과 죽음에 대한 개인의 믿음에 어떤 영향을 미치는지를 잘 보여준다.
　어린 시절에 배운 것은 계속 우리 안에 남아 있으므로, 두려움에 기초한 믿음은 심신을 쇠약하게 만들기도 한다. 에이미는 내내 지옥이라는 짐을 짊어지고 살았고, 이 짐은 그녀에게 심각한 영향을 미쳤다.
　종교적인 환경에서 자란 사람이든 그렇지 않은 사람이든 지옥을 두려워한다. 하지만 이 사례가 보여주듯, 지옥은 영계에서 실제로 경험하는 것이 아니라, 지상의 가르침들이 만들어낸 개념일 뿐이다.

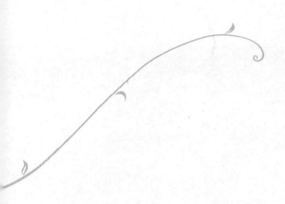

에이미는 처음 내 사무실에 찾아와 자리에 앉자마자 힘없는 목소리로 이렇게 말했다. "저도 알아요. 제가 지옥에 갈 거라는 거." 이 말에 나는 깜짝 놀랐다.

에이미에게는 LBL 세션을 받으려는 구체적인 목적이 없었다. 그저 무슨 일이 벌어질지 궁금할 뿐이었다. 지옥에 떨어질 게 분명하다는 말을 아무런 감정도 없이 담담하게 내뱉는 에이미를 보면서, 그녀가 이미 자신의 운명에 굴복했다는 것을 느꼈다. 에이미는 자신이 지옥에서 영원히 살아가게 될 것이라는 확신을 갖고 있었다.

이제 26세인 에이미는 어렸을 때부터 가족들과 함께 근본주의적 성향을 띤 작은 기독교 교회에 다녔다. 이 교회의 목사와 에이미의 가족은 틈만 나면 그녀가 지옥에 갈 거라고 말했다. 에이미는 교회생활을 이야기하면서 자신은 아직 교회에서 세례도 받지 못했으며, 기독교인으로서 의무를 다하지 못했기 때문에 세례를 받을 자격도 없다고 했다. 목사는 그녀의 결혼식에 주례를 서는 것도 거절했다. 결국 그녀는 다른 교회의 목사에게 부탁할 수밖에 없었다. 내가 그 이유를 묻자, 아직 세례를 못 받았기 때문에 자신은 기독교인이 아니라고 조용히 대답했다. 에이미에게는 앞으로도 교회나 목사가 요구하는 기준들을 충족시킬 수 있으리라는 희망이 전혀 없었다.

에이미는 그녀가 무겁게 짊어지고 있는 죄의식과 수치심, 책임감에 대해 이야기했다.

"몇몇 사람들 때문에 정말 괴로워요. 저 때문에 지옥에 갔거든요. 제가 그들이 죽기 전에 성경도 읽어주지 않고 그리스도에게 인도해 주지 않은 것이 늘 마음에 걸려요. 언제나 사람들한테 성경 이야기를 들려주고 성경 말씀을 가르쳐주는 게 제 임무라고 배웠는데 말이죠. 저는 사람들한테 이런 일을 꼭 해주었어야 했어요."

더 자세하게 설명해 달라고 하자, 에이미는 계속 말했다.

"한번은 교회에서 목사님이 저를 예로 든 적도 있어요. 모든 사람 앞에서 저를 지목한 거죠. 열네 살 때였어요. 제가 사촌하고 어떤 청년과 함께 시간을 보낸 적이 있어요. 그는 스물세 살의 멋진 청년이었고, 오토바이도 잘 탔죠. 우린 그와 함께 어울려 다녔어요. 그런데 어느 날 갑자기 그가 죽었어요! 목사님은 신도들 앞에서 제가 그 청년과 어울리는 동안 그리스도에 대해서 이야기해 주고 성경 말씀도 읽어줬어야 했다고 말했어요. 그러면서 삶을 바로잡을 수 있는 기회는 단 한 번밖에 없다고, 두 번의 기회는 있을 수 없다고 말했죠. 저는 울면서 교회를 뛰쳐나갔어요. 그 친구가 천국에 못 갔다면, 그건 다 제 탓이라는 생각이 들었죠. 제가 그에게 그리스도에 대해 가르쳐주지 않아서 말이에요!"

어머니 또한 목사의 생각과 같았다. 이로 인해 다른 영혼을 영원히 지옥 속에 빠뜨리고 말았다는 죄의식과 수치심은 더욱 커져갔다. 하지만 에이미에게 실수를 만회하거나 고칠 방법은 없었다. 기회는 단 한 번뿐인데, 이 기회를 완전히 날려버렸다는 말만 들었다. 에이미는 내게 사람들을 그리스도에게 인도하지 않아서, 그 청년은 물론이고 그동안 만났던 모든 사람들을 자신이 망쳐버렸다고 했다. 열네 살 때부터 지금까지, 12년 동안이나 이런 죄의식을 짊어지고 산 것이다.

세션이 시작되자, 에이미는 어머니의 자궁 안에 있던 시절로 돌아갔다. 그런데 깊이 최면에 들수록, 그녀가 점점 더 두려움을 느끼고 머뭇거렸다. 목소리도 종종 어린아이처럼 변했다. 몸의 선택이나 삶의 계획 같은 것은 전혀 의식하지 않는 것 같았다. "제 몸의 느낌이 싫어요." 몸과 두뇌가 잘 어울리는 것 같으냐고 묻자, 그녀는 대답했다. "화가 나 있는 것 같아요. 몸과 두뇌가 서로 싸우고 있어요." 이것 말고는 자궁 안에서 아무것도 의식하지 못했다.

에이미는 전생의 기억으로 되돌아가 보았다. 에이미에게 전생을 다시 경험하는 것은 괴로운 일이었다. 헝클어진 머리에 넝마 같은 갈색 옷을 입은 열두 살의 자신을 발견했기 때문이다. 미국 어느 작은 마을의 변두리 습지에서 홀로 굶어 죽어가고 있었다. 마을에서 추방된 신세였던 것이다.

"마을로는 돌아갈 수 없을 것 같아요. 여기에서 굶주림에 시달리고 있거든요. 저 혼자서요. 이 삶은 고단하고 외로워요. 좋은 사람은 한 명도 없어요. 저는 마을이 싫어요. 좋은 게 하나도 없거든요. 기분 좋게 만들어주는 게 하나도 없어요. 저를 위해 아무것도 해주지 않아요. 이곳을 떠날 거예요."

에이미는 곧 죽음의 순간으로 이동했다. 죽은 뒤의 변화를 경험하는 동안, 이렇게 말했다. "저는 하늘에 있어요. 제 몸을 바라보고 있는데, 여전히 혼자예요. 아래를 내려다보니까, 제 몸이 아직도 숲속에 있네요. 미칠 것 같아요. 지금도 미칠 것 같아요."

"당신의 죽음을 어떻게 생각하고 있나요?" 하고 묻자 대답했다.

"글쎄요, 죽음도 저를 미치게 만드네요."

에이미는 더욱 불안하고 주저하는 모습을 보였다. 영계로의 이동이 낯선 것 같았다. 나는 의식 안에 들어오는 것은 무엇이든 눈여겨보라고 용기를 북돋워주었다.

"멀리 갈수록, 모든 게 까맣게 보여요. 그런데 무언가 하얗게 깜빡여요. 정말 하얘요. 이것이 춤을 추면서 제게로 다가와요. 하지만 제 앞쪽에 있어서, 무엇인지 못 알아보겠어요. 날개가 달린 것 같기도 한데…… 이것이 저를 끌어당기는 것 같아요. 저항할 수도 있지만, 달리 어디로 가야할지도 모르겠어요. 그 흰빛이 저를 집어삼켜서 뒤로 돌아가요. 이 빛은 사람이에요. 저는 외계로 끌려가고 있고요. (길게 사이를 두었다가) 더 이상은 못 들어가겠어요."

아주 오랜 침묵이 흐른 뒤 에이미는 더 깊이 들어갈 수 없다는 것을 깨달았다. 결국 그녀는 돌아가서 전생을 다시 살펴보아야 했다. 하지만 화가 난 그녀는 거부했다. 나는 이 거부감을 뚫고 그녀를 전생으로 인도했다. 그녀의 영혼이 열두 살 된 자신의 몸을 위에서 조용히 굽어볼 수 있게 되자, 드디어 말했다.

"사람들을 용서해야 해요. 왜 그런지는 모르겠지만요. 정말 아무것도 모르겠어요. 사람들이 추하고 잔인했다는 것밖에! 그들이 용서가 안 돼요. (길게 사이를 두었다가) 이것이 바로 제가 배워야 할 가르침이에요. 사랑의 결핍과 잔인함이 얼마나 파괴적일 수 있는지를 배우고 있죠. 이제 더는 제 몸을 살펴보지 않아도 돼요."

그 순간 에이미는 해방감을 느꼈다. 그러고는 지상에서 영계로 빠르게 올라갔다. "안내자가 저를 둘러싸고, 사랑과 행복감을 가득 불어넣어줘요." 고통의 시간에서 벗어나자, 즉시 그녀의 영혼 그룹을 발견했다. 현생의 오빠도 푸른빛이 섞인 흰빛으로 모습을 드러냈다. 하지만 그녀처럼 흰빛을 띠고 있는 존재들은 누구인지 알아볼 수 없었다. 영혼 그룹에 대해 묻자, 이렇게 대답했다.

"우리는 사람들을 용서해야 한다는 똑같은 과제를 안고 있어요. 똑같은 문제를 풀고 있는 거죠. 하지만 방법을 알고 있어요. 저는 어느 정도 만족하지만, 우리에게는 배울 게 더 많은 것 같아요. 그들은 재미있어요. 서로 익살을 부리고 있죠. 우리는 공중을 날아다니고 있어요. 하지만 지구는 아니고…… 어떤 숲속에 있죠. 다시 살아난 것 같아요. 네 개의 흰빛이 보이는데, 그들도 웃고 있어요. 하지만 그들이 누구인지는 모르겠어요."[1]

그녀가 속한 영혼 그룹의 목적이 무엇이냐고 묻자, 신속하게 대답했다. "큰 목표가 있죠." 그녀는 이 정도면 대답이 충분하다고 생각한 것 같았다. 나는 더 분명하게 설명해 달라고 했다.

"사람들을 사랑하고 좋아하는 것이 목표의 전부예요. 하지만 이 목표를 잘 이뤄내지 못하고 있죠. 저는 더 이상 나아갈 수 없을 것 같아요. 준비가 안 됐기 때문에 더 이상 안내자와 함께 앞으로 나아갈 수 없어요. 그런데 더 큰 무언가가 있는 것 같은 느낌이 들어요. 제가 저의 그룹과 멀어져 공중에 떠 있으면 무언가가 저를 그룹으로 다시 끌어당기거든요. 이곳에선 행복해요. 그들은 친근한 사람들이거든요."

현생과 관련된 문제를 이야기하자, 에이미의 목소리가 더욱 분명하고 자신 있게 변했다.

에이미 : 그 문제를 풀어야 해요. 어려움이 있긴 하지만, 감당할 수 없을 정도는 아니에요. 저는 인간이 싫어요. 지금 있는 곳에 머물면 좋겠어요. 아뇨, 선택들은 기억이 안 나요. 지상에서의 이 고난을 선택했다는 기억도 없어요. 어쨌든 저는 여성인 걸 받아들이기 위해 노력하고 있어요. 공평한 대접을 받으려고 애쓰고 있죠. 저는 언제나 여자였어요.

티나 : 지금의 삶을 당신의 목적에 따라 살고 있나요?

에이미 : 사람들과의 관계에서는 그러지 못하고 있어요. 사람들과 더 어울려야 해요. 스스로를 고립시키고 있거든요.

티나 : 그래서 어떻게 할 건가요?

에이미 : 제가 가장 두려워하는 일을 할 거예요. 두 팔을 벌려 사람들을 끌어안는 거죠. 그리고 그들과 함께 잘 지낼 거예요. 사람들을 사랑하고 이해하는 법을 배워야 하니까요.

티나 : 당신이 지금 살고 있는 이번 생의 목적은 무엇인가요?

에이미 : 모두를 사랑하는 법을 배우는 거예요. 저는 사랑이 많은 사람이지만 편협하거든요. 모든 사람들을 더 잘 받아들이고 사랑

할 줄 알아야 해요.

티나 : 어떻게 하면 이 목적에 집중할 수 있는지 안내자에게 물어 보세요.

에이미 : 가슴…… 오로지 가슴으로요.

티나 : 교회나 종교는 이 삶의 목적과 어떻게 부합되나요? 부합되기는 하나요?

에이미 : 예. 부합돼요. 종교는 아니고, 하나님의 교회가 잘 들어 맞죠. 하나님은 잘 어울립니다. 창조주를…… 전 도저히 이해할 수 없어요. 지구와 인간의 창조주는…… 사랑일 뿐이에요. 제가 이해할 수 있는 건 이것뿐이죠.

티나 : 이제 지옥의 존재를 확인해 보세요.[2]

에이미 : (길게 사이를 두었다가) 흠…… 오싹하면서 얼굴들이 스치네요. (한참의 침묵 후에) 흠…… 고통 받는 영혼들 같아요. (더 길게 사이를 두었다가) 흠…… 하지만 이 고통은 그들이 자초한 거예요. 그들 자신이 만들어낸 거죠. 그(에이미의 안내자)는 지옥이 춥고 어둡다는 것을 제게 보여주었어요.[3]

티나 : 이 문제와 관련해서 당신이 알아야 할 것은 무엇인가요?

에이미 : (몇 분이 지난 뒤) 흠…… 지옥은 그들 자신이 만들어낸 것이에요. 저처럼요. 저는 이제 속지 않아요. 지옥은 그들 자신이 만들어낸 겁니다. 이해가 부족해서 그런 거죠. 간단한 것을 모르기 때문이에요! 단지 몰라서 그런 거예요! 하지만 그들도 답을 찾을 거예요!

티나 : 이들과 비교할 때 당신의 진보는 어느 단계에 있나요?

에이미 : 한참 앞서 있죠.

티나 : 당신이 배운 모든 것에 대해서 당신은 어떻게 생각하고 있

나요?

에이미 : 좋아요. 하지만 설명은 못 하겠어요. 설명을 못 하겠다고 했지만, 제가 이해를 못 한 건 아니에요. 그건 이해의 문제이지만, 확인할 수는 없어요. 완벽하지만, 무언가가 더 있거든요. 하지만 설명을 못 하겠어요.

티나 : 안내자가 당신에게 가르쳐주려는 것이 또 있나요?

에이미 : 사랑, 사랑, 사랑뿐이에요. 그게 전부죠!

5년이 지나, 에이미는 이제 31세가 되었다. 나와 대화를 나누던 중에 에이미는 1700년대 말의 전생을 기억했다. 이 전생에서도 그녀는 어린 나이에 굶어죽었다.

에이미 : 아주 안 좋았어요. 모두들 저를 괴롭혔죠. 이 전생에서도 비슷한 일들이 일어났어요.

티나 : LBL 경험에서 가장 좋았던 것은 무엇인가요?

에이미 : 가장 좋았던 점은 다른 존재들이 거기 있는 걸 보았다는 거죠. 믿음을 가질 만큼 충분히 보았어요. 우리가 여기에 태어나는 데는 다 이유가 있죠. 이제 저는 마음의 평화를 얻었어요. 천국이나 지옥 같은 개념들은 사람들을 혼란스럽게 만들어요. 바로잡을 기회가 한 번만 있는 게 아니라는 사실을 알았기 때문에 마음이 놓여요.

티나 : 당신의 LBL 기록을 들을 때 어떤 생각이 들었나요?

에이미 : LBL의 상당 부분이 삶과 삶 사이, 영혼 상태의 일들을 경험하고 영혼들을 만나는 것으로 이루어져 있다는 걸 잊고 있었어요. 한 예로, 저는 LBL 중에 작은오빠를 만났어요. 그는 이번 생에

서도 저와 함께 살고 있죠. 뉴턴 박사의 《영혼들의 여행》에서 읽은 내용이 기억 나요. 이 세상에 올 때 에너지의 일부만 가져오기 때문에, 에너지의 일부는 영계에 남아 있다는 글이었죠. 저는 그 누구보다도 오빠와 가까워요. 제가 LBL 중에 알아본 사람은 오빠뿐이죠. 하지만 제 남편을 만나보지 못한 게 신경이 쓰여요.

티나 : LBL이 당신의 현재 삶에 조금이라도 영향을 주었나요?

에이미 : 짐을 내려놓고 상황을 이해하게 되었죠. LBL은 아주 좋았어요. 덕분에 우리 모두가 이곳에 존재하는 이유를 알게 되었으니까요.

티나 : 이제 지옥에 대해서 어떻게 생각하나요?

에이미 : 고통받고 아파하는 사람들을 봤어요. 어둡고 추운 곳에 있었죠. 얼굴들이 계속 떠올랐어요. 하지만 저는 아무도 알아볼 수 없었죠. 제가 보기에 그들은 빛을 따라갈 수도 있었어요. 그들을 괴롭히는 건 아무것도 없었거든요. 단지, 그들이 빛을 따라가지 않았을 뿐인 거죠. 그들은 무엇보다도 길을 잃어버린 것 같아요. 그러면서도 빛을 보기 위해 노력하지 않고 있었어요. 무지하기 때문이죠. 제가 본 곳은 아주 어둡고 춥고 까맸어요.

제가 이 어둠의 한가운데에 있다는 걸 알았을 때, 저는 뒤로 물러섰어요. 그들의 얼굴은 보지 않았죠. 그냥 계속 앞으로 가서 그곳을 빠져나와 따스하고 밝은 곳으로 들어갔어요. 이제는 그 얼굴 표정들이 고통이나 고뇌의 표정이 아니란 걸 알겠어요. 그들은 단지 혼란 속에서 어찌할 바를 모르고 있었을 뿐이에요. 자신이 어디에 있으며, 무엇을 해야 하는지 모르고 있었을 뿐이죠.[4]

티나 : 사람들이 당신의 경험담을 읽으면서 무엇을 깨닫길 바라나요?

에이미 : 아주 간단하다는 느낌이 들어요. 우린 다툼과 살해, 죽은 자들에 대한 죄책감이 너무 많잖아요. 하지만 선택은 우리가 하는 거예요. 아주 간단해요. 저는 모든 걸 더 긍정적으로 바라보게 됐어요.

티나 : 당신의 LBL 경험에 대해 더 하고 싶은 말이 있나요?

에이미 : 효과가 좋았어요. 죄의식도 사라지고, 제 양심도 편안해졌죠. 저는 변함없이 예수 그리스도를 믿어요. 하지만 지옥은 안 믿죠. 이제는 우리에게 배우고 발전할 기회가 한 번만 있는 게 아니라고 생각해요. 기회는 단지 한 번만 있는 게 아니에요.

에이미는 어릴 때부터 주입받은 가르침으로 인해, 죽음 뒤에 지옥 같은 끔찍한 삶이 기다리고 있다고 믿었다. 하지만 이 오랜 세뇌에도 불구하고, 다른 중요한 것을 발견했다. 따뜻한 안내자에게서 위안을 받고, 재미를 추구하는 영혼 그룹에게서 지지를 받았다. 덕분에 에이미는 용서를 경험하고 고통으로부터 해방되었다.

그녀가 본 곳은 영혼들이 영원히 고통 속에서 신음하는 지옥이 아니었다. 그곳은 지옥이라기보다 혼란에 빠진 영혼들이 스스로 선택한 곳이었다. 이를 통해 즐거움과 단순함, 깨달음을 얻었을 뿐만 아니라, 우리에게 배우고 발전할 기회가 한 번만 있는 게 아니라는 중요한 사실도 알게 되었다.

---

(1) 영혼 그룹의 색깔 인식은 LBLH 125-127쪽을 본다. 또 흰색의 빛 에너지에 대한 설명과 초보 영혼은 LBLH 96-97, 143쪽을 본다.

(2) 나와 〈마이클 뉴턴 연구소〉의 최면요법 시술사들이 경험한 수많은 사례들 속에서, 지옥이나 연옥이 존재한다는 증거는 하나도 발견할 수 없었다. 지옥이나 연

옥은 나약한 사람들에게 겁을 줘서 적절한 행동들을 종교적으로 받아들이게 만들려는 의도로 인간이 만들어낸 낡은 개념에 지나지 않는다.

에이미의 사례에서 그녀가 처음에 본 모습, 즉 고통받는 영혼들이 영계의 입구에 모여 있는 모습은 내세에 지옥이 존재한다는 그녀의 조건 지어진 인식이 반영된 것이다. 이것은 그녀가 세타 상태에 충분히 깊게 들어가지 못했다는 증거이기도 하다.

지옥과 더불어, 징벌에 대한 두려움이라는 한층 커다란 문제에 대해 우리는 최면을 통해 많은 것들을 배웠다. 타인을 고통스럽게 만드는 사악한 행위를 저질렀을 경우, 이 영혼은 삶이 끝난 후에 영혼의 동반자나 안내자, 마스터들에게 상담을 받거나 홀로 반성할 수 있는 기회를 가진다.

태어날 때부터 사악한 인간은 없지만, 우리의 영혼은 숙주인 몸에 가해진 정신적 상해와 불완전함으로 인해 오염될 수 있다. 덜 진화한 영혼들은 특히 그 위험성이 크다.

사는 동안 타인들에게 심각한 상처를 입힌 사람들을 위한 영적인 회개 방법들은 분명 있지만, 지옥이나 연옥에 가는 것은 이런 방법에 포함되지 않는다. 과거의 행동에 대한 카르마의 조정은 미래의 삶에서 이루어지는데, 이 미래의 삶은 보통 상처를 입힌 영혼 스스로가 선택한다. 이 영혼은 다른 존재의 도움을 받아, 특정한 교훈을 배울 특정한 몸도 선택한다. 연옥과 지옥, 악 등의 존재에 대한 부가적인 설명은 《영혼들의 여행》 83-84쪽, 《영혼들의 운명1》 20, 118-119, 129-130쪽을 본다.

(3) 어둠과 추위는 지옥에 대한 인간의 선입견과 관련된 상대적인 느낌이다. LBL의 초기 단계에서 어떤 피술자들은 종교적 도그마에 대한 믿음 체계로 인해 의식의 간섭현상을 보여주기도 한다. 그리고 복수심에 불타는 신의 징벌이 아닌 다른 이유로 영계에서 영혼들과 격리되거나 스스로 다른 영혼들과 떨어져 있는 구역을 묘사할 때, 이런 믿음과 실제의 이미지를 혼동한다.

(4) 영혼들이 방향을 잃는 드문 현상에 대해 더 자세히 알고 싶으면, LBLH 70-71쪽을 보라. 실제로 "길을 잃는" 영혼 같은 것은 없다. 그보다는 지상에서 마치지 못한 일 때문에 죽은 뒤에 곧장 빛 속으로 들어가지 않으려는 영혼들이 있을 뿐이다. 《영혼들의 운명1》 125-127쪽, LBLH 70-71쪽을 본다.

30
그냥 몇 가지만 알면 됩니다

테 후이 멩(쿠알라룸푸르, 말레이시아)
: 〈마이클 뉴턴 연구소〉 소속의 LBL 시술사, 최면지도사

　LBL 세션을 위한 준비작업에 시간이 많이 걸리는 경우가 있다. 피술자들이 많은 질문들을 갖고 오기 때문이다.

　하지만 LBL에서 가장 중요한 것은 피술자와 시술자 사이의 관계이며, 시술자는 피술자가 영혼 여행을 떠날 준비가 되어 있는지 가능한 한 분명하게 확인하고 싶어한다. 다음의 이야기는 이런 준비의 중요성을 잘 보여준다.

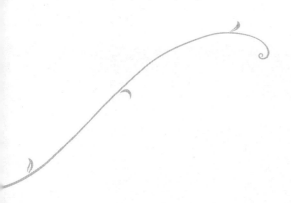

엘시는 40대 후반으로 행복한 결혼생활을 하며 자식도 둘이나 있었다. 그리고 쿠알라룸푸르의 내 사무실에서 차로 약 두 시간 가량 떨어진 작은 시내에 위치한 다국적 기업에서 고액의 연봉을 받는 임원이었다. 사람들의 부러움을 살 만큼 많은 것들을 누리고 있었다.

엘시가 나를 찾은 이유는 뉴턴 박사의 책들을 전부 읽고 나서, LBL에 대해 "몇 가지 궁금한 것"들이 생겼기 때문이었다. 게다가 최근 들어 마음이 우울한 데다, 언제나 자신의 일부를 잃어버리고 사는 것 같은 느낌도 든다고 했다.

엘시는 업무 차 해외를 돌아다니는 동안, 여러 명의 전생퇴행 시술자들을 만나 치료를 받아볼 수 있었다. 하지만 불행하게도 이런 치료들은 별 효과가 없었다. 그래서 이번에는 LBL을 받아보기 위해 나를 찾아왔다.

우리는 먼저 몇 달간 이메일을 주고받으면서 대화를 나눴다. 그러다 세션 준비를 위해 마지막으로 전화통화를 하고 난 후, 9월의 어느 날 드디어 직접 얼굴을 마주하게 되었다. 엘시의 첫인상은 요구하는 것이 많고 자신감 넘치며, 해답을 찾기 위해서는 가능한 모든 것들을 들춰낼 솔직한 사람으로 보였다.

처음 30분 동안은 마치 그녀가 나를 심문하는 것 같았다. 내가 LBL

의 개념과 마이클 뉴턴 박사의 작업들을 찬찬히 설명해 주자, 그녀는 모든 궁금증과 의심들을 분명하게 털어놓았다. 나는 다른 피술자들이 무엇을 발견했는지 설명해 주고, LBL 시술자로서 내가 경험한 것들로 그녀를 안심시켰다.

엘시는 여러 가지 의문들이 끊임없이 자신을 괴롭히고 있었으므로, LBL을 통해 이 의문들의 해답을 찾고 싶어 했다. 우선 엘시는 현생의 과제를 분명하게 이해하고 싶었다. 또 최근 들어 죽음에 대한 생각들이 가장 먼저 떠오르는데, 이런 현상이 죽음이 임박했음을 암시하는 것은 아닌지도 궁금해 했다. 그리고 최근 들어 형이상학적인 문제들에 그토록 빠져드는 이유가 무엇인지도 알고 싶었다. 에너지 치유와 기치료, 전생퇴행 등에 대한 책들을 수도 없이 사서 읽었지만, 자신의 관심사가 바뀐 이유는 발견해 낼 수 없었다고 했다.

엘시는 행복한 결혼생활에도 불구하고, 형이상학적인 문제들을 가르쳐주는 스승에게 딱히 뭐라고 설명할 수 없는 미묘한 감정을 느끼고 있었다. 이런 감정의 근원도 알고 싶었다. 그리고 열 살 때 사랑하던 어머니가 돌아가시고 난 후로, 이따금씩 어머니가 조언자처럼 곁에서 보호해 주고 있다는 느낌을 받았다. 때로는 꿈속에서까지 이런 느낌이 들어 혼란스러웠다. 어머니가 정말로 옆에 계셔서 이런 느낌이 드는 건지, 아니면 자신의 바람이 이런 식으로 나타난 건지 궁금했다. 그녀는 또 영적인 자신과 더 긴밀하게 소통하는 방법도 알고 싶었고, 영혼의 친구와 영혼의 안내자에 대해서도 알고 싶어했다.

나는 뉴턴 박사가 제시한 방법에 따라 세션을 진행했다. 먼저 행복하거나 평범했던 어린 시절의 기억들을 찾아내다가, 자연스럽게 현생의 가장 오랜 경험들로 돌아간 뒤, 나중에 어머니의 자궁 안으로 들어가는 것이었다. 이 과정에서 특별히 주목할 만한 일은 일어나지 않았지만, 엘시가 초년의 경험들을 대단히 잘 기억해 냈다는 점은 고무적이었다.

하지만 가장 최근의 전생으로 들어가는 과정에서는 부침이 심했다. 이 전생에서 시련이 많았기 때문인 것 같았다. 아니나 다를까, 엘시는 중동 지역에서 카말이라는 외로운 여행자로 살아가는 자신을 발견했다. 카말은 약초를 찾기 위해 시골 구석구석을 돌아다녔다. 그 과정에서 약탈에 구타, 심지어는 고문을 당하기도 했다. 어떤 때는 정신적으로 상처를 남긴 사건들을 겪기도 했다.

여기서는 카르마의 교훈을 떠나서, 죽음의 장면을 통해 영계로 진입하는 것이 작업의 핵심이었다. 그러면 LBL에서 우리가 의도한 궁극적인 목적지로 자연스럽게 이동할 수 있기 때문이다.

이 전생의 마지막 날, 카말은 머리맡에서 세 명의 충실한 "제자들"을 만났다. 이 세 사람은 카말의 친족은 아니고, 약초에 대한 그의 열정을 높이 평가하고 오랫동안 그와 함께 꾸준히 약초를 연구한 이들이었다. 그는 나이 들어 아무런 후회 없이 생을 마감했다. 이번 생의 임무를 완수한 덕에 편안히 "고향"으로 돌아갈 수 있었던 것이다.

멩 : 카말, 당신이 오늘 죽으리라는 걸 어떻게 아나요?

엘시 : 몸이 아프고, 정신적으로 너무 피곤하니까요. 세 제자가 제 옆에 서 있어요. 그들은 아무 말도 안 하지만, 그들의 표정만 봐도 제가 많이 아프다는 걸 알 수 있어요.

멩 : 다음에는 어떤 일이 벌어지나요?

엘시 : 오오, 왜 제가 공중에 떠 있는 거죠? 저들은 또 왜 저렇게 큰 소리로 울까요? 아, 제가 죽어서 그래요! 하지만 전 너무 가볍게…… 떠 있어요. 정말 자유로운 느낌이에요…….

멩 : 아직 이루고 싶은 일이 있나요? 그들 중 누구하고든 대화를
나눌 수 있나요?

엘시 : 아뇨. 이번 생에서 해야 할 일은 다 했어요. 어떤 후회도 없
죠. 아, 그런데 그들에게 제 필생의 연구를 정리한 작은 책이 있다
는 이야기를 깜빡 잊고 안 했네요. 제가 죽은 뒤에 가장 어린 제자
가 그 책을 찾아서 제 가르침을 널리 알렸으면 좋겠는데. 그가 가
장 믿을 만하거든요.

멩 : 어떻게 할 생각인가요?

엘시 : 오늘 밤 그의 꿈에 나타나 그렇게 하라고 일러줘야겠어요.
제가 죽은 뒤로 그는 너무 슬프고 피곤해 해요. 그래서 오늘 밤이
접촉하기에 가장 좋은 때죠.[1]

나는 그녀에게 용기를 북돋워주고, 일이 끝나면 알려달라고 했다.
내가 신호를 기다리는 1,2분 동안 그녀는 아무 말도 없었다. 그러다 몸
을 움직이며 말했다. "이제 됐어요!" 이후 다시 세션을 시작했다.

멩 : 이제 뭐가 보이나요?

엘시 : (잠시 머뭇거리다가) 오, 이제 점점 높이 떠오르고 있어요.
집을 벗어나 아주 높이 떠올라요. 저 아래로 우리 집과 마을, 도
시, 나라가 보여요…… 지구도 제 아래에 있는 것 같아요. 저는 이
제 하늘로 올라가요. 은하계에 들어왔어요. 주변이 온통 별이에
요. 잠깐, 어떤 에너지가 저를 인도하는데, 기분이 정말 좋아요.
생전에 이렇게 기분이 좋았던 적은 없어요. 꼭 고향으로 돌아가는
것 같아요. 육체는 없는 것 같은데, 빛에 제 형체가 드러나 보여
요. 저는 투명하고, 아주 가벼워요.

감정이 북받친 듯, 엘시의 두 눈에서 눈물이 흘러내렸다.

멩 : 지금은 뭐가 보이나요?

엘시 : 이제 멈춘 것 같아요. 사방이 온통 별이에요. 아름답게 반짝이는 다채로운 별들이 도처에서 춤을 추고 있어요. 그런데 이상한 것은, 전에도 와본 곳이라는 느낌이 들어요. 이제 춤이 끝나고, 다른 별들보다 더 밝은 여섯, 아니 다섯 개의 별들이 제게 다가와요. 모두 반갑고 유쾌한 느낌이에요. 이제 오른편(3시 위치)에 있던 별이 앞으로 나와서 저를 반겨줘요.[2] 말소리는 안 들리지만, 이 별이 "친구, 고향에 온 걸 환영하네!"라고 말한다는 걸 알 수 있어요. 이 메시지가 제 마음을 관통하는 것 같아요.

멩 : 함께 이 탐험을 계속할 수 있게, 이곳에서는 당신을 어떻게 부르는지 말해 주세요.

엘시 : 잠깐만요. 소리가 들려요. '훔메'라고 하는 것 같은데. 맞아요. 제 영혼 이름은 훔메예요.[3]

멩 : 좋아요, 훔메. 영혼 이름을 알았다니 잘된 일이군요. 이제, 요즘 내내 엘시를 괴롭히고 있는 여러 가지 의문들에 해답을 얻을 수 있게, 저를 도와주실 수 있나요?[4]

엘시(훔메) : 물론, 기꺼이 도와드리죠!

멩 : 지금 무슨 일이 벌어지고 있나요?

엘시(훔메) : 가장 밝은 별이 저를 데리고 문을 통과하고 있어요. 하, 공중에 떠 있거나 공중을 나는 것 같아요. 이 여행은 아주 가볍고 편안해요. 저는 중력의 지배를 받지 않아요. 그래서 더 멋져요.

멩 : 이 상태에서 당신의 모습은 어떤가요? 특정한 인종이나 몸을 갖고 있나요?

엘시(훔메) : 아뇨, 몸은 없어요. 저 자신에 대해서 감지할 수 있는 건 빛과 에너지뿐이에요.

멩 : 지금은 어디로 가고 있나요?

엘시(훔메) : 모르겠어요.

멩 : 지금 당신 앞에 무엇이 있는지 알려주세요.

엘시(훔메) : 빛이 저를 어떤 공간으로 인도하고 있어요. 이 공간은 경계도 없는 커다란 방처럼 보여요. 벽이 있는데, 제가 다가갈 때마다 이 벽이 확장되는 것 같아요. 이곳에서는 따뜻함과 소속감이 느껴져요. 강한 빛이 저를 향해 다가오자, 저를 인도하던 빛이 제 뒤로 물러나요. 이제는 서로 다른 색깔의 빛들에 둘러싸여 있어요. 이 빛들은 제가 돌아온 걸 반기고 있어요. 우리는 같은 부류, 이들은 제가 속한 그룹이에요.(5)

멩 : 여기에 당신이 알거나 느낄 수 있는 존재가 있나요?

엘시(훔메) : 잠깐만요, 생각 좀 해보고요. 음, 11시 위치에 있는 빛은 사심 없는 사랑으로 가득 차 있어요. 그 빛이 제게로 다가와 저를 감싸요. 무척 친근한 느낌이에요.

멩 : 그 빛을 꿰뚫어 보세요. 누군가 생각나는 사람이 있나요?

엘시(훔메) : 오, 어머니예요! (감격해서) 얼마나 보고 싶었는지! 어머니는 제가 사랑을 충분히 이해하지도 못하는 나이에 왜 그렇게 갑자기 떠나셨나요? (이후에 엘시는 어머니가 다음과 같이 대답했다고 했다. "그냥 떠날 때가 되어서 그런 거야. 넌 독립하는 법을 배워야만 했어. 모든 것이 계획 속에 들어 있었던 일이란다. 하지만 난 언제나 네 곁에서 너를 지켜줬지. 사실 이걸 보여주려고, 밤에 네 머리를 쓰다듬어 주기도 했어. 너도 알아차렸지?")

엘시(훔메) : 전 제가 환각에 시달리는 줄 알았어요. 그러면 어머니는 저를 결코 떠나신 게 아니군요. 어머니가 언제나 저와 함께 있다니, 마음이 훨씬 편안해요.

멩 : 훔메, 엘시가 그녀의 종교 스승에게 왜 그렇게 미묘한 감정을 느끼는지 이해하게 도와줄 수 있어요?

이 부분에서, 엘시의 목소리가 눈에 띄게 달라졌다. 더 차분하고 고르게 변한 것이다. 훔메가 대답했다.

엘시(훔메) : 이 남자는 사실 제 영혼 그룹의 일원이에요. 제가 영적인 발전을 더 깊이 통찰하도록 돕는 것이 이 남자의 역할이지요. 제가 이 스승을 만난 후로 뉴에이지 가르침들을 더욱 잘 받아들이게 된 건 우연이 아니에요. 저는 둘의 에너지가 상승작용을 일으키도록 만드는 데 초점을 맞추어야 해요. 고차원적인 깨달음을 향한 추구에서 둘이 서로를 보완해 줄 수 있으니까요.

이 부분에서 엘시는 혼자 이렇게 중얼거렸다. "다행이야! 그가 정말로 내 영혼의 친구라니."

멩 : 엘시는 영혼의 안내자가 누구인지도 알고 싶어해요. 훔메, 지금 당신을 마중 나왔던 그 첫 번째 빛이 영혼의 안내자인가요?
엘시(훔메) : 엘시의 영혼의 안내자는 구체적인 형상을 갖추고 있지 않아요. 그는 그녀가 내내 경험해 온 본능과 직관으로 나타나요.
멩 : 좋아요. 계속합시다.
엘시 : 저는 이 공간을 벗어나, 붕 하며 다른 방향으로 움직이기 시작했어요. 그 빛이 저를 인도하고 있고요. 우리는 이제 녹색 문

이 달려 있고, 입구 위에 커다란 아치가 높게 세워져 있는 이상한 건물 앞에 멈췄어요. 저를 인도하는 빛이 저를 안으로 안내해요.

멩 : 이제 무슨 일이 일어나나요?

엘시 : 둥근 테이블이 있는데, 테이블 뒤로 투명한 빛 조각들이 보여요.

멩 : 이 투명한 빛 조각들은 몇 개나 되나요?

엘시 : 세어보죠. 모두 다섯인데…… 대부분이 푸른빛과 자줏빛이에요.

엘시의 영혼 흄메가 각각의 색조들을 설명해 주었다. 엘시의 원로들 같은 이 분명한 빛 조각들은 엘시를 둘러싸고 반원 모양으로 앉았다. 그들이 조언자에 안내자 같은 성격을 띠고 있어서, 나는 흄메-엘시에게 용기를 불어넣어주고 이 만남에서 최대의 성과를 이끌어내기 위해 계속 질문을 던졌다.

멩 : 흄메, 당신은 왜 이곳으로 인도되었나요? 오늘이 중요한 배움의 날이기 때문인가요? 아니면 모종의 심판을 받는 날인가요?

엘시(흄메) : 제 영혼의 진화를 담당하는 이 다섯 영혼들과 대화를 나누려고 온 거예요. 그들이 여기에 온 건 심판이 아니라 대답을 해주기 위해서지요. 확실해요. 전에도 이런 과정을 여러 번 겪었거든요. 그래서 이들과 마주하고 있어도 불안하지 않아요. 아주 차분하죠.

멩 : 좋아요, 흄메. 엘시가 저에게 다음 질문들의 해답을 알고 싶다고 했어요.

1) 이번 생에서 그녀가 해야 할 일은 무엇인가?

2) 그녀의 영혼과 더 많이 소통할 수 있는 방법은 무엇인가?

3) 최근 들어 죽음에 대한 생각이 많이 드는데, 그녀의 죽음이 가
   까워졌다는 의미인가?

원로들에게 이것들을 물어봐줄 수 있나요?

엘시 : 원로 한 명이 일어나, 첫 번째 질문의 해답을 제 마음속으
로 보내고 있어요.

"사랑과 지원, 겸허한 배움이 있다면, 당신은 치유가가 될 수 있
어요. 지금 무엇을 하든, 그 일에 주의를 기울이세요. 삶의 목표를
이루는 데 무엇이 필요하든, 우리가 언제나 여기서 그것을 제공해
줄 겁니다."

다른 원로가 두 번째 질문에 답해 주었어요.

"작은 소녀처럼 언제나 겸허한 자세로 배움을 구하세요. 그 작은
소녀, 당신 안의 그 작은 목소리가 당신을 영계와 더 깊이 교감하
게 인도해 줄 것이라고 믿으세요."

다음으로 당당한 여신 같은 모습의 원로가 세 번째 질문에 대답을
해주었어요.

"의식 차원의 죽음 말고, 죽음 같은 건 없어요. 죽음이란 의식과
무의식 차원 사이의 이동을 말하지요. 우리 영혼은 죽지 않고, 단
지 몸을 벗어버릴 뿐입니다. 죽음에 대한 생각은 사실 지상의 에
너지에서 비롯된 우리 자신의 인식일 뿐이에요. 엘시, 당신의 환
경을 편안하게 받아들이세요. 그러면 행복을 느낄 겁니다."

세션이 끝나고 두 달 후, 엘시가 전혀 달라진 목소리로 전화를 걸어
와, 내게 고맙다고 했다. 그러면서 이제는 아주 행복하고, 자신과도 평
화를 유지하고 있다고 했다. 또 에너지 치료 강좌를 듣기 시작했으며,

이렇게 배운 것으로 타인들을 돕겠다고 맹세했다. 뿐만 아니라 스터디 그룹의 일원들 중에서 에너지 치유를 자신이 가장 잘 이해하는 것으로 보아, 예전부터 이것을 배울 운명이었던 것 같다고도 했다.

또 종교 스승도 더욱 분명한 생각을 갖고 만나게 되었다고 했다. 그가 영혼의 친구이며, 더욱 커다란 빛을 보기 위해 둘이 협조해야 한다는 것을 알기 때문이었다.

하지만 가장 중요한 것은 더 이상 어머니 꿈을 꾸지 않는 것이었다. LBL을 통해 마음도 편안해지고 모든 걸 더욱 분명히 이해하게 되었기 때문이다. 그녀는 어머니였던 영혼과 원로들이 준 메시지들도 분명하게 기억하고 있었다. 죽음은 의식이 만들어낸 개념일 뿐, 영혼의 본질은 사실 영원하다는 메시지였다.

---

(1) 꿈을 꾸고 있는 사람들에게 메시지를 심어주는 일에 더 능숙한 영혼들이 있다. 《영혼들의 운명 1》 50−63쪽, 《영혼들의 운명 2》 151−153쪽의 꿈과 드림 마스터를 본다.

(2) 나는 LBL에서 영혼이 영계에 다시 들어갔을 때, 피술자와 최면요법사가 원 모양으로 무리지어 있는 영혼들의 위치를 더 분명하게 확인할 수 있도록 "시계 기법"이라는 유용한 방법을 계발해냈다. 이 기법에 대한 설명은 《영혼들의 운명 1》 237쪽, 《영혼들의 운명 2》 136−138쪽을 본다.

(3) 내세의 소리 언어는 아주 복잡한데, 영혼의 이름을 발음할 때 이 점이 가장 두드러지게 드러난다. 발음을 더 쉽게 하는 피술자들도 있지만, 피술자들에게 일일이 철자를 말해 달라고 부탁하는 편이 가장 효과적인 것 같다. 《영혼들의 운명 1》 304−306쪽, LBLH 102, 128쪽을 본다.

(4) LBL 시술자는 우리의 영혼과 두뇌의 이원성을 활용한 접근법을 쓸 수 있다. 여기서 시술자는 일시적인 인간의 에고가 문제를 풀 수 있도록 도와달라고 영적인 자기에게 부탁을 하고 있다. 또 영혼 이름을 사용하면 피술자를 영계로 더 쉽게 인도할 수 있다. 《영혼들의 여행》 151쪽, LBLH 183−184쪽을 본다.

(5) 다른 영혼들이 영계로 귀향한 영혼을 처음으로 환영해주는 동안, 안내자는 흔히 개인적인 자유를 위해 뒤로 물러나 있다.《영혼들의 여행》49쪽의 귀향을 본다. 영혼이 생을 마감한 뒤 처음으로 그의 영혼 그룹에게 돌아갔을 때도 안내자는 같은 식으로 행동한다.《영혼들의 운명2》137쪽의 케이스 47을 본다. 영혼 그룹의 색깔은《영혼들의 운명1》277-287쪽을 본다.

31
다시 정상 궤도에 들어선
영혼의 관계

셀리아 카코시케(벤디고, 오스트레일리아)
: 사람들이 영혼 통합으로 과거에서 벗어나
현재를 살아가도록 돕고 있다.

캐시는 36세의 기혼녀였으며, 아직 자식은 없었다. 그녀가 LBL 세션을 받으러 온 이유는 직업과 사생활 면에서 자신의 삶을 더욱 분명하게 이해하기 위해서였다.

캐시는 영혼의 친구인 제임스를 만나, 3년 반 동안 결혼생활을 이어오고 있었다. 그런데 서로 잘 어울렸음에도 둘의 관계에는 문제가 있었다.

다음의 이야기에는 피술자의 사적인 부분들이 상세히 담겨 있다. LBL이 피술자의 삶에 미친 영향을 보여주는 데 꼭 필요했기 때문이다.

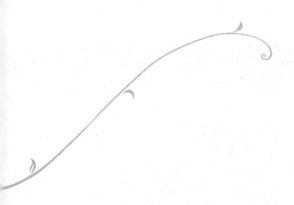

캐시는 제임스를 만난 지 몇 달 뒤, 함께 도시를 벗어나 커다란 시골 마을로 이사했고, 이곳에서 1년 뒤에 결혼했다. 처음에는 마을에 친구도 없고 일하는 데도 문제가 생겨 제임스가 많이 외로워 했다.

제임스는 매일 몇 시간씩 컴퓨터로 시간을 보내면서, 채팅 방에 들어가 이메일을 주고받았다. 그러다 결국은 캐시가 공부를 하러 집을 비운 사이에, 온라인상에서 만난 여자친구와 미팅을 하기에 이르렀다.

캐시는 이사한 지 5개월이 지났을 때, 삭제한 메일함에서 문서를 복구하다가 둘의 대화 기록을 보게 되었다. 내용을 보니, 둘은 만나기만 한 것이 아니라 성관계도 맺은 것 같았다. 제임스에게 이 사실을 이야기한 순간, 캐시는 그의 눈 속에서 죄의식을 읽을 수 있었다. 하지만 제임스는 모든 일을 부인했다.

캐시가 예전에 만났던 남자들 중에는 그녀를 속인 남자도 있었다. 캐시는 강하고 지적인 여성이었으므로, 다시는 이런 일을 겪지 않겠다고 맹세했다. 소녀시절에는 가족들에게서 "남자는 믿을 수 없는 존재"라는 말을 수도 없이 듣고 자랐기 때문에 이런 상황이 더욱 힘들게 느껴졌다. 캐시는 제임스를 영혼의 친구로 느끼고 있었지만, 그에게 속아 조롱을 당할지도 모른다는 뿌리 깊은 두려움에 시달렸다.

캐시와 제임스의 성관계가 뜸해진 것도 이 즈음이었다. 둘 다 일이 무척 바빴기 때문에 당시에는 이 문제를 무시하고 넘어갔다. 둘은 언제나 키스를 하고 끌어안고 웃으면서 다정한 커플의 모습을 보여주었고, 캐시는 이런 것들이 성관계보다 더 중요하다고 생각했다.

제임스는 한 달에 한 번 정도 친구 집에 가서 취하도록 술을 마셨다. 캐시는 이런 걸 좋아하지 않았지만, 술 마시는 것까지 제약하는 건 지나친 간섭이라고 생각했다. 일련의 문제들이 불거지고 난 후, 캐시는 제임스에게 삶에서 불만족스러운 부분이 있는지 물어보곤 했다. 이런 식으로 술을 마신다는 건 현실을 도피하고 싶다는 의미로 보여졌기 때문이다. 하지만 제임스는 행복하며, 걱정거리도 전혀 없다고 했다.

캐시는 자신이 갖고 있던 어린 시절의 문제들을 거의 대부분 해결했다. 하지만 제임스는 아니었다. 제임스의 어린 시절은 상처투성이였으며, 견디기 힘든 것들이었다. 그래서 문제가 불거져도, 탄로 날 사실들이 두려워서 문제에 직면하는 걸 회피했다. 그는 캐시가 자신의 삶에 없었다면, 삶의 의미를 찾지 못해 자살해 버리고 말았을 것이라고 말했다. 캐시는 이 말을 진지하게 받아들였다.

제임스는 캐시가 진정으로 사랑한 첫 번째 남자였다. 처음으로 그의 눈을 들여다보았을 때, 말 그대로 한 걸음 뒤로 물러설 정도로 첫눈에 반해 버렸다. 눈물을 터뜨리거나 자신을 자유롭게 드러낼 수 있게 되기까지, 그녀의 가슴을 열어주고 웃게 만들어준 사람은 제임스 외에 아무도 없었다.

하지만 고요한 시간이 되면, 삶이 혼란스럽게 느껴졌다. 제임스의 본래 모습과 캐시가 안다고 생각하던 것들, 그들의 관계 등등 그 모든 것이 의심스러웠다. 그에게 어울리는 여자가 아니라는 수치심과 앞으로 잘하겠다고 약속한 그의 말을 믿지 못하는 데 대한 죄의식, 그의 모든 말에 대한 불신감, 조롱당하고 있다는 당혹감 등이 생생하게 다가

왔다. 이로 인해 제임스를 떠나 다른 누군가를 찾는 편이 나을 것이라는 생각이 수도 없이 들었다. 그러나 그때마다 '그가 네 사람이라는 건 너도 알잖아' 라고 속삭이는 반대의 목소리가 들려왔다.

이제 캐시가 세션을 받을 때가 되었다. 운동감각이 뛰어나고 감수성이 풍부하며 예민한 사람이었다. 캐시는 세션에서 무엇을 발견할 수 있을지 기대감을 안은 채 한껏 들뜬 모습으로 나타났다.

캐시의 가장 최근 전생을 되돌아보는 여행은 짧고도 감동적이었다. 그녀의 영혼 의식은 탐이라는 태아 속에 들어갔던 일을 기억했다. 그러나 탐은 임신 26주 만에 유산되고 말았다. 탐의 어머니는 조이였는데, 조이는 현생에서 캐시의 외할머니로 환생해 있었다.

탐이 조이의 뱃속으로 들어간 이유는 당시 젊은 여인이었던 조이의 성장을 돕기 위해서였다. 탐은 이렇게 설명했다. "이 일은 조이의 영혼이 제게 부탁한 일이었어요. 아이를 잃는 경험을 통해서 빠르게 배움을 얻기 위한 것이었죠."

하지만 조이가 원한 일이라는 것을 알았어도, 그 일은 탐에게 대단히 슬픈 경험이 됐다. 태아로 살았던 그 짧은 전생이 끝난 후 그의 영혼, 즉 캐시의 영혼은 영계로 날아 올라갔다.

안내자가 반갑게 맞아주자, 캐시의 영혼은 감정이 북받쳐올랐다. 캐시는 두 손을 가슴에 얹고 가만히 앉아 있었다. 그녀를 안아주는 안내자의 사랑이 느껴지자, 두 뺨 위로 눈물이 강물처럼 흘러내렸다. 내가 무슨 일이 일어나고 있는지를 물으려 해도, 그녀는 몇 번이고 "쉿!" 하며 조금만 더 기다려 달라고 말했다. 그 순간을 더 음미하고 싶은 게 분명했다. 그래서 나도 캐시에게 그럴 수 있는 자유를 주었다.[1] 때로 그녀를 안심시키기 위해 그녀의 팔에 내 손을 얹기도 했는데, 그때마다 내게도 강렬한 사랑의 감정이 전해졌다.

캐시가 안내자의 환영을 받고 나자, 제임스의 영혼이 앞으로 나왔다. 제임스는 그녀의 일차적인 영혼의 친구였으며, 그들의 현생은 "축제의 삶"과 같았다. 영혼 그룹의 구성원 네 명이 모두 한 가족을 이루고 살기 때문이었다. 이 영혼들 가운에 한 명은 탐의 어머니이자 캐시의 외할머니인 조이의 영혼이고, 다른 한 명은 캐시의 조카인 카스였다. 캐시는 카스와 유사한 점이 많았다.

캐시가 어렸을 때 외할머니였던 조이가 죽은 뒤, 캐시의 영혼은 조이의 영혼이 캐시와 제임스의 딸로 돌아올 것이라는 확약을 받았다. 탐으로 조이의 몸속에 들어갔던 것에 대한 '보답'으로 드디어 한 가족으로 환생하게 된 것이다.

그들이 사이좋은 가족으로 모두 함께 태어났던 것은 아주 오래 전의 일이었다. 캐시와 제임스도 영혼의 친구이긴 했지만, 최근의 생에서는 함께한 적이 없었다. 그들의 성장을 위해 서로 다른 영역에서 살아보아야 했기 때문이다. 하지만 그들이 공유하던 영적인 사랑은 변함없이 그대로 유지되었다.

캐시의 영혼이 영혼 그룹의 다른 세 일원과 재결합한 것은 대단히 가슴 벅찬 일이었다. 캐시의 영혼은 전생들에서 각자가 힘든 과제를 수행한 덕에 캐시와 제임스가 현생에서 함께할 수 있음을 다시 설명해주었다. 또 캐시와 제임스 모두 현생에서 힘든 유년기를 보냈는데, 이 것은 그들에게 필요한 경험과 기술들을 터득하기 위함이었다고 말했다. 하지만 배움이 제대로 이루어지고 나면, 모든 일이 순조로울 것이었다.

캐시의 영혼은 에너지 작업을 하는 연구실 같은 곳을 포함해서, 영계의 여러 곳을 들렀다. 에너지 작업은 치유를 위해 여러 감정에너지를 섞는 일이었다. "사랑과 웃음의 결합은 대부분의 사람들에게 치유를 가져다주지만, 다른 유형의 사랑과 다른 성격의 유머를 결합하면 다른 식의 치유가 일어나지요." 이것은 캐시의 현재 성격은 물론이고 영혼 그룹이 전부 즐거움과 웃음, 기쁨에 관여하고 있으면서도 연구실에서 서로 다른 프로젝트에 집중하고 있다는 사실과도 잘 맞아 떨어졌다.

영계에 머무는 동안 캐시의 영혼은 몸과 삶을 선택하는 곳도 가보고, 원로들의 회의에도 두 번이나 참석했다. 이 두 번의 방문을 통해 현생에서 많은 발전들을 이루어낼 수 있었던 원인들을 확인했다. 또 현재시간 치유에서는 그녀가 잘해나가고 있으며, 모든 것이 계획대로 되어갈 것이고, 그녀에게 필요한 것은 사랑과 신뢰뿐이라는 점을 원로들을 통해 확인하기도 했다.

내가 평의회원들 가운데 누군가가 중요한 의미를 지닌 물건을 보여주지 않는지 묻자, 캐시는 한 명이 발톱을 드러낸 채 포효하고 있는 퓨마가 새겨진 목걸이를 하고 있다고 했다. 그 의미를 묻자, 캐시가 대답했다. "퓨마는 용기를 나타내요. 저는 더 강인하고 씩씩해져야 합니다. 필요하다면 싸우기도 해야 하죠. 제 존재를 위해 싸워야 합니다." 이 퓨마 상징은 자신과 자신의 믿음을 지켜내기 위해 치열하게 싸워야 했던 여러 생에서의 캐시의 영혼을 대변하고 영감을 불어넣어 주었다.[2]

몸과 삶을 선택하는 곳에서 캐시의 영혼은 몸과 마음의 균형을 배우기 위해 대단히 지적이면서 감성이 풍부한 캐시의 몸을 선택했다고 했다. 캐시의 몸은 자신의 영혼이 선택했던 몸들 중 가장 무거웠다. 하지만 이런 선택 덕분에 튼튼하고 강인한 몸으로 감성과 지성의 균형에 대해 배울 수 있었다. 캐시는 자신이 극단적으로 침착하기도 하고 지나치게 흥분하기도 하는 이유를 비로소 깨달았다.

캐시는 사랑과 생명력, 긍정성으로 충만한 채 진실이 항상 그녀의 영혼과 함께한다는 놀라운 깨달음을 안고 활기찬 모습으로 세션에서 깨어났다. 캐시의 눈을 들여다보는 순간, 진정으로 평온하다는 느낌이 들었다. 캐시는 이런 느낌이 처음이라고 했다.

LBL을 경험하고 난 후, 캐시의 영혼은 신속하게 삶을 변화시켜야 할 때임을 깨달았다. 세션이 끝나고 4개월이 지난 후, 캐시는 이런 변화들을 다음과 같이 보고했다.

제임스는 캐시의 영혼의 친구이고, 그들의 관계가 이미 "예정되어 있었던 것"이며, 현생은 "축제와 같은 삶"임을 확인하고 난 후, 캐시는 편안하게 더 많은 것들을 신뢰하기 시작했다. 또 과거와 그가 저질렀던 모든 일들을 놓아버리고, 미래를 내다보기 시작했다. 이처럼 모든 것이 완벽해 보였지만…… 아직 배울 것이 더 있었다. 모두 그녀의 영혼의 시각을 경험한 덕분이었다.

세션이 끝나고 두 달이 지난 후, 캐시는 제임스의 불륜 사실을 더욱 분명하게 확인하고, 그의 과음 문제와도 다시금 맞닥뜨렸다. 이번에는 둘이 살던 집에서 캐시가 조용히 자취를 감췄다. 제임스가 자살해 버리면 어쩌나 걱정이 되긴 했지만, 평정심과 편안함을 잃지 않고 '모든 일이 계획대로 되어가고 있다'고 스스로를 안심시켰다. 이후 자신이 너무 잔인하다는 두려움과 죄책감이 계속 일었지만 언제나 내면의 평온과 깊은 신뢰, 확신이 즉각 자리를 대신했다. 더불어 자신이 확고하게 중심을 잡고 있다는 느낌도 들었다.

캐시는 자신이 이런 역할을 맡기 위해 지금의 몸을 선택했다는 점을 끊임없이 스스로에게 일깨웠다. 그래서 제임스의 첫 번째 화해 시도도 거절해 버렸다. 아무런 분노나 상처도 없이, 사랑과 내면의 평화를 잃지 않고 이렇게 거절하는 자신에게 캐시 자신도 놀라움을 금치 못했다. 자신의 영혼이 직접 조언을 해주고 있는 것 같았다.

그래도 캐시에겐 일말의 혼란이 남아 있었다. LBL 중에 현생은 그들에게 축제와 같은 삶이라는 말을 들었기 때문이다. 그런데 이런 상황은 전혀 축제처럼 느껴지지 않았다! 캐시는 결혼반지도 빼버리고, 사실상 제임스와 헤어지는 것까지도 고려하고 있었다.

얼마 후, 캐시는 제임스에게 자세한 편지를 쓸 수 있을 만큼 강해졌다. 제임스에게 어린 시절의 경험들을 돌아보라고 조언하면서, 둘의 관계에 분명하게 한계선을 그었다. 그가 그의 문제들을 직시하지 않고 똑같은 모습으로 살아간다면, 자신은 더 이상 그와의 관계를 유지하지 않겠다고 선언한 것이다.

이후 둘은 만나서 캐시가 정한 한계선에 대해 이야기했다. 제임스도 자신의 한계선을 덧붙였다. 그는 어린 시절의 성적인 학대 경험에서 벗어나고, 폭음도 멈추고 싶어 했다. 캐시가 자신이 집을 떠난 후 그가 자살을 하면 어쩌나 두려웠다고 고백하자, 제임스는 정말로 죽을 뻔했던 이야기를 들려주었다.

제임스는 첫 번째 화해를 시도했던 날 밤, 자신에게 물질적으로 의존하는 가족과 함께 시내에 머물고 있었다. 하지만 그는 가족과 함께 그곳에 더 머물고 싶지 않았다. 그것은 더 이상 자신이 원하는 삶의 모습이 아니었기 때문이다. 그래서 갈 곳이 없음에도 그들과 헤어졌다. 비바람 몰아치는 밤에, 어느 나무 밑에 차를 주차시켰다. 그런데 얼마 후 고개를 들어보니, 나무가 흔들리고 있었다. 본능적으로 차를 옮겨야 한다는 생각에 차를 옮겼고 이내 차가 있던 자리로 나무가 쓰러지는 모습을 백미러로 지켜보았다.

캐시는 영계를 다녀온 뒤로 이해력이 향상되어 있었다. 그녀는 이 이야기를 듣는 순간, 제임스와 그의 영혼이 이미 선택을 했다는 것을 알아차렸다. 그는 그 자리에 남아서 죽음을 선택할 수도 있었고, 이동해서 삶을 지속하는 쪽을 선택할 수도 있었다. 그는 삶을 유지하기로 결정했고 더불어 과거의 상처를 돌아보고 이것에서 벗어나기로 마음먹었다. 캐시는 그가 자살을 택하지 않으리라는 것을 깨달았다. 그가 정말로 죽음을 원했더라면, 이미 죽음을 선택했을 것이다. 캐시는 제임스가 이미 선택을 했으며, 지금 문제들을 치료하지 않으면 다른 생에서 또다시 자살을 생각하게 될 거라고 말했다.

캐시는 또 현생이 그들에게 축제와 같은 삶으로 예정되어 있지만, 언제나 자유의지가 영향을 미친다는 것도 깨달았다. 제임스는 과거의 문제들을 치유할지 안 할지에 대해 스스로 선택할 수 있었다. 제임스가 그들에게 허용된 축제의 시간을 즐기기 위해 필요한 치유 작업을 하지 않으면, 캐시는 다른 사람을 찾아서 남은 생을 함께할 것이었다. 물론 그들이 함께하지 않으면, 그들의 딸—조이의 영혼—은 둘 중 누구의 자식으로도 태어나지 않을 것이다. 조이의 영혼은 그들이 축제의 삶을 함께할 경우에만 태어나게 되어 있기 때문이다.

캐시의 영혼은 어떤 선택을 하든, 모든 일이 잘될 것이며 결국에는 둘 다 잘 지낼 것이라고 캐시에게 확신과 용기를 주었다. 캐시는 표범 목걸이를 떠올리면서, 더욱 강인하고 자신에게 진실해지기 위해 노력했다.

캐시는 명상을 하고 자신의 영혼과 소통하면서 얻은 답변들을 믿었다. 또 모든 일에는 그 시기가 완벽하게 정해져 있음을 깨달았다. 그들은 가정을 꾸릴 생각을 하고 있었는데, 아이를 갖기 전에 먼저 이 문제부터 해결해야 했다. 그리고 이런 문제가 지금 불거진 이유는 제임스가 그녀 덕분에 안정감과 편안함을 찾게 되었기 때문이라는 것도 알았다.

캐시를 만나기 전까지, 제임스는 안정감이나 사랑을 경험해 본 적이 없었다. 이로 인해 캐시와의 관계는 그에게 성적인 혼란을 성찰할 기회를 제공해 주었다. 그리고 둘이 친밀감을 나눌 때(오르가슴의 쾌감은 그에게 성적으로 괴롭힘을 당했을 때 느꼈던 수치심과 죄의식을 떠올리게 했다.) 드는 느낌들로 인해, 그는 무의식적으로 친밀한 관계를 회피해 왔다.

캐시는 자신의 영혼에 직접적으로 다가간 덕분에 깊은 평정과 위안을 얻었을 뿐만 아니라, 모든 일에는 다 이유가 있음을 깨달았다. 이로 인해 마음의 평화를 잃지 않을 수 있었다. 또 감정에 흔들리지 않고 세상을 바라보고, 인간적인 고통과 자신을 분리함으로써 고통을 이겨냈다. 덕분에 심신이 황폐해지기 쉬운 시기에 내면의 힘과 확신을 느낄 수 있었으며, 이런 변화에 그녀 자신도 놀라워했다.

캐시는 LBL을 경험하기 전이었다면, 아마도 제임스를 떠나서 도망치거나 새로 시작했을 것이라고 생각했다. 어쩌면 그게 더 편한 해결책이었을 것이다. 의심과 불신, 상처가 미래에 대한 그들의 희망보다 컸을 것이기 때문이다.

그러나 제임스와 캐시는 다시 결합해서, 제임스는 성폭력 전문가에게 상담을 받고 있다. 덕분에 둘의 관계는 서서히 회복되고, 캐시는 제임스의 남성성을 더 많이 확인하게 되었다. 그들을 위한 축제의 삶이 드디어 시작된 것이다.

---

(1) 피술자가 LBL 중 내세에서 일어난 영적인 사건들을 떠올리는 동안, 시술자는 진행에 신중을 기해야 한다. 여러 가지 이유에서 속도와 박자, 강약이 중요하기

때문이다. 피술자에게 그들이 본 것을 설명할 시간을 충분히 준 다음, 다음 질문으로 넘어가야 하는 것도 이 때문이다. LBL 세션을 처음으로 배우는 학생들은 흔히 이 점을 이해하지 못하지만, 피술자들은 그들이 보고하는 것보다 영계에 대해 더 많은 것을 본다. 트랜스 상태에 빠진 대부분의 피술자들에게 내세는 그들의 영혼을 위한 신성한 곳이다. LBLH 42-43, 68, 74-78쪽을 본다.

(2) 원로들이 앞의 영혼들에게 보여주는 영적인 신호나 상징, 표상들에는 특별한 의미와 메시지들이 담겨 있다. 《영혼들의 운명 2》 53-81쪽을 본다.

32
잃어버린 나를 찾아서

조지나 캐논(토론토, 캐나다)
: 국제적인 트레이너, 작가, 스쿨 클리닉 소장,
최면과 퇴행요법을 이용한 몸 · 마음 · 영혼의 치료사

대부분의 경우, 이전 삶의 기억들은 무의식 깊은 곳에 숨겨져 있다. 그러나 유능한 최면요법사가 최면을 통해 트랜스 상태로 유도하면, 흩어지거나 숨겨져 있던 기억들은 다시 결합되어 의식의 표면 위로 떠오른다. 이를 통해 우리는 삶의 지혜를 얻고 현재의 삶을 더욱 잘 이해하게 된다.

대부분의 사람들은 이전의 삶이나 과거의 자신을 의식의 차원에서는 인식하지 못 하더라도 삶의 여정을 잘 헤쳐나간다. 이런 인식이 없어도, 충만하게 거의 완전한 삶을 살아간다.

그런데 상상해 보라. 자신이 누구인지도, 생의 첫 부분을 어떻게 살았는지도 기억하지 못하는데, 살아가는 동안 자신의 정체성이 바뀌어버렸다면 어떻겠는가?

이 장에서는 이런 믿을 수 없는 사례를 보여준다. 전생 퇴행과 LBL이 이 특이한 젊은 여성에게 어떤 식으로 도움을 주었는지 알게 될 것이다.

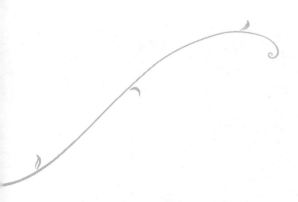

　이 이야기는 로라의 특이한 체험담이다. 17세의 로라는 토론토 거리를 배회하고 있었다. 하지만 자신이 누구이며, 어떻게 이곳으로 오게 되었는지 기억하지 못했다. 다행히 버스 정류장에서 차를 기다리던 퀘벡 출신의 젊은 여성이 혼자 울고 있는 로라를 발견했다. 이 여자는 로라에게 도움이 필요한지를 물었다. 로라의 이야기를 듣고 그녀를 자신의 집으로 데려가 차와 음식을 주고 경찰에 전화를 걸어, 사고나 실종자 신고가 있었는지 확인했다. 하지만 어떤 사고 신고도, 실종자 신고도 없었다.

　이 훌륭한 여성은 로라에게 임시로 머물 곳을 마련해 주었고, 로라는 이곳에서 과거에 대한 두려움을 안고 위장된 신분으로 몇 개월을 살았다. 그녀는 자신이 누구였으며, 어떤 끔찍한 일을 저질렀기에 과거를 전혀 기억하지 못하는지 알고 싶었다. 그래서 매일 신문의 실종자 보도를 훑었지만, 그녀와 맞아떨어지는 보도는 하나도 없었다. 나를 찾아오기까지 40년이 넘는 긴 세월 동안, 로라는 자신이 진정 누구인지도 모르는 채로 살아왔다.

　이 새롭고 불가사의한 삶을 살고 몇 달이 지나서, 로라는 미래의 남편인 돈을 만났다. 그녀는 볼룸댄스를 가르치고 있었고 그는 학생이었다. 그들은 마치 전생에서부터 알던 사이인 것처럼, 곧바로 서로 통한다는 느낌을 받았다.

　이후 수십 년의 결혼생활 동안, 돈은 든든한 지주가 되어 로라가 자신의 진정한 정체를 확인할 수 있도록 모든 지원을 아끼지 않았다. 그들은 지문, 인터폴, 경찰, 캐나다 기마경찰대, 탐정, 변호사, 인터넷 등 모든 통로를 이용해서 그녀의 신원을 탐문했다. "덕분에 전과가 없다는 것은 확인했어요." 로라는 이렇게 농담을 했다. 하지만 그들은 캐나다 밖으로 여행할 수 없었다. 로라에게는 시민증도 건강기록부도 없었기 때문이다.

　그들은 교외에 집을 사서, 밤이면 지역 나이트클럽에 가서 춤을 추고, 주말과 휴일에는 카누 여행을 하고, 늑대 우는 소리가 들리는 깊은 숲에서 캠핑을 하면서 지냈다. 유명한 산악인이자 회색 곰 조련사였던 그리즐리 아담스처럼 살면서, 사냥꾼 이웃들과는 4.8킬로미터 떨어진 울창한 숲 속의 왕실소유지에 그들만의 집을 짓고, 나무난로에 채소를 요리하고, 농어 낚시를 하고, 덫으로 토끼를 잡기도 했다. 가끔은 스튜용 토끼 몇 마리를 잡아 스키를 타고 집으로 돌아오기도 했다. 그들은 그렇게 35년간 행복하고 충만한 삶을 살았다.

　그러다 돈이 그의 변호사 친구에게 아내에 관한 비밀을 털어놓자, 변호사 친구는 최면퇴행을 추천했다. 하지만 로라는 자신이 발견할 사실들에 대한 두려움 때문에 다시 9년 동안이나 뜸을 들였다. 그 즈음, 그들은 척추지압을 하는 친구에게서 나의 전생퇴행 치료 강연 이야기를 들었다. 돈이 즉시 내게 연락을 했다.

　처음 나를 만나러 왔을 당시, 로라는 60세였다. 로라는 최면 세션을 위해 돈과 함께 내 사무실을 방문했다. 로라는 "내가 누구이며, 어디서 왔는지" 알고 싶다고 했다.

　자신이 무슨 일을 저질렀을지 걱정되기도 했지만, 가족은 있는지, 누군가에게 상처를 주지는 않았는지 알고 싶어 했다. 또 자동차 타는 것을 무서워하는데, 이것에 뭔가 중요한 의미가 있을 거라고 생각했다.

나는 아무것도 장담할 수는 없지만, 과거에 다른 사람들의 잃어버린 기억을 되찾아준 적은 있다고 말해 주었다. 하지만 즉시 치료를 시작할 수는 없었다. 로라가 간헐적으로 간질 발작을 일으키는 데다, 혈압도 높았기 때문이다. 그래서 나는 최면을 시작하기 전에, 담당 의사에게 소견서를 받아오라고 했다. 또 그녀가 내 목소리를 듣고 이완하는 연습을 하도록, 고혈압을 완화시켜주는 CD도 전달했다.

2주 후, 로라가 의사의 소견서를 들고 전생퇴행을 받으러 왔다. 로라는 전생퇴행을 통해 자신과 관련된 사실들을 발견하고, 돈이 전생에서부터 알던 사람인지도 확인하고 싶어 했다. "돌아가 보면" 이번 생에 다시 태어나게 된 과정과 어린 시절의 몇몇 단서들까지 얻을 수 있을 것이었다. 하지만 두 번의 전생을 자세하게 들여다보아도, 그녀의 현생과 관련된 정보는 나타나지 않았다.

한 달 뒤, 로라가 근심과 두려움이 가득한 얼굴로 내 사무실을 찾았다. 혈관촬영과 심장초음파 검사를 앞둔 상황이라, 자신이 누구인지도 모른 채 죽는 건 아닌지 걱정이 됐기 때문이다. 우리는 이 문제를 이야기하면서, 지금 그녀가 죽는 건 너무 이르다고 결론지었다. "아직 가르쳐야 할 춤이 많잖아요." 나의 말에 그녀도 공감했다.

나는 크리스마스를 축하하는 자신의 모습을 그려보고 실제처럼 경험할 수 있도록, 몸과 마음을 치유하는 테크닉과 미래를 상상하게 만드는 테크닉을 써서 일반적인 최면세션을 진행했다. 그리고 그녀를 다시 안내자들과 연결시켜 주고, 세션이 진행되는 동안 그녀 곁에 머물러달라고 안내자들에게 부탁했다.

로라는 그 후 거의 1년이 지나서야 내 사무실에 다시 찾았다. 심장

수술을 받아야 했기 때문이다. "이제는 발견할 준비 다 됐어요."

나는 "다른 식으로" 하겠다고 허락을 받은 뒤, 그녀를 곧장 자궁 속으로 유도한 다음, 영계로 인도했다. 그녀는 영계의 관문 앞에 멈춰 섰다. "하얀 안개 같은데, 친근하고 두렵지는 않아요. 사람들이 안개 속에서 움직이다가…… 저를 향해 오고 있어요. 강렬한 사랑이 느껴져요. 이렇게 가볍고 자유로운 느낌이 들다니, 신기해요."

그곳에는 네 명의 존재들이 있었다.

"그들을 볼 수도 있고, 느낄 수도 있어요. 뭐라 말하기 힘든 느낌으로 저를 에워싸고 있거든요. 아름다운 푸른빛에 금빛, 분홍빛을 띠고 있고 한 번도 본 적 없는 빛깔도 있어요. 그 색을 뭐라고 불러야 할지 모르겠어요…… 마치 진동을 하는 것처럼, 제가 웅 소리를 내고 있는 것 같아요. 하지만 저는 그들과 같아요. 저는 자유로워요!"

로라의 얼굴에 웃음과 생기가 돋아났다. 이러다 최면에서 깨어나는 건 아닌지 걱정이 될 정도였다. 하지만 웃음은 곧 조용한 눈물로 바뀌었다. "모든 게 정말 아름다워요…… 정말 부드럽고 아름다워" 그녀는 이렇게 되풀이했다.

이것은 로라에게 의미 있고도 가슴 벅찬 순간이었다. 몸에서 벗어나, 자신이 육체 이상의 존재임을 깨달았기 때문이다. 그녀는 이 공간과 이 그룹으로부터 벗어나기 싫어서, 자신의 영혼 그룹이자 "지혜로운 원로들"인 환영자들과 함께 영계의 관문에 오래도록 머물렀다.

현생의 이런 고통이 왜 일어나는 것이냐고 묻자, 그녀는 인내와 용서를 배우기 위해 이번 생을 선택했으며, 자신을 임신했다는 걸 알고 두려움에 빠졌던 부모님을 꼭 다시 만나보고 싶다고 했다.

탐색을 계속한 결과, 로라의 그룹은 지난 몇 년간 로라를 다시 그녀의 영혼과 평화롭게 이어주려고 애썼으며, 다른 문제들은 2차적이거나 중요하지 않은 것으로 여겼다. 그런데 더 깊이 나아가려고 할 때마다, 그들은 계속 아직은 아니라고만 했다. 이로 인해 그룹으로부터는 로라의 현생에 대한 정보를 더 이상 얻지 못했다. 그들은 로라를 진정한 자기와 다시 연결시키는 데만 관심 있는 것 같았다. 잠시 후, 이제 영계의 다른 곳으로 이동해도 되겠느냐고 물었을 때도, 그들은 "지금 배울 수 있는 건 다 배웠다"고만 대답했다.

나는 로라가 이처럼 강력한 경험을 했음에도 정작 원하던 정보는 하나도 얻지 못했다는 게 걱정됐다. 그래서 영계에서 다시 자궁 안으로 들어가던 때로 천천히 유도했다. 순간 그녀의 진동수가 낮아지면서, 갑작스럽게 몸을 움찔했다. 수정의 순간과 맞닥뜨린 것이다. 그녀는 싸우는 소리를 듣고, 불화의 에너지를 느꼈다. 로라의 아름답고 평화롭던 얼굴 표정과 오라는 사라져버렸다. 자신의 몸이 자라나는 것을 보고 느끼며 현생의 어린 시절을 기억하는 동안, 그녀의 에너지에도 균열이 일었다.

처음 몇 년간은 별 일 없이 흘러갔다. 로라의 어머니와 로라가 두 살 되던 해에 생긴 여동생이 기억났다. "이제 저는 다 컸어요. 여동생이 새로 생겼고요." 그러다 열 살이 되었을 때, 남동생도 생겼다고 기억했다. "우리는 조지아에 살아요. 아빠 이름은 배리 왓슨(실명은 아니다.)인데…… 저는 아빠를 몰라요."

이 시점에서 로라가 극도로 흥분하면서 스스로 최면 상태에서 빠져나왔다. 내가 더 많은 정보를 발견할 수 있게 다시 이완해서 여행을 계속하자고 하자, 나의 조언을 따랐다.

그런데 열네 살의 시점에서, 로라가 몸을 떨고 흐느끼면서 억압된 감정을 터뜨려버렸다. "열네 살이 되는 건 싫어. 열네 살은 되고 싶지 않아." 결국 우리는 1년 전으로 돌아갔다.

13세의 로라는 미시간주 디트로이트로 이사 간 이야기를 했다. "엄마, 남동생, 여동생과 한 집에 살아요. 하지만 이사를 해야 해요. 엄마가 일자리를 찾아야 해서…… 그런데 너무 피곤해…… 너무 피곤해. 엄마는 걱정이 많아요. 돈이 더 필요하거든요. 얼른 커서 엄마를 돕고 싶어요. 우리는 감자하고 콩만 먹어요. 저도 너무 힘들어요."

나는 다시 로라를 열네 살 시절로 유도했다. 그러나 이번에도 거부해 버렸다. 열네 살 시절은 기억하고 싶지 않았던 것이다.[1]

로라는 안내자들로부터 부드럽게 치유를 경험한 뒤, 최면에서 깨어났다. 로라는 흥분해서 벌떡 의자에서 일어나 대기실로 뛰쳐나갔다. "돈, 아버지 이름을 알아냈어!" 그들은 흥분해서 서로를 얼싸안았다. 그러고는 한걸음에 집으로 달려가 인터넷을 연결했다.

과거에도 돈은 로라의 신원을 파악하기 위해서 정기적으로 인터넷 검색을 했다. 로라의 어린 시절 정보를 찾기 위해 실종자 게시 사이트를 전부 찾아 새로 올라온 사진이나 설명을 읽어보곤 했다. 그런데 이제 아버지의 이름을 알았으니, 가계도 사이트부터 뒤져보면 될 것 같았다.

그는 가계도 사이트에서 배리 해럴드 왓슨이 조지아의 작은 마을에서 태어났다는 사실을 발견했다. 게다가 이 베리 해럴드 왓슨에게는 그와 이름이 같은 자식들까지 있었다! 돈은 검색을 계속했다. 그 결과 베리의 부고 기사를 발견했다. 이 기사에는 자식들 이름까지 똑같이 실려 있었다. 그는 한껏 고무됐지만 신중함을 잃지 않고, 그들이 로라의 가족이기를 기원했다.

돈은 남동생에게 초점을 맞추었다. 로라의 여동생은 이미 결혼을 해서 다른 성을 쓰리라고 생각했기 때문이다. 전화번호부에서 베리 왓슨으로 등록돼 있는 미국 전역의 전화번호를 찾아, 일일이 전화를 걸어

보았다. 하지만 행운은 없었다. 결국 그는 도박을 하는 심정으로 가족 찾는 사이트에 게시물을 올렸다.

한 달 뒤, 답변이 올라왔다. "안녕하세요. 로라가 찾는 여동생이 접니다. 제 전화번호는……."

가족 중에 로라를 찾는 사람이 있었다는 사실이 그들을 감동으로 이끌었다. 이로써 수년간의 걱정과 방황, 고민 끝에 드디어 로라는 잃어버렸던 자신, 잃어버렸던 가족과 재회하게 되었다. 참으로 감격적이고 황홀한 순간이었다. 떨리는 가슴으로 첫 통화를 마친 후 유전자 검사를 한 결과, 그들이 정말로 로라의 가족인 것으로 밝혀졌다.

로라는 현재 속에서 굳건히 자리를 지켰다. 잃어버린 세월 속에 빠져 허우적거리기보다 오늘, 그리고 내일을 위해 자신에 대해 발견해낸 것들을 만끽하고 싶었기 때문이다. 로라에게 풀리지 않는 의문은 문제가 되지 않았다. 삶이 이미 긍정적으로 변화했기 때문이다.

이제 여권은 물론이고 가족과 본인의 신원증명서, 미국과 캐나다의 시민권까지 갖게 되었다. 덕분에 미국으로 날아가 가족을 만날 수도 있었다.(형제가 무려 다섯이나 됐다.) 또 유럽이든 어디든 원하는 곳으로 여행도 갈 수 있었다! 로라는 미국 시민권이나 캐나다 이민자 확인증, 여행비자 같은 증명서를 발급받을 때마다, 신이 나서 내게 전화를 했다.

전생퇴행과 LBL 세션을 정기적으로 진행하고 있지만, 이 사례는 언제나 내 가슴속에서 특별한 추억으로 남아 있다. 17세의 로라에게 머물 곳을 제공해 준 친절한 여인에서부터 헌신적으로 지원을 아끼지 않은 로라의 남편 돈, 그리고 흔들림 없는 마음으로 40년 넘게 언니를 찾아온 여동생에 이르기까지, 모두가 사랑의 위력을 보여주는 좋은 예이기 때문이다.[2]

(1) 로라의 사례는 14세에서 17세 사이에 경험한 어떤 상처로 인해 감각이 둔해진 경우로 볼 수 있다. 이때의 상처로 기억을 상실한 것은 분명해 보이기 때문이다. 그러므로 로라가 이 시기의 신체적·정서적 고통으로 인해, 자신을 보존하기 위한 수단으로 과거의 모든 기억들을 스스로 차단시켜버린 것이라고 추정할 수도 있다.

심리치료사들 중에는 그녀 스스로 이 끔찍한 4년간의 일들을 편안하게 기억해내지 않는 한, 결코 완벽해질 수 없다고 주장하는 이들도 있을 것이다. 하지만 로라에게는 그런 치료를 거부할 권리가 있다. 이 사례의 저자도 십대의 기억들을 파헤치지 말아야 로라가 미래에도 행복할 것 같다고 했다.

어쨌든 로라는 최면술을 효과적으로 이용한 덕분에 현재의 정체성에 대해 많은 것을 알아낼 수 있었다. 하지만 여기서 더 중요한 점은, 로라가 이후의 LBL 세션을 통해 자신의 진정한 영적 자기를 발견하고 이것과 연결되었다는 것이다. 또 로라가 현생에서 경험한 상처들의 모든 카르마적 의미는 영계에서 밝혀지리라는 점도 주목해야 한다. LBLH 66-67쪽 참조.

(2) 과거의 삶에 대한 기억상실을 최면치료 없이 의식의 차원에서 극복할 수 있는 사람은 제한되어 있다. 이런 능력을 자발적인 기억이라 하는데, 자신의 전생들을 일부 기억하는 사람들이 있는 건 사실이지만, 환생 사이에 있는 영혼의 삶을 기억하기는 특히 어렵다. 이런 종류의 기억을 회복하려면, 유능한 LBL 시술자가 있어야 한다.

흔히 말하는 것처럼, 로라의 사례는 현생의 모든 기억이 완벽하게 차단되어버린, 훨씬 고전적인 형태의 기억상실을 보여준다. 그녀 존재의 핵심을 찾아내기 위해 사용한 광범위한 치료법과 정체성을 회복함으로써 얻어낸 이득을 놓고 봤을 때, 이 가슴 따뜻한 이야기가 상당히 특이하게 여겨지는 것도 이 때문이다.

최면치료는 우리의 무의식 속으로 들어가 기억을 차단하는 여러 가지 장애물들을 극복하게 해준다는 면에서 상당히 효과적인 도구이다. 그러나 영혼의 기억을 되살리는 것과 관련해서, 이런 도구가 한층 포괄적인 철학적 의문들을 불러일으키는 것도 사실이다.

예를 들어, 어떤 사람들은 다음과 같은 질문으로 우리의 작업에 문제를 제기한다. 태어날 때부터 우리 영혼의 삶을 의식의 차원에서 차단시켜버리는 기억상실이 존재한다면, 최면요법으로 이 차단막을 걷어내는 것이 신의 윤리적인 계획에 쓸데없이 참견을 하는 일은 아닌가?

나의 대답은 이렇다. 최면요법이 영계(혹은 내면의 세계)의 아름다움을 경험할 수 있게 해주는 것이라면, 우리가 진정 누구이며 어디서 왔는지에 대한 진실을 탐구하게 해주는 자극제의 역할을 하지 않을까? 이 진실들을 알 수 없다면, 최면이나 명상, 채널링…… 등등을 아무리 많이 해도, 이 차단막들을 거둬낼 수는 없을 것이다.

내 생각에, 의식이 깊이 변환된 상태에 있는 사람은 그들의 개인적인 안내자가 인도하는 대로 보는 것 같다. 하지만 나이나 진화 정도, 카르마에 의한 현생의 도전 등과 같은 요소들에 따라, 기억이 더 많이 차단되어 있는 사람들이 있다.

마지막으로 나는 여기에 또 다른 요소가 작용한다고 믿는다. 최면을 통한 고도의 체계적인 발견들로 인해 내세에 대한 기억의 차단이 줄어들고 있는 이유는 무엇일까? 우리는 어느 때보다도 인구가 과밀한 세계에 살고 있으며, 이로 인해 개인의 정체성은 약화되고 있다. 이것에 덧붙여, 화학약품에 대한 의존도가 그 어느 때보다 높다는 것도 원인으로 들 수 있다. 약품은 영혼의 진보를 가로막는다. 우리의 안내자나 영적 스승들이 인류 역사상 그 어느 때보다도 우리 영혼의 과거에 대해 많은 정보들을 알려주는 이유도 아마 이 때문일 것이다. 《영혼들의 여행》 111-115, 355-356, 415-416, 463-464쪽을 본다.

삶과 삶 사이 영혼들의 계획과 약속

영혼들의 기억

초판 1쇄 발행 2011년 7월 7일
초판 4쇄 발행 2021년 4월 16일

엮은이 | 마이클 뉴턴
옮긴이 | 박윤정
펴낸이 | 한순 이희섭
펴낸곳 | (주)도서출판 나무생각
편집 | 양미애 백모란
디자인 | 박민선
마케팅 | 이재석
출판등록 | 1999년 8월 19일 제1999-000112호
주소 | 서울특별시 마포구 월드컵로 70-4(서교동) 1F
전화 | (02) 334-3339, 3308, 3361
팩스 | (02) 334-3318
이메일 | tree3339@hanmail.net
홈페이지 | www.namubook.co.kr
블로그 | blog.naver.com/tree3339

ISBN 978-89-5937-235-5 03800